# ISEKAI OFFICE WORKER 1

KAZUKI IRODORI VORLAGE: WAKATSU YATSUKI CHARAKTERDESIGN: KIKKA OHASHI



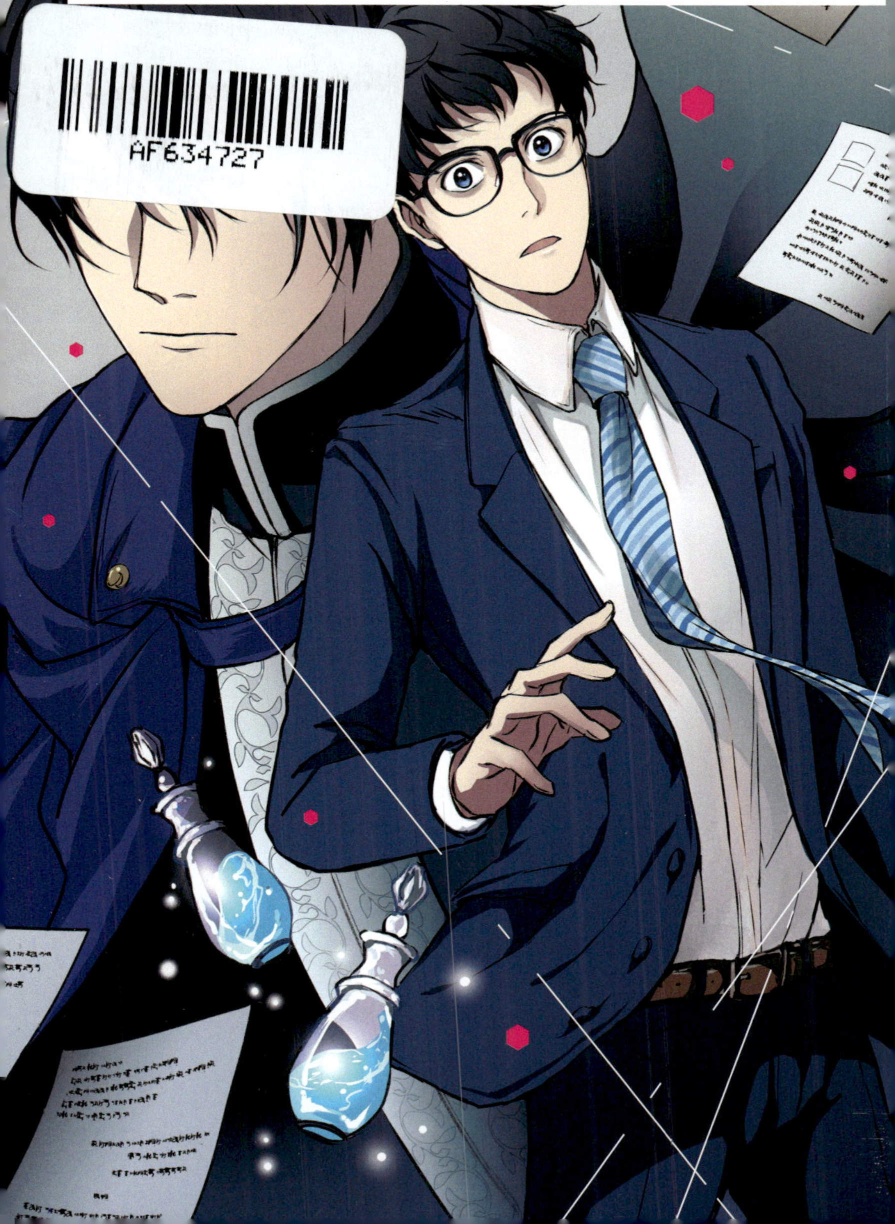

# INHALT



Aus dem Japanischen von Diana Hesse

# ISEKAI OFFICE WORKER 1

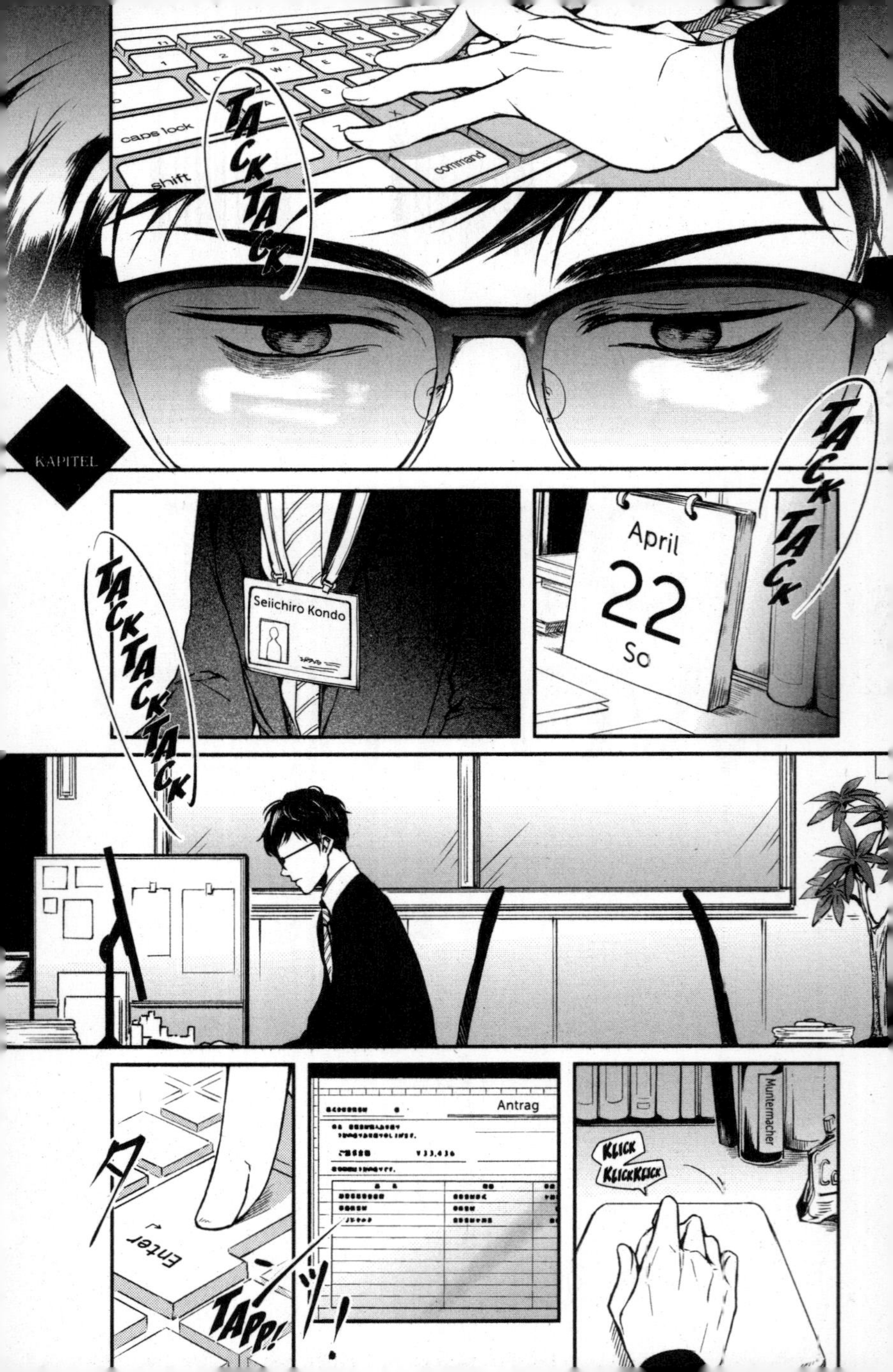
TACKTACK
KAPITEL
TACKTACK
April
22
So
Seiichiro Kondo
TACKTACKTACKTACK
Muntermacher
KLICK
KLICKKLICKKLICK
Antrag
TAPP!

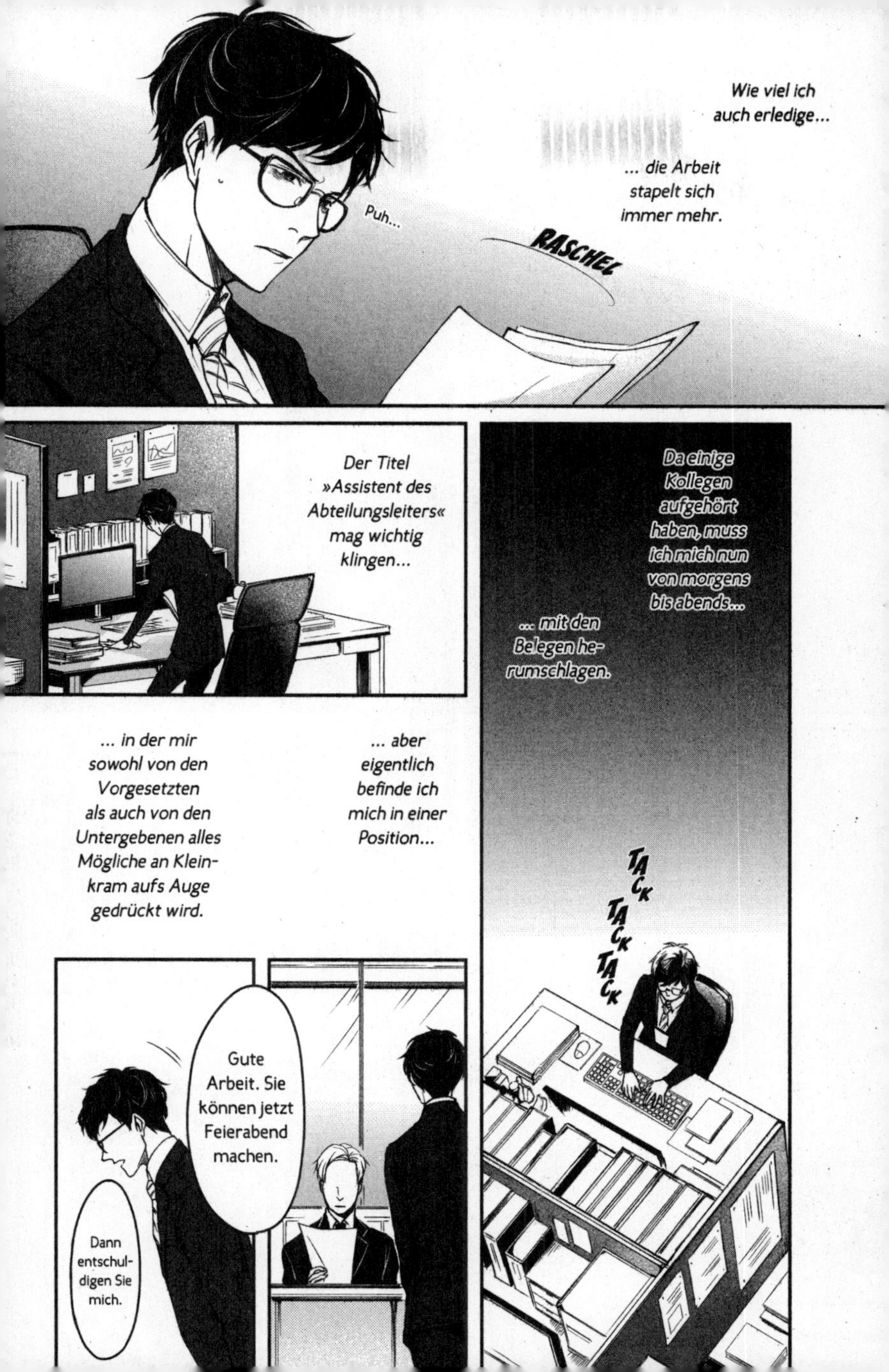
Wie viel ich auch erledige…
… die Arbeit stapelt sich immer mehr.
Puh…
RASCHEL
Der Titel »Assistent des Abteilungsleiters« mag wichtig klingen…
Da einige Kollegen aufgehört haben, muss ich mich nun von morgens bis abends…
… mit den Belegen herumschlagen.
… aber eigentlich befinde ich mich in einer Position…
… in der mir sowohl von den Vorgesetzten als auch von den Untergebenen alles Mögliche an Kleinkram aufs Auge gedrückt wird.
TACK TACK TACK
Gute Arbeit. Sie können jetzt Feierabend machen.
Dann entschuldigen Sie mich.

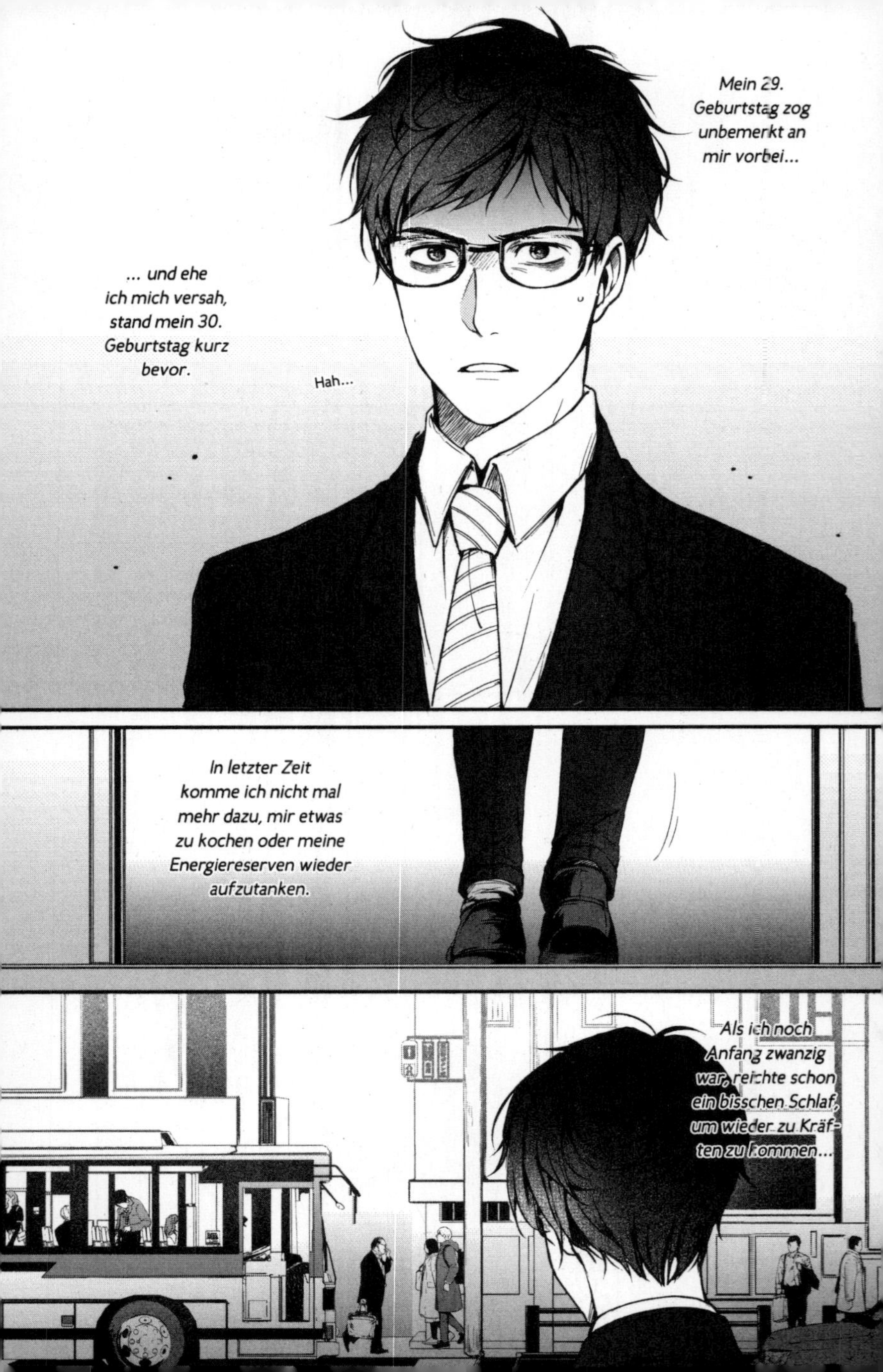
Mein 29. Geburtstag zog unbemerkt an mir vorbei...
... und ehe ich mich versah, stand mein 30. Geburtstag kurz bevor.
Hah...
In letzter Zeit komme ich nicht mal mehr dazu, mir etwas zu kochen oder meine Energiereserven wieder aufzutanken.
Als ich noch Anfang zwanzig war, reichte schon ein bisschen Schlaf, um wieder zu Kräften zu kommen...

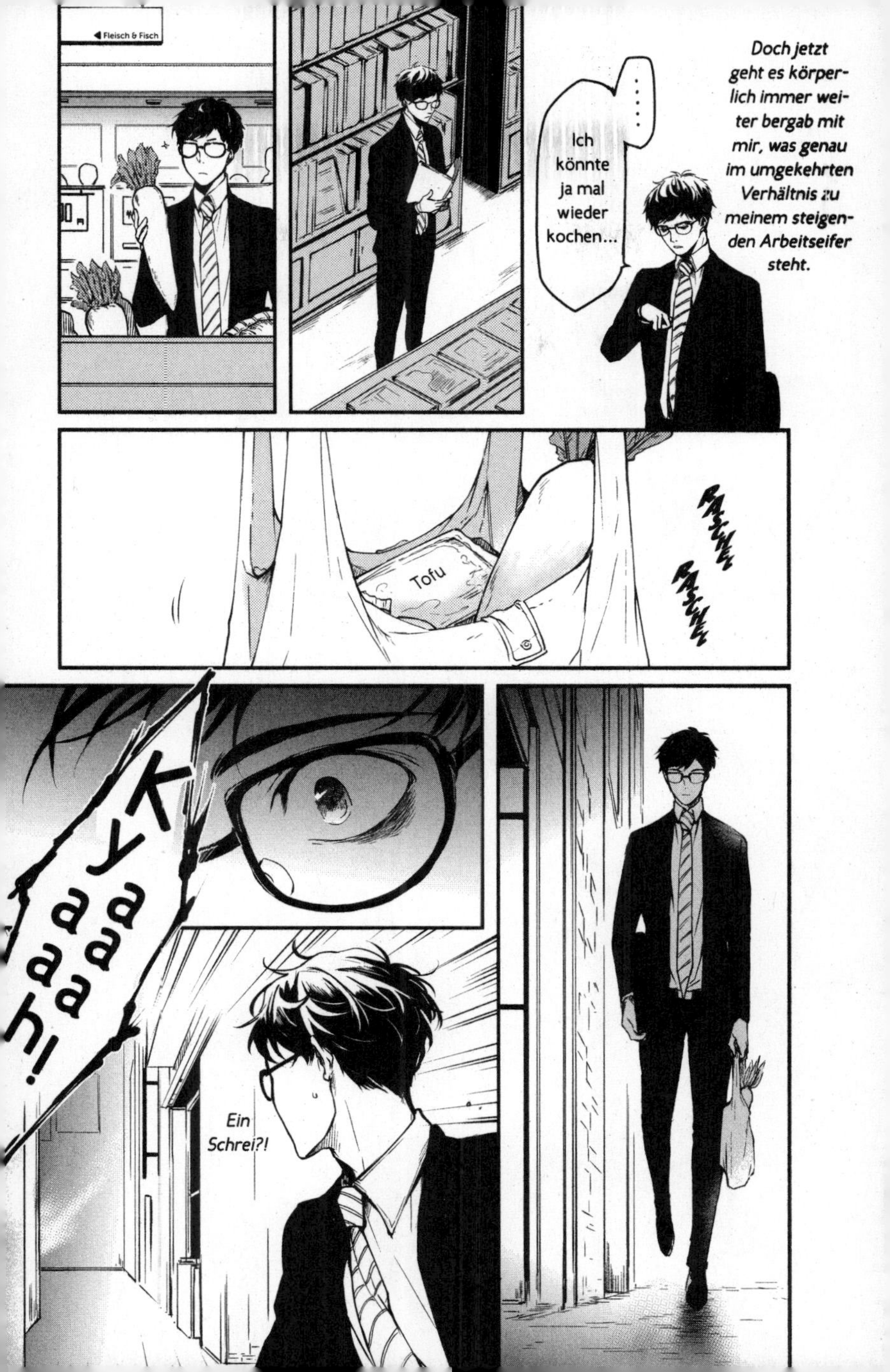
Fleisch & Fisch
Doch jetzt geht es körperlich immer weiter bergab mit mir, was genau im umgekehrten Verhältnis zu meinem steigenden Arbeitseifer steht.
……
Ich könnte ja mal wieder kochen…
Raschel
Raschel
Tofu
Kyaaaaah!!
Ein Schrei?!

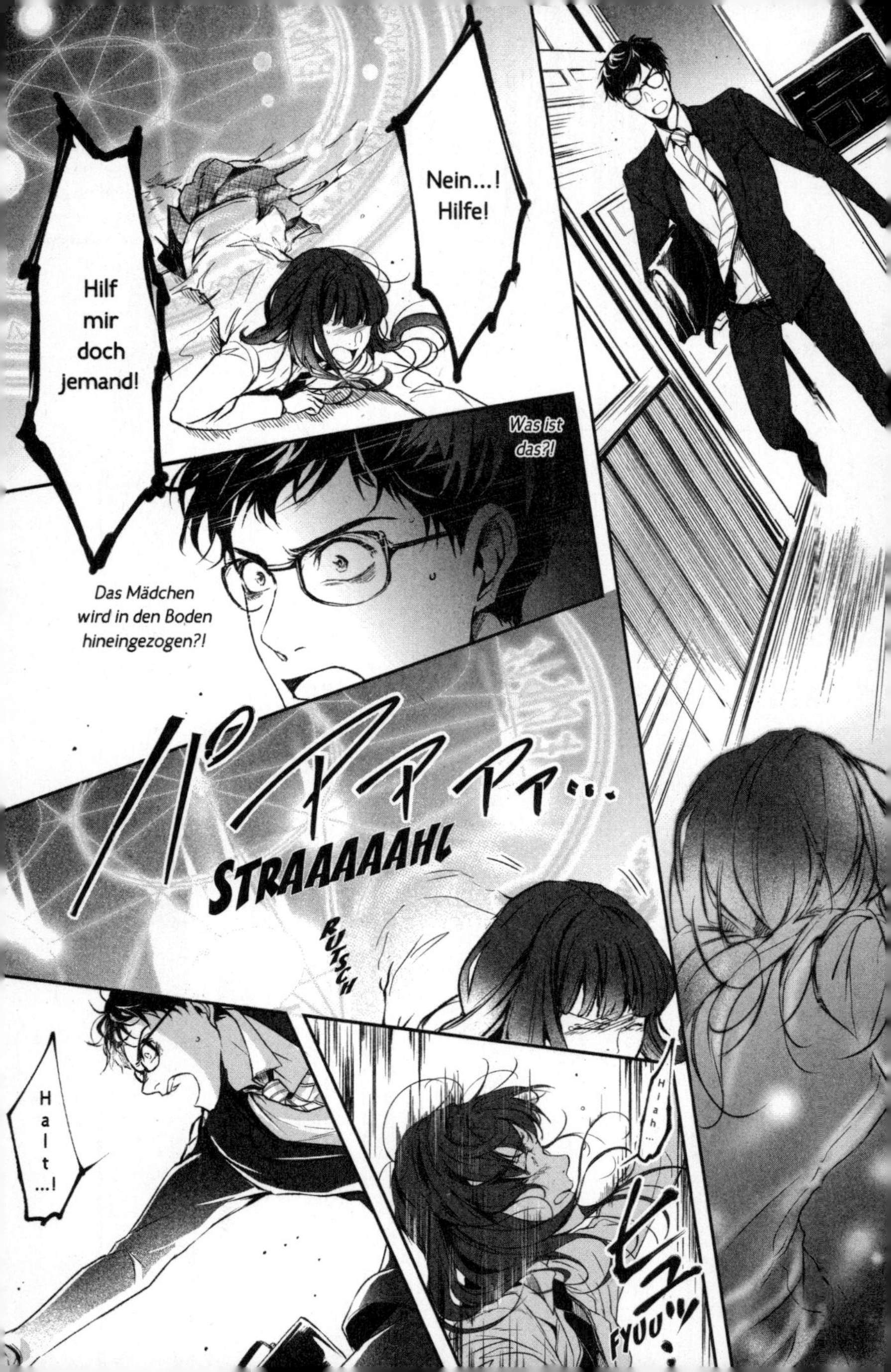
Nein...! Hilfe!
Hilf mir doch jemand!
Was ist das?!
Das Mädchen wird in den Boden hineingezogen?!
STRAAAAAHL
RUTSCH
Hiah...
FYUU
Halt...!

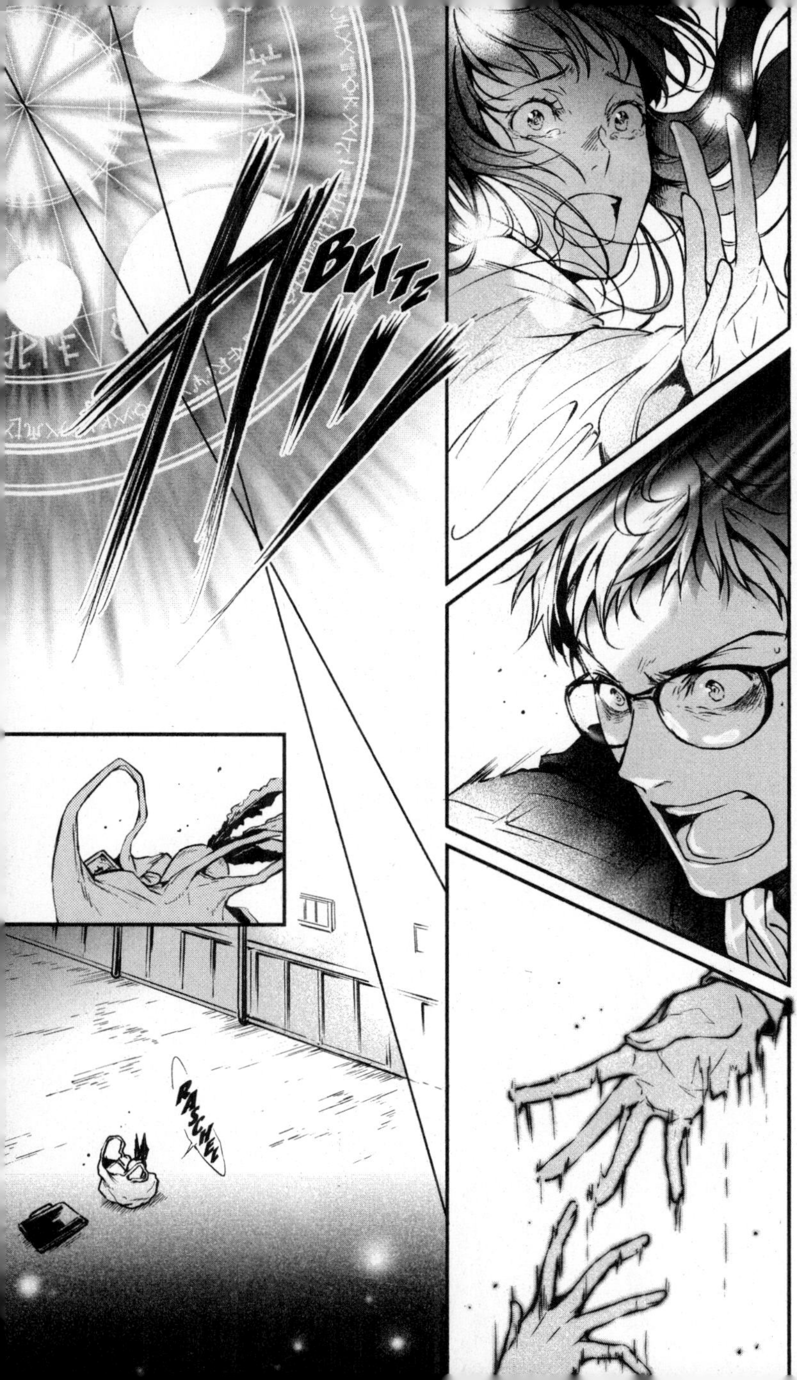
BLITZ
RASCHEL

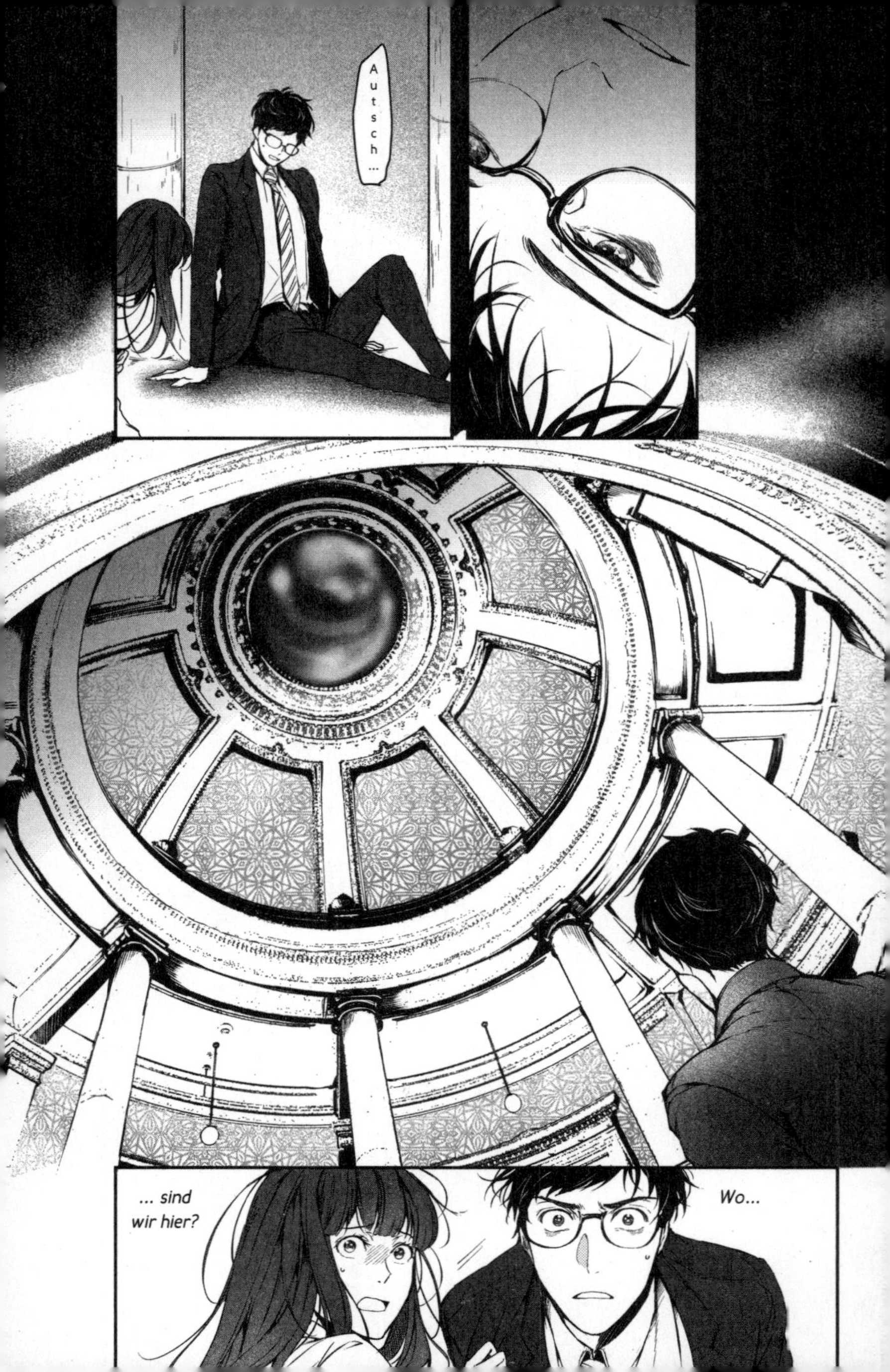
Autsch ...
Wo...
... sind wir hier?

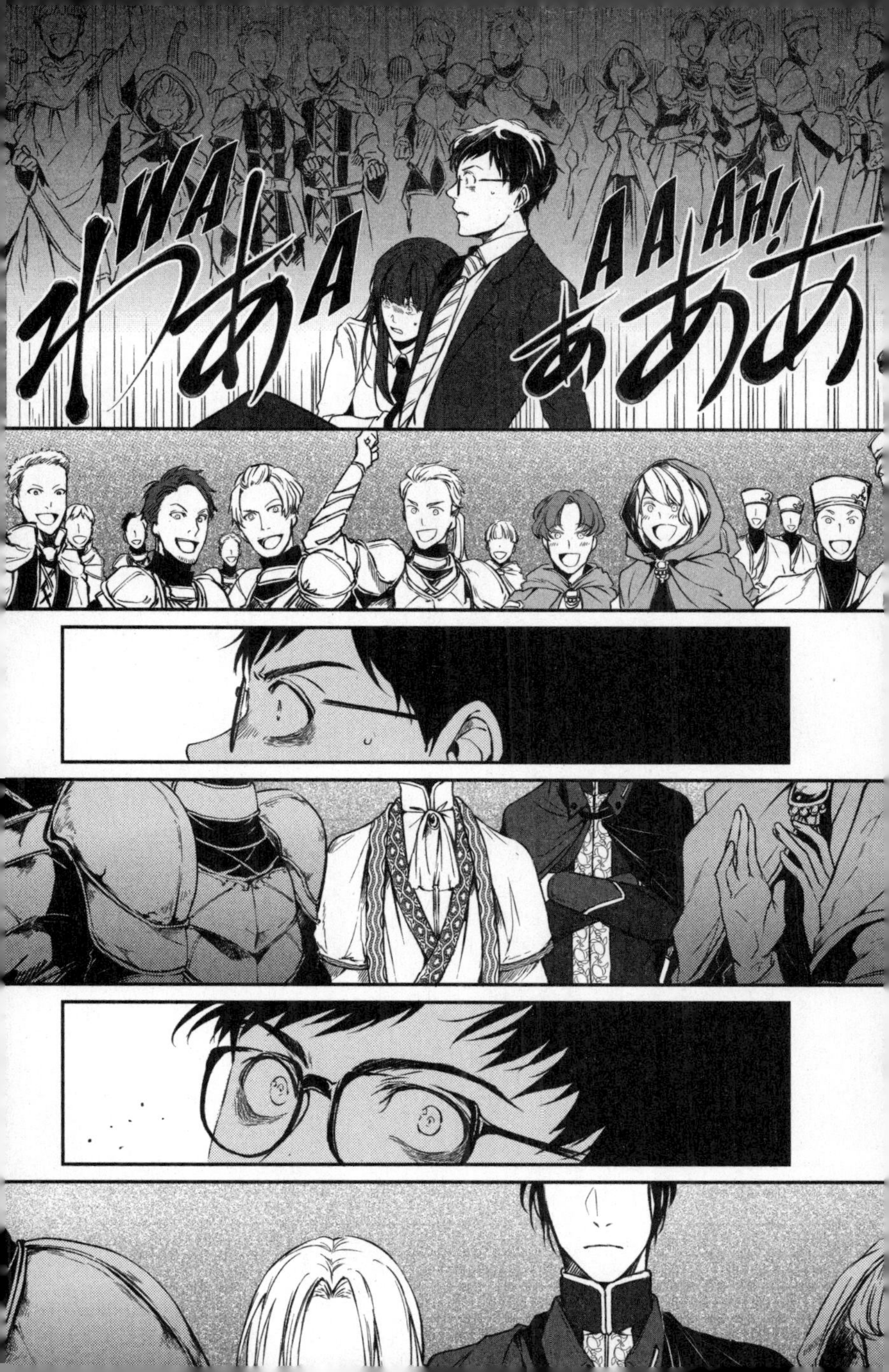
WAAAAAH!
わっあああ

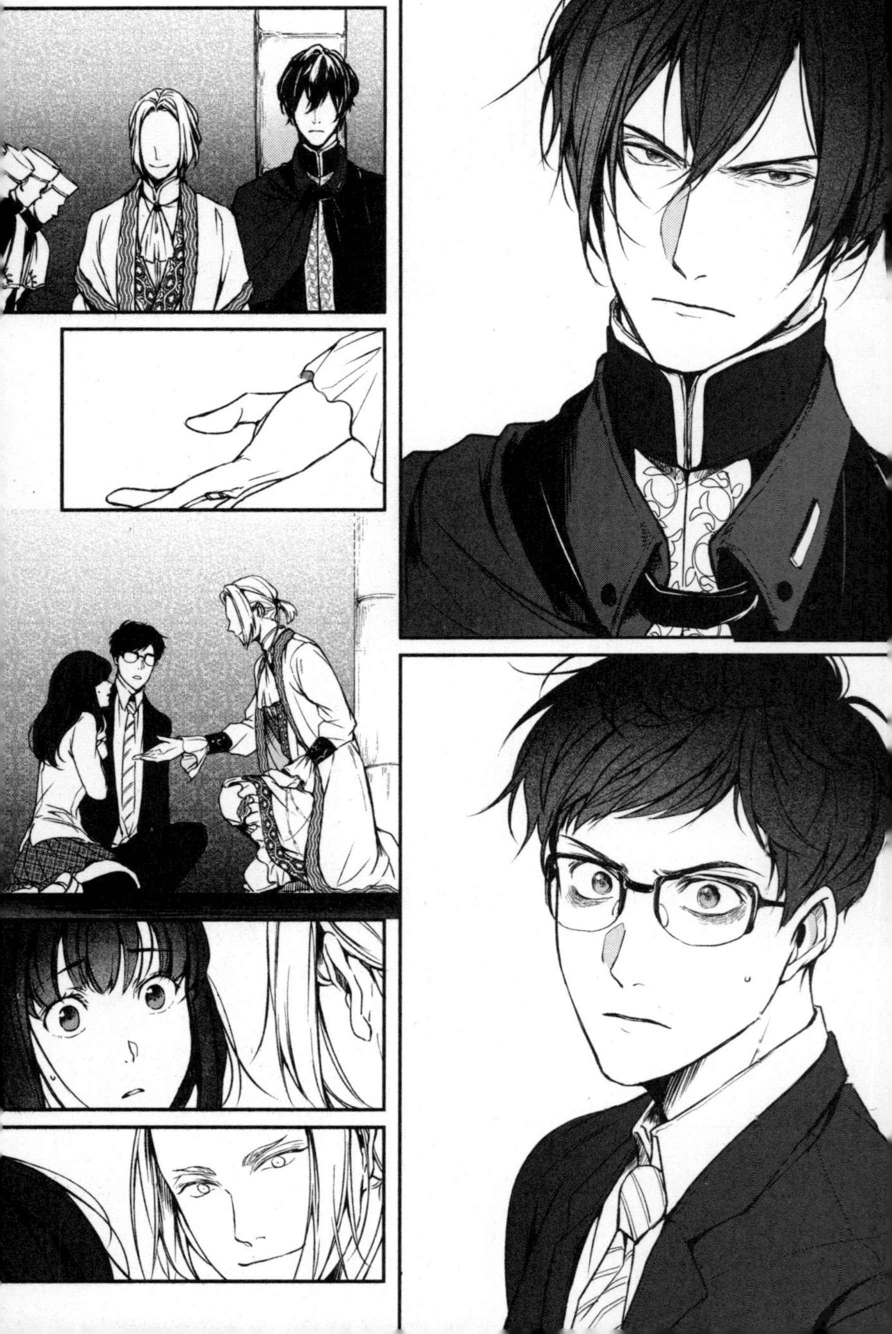

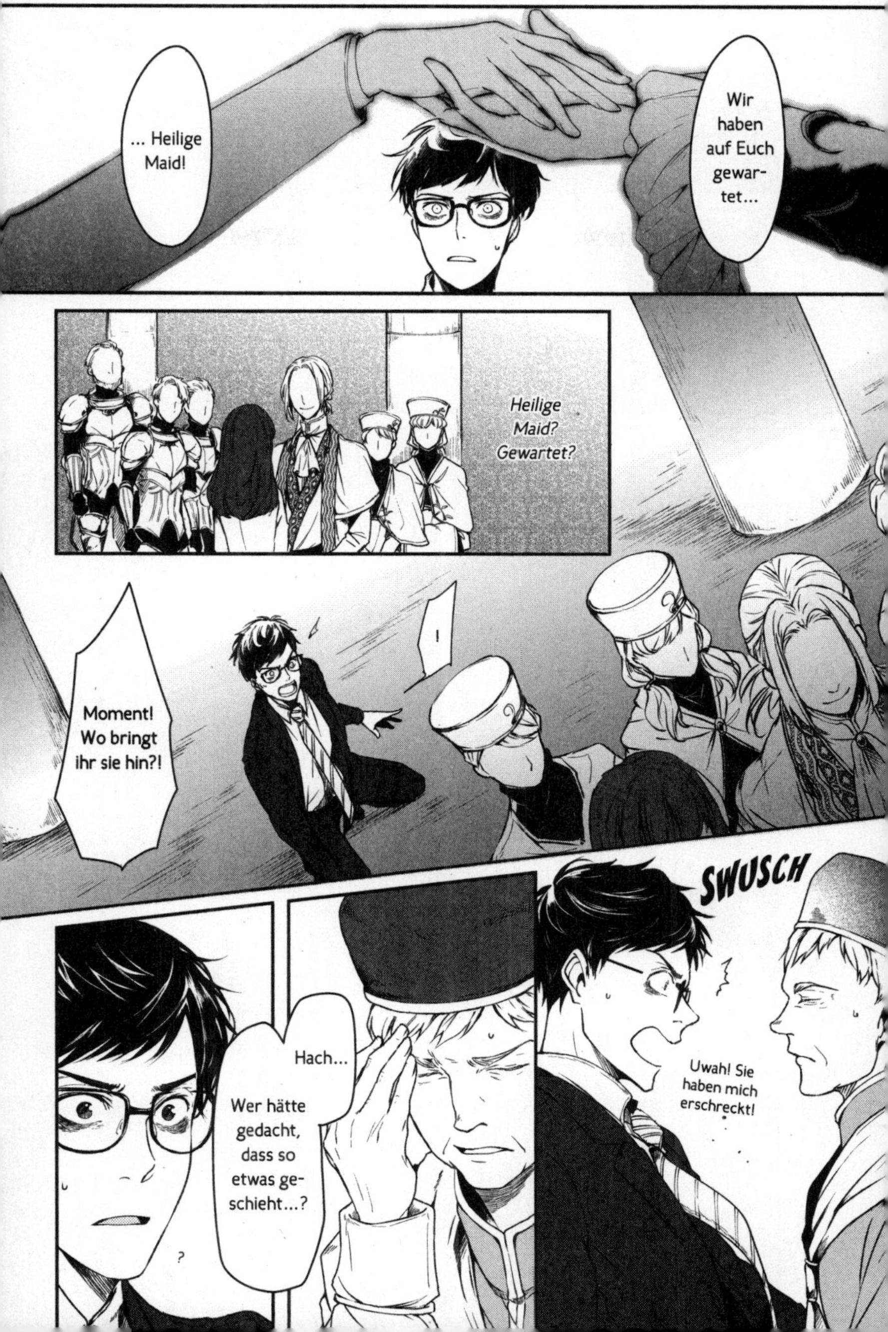
Wir haben auf Euch gewar-tet...
... Heilige Maid!
Heilige Maid? Gewartet?
!
Moment! Wo bringt ihr sie hin?!
SWUSCH
Uwah! Sie haben mich erschreckt!
Hach...
Wer hätte gedacht, dass so etwas ge-schieht...?
?

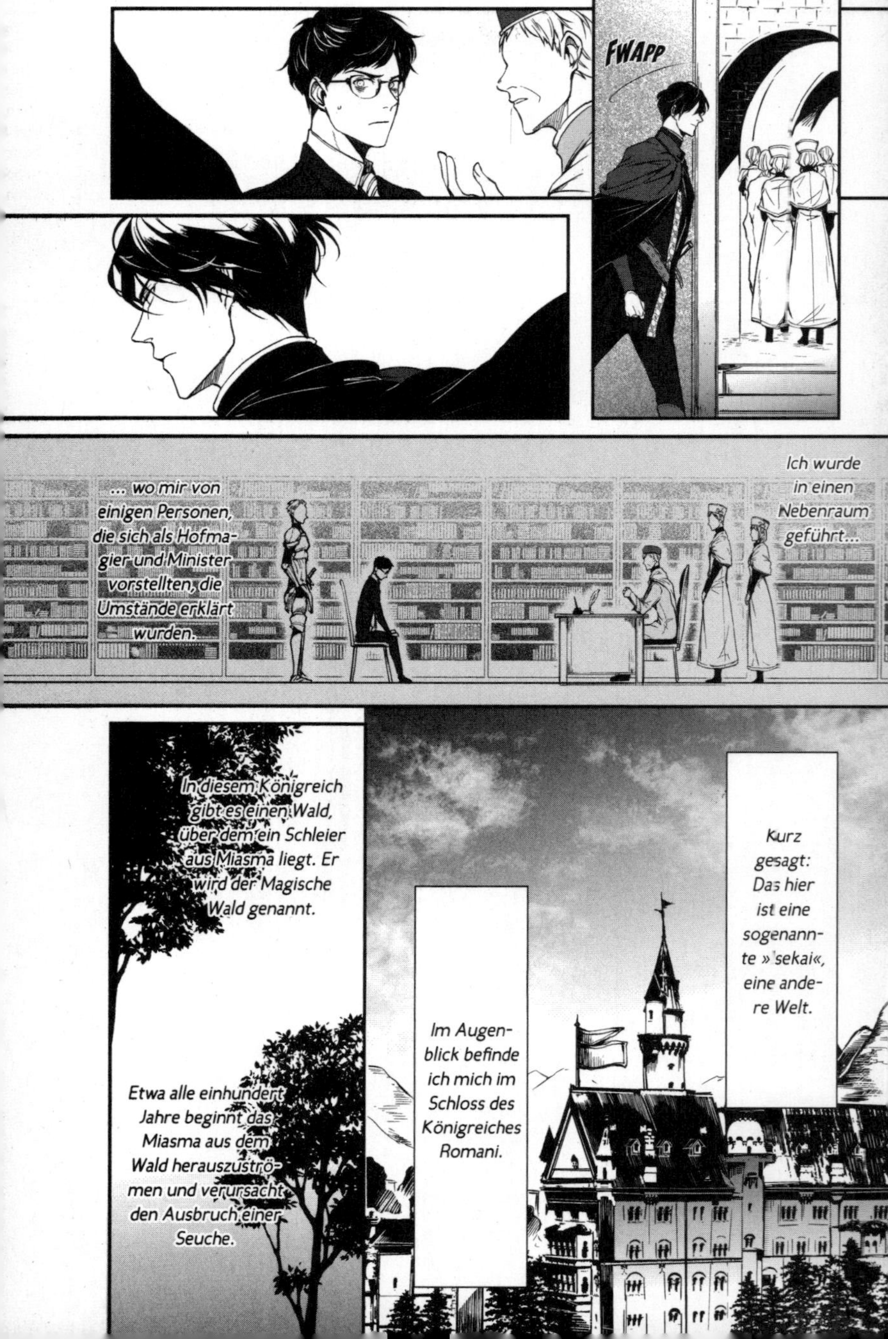
FWAPP
Ich wurde in einen Nebenraum geführt ...
... wo mir von einigen Personen, die sich als Hofmagier und Minister vorstellten, die Umstände erklärt wurden.
Kurz gesagt: Das hier ist eine sogenannte »Isekai«, eine andere Welt.
Im Augenblick befinde ich mich im Schloss des Königreiches Romani.
In diesem Königreich gibt es einen Wald, über dem ein Schleier aus Miasma liegt. Er wird der Magische Wald genannt.
Etwa alle einhundert Jahre beginnt das Miasma aus dem Wald herauszuströmen und verursacht den Ausbruch einer Seuche.

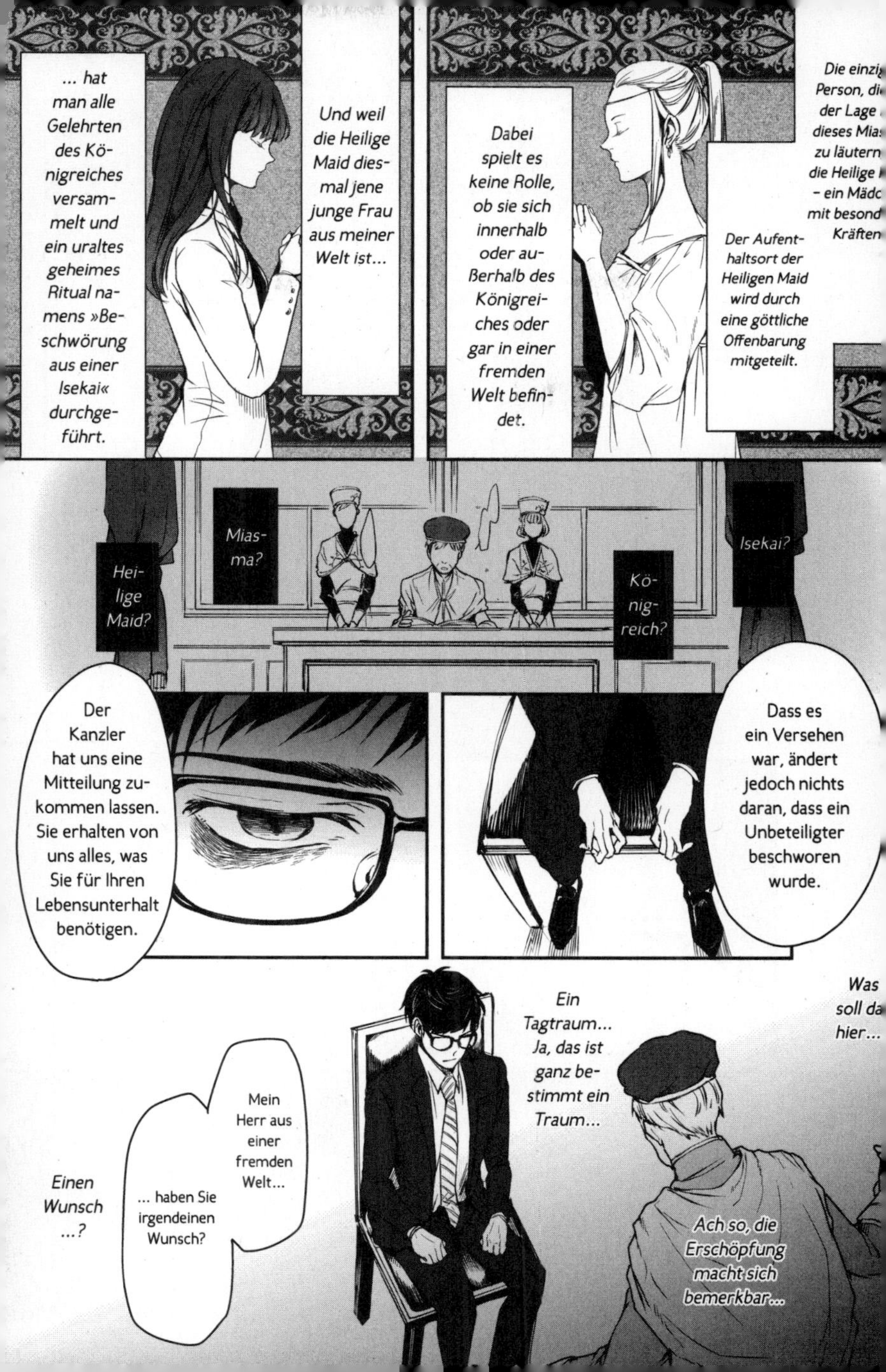

Die einzi
Person, di
der Lage
dieses Mia
zu läutern
die Heilige
– ein Mädc
mit besond
Kräften
Der Aufenthaltsort der Heiligen Maid wird durch eine göttliche Offenbarung mitgeteilt.
Dabei spielt es keine Rolle, ob sie sich innerhalb oder außerhalb des Königreiches oder gar in einer fremden Welt befindet.
Und weil die Heilige Maid diesmal jene junge Frau aus meiner Welt ist…
… hat man alle Gelehrten des Königreiches versammelt und ein uraltes geheimes Ritual namens »Beschwörung aus einer Isekai« durchgeführt.
Isekai?
Königreich?
Miasma?
Heilige Maid?
Dass es ein Versehen war, ändert jedoch nichts daran, dass ein Unbeteiligter beschworen wurde.
Der Kanzler hat uns eine Mitteilung zukommen lassen. Sie erhalten von uns alles, was Sie für Ihren Lebensunterhalt benötigen.
Was soll da hier…
Ein Tagtraum… Ja, das ist ganz bestimmt ein Traum…
Ach so, die Erschöpfung macht sich bemerkbar…
Mein Herr aus einer fremden Welt…
… haben Sie irgendeinen Wunsch?
Einen Wunsch …?

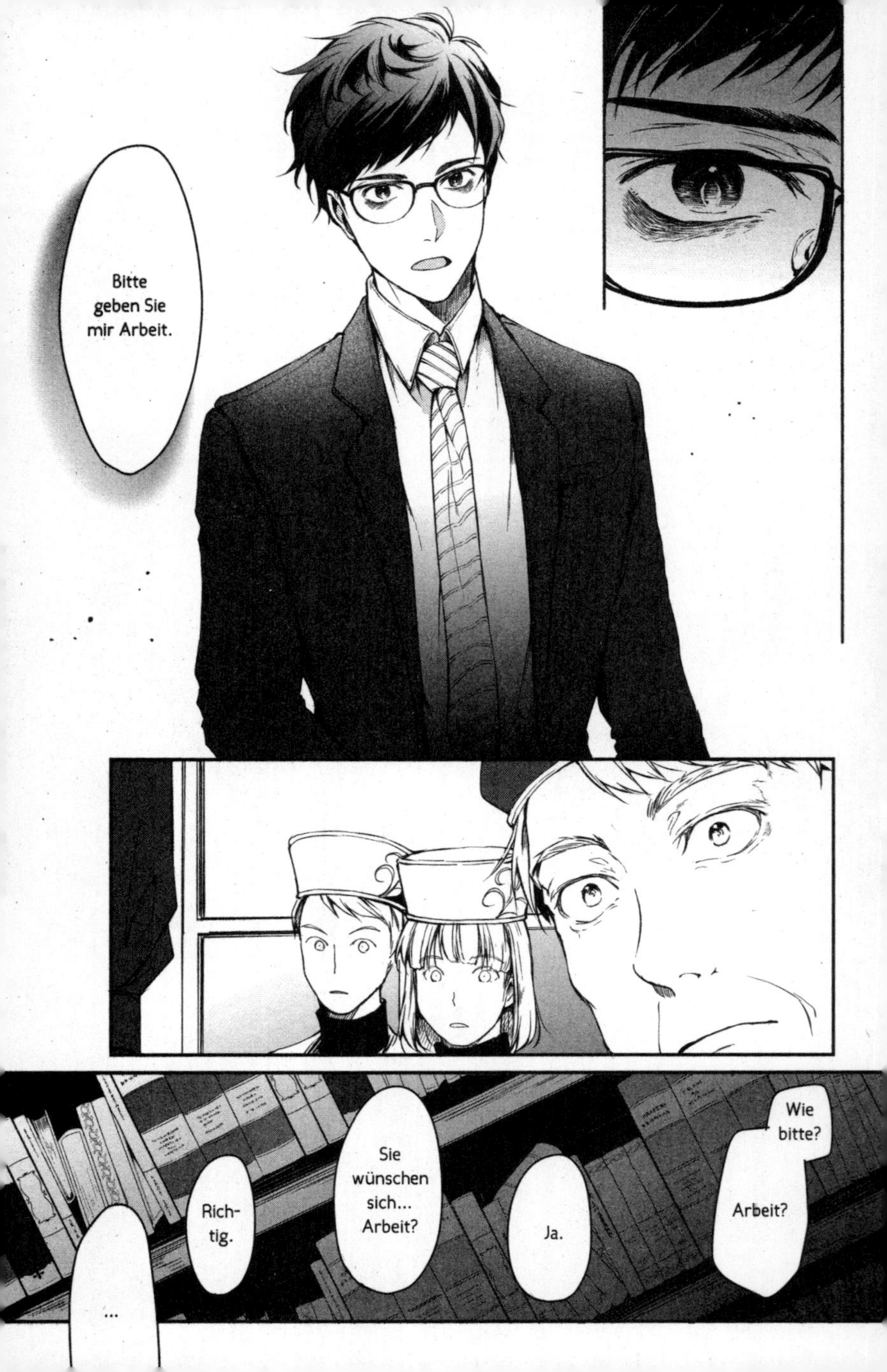
Bitte geben Sie mir Arbeit.
Wie bitte?
Arbeit?
Ja.
Sie wünschen sich... Arbeit?
Rich-tig.
...

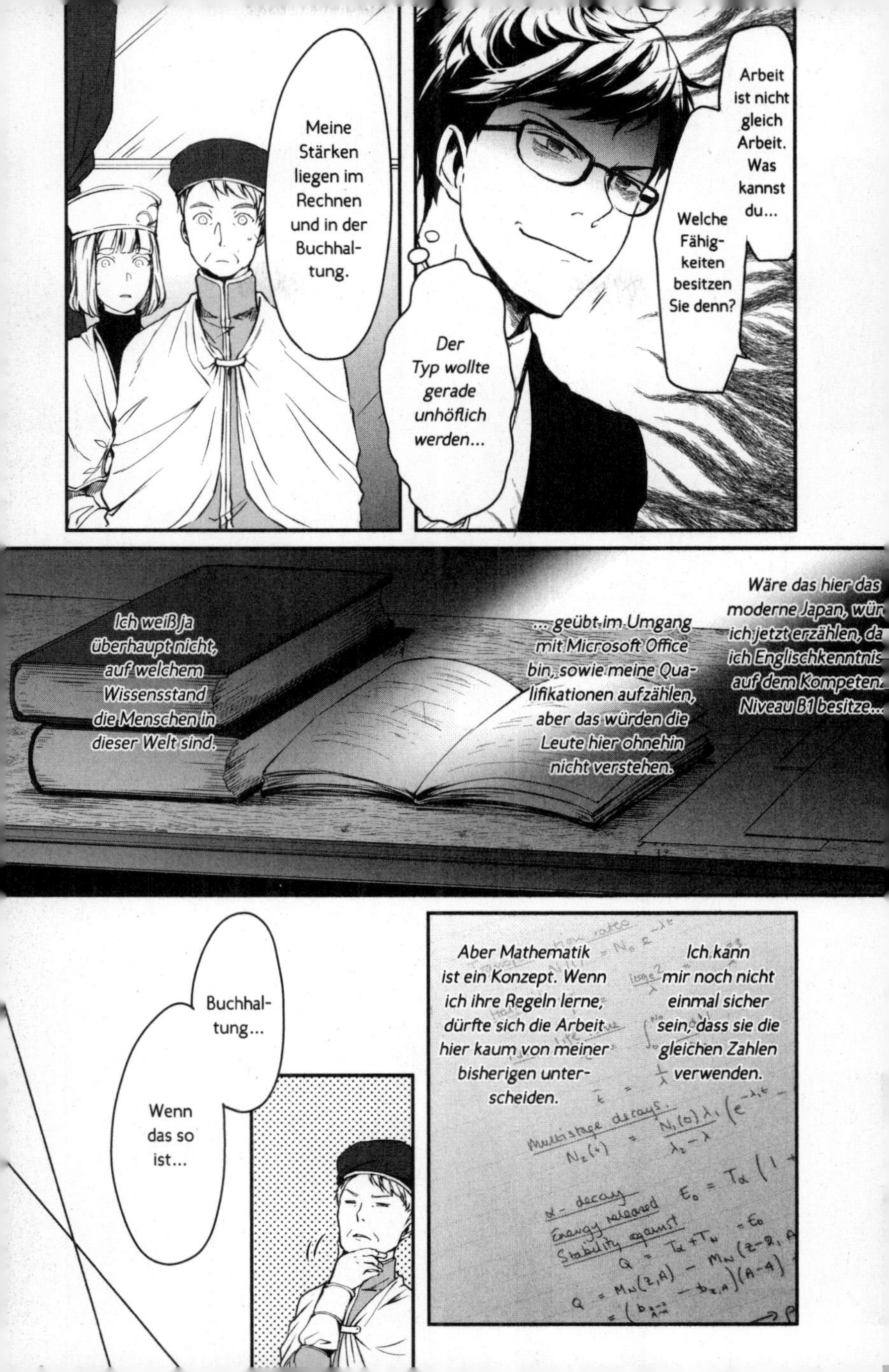
Arbeit ist nicht gleich Arbeit. Was kannst du...
Welche Fähigkeiten besitzen Sie denn?
Der Typ wollte gerade unhöflich werden...
Meine Stärken liegen im Rechnen und in der Buchhaltung.
Wäre das hier das moderne Japan, wür ich jetzt erzählen, da ich Englischkenntnis auf dem Kompeten Niveau B1 besitze...
... geübt im Umgang mit Microsoft Office bin, sowie meine Qualifikationen aufzählen, aber das würden die Leute hier ohnehin nicht verstehen.
Ich weiß ja überhaupt nicht, auf welchem Wissensstand die Menschen in dieser Welt sind.
Ich kann mir noch nicht einmal sicher sein, dass sie die gleichen Zahlen verwenden.
Aber Mathematik ist ein Konzept. Wenn ich ihre Regeln lerne, dürfte sich die Arbeit hier kaum von meiner bisherigen unterscheiden.
Buchhaltung...
Wenn das so ist...

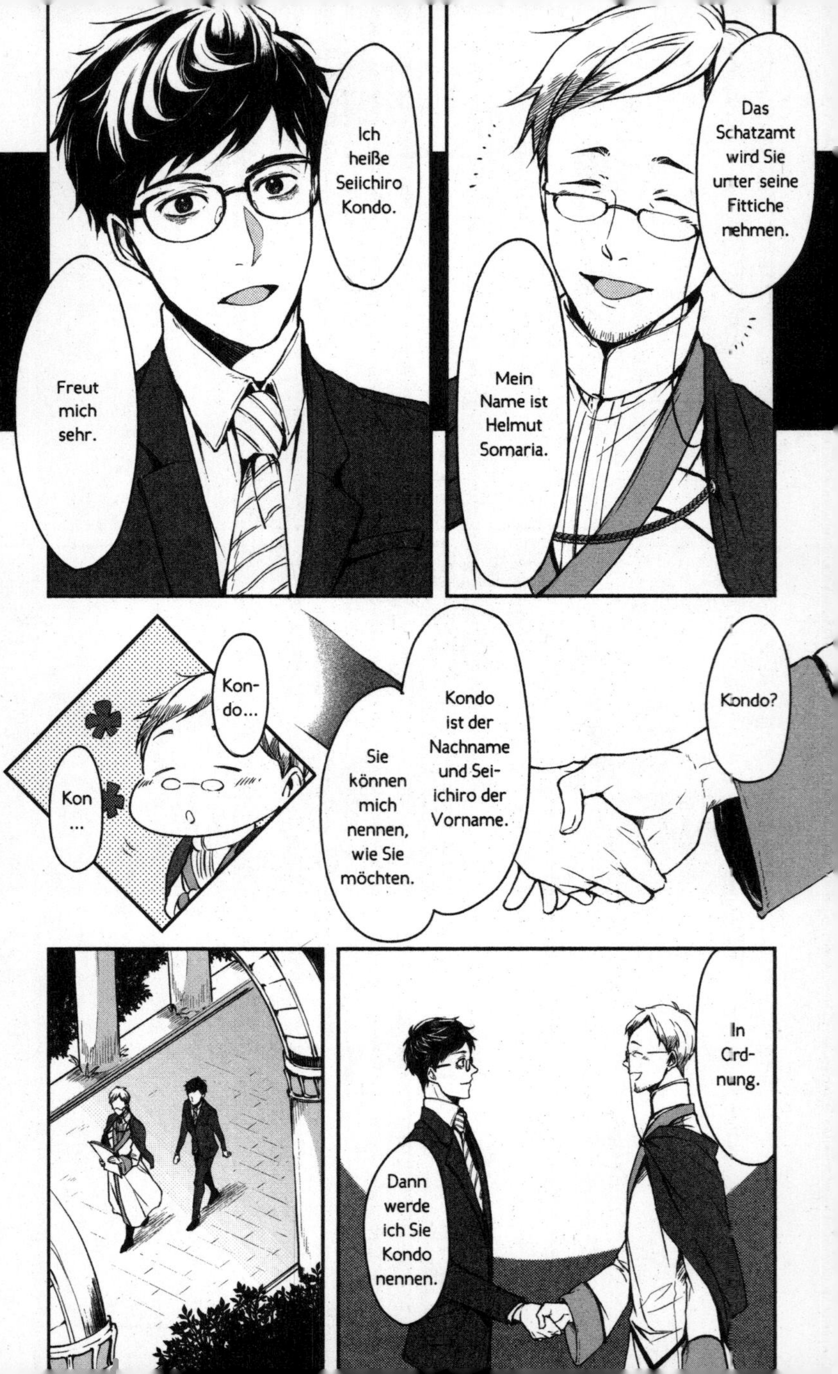
Das Schatzamt wird Sie urter seine Fittiche nehmen.
Mein Name ist Helmut Somaria.
Ich heiße Seiichiro Kondo.
Freut mich sehr.
Kondo?
Kondo ist der Nachname und Sei-ichiro der Vorname.
Sie können mich nennen, wie Sie möchten.
Kon-do...
Kon ...
In Crd-nung.
Dann werde ich Sie Kondo nennen.

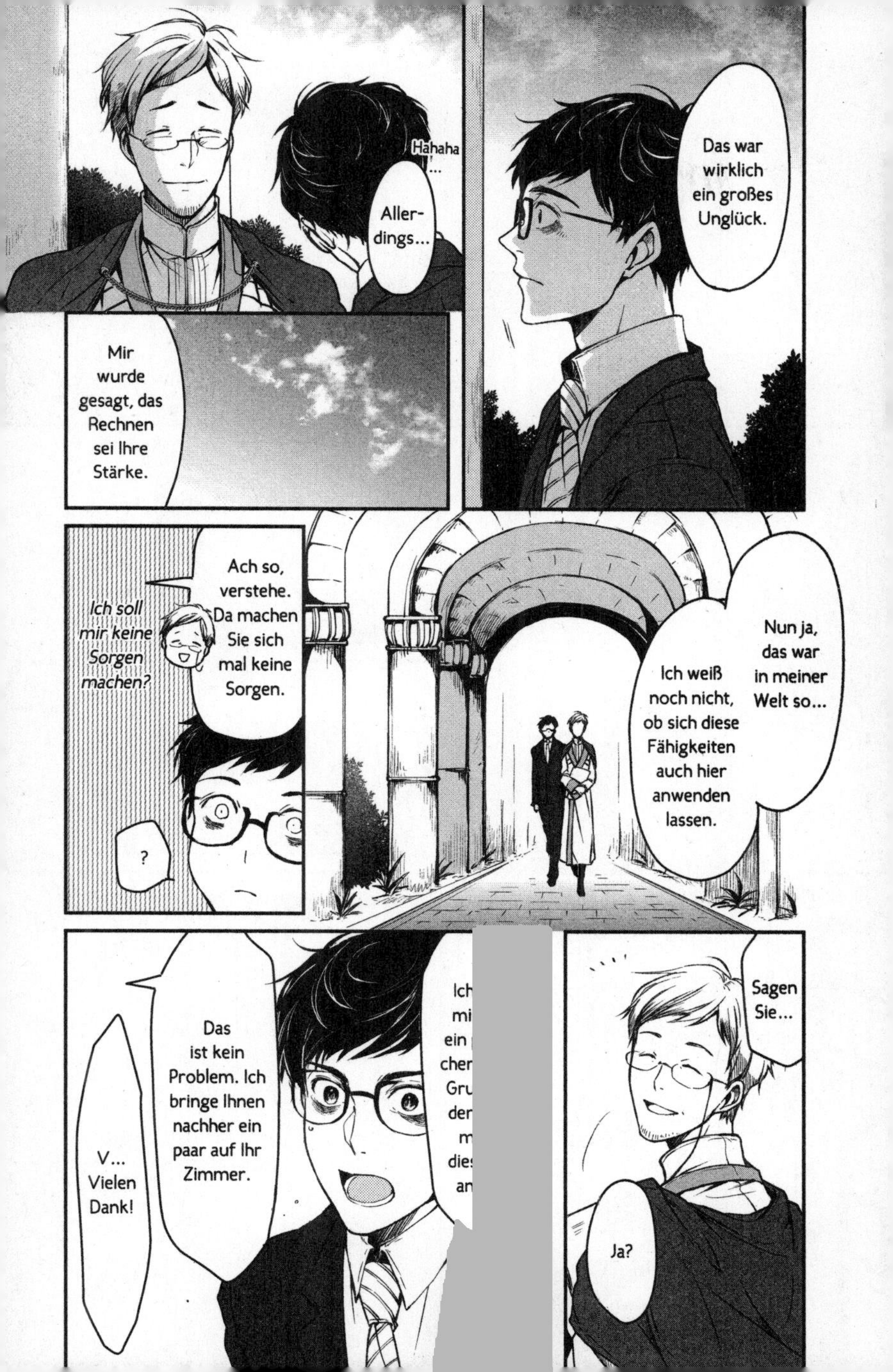
Das war wirklich ein großes Unglück.
Hahaha …
Allerdings…
Mir wurde gesagt, das Rechnen sei Ihre Stärke.
Nun ja, das war in meiner Welt so…
Ich weiß noch nicht, ob sich diese Fähigkeiten auch hier anwenden lassen.
Ach so, verstehe. Da machen Sie sich mal keine Sorgen.
Ich soll mir keine Sorgen machen?
?
Sagen Sie…
Ja?
Das ist kein Problem. Ich bringe Ihnen nachher ein paar auf Ihr Zimmer.
V… Vielen Dank!

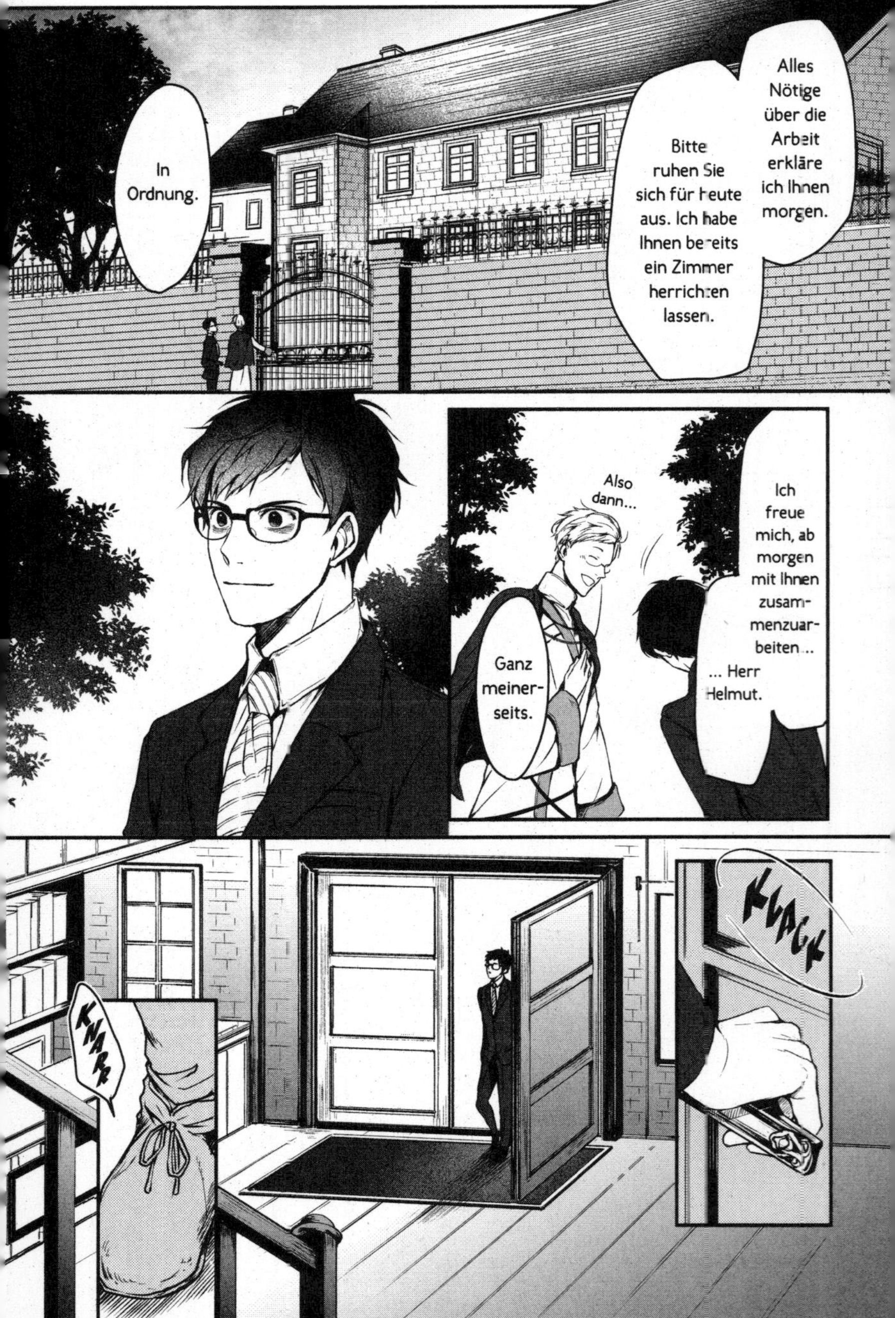

Alles Nötige über die Arbeit erkläre ich Ihnen morgen.
Bitte ruhen Sie sich für heute aus. Ich habe Ihnen bereits ein Zimmer herrichten lassen.
In Ordnung.
Ich freue mich, ab morgen mit Ihnen zusammenzuarbeiten ...
... Herr Helmut.
Also dann ...
Ganz meinerseits.
KLACK
KNARR

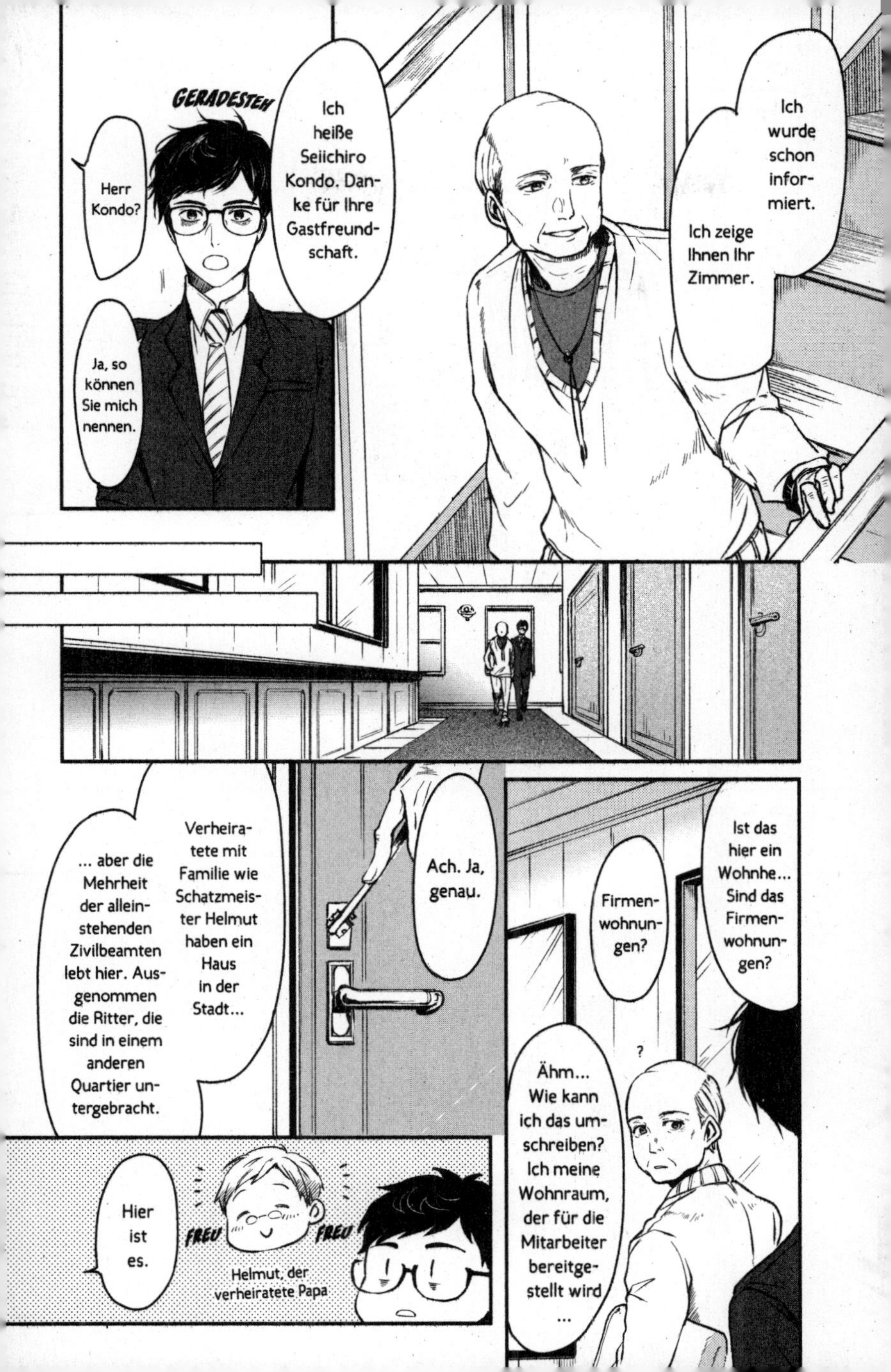

Ich wurde schon informiert.
Ich zeige Ihnen Ihr Zimmer.
Ich heiße Seiichiro Kondo. Danke für Ihre Gastfreundschaft.
GERADESTEH
Herr Kondo?
Ja, so können Sie mich nennen.
Ist das hier ein Wohnhe... Sind das Firmenwohnungen?
Firmenwohnungen?
?
Ähm... Wie kann ich das umschreiben? Ich meine Wohnraum, der für die Mitarbeiter bereitgestellt wird ...
Ach. Ja, genau.
Verheiratete mit Familie wie Schatzmeister Helmut haben ein Haus in der Stadt...
... aber die Mehrheit der alleinstehenden Zivilbeamten lebt hier. Ausgenommen die Ritter, die sind in einem anderen Quartier untergebracht.
FREU FREU
Helmut, der verheiratete Papa
Hier ist es.

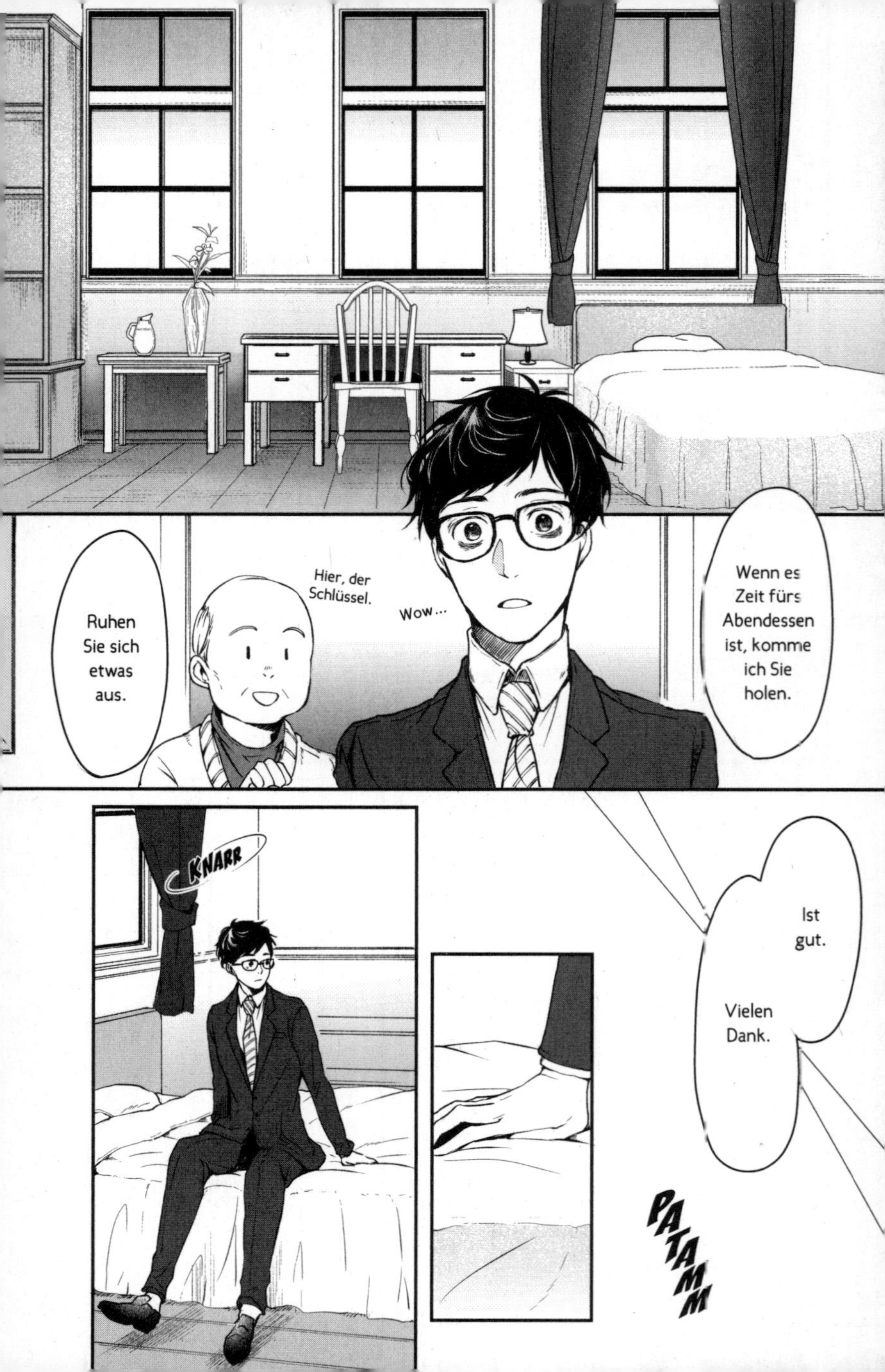
Wenn es Zeit fürs Abendessen ist, komme ich Sie holen.
Wow…
Hier, der Schlüssel.
Ruhen Sie sich etwas aus.
Ist gut.
Vielen Dank.
PATAMM
KNARR

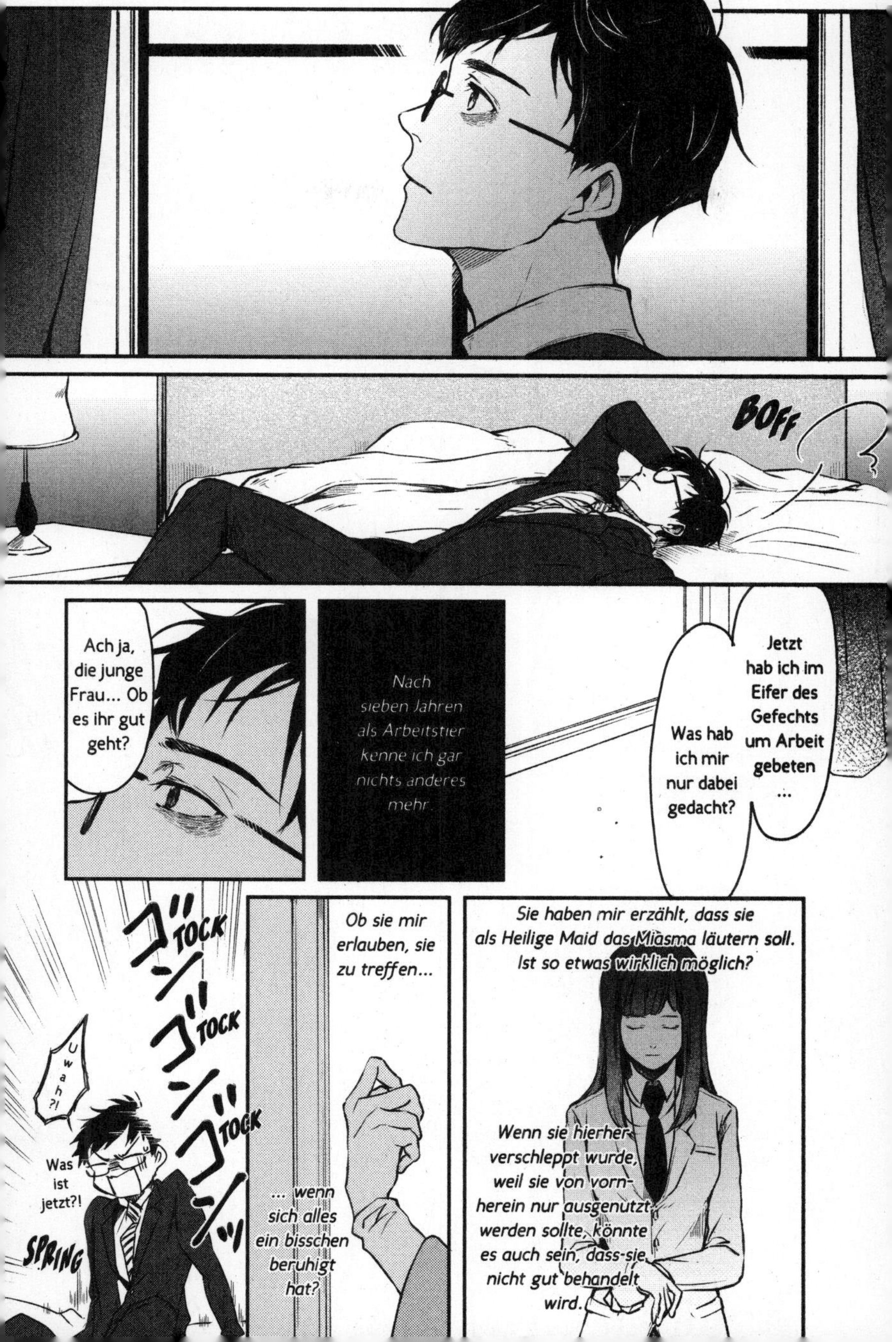

BOFF
Jetzt hab ich im Eifer des Gefechts um Arbeit gebeten ...
Was hab ich mir nur dabei gedacht?
Nach sieben Jahren als Arbeitstier kenne ich gar nichts anderes mehr.
Ach ja, die junge Frau... Ob es ihr gut geht?
Sie haben mir erzählt, dass sie als Heilige Maid das Miasma läutern soll. Ist so etwas wirklich möglich?
Wenn sie hierher verschleppt wurde, weil sie von vornherein nur ausgenutzt werden sollte, könnte es auch sein, dass sie nicht gut behandelt wird.
Ob sie mir erlauben, sie zu treffen...
... wenn sich alles ein bisschen beruhigt hat?
TOCK
TOCK
TOCK
Uwah?!
Was ist jetzt?!
SPRING

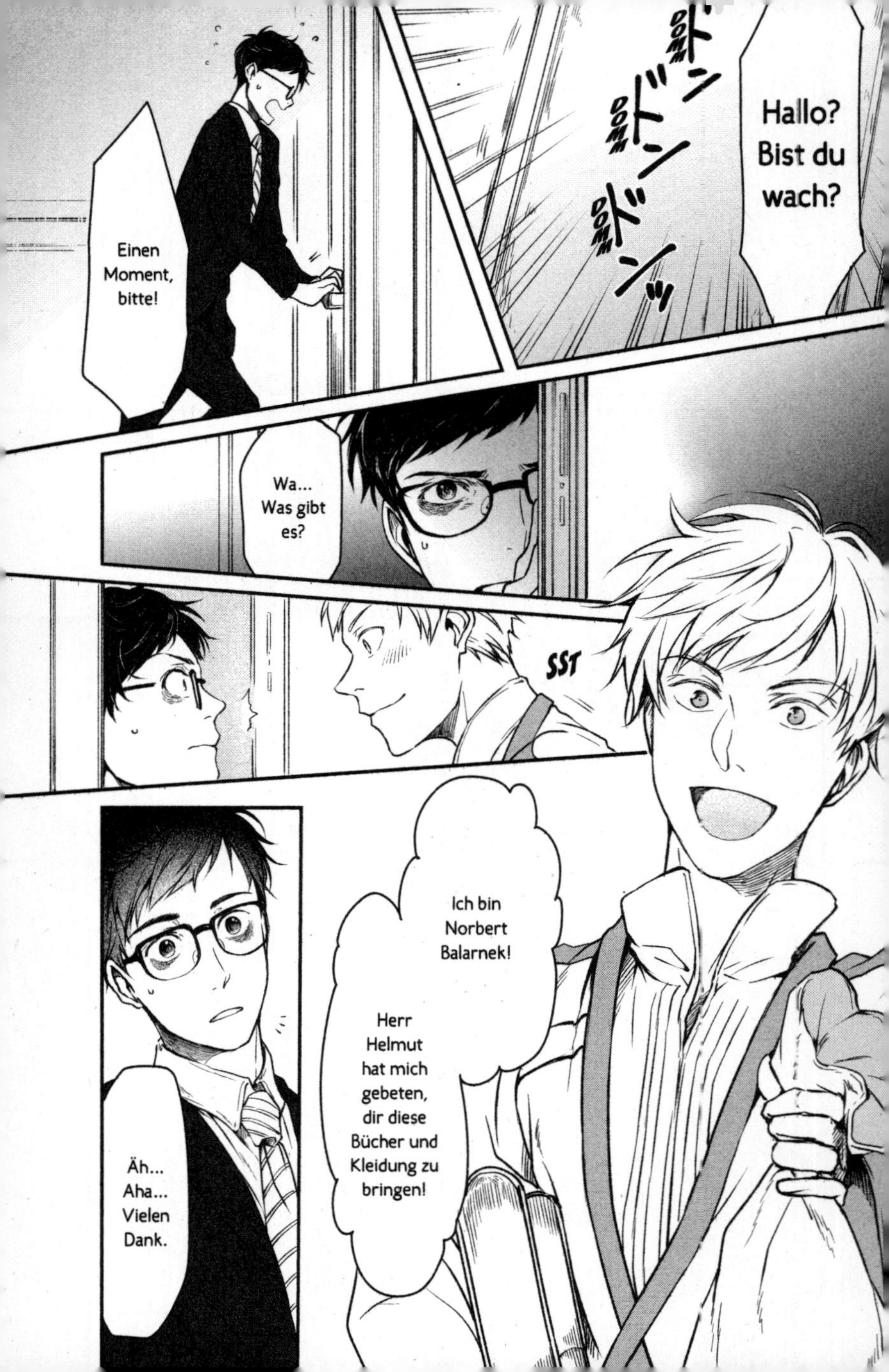
ドン ドン ドンッ
DOMM DOMM DOMM
Hallo? Bist du wach?
Einen Moment, bitte!
Wa... Was gibt es?
SST
Ich bin Norbert Balarnek!
Herr Helmut hat mich gebeten, dir diese Bücher und Kleidung zu bringen!
Äh... Aha... Vielen Dank.

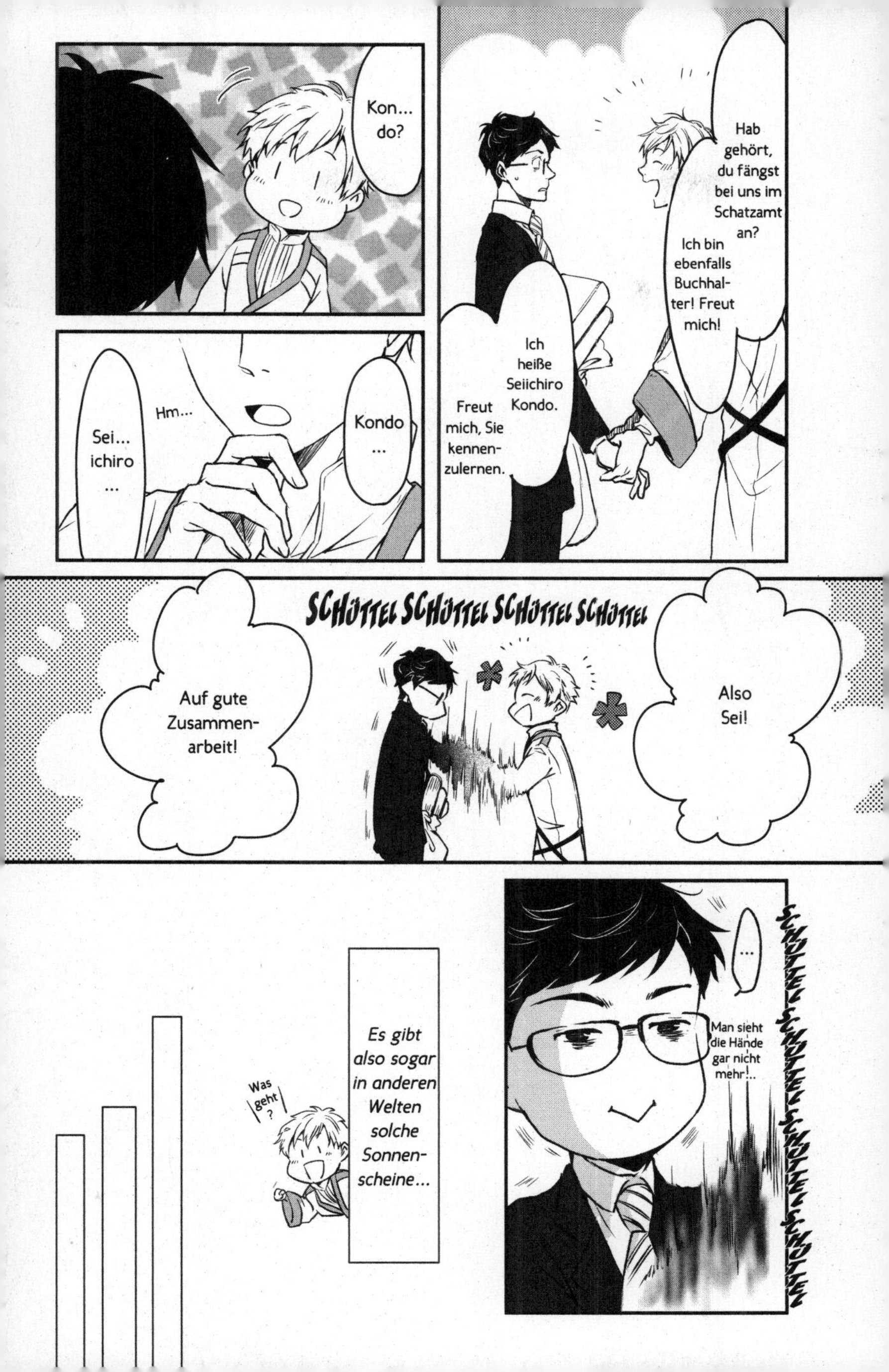

Hab gehört, du fängst bei uns im Schatzamt an?
Ich bin ebenfalls Buchhalter! Freut mich!
Ich heiße Seiichiro Kondo.
Freut mich, Sie kennenzulernen.
Kon... do?
Kondo ...
Hm...
Sei... ichiro ...
SCHÜTTEL SCHÜTTEL SCHÜTTEL SCHÜTTEL
Also Sei!
Auf gute Zusammenarbeit!
...
Man sieht die Hände gar nicht mehr!..
Es gibt also sogar in anderen Welten solche Sonnenscheine...
Was geht?

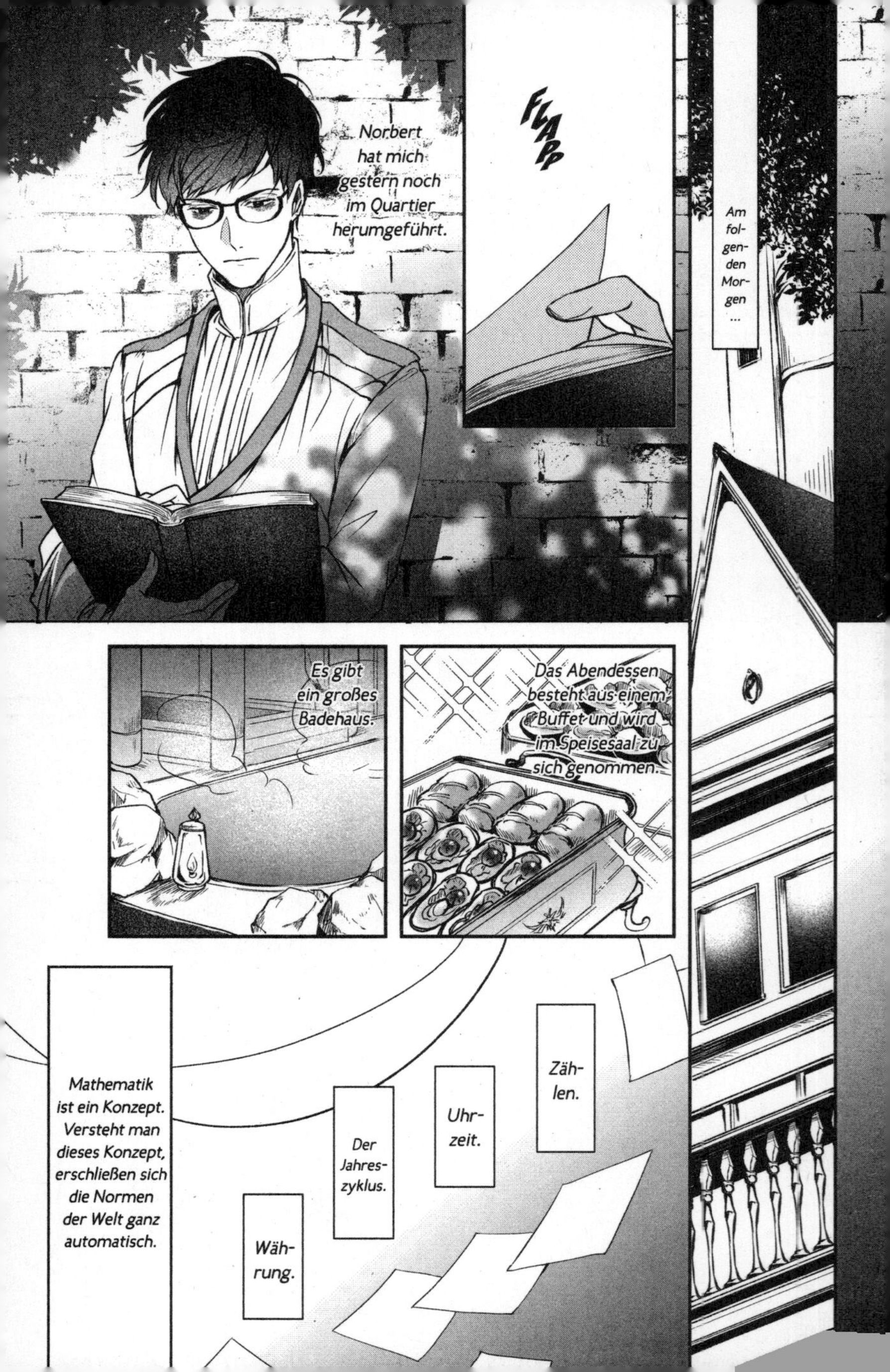
Am folgenden Morgen …
FLAPP
Norbert hat mich gestern noch im Quartier herumgeführt.
Das Abendessen besteht aus einem Buffet und wird im Speisesaal zu sich genommen.
Es gibt ein großes Badehaus.
Zählen.
Uhrzeit.
Der Jahreszyklus.
Währung.
Mathematik ist ein Konzept. Versteht man dieses Konzept, erschließen sich die Normen der Welt ganz automatisch.

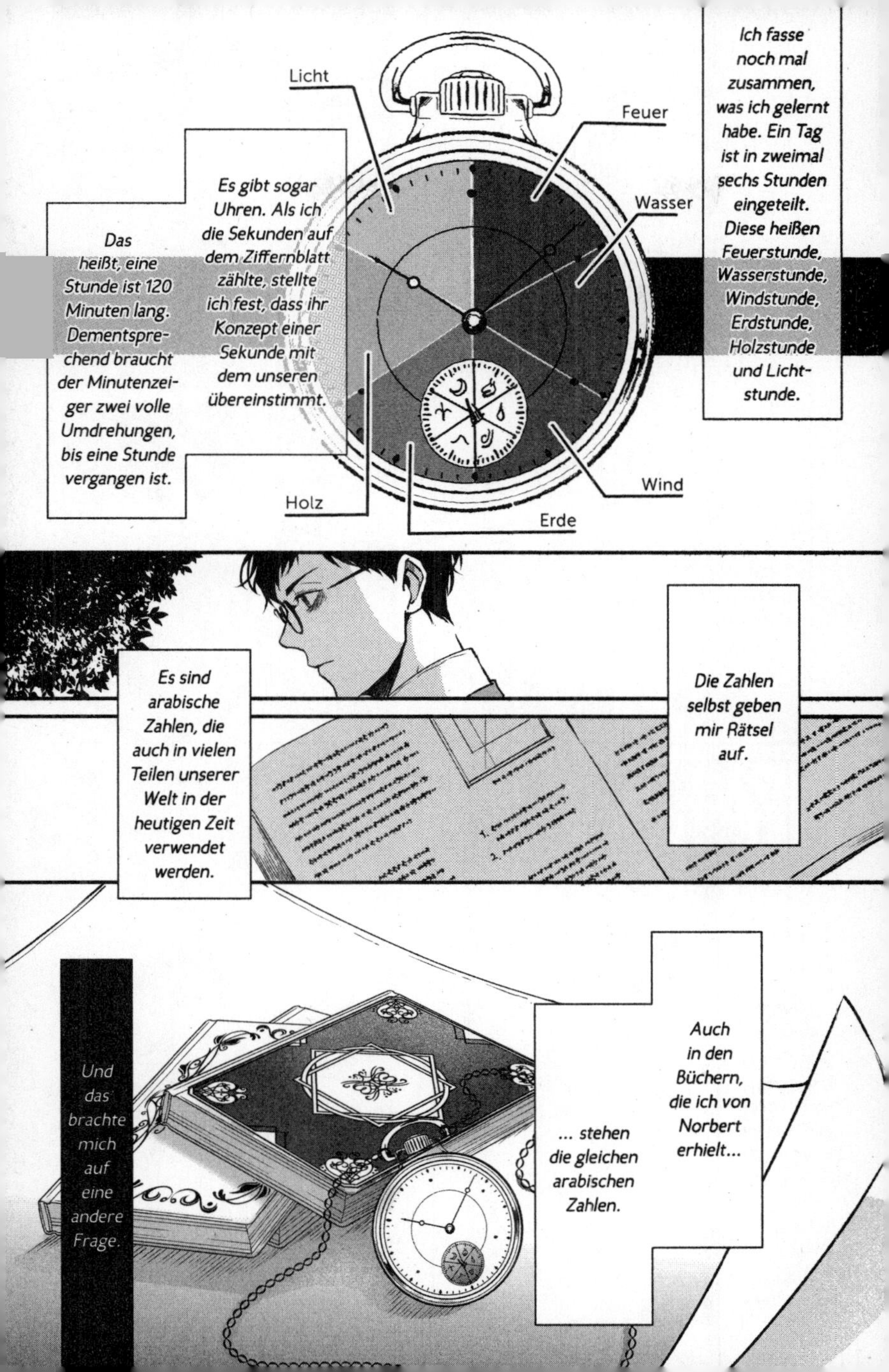

Ich fasse noch mal zusammen, was ich gelernt habe. Ein Tag ist in zweimal sechs Stunden eingeteilt. Diese heißen Feuerstunde, Wasserstunde, Windstunde, Erdstunde, Holzstunde und Lichtstunde.
Feuer
Licht
Wasser
Wind
Erde
Holz
Es gibt sogar Uhren. Als ich die Sekunden auf dem Ziffernblatt zählte, stellte ich fest, dass ihr Konzept einer Sekunde mit dem unseren übereinstimmt.
Das heißt, eine Stunde ist 120 Minuten lang. Dementsprechend braucht der Minutenzeiger zwei volle Umdrehungen, bis eine Stunde vergangen ist.
Die Zahlen selbst geben mir Rätsel auf.
Es sind arabische Zahlen, die auch in vielen Teilen unserer Welt in der heutigen Zeit verwendet werden.
Auch in den Büchern, die ich von Norbert erhielt...
... stehen die gleichen arabischen Zahlen.
Und das brachte mich auf eine andere Frage.

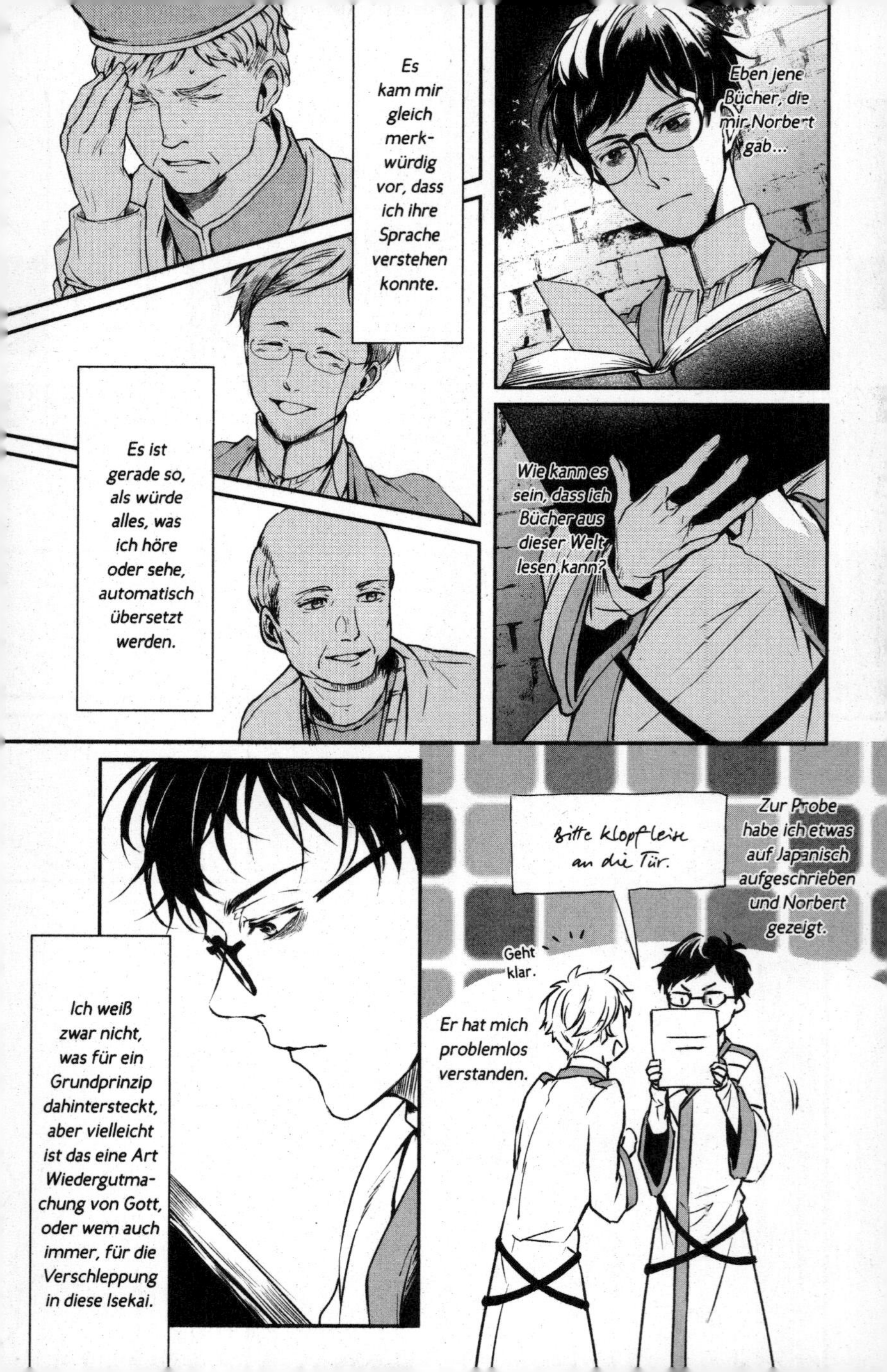
Eben jene Bücher, die mir Norbert gab…
Es kam mir gleich merkwürdig vor, dass ich ihre Sprache verstehen konnte.
Wie kann es sein, dass ich Bücher aus dieser Welt lesen kann?
Es ist gerade so, als würde alles, was ich höre oder sehe, automatisch übersetzt werden.
Zur Probe habe ich etwas auf Japanisch aufgeschrieben und Norbert gezeigt.
Bitte klopf leise an die Tür.
Geht klar.
Er hat mich problemlos verstanden.
Ich weiß zwar nicht, was für ein Grundprinzip dahintersteckt, aber vielleicht ist das eine Art Wiedergutmachung von Gott, oder wem auch immer, für die Verschleppung in diese Isekai.

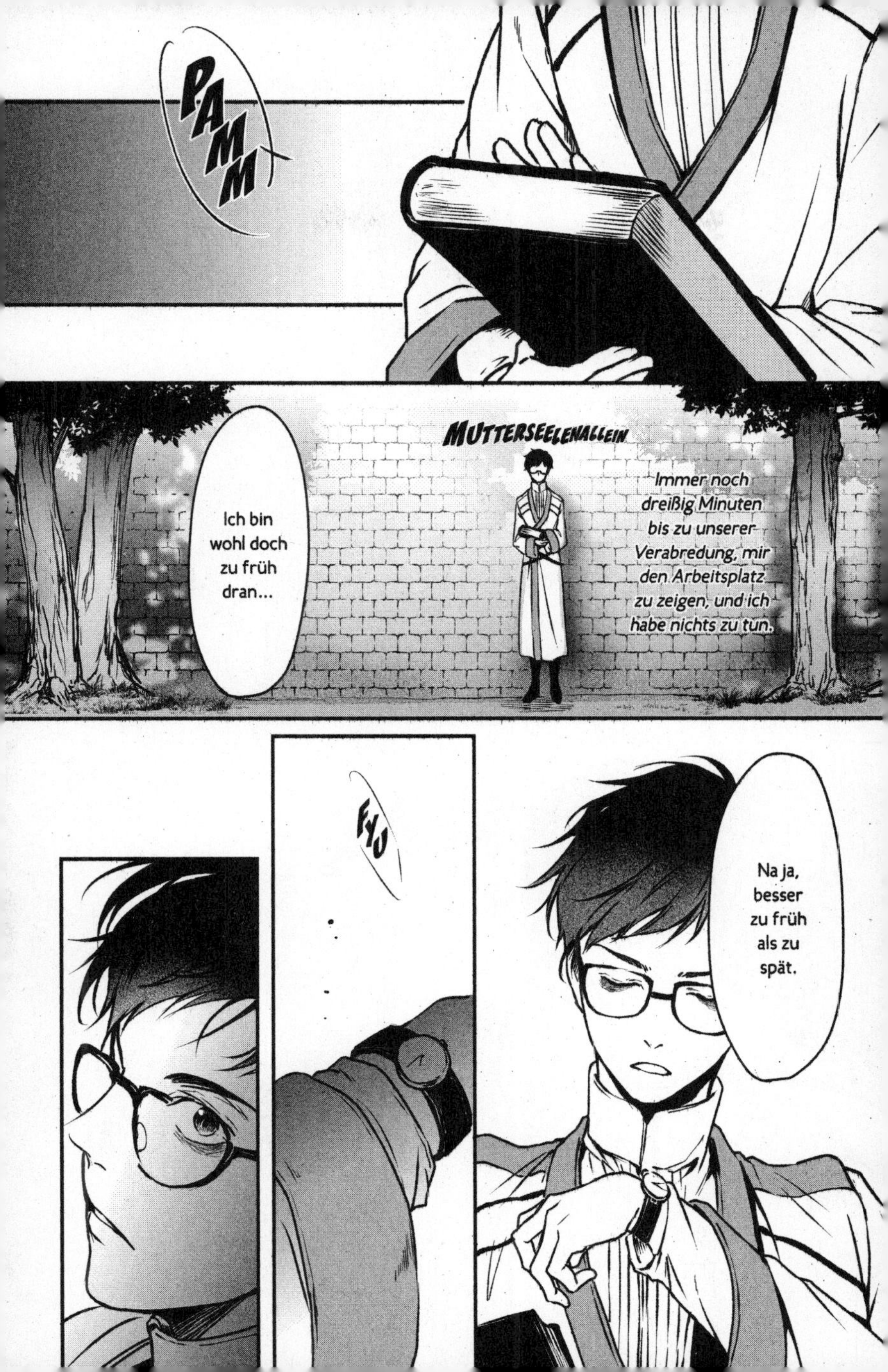
PAMM
MUTTERSEELENALLEIN
Immer noch dreißig Minuten bis zu unserer Verabredung, mir den Arbeitsplatz zu zeigen, und ich habe nichts zu tun.
Ich bin wohl doch zu früh dran…
Na ja, besser zu früh als zu spät.
FHU
…

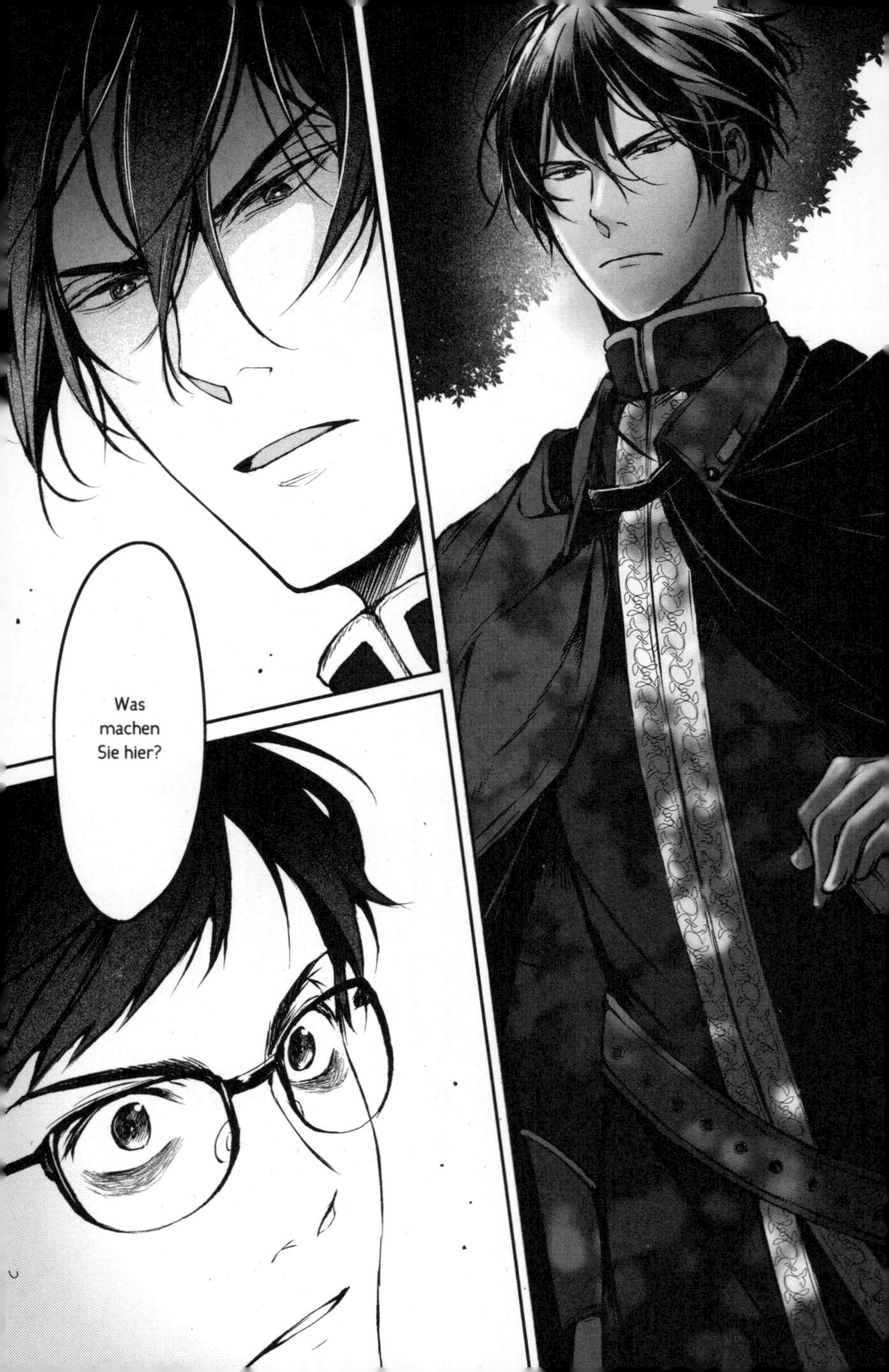
Was machen Sie hier?

ISEKAI OFFICE WORKER

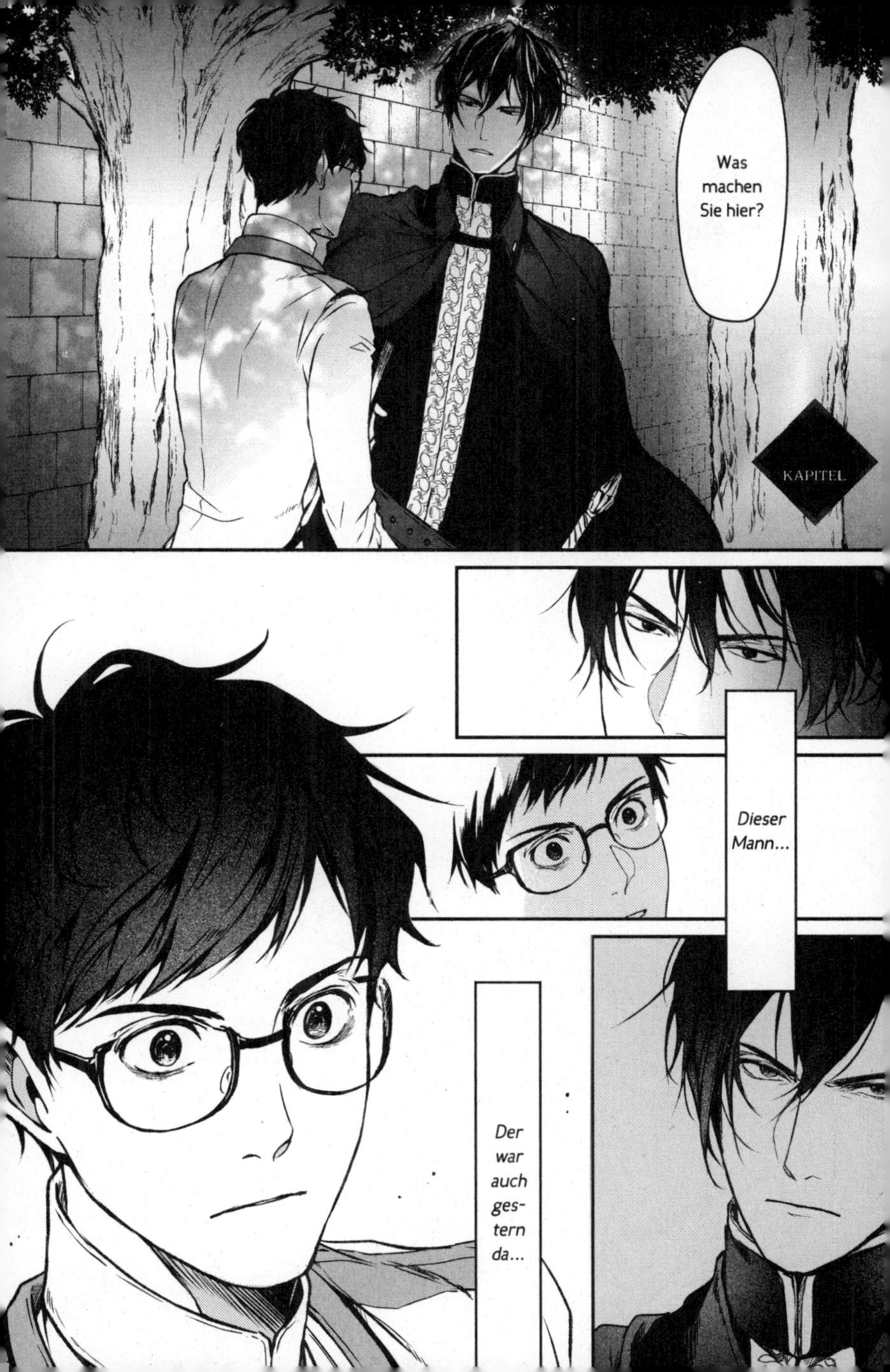
Was machen Sie hier?
KAPITEL
Dieser Mann...
Der war auch ges-tern da...

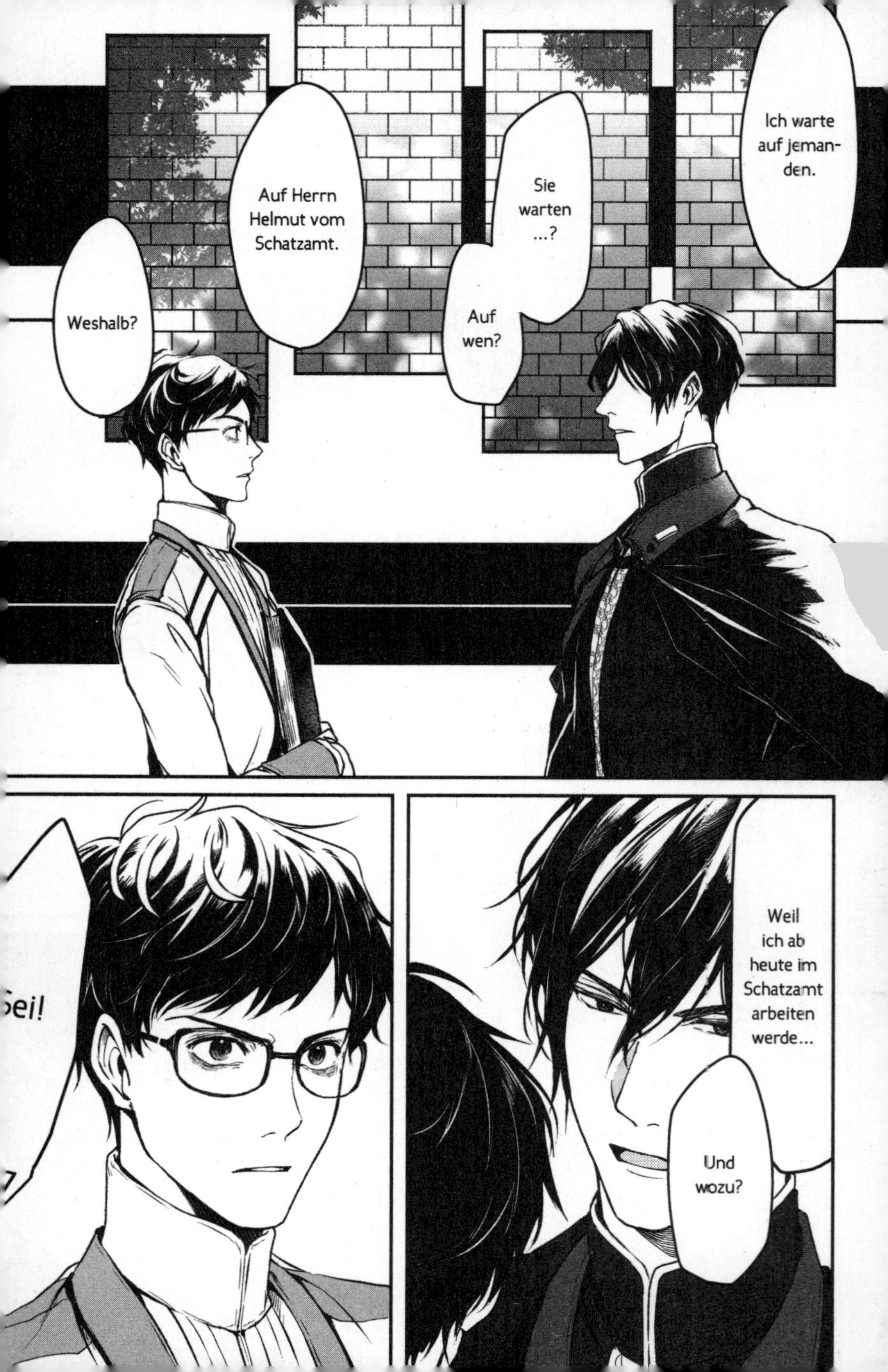

Ich warte auf jemanden.
Sie warten …?
Auf wen?
Auf Herrn Helmut vom Schatzamt.
Weshalb?
Weil ich ab heute im Schatzamt arbeiten werde…
Und wozu?

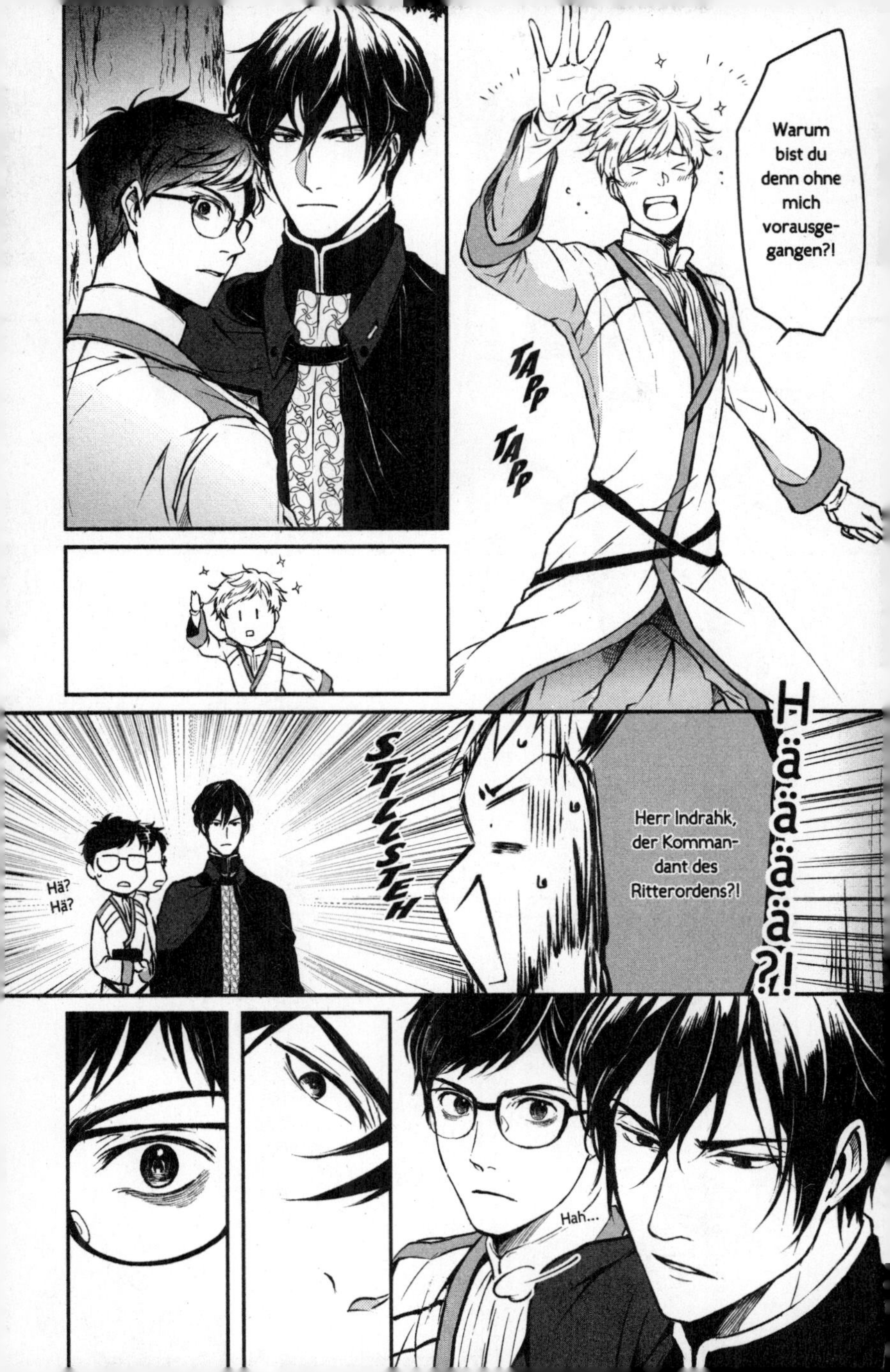
Warum bist du denn ohne mich vorausgegangen?!
TAPP TAPP
Hääääää?!
Herr Indrahk, der Kommandant des Ritterordens?!
STILLSTEH
Hä? Hä?
Hah...

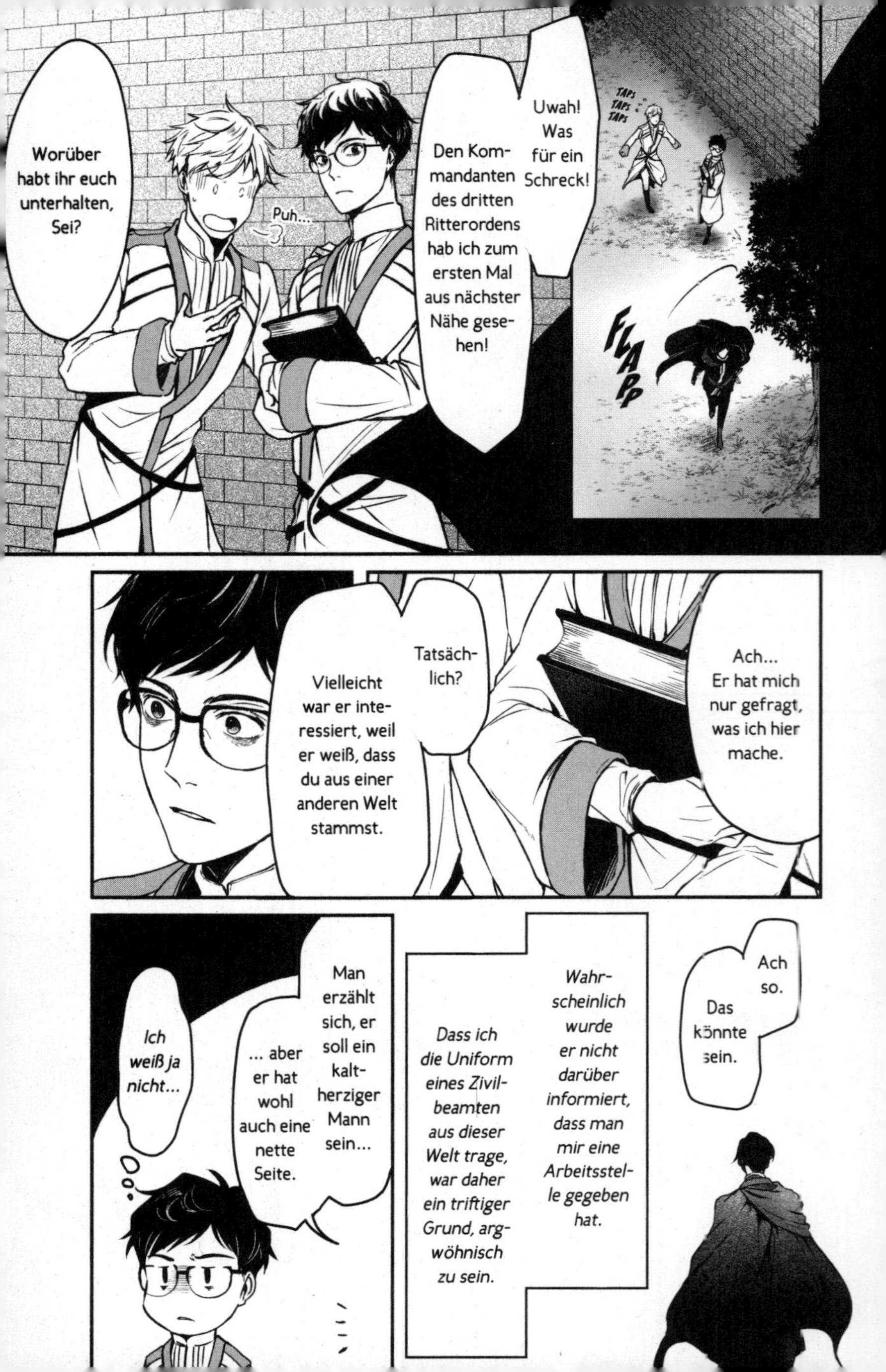

TAPS TAPS TAPS
FLAPP
Uwah! Was für ein Schreck!
Den Kommandanten des dritten Ritterordens hab ich zum ersten Mal aus nächster Nähe gesehen!
Puh...
Worüber habt ihr euch unterhalten, Sei?
Ach... Er hat mich nur gefragt, was ich hier mache.
Tatsächlich?
Vielleicht war er interessiert, weil er weiß, dass du aus einer anderen Welt stammst.
Ach so. Das könnte sein.
Wahrscheinlich wurde er nicht darüber informiert, dass man mir eine Arbeitsstelle gegeben hat.
Dass ich die Uniform eines Zivilbeamten aus dieser Welt trage, war daher ein triftiger Grund, argwöhnisch zu sein.
Man erzählt sich, er soll ein kaltherziger Mann sein...
... aber er hat wohl auch eine nette Seite.
Ich weiß ja nicht...

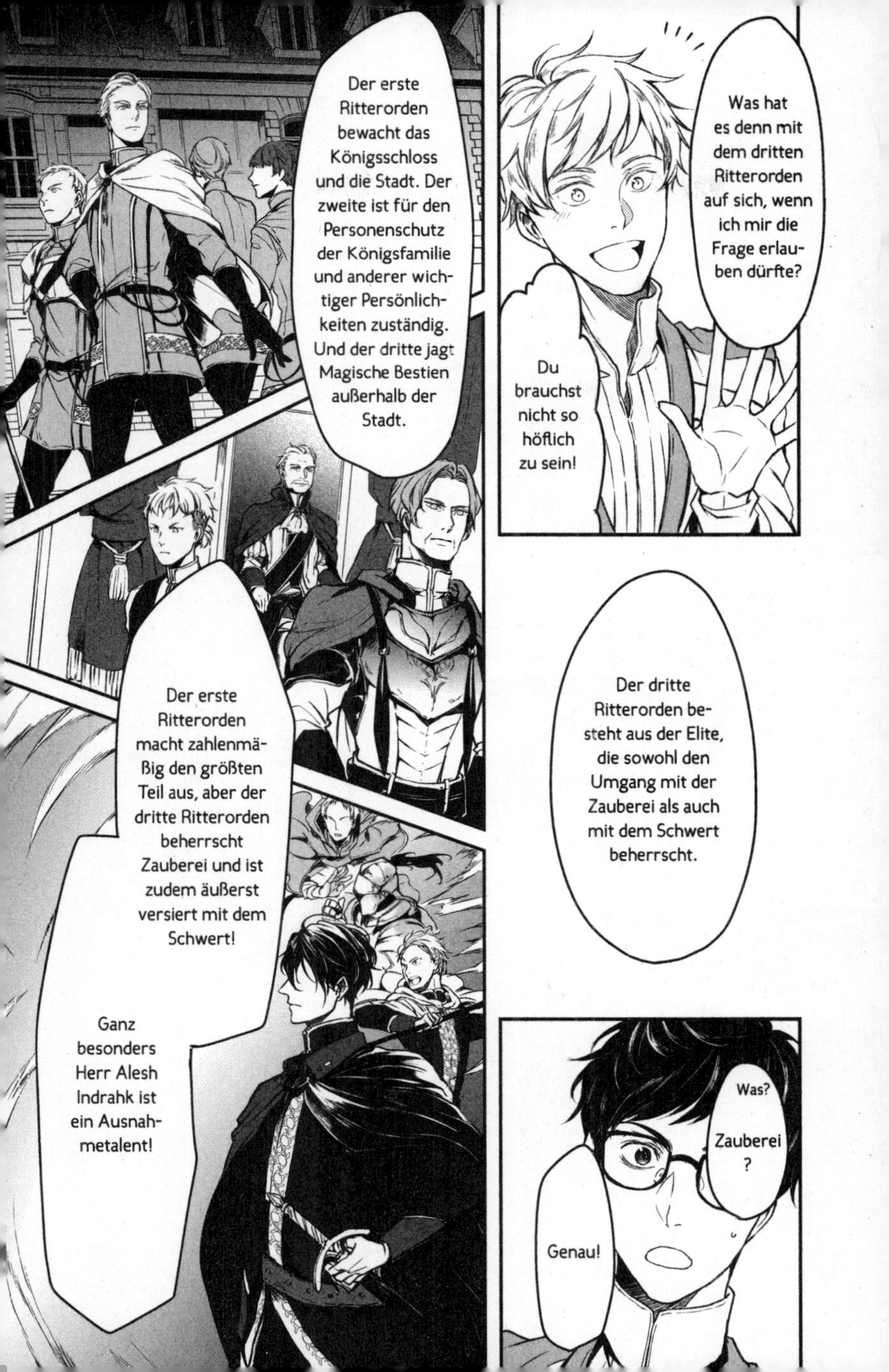

Was hat es denn mit dem dritten Ritterorden auf sich, wenn ich mir die Frage erlauben dürfte?
Du brauchst nicht so höflich zu sein!
Der erste Ritterorden bewacht das Königsschloss und die Stadt. Der zweite ist für den Personenschutz der Königsfamilie und anderer wichtiger Persönlichkeiten zuständig. Und der dritte jagt Magische Bestien außerhalb der Stadt.
Der erste Ritterorden macht zahlenmäßig den größten Teil aus, aber der dritte Ritterorden beherrscht Zauberei und ist zudem äußerst versiert mit dem Schwert!
Ganz besonders Herr Alesh Indrahk ist ein Ausnahmetalent!
Der dritte Ritterorden besteht aus der Elite, die sowohl den Umgang mit der Zauberei als auch mit dem Schwert beherrscht.
Was? Zauberei?
Genau!

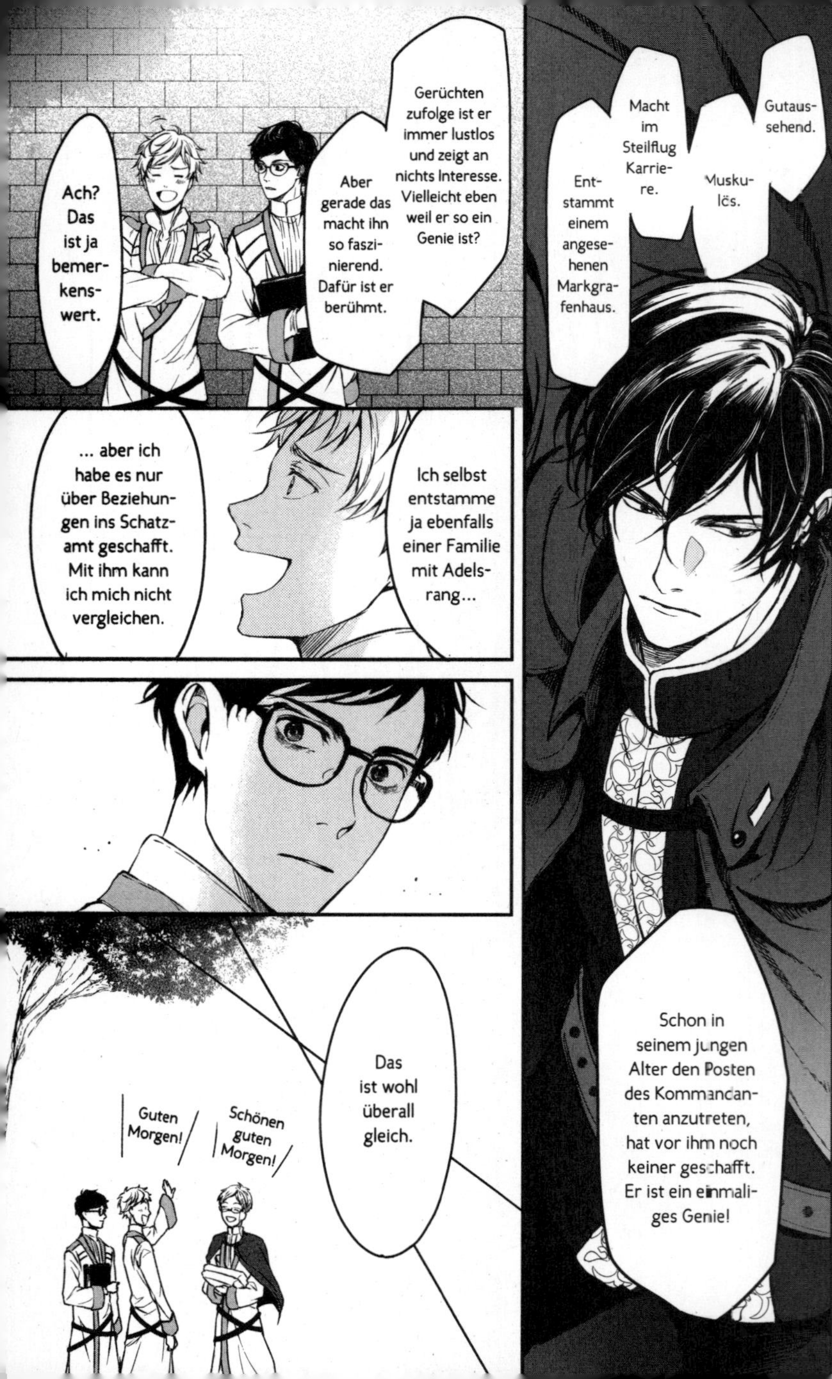

Gutaussehend.
Muskulös.
Macht im Steilflug Karriere.
Entstammt einem angesehenen Markgrafenhaus.
Schon in seinem jungen Alter den Posten des Kommandanten anzutreten, hat vor ihm noch keiner geschafft. Er ist ein einmaliges Genie!
Gerüchten zufolge ist er immer lustlos und zeigt an nichts Interesse. Vielleicht eben weil er so ein Genie ist?
Aber gerade das macht ihn so faszinierend. Dafür ist er berühmt.
Ach? Das ist ja bemerkenswert.
Ich selbst entstamme ja ebenfalls einer Familie mit Adelsrang…
… aber ich habe es nur über Beziehungen ins Schatzamt geschafft. Mit ihm kann ich mich nicht vergleichen.
…
…
Das ist wohl überall gleich.
Schönen guten Morgen!
Guten Morgen!

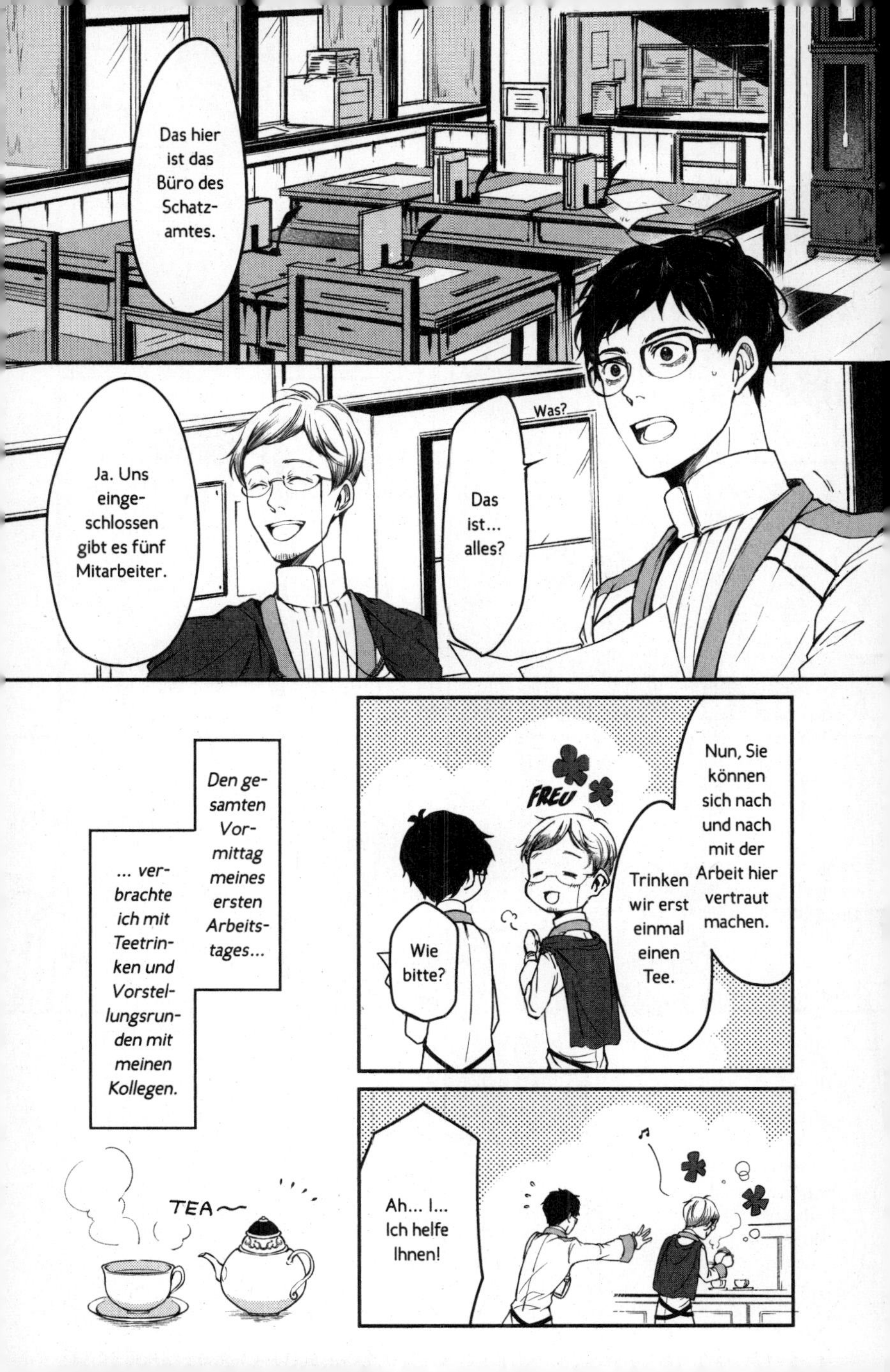

Das hier ist das Büro des Schatzamtes.
Was?
Das ist... alles?
Ja. Uns eingeschlossen gibt es fünf Mitarbeiter.
Nun, Sie können sich nach und nach mit der Arbeit hier vertraut machen.
Trinken wir erst einmal einen Tee.
FREU
Wie bitte?
Ah... I... Ich helfe Ihnen!
Den gesamten Vormittag meines ersten Arbeitstages...
... verbrachte ich mit Teetrinken und Vorstellungsrunden mit meinen Kollegen.
TEA~

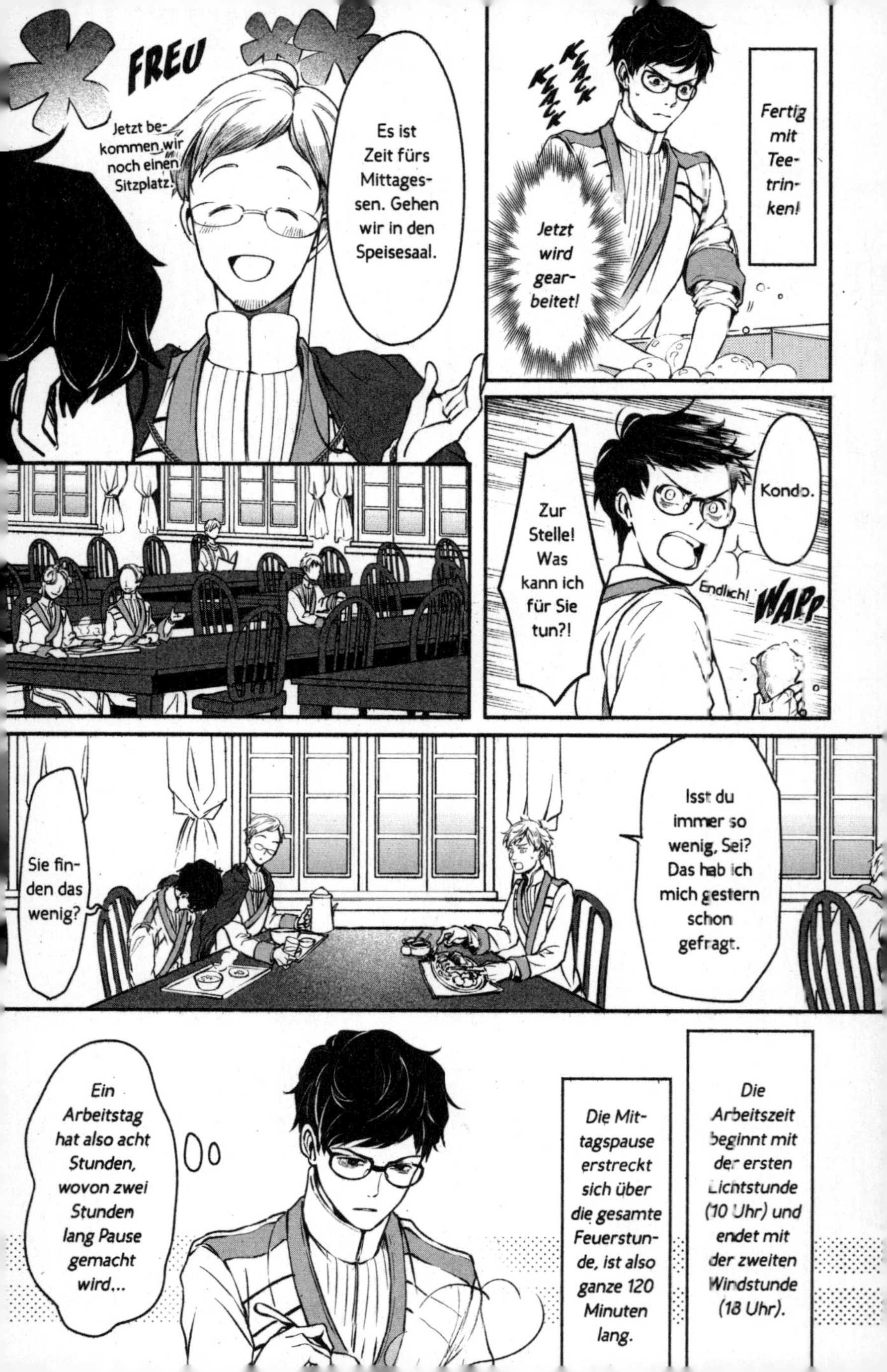

Fertig mit Teetrinken!
KLACK KLACK
Jetzt wird gearbeitet!
Kondo.
Zur Stelle! Was kann ich für Sie tun?!
Endlich!
WAPP
Es ist Zeit fürs Mittagessen. Gehen wir in den Speisesaal.
FREU
Jetzt bekommen wir noch einen Sitzplatz!
Isst du immer so wenig, Sei? Das hab ich mich gestern schon gefragt.
Sie finden das wenig?
Die Arbeitszeit beginnt mit der ersten Lichtstunde (10 Uhr) und endet mit der zweiten Windstunde (18 Uhr).
Die Mittagspause erstreckt sich über die gesamte Feuerstunde, ist also ganze 120 Minuten lang.
Ein Arbeitstag hat also acht Stunden, wovon zwei Stunden lang Pause gemacht wird…

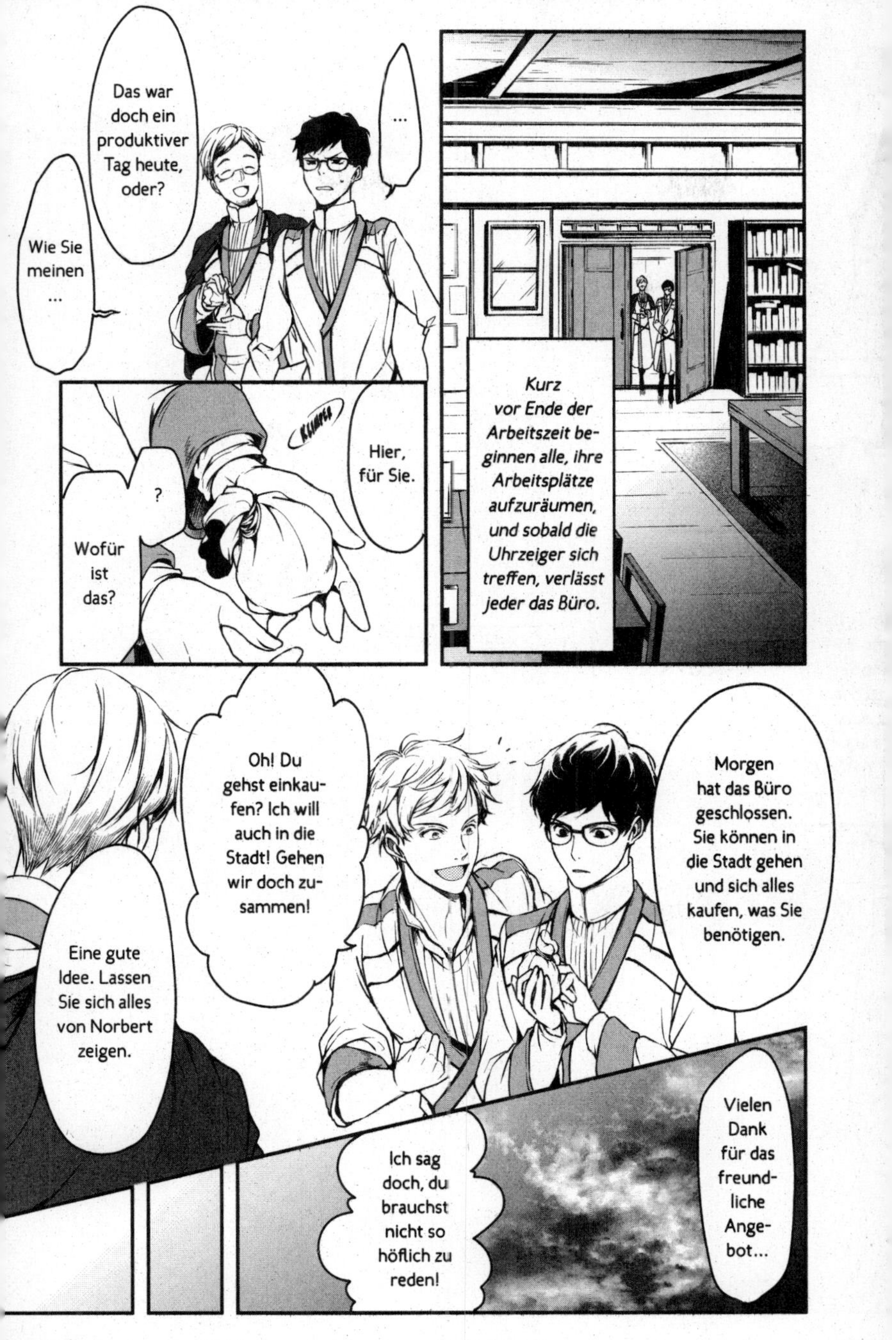
Kurz vor Ende der Arbeitszeit beginnen alle, ihre Arbeitsplätze aufzuräumen, und sobald die Uhrzeiger sich treffen, verlässt jeder das Büro.
Das war doch ein produktiver Tag heute, oder?
...
Wie Sie meinen ...
Hier, für Sie.
?
Wofür ist das?
Morgen hat das Büro geschlossen. Sie können in die Stadt gehen und sich alles kaufen, was Sie benötigen.
Oh! Du gehst einkaufen? Ich will auch in die Stadt! Gehen wir doch zusammen!
Eine gute Idee. Lassen Sie sich alles von Norbert zeigen.
Vielen Dank für das freundliche Angebot...
Ich sag doch, du brauchst nicht so höflich zu reden!

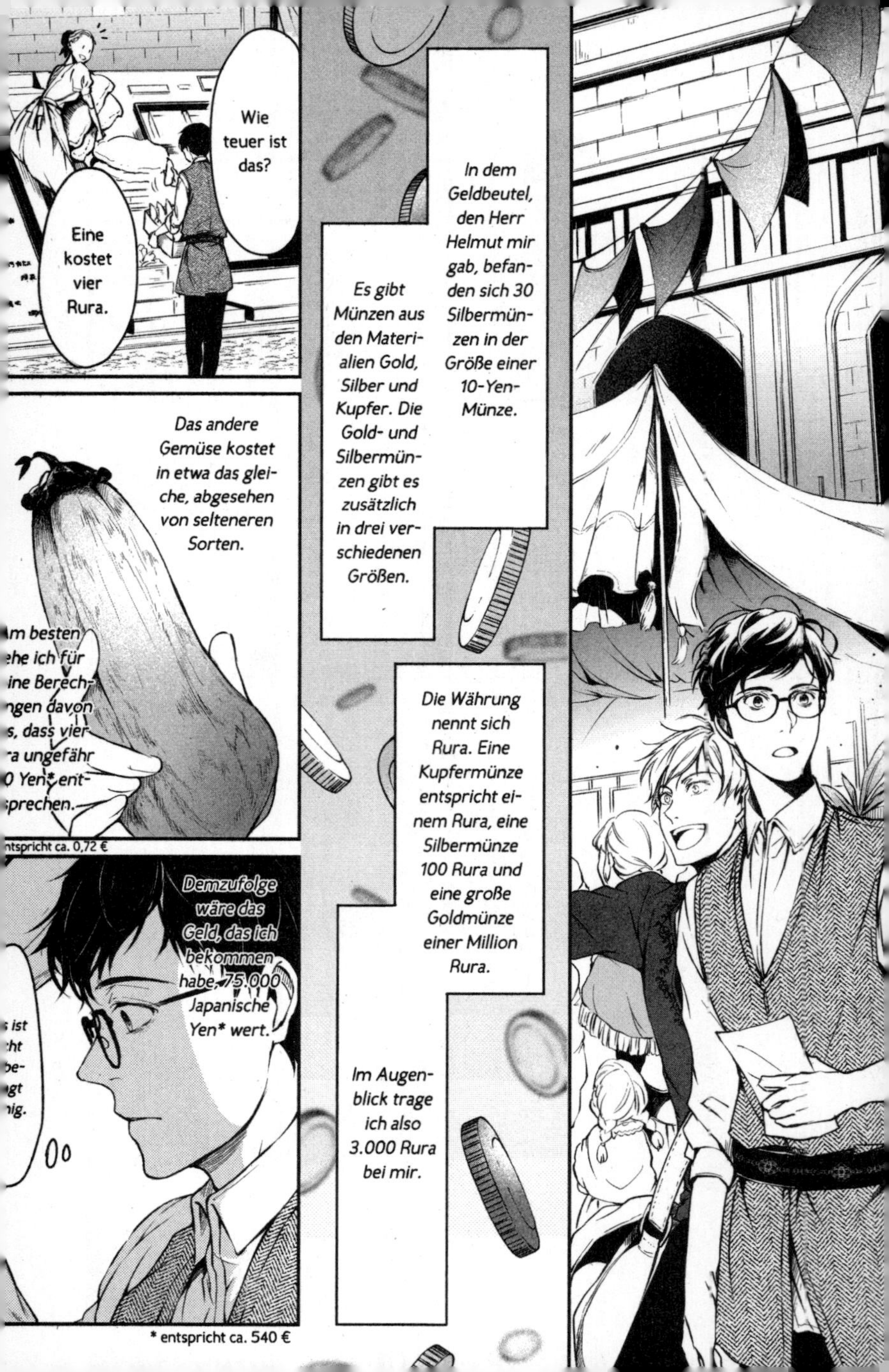
In dem Geldbeutel, den Herr Helmut mir gab, befanden sich 30 Silbermünzen in der Größe einer 10-Yen-Münze.
Es gibt Münzen aus den Materialien Gold, Silber und Kupfer. Die Gold- und Silbermünzen gibt es zusätzlich in drei verschiedenen Größen.
Die Währung nennt sich Rura. Eine Kupfermünze entspricht einem Rura, eine Silbermünze 100 Rura und eine große Goldmünze einer Million Rura.
Im Augenblick trage ich also 3.000 Rura bei mir.
Wie teuer ist das?
Eine kostet vier Rura.
Das andere Gemüse kostet in etwa das gleiche, abgesehen von selteneren Sorten.
m besten
ehe ich für
ine Berech-
ngen davon
s, dass vier
a ungefähr
0 Yen* ent-
sprechen.
ntspricht ca. 0,72 €
Demzufolge wäre das Geld, das ich bekommen habe, 75.000 Japanische Yen* wert.
s ist
cht
be-
gt
ig.
* entspricht ca. 540 €

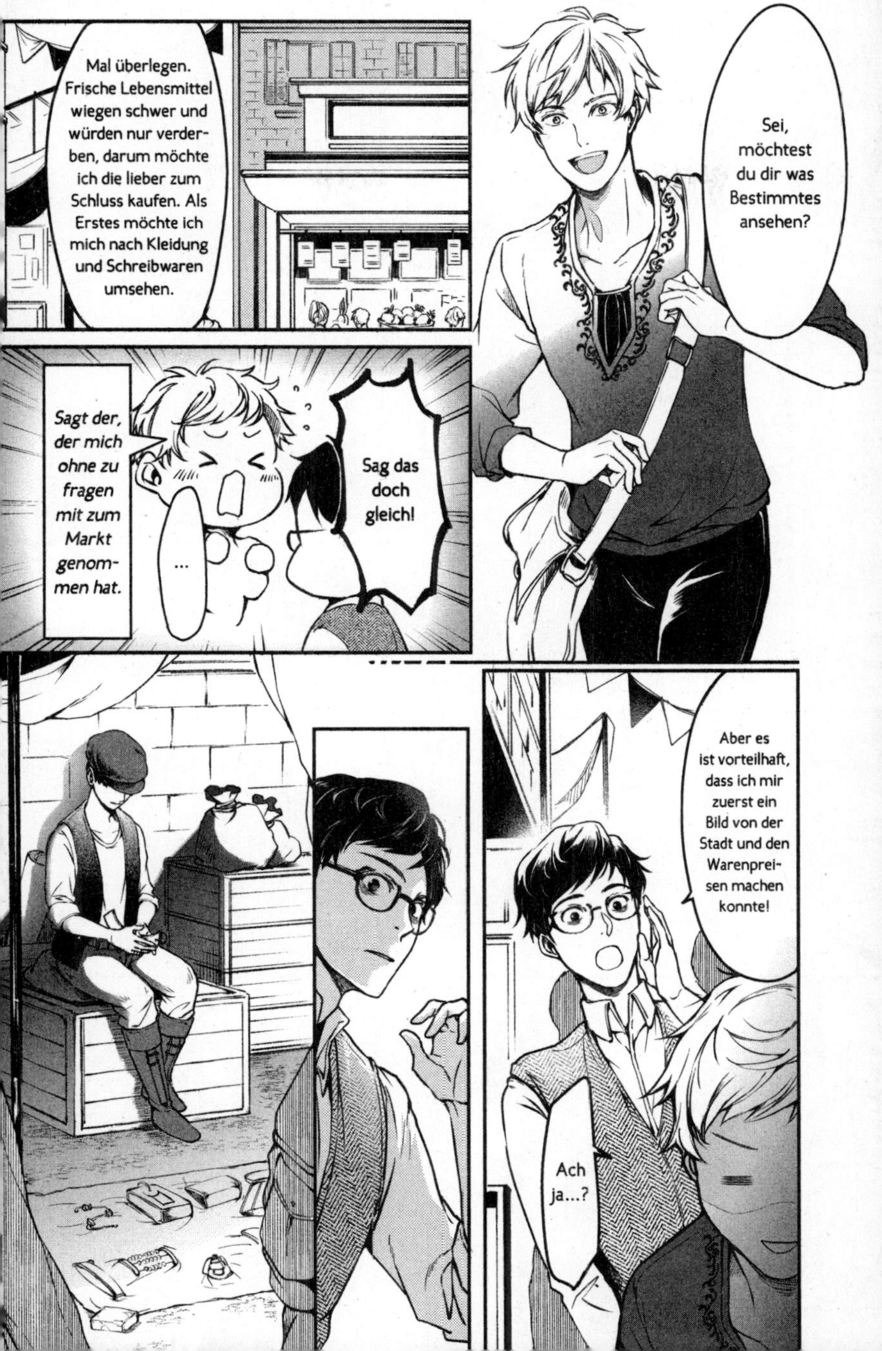

Sei, möchtest du dir was Bestimmtes ansehen?
Mal überlegen. Frische Lebensmittel wiegen schwer und würden nur verderben, darum möchte ich die lieber zum Schluss kaufen. Als Erstes möchte ich mich nach Kleidung und Schreibwaren umsehen.
Sag das doch gleich!
...
Sagt der, der mich ohne zu fragen mit zum Markt genommen hat.
Aber es ist vorteilhaft, dass ich mir zuerst ein Bild von der Stadt und den Warenpreisen machen konnte!
Ach ja...?

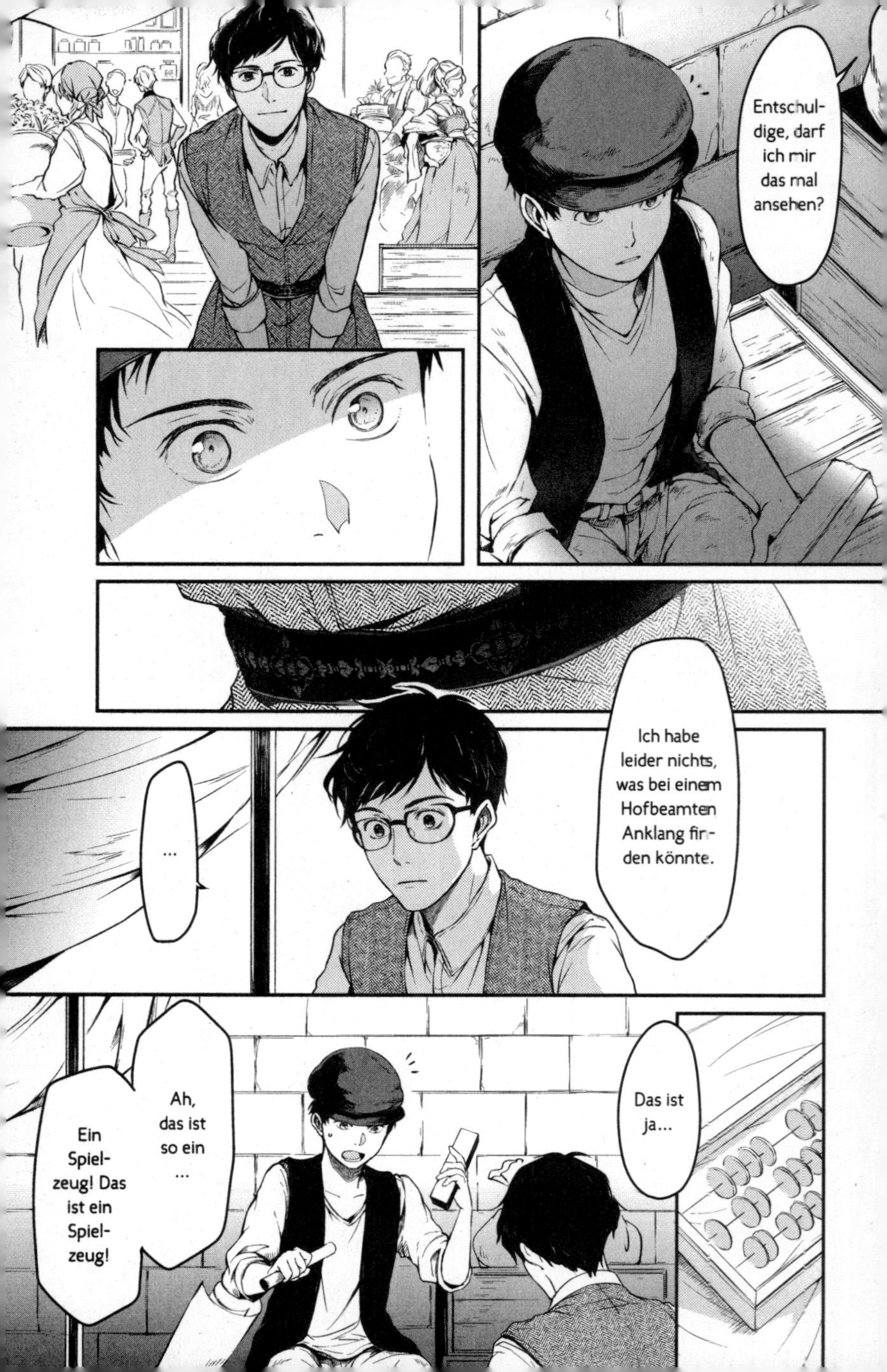
Entschul-
dige, darf
ich mir
das mal
ansehen?
Ich habe
leider nichts,
was bei einem
Hofbeamten
Anklang fin-
den könnte.
…
Das ist
ja…
Ah,
das ist
so ein
…
Ein
Spiel-
zeug! Das
ist ein
Spiel-
zeug!

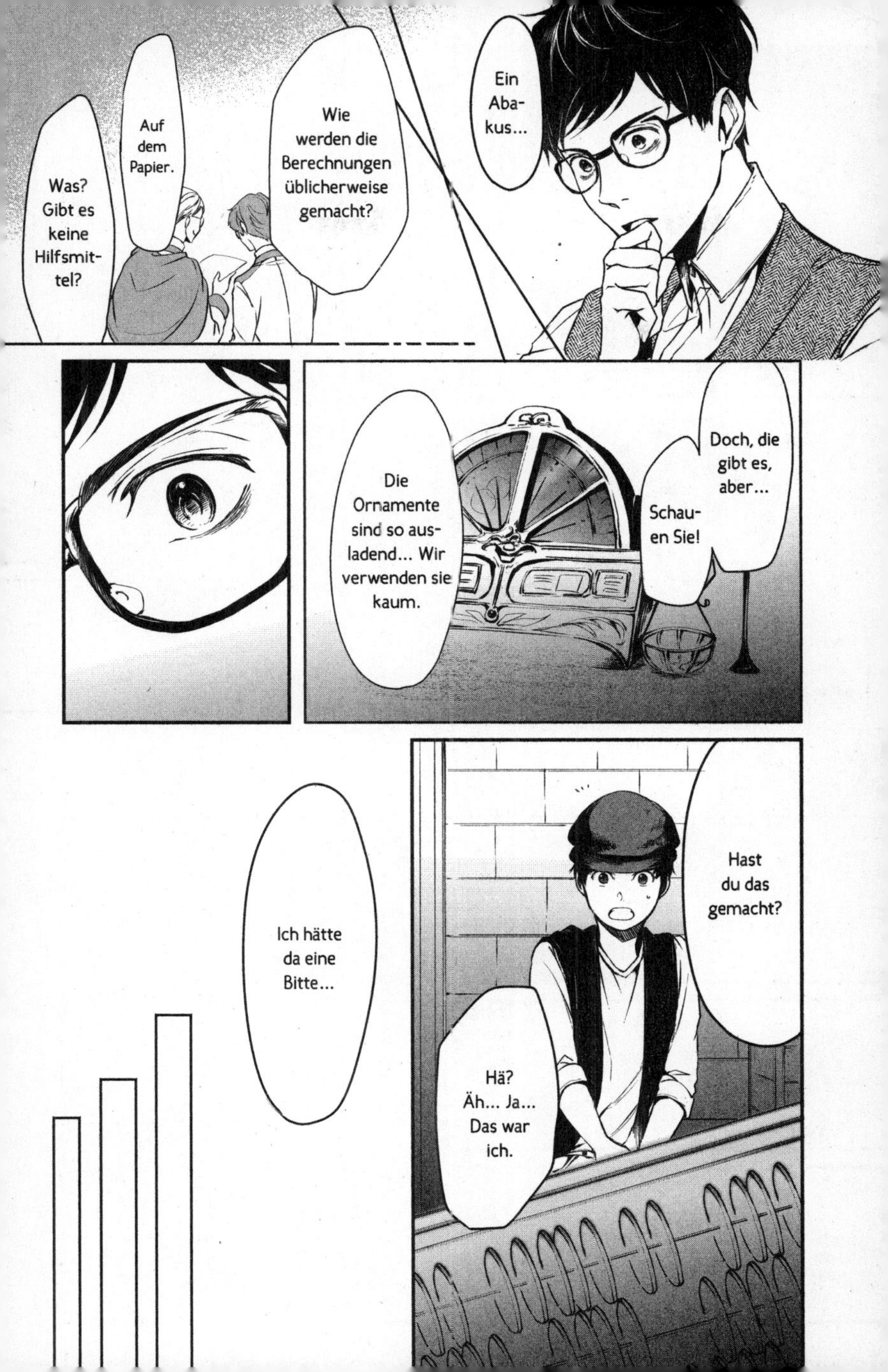

Ein Abakus...
Wie werden die Berechnungen üblicherweise gemacht?
Auf dem Papier.
Was? Gibt es keine Hilfsmittel?
Doch, die gibt es, aber...
Schauen Sie!
Die Ornamente sind so ausladend... Wir verwenden sie kaum.
Hast du das gemacht?
Hä? Äh... Ja... Das war ich.
Ich hätte da eine Bitte...

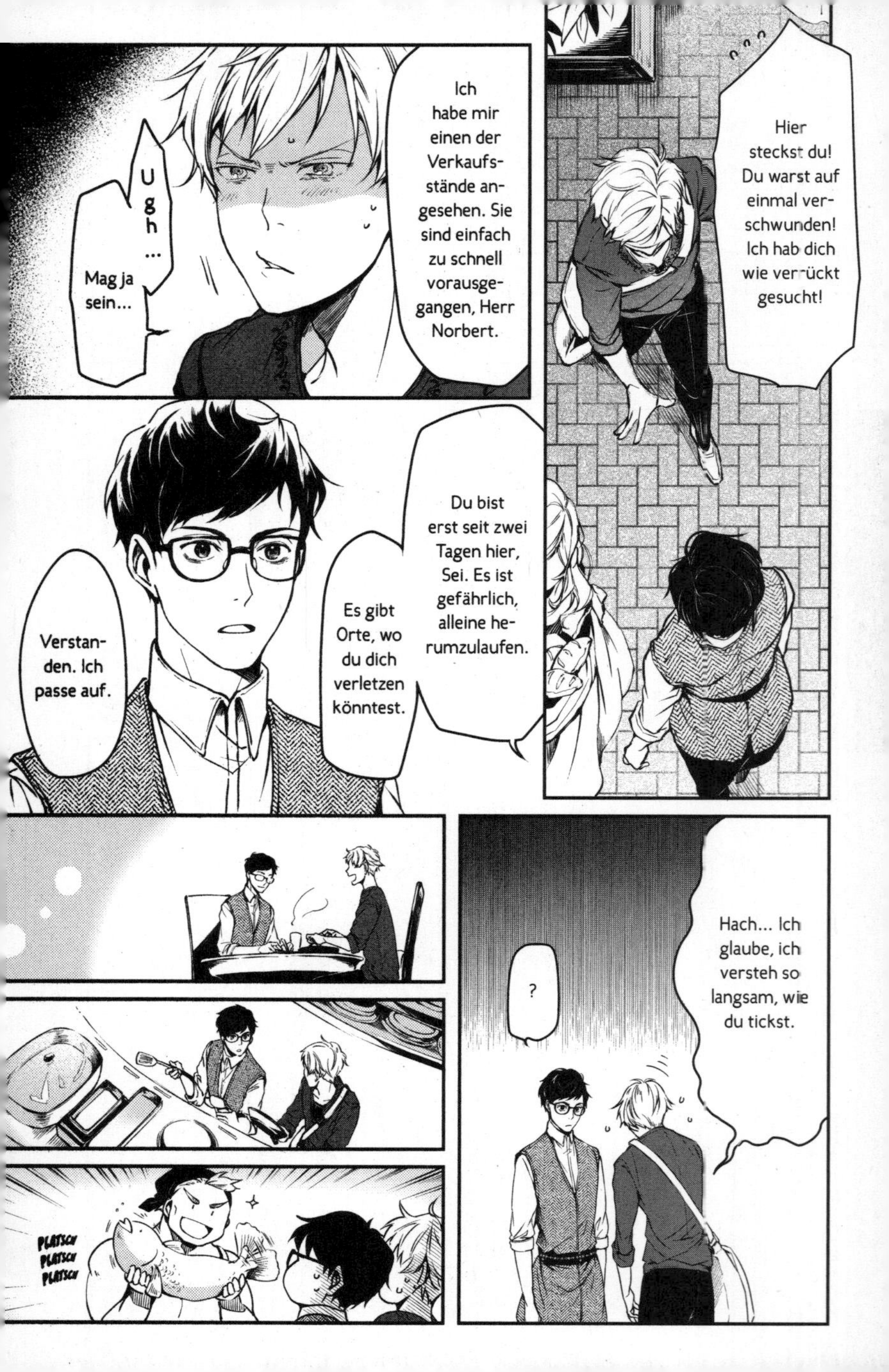

Hier steckst du! Du warst auf einmal verschwunden! Ich hab dich wie verrückt gesucht!
Ich habe mir einen der Verkaufsstände angesehen. Sie sind einfach zu schnell vorausgegangen, Herr Norbert.
Ugh ...
Mag ja sein...
Du bist erst seit zwei Tagen hier, Sei. Es ist gefährlich, alleine herumzulaufen.
Es gibt Orte, wo du dich verletzen könntest.
Verstanden. Ich passe auf.
Hach... Ich glaube, ich versteh so langsam, wie du tickst.
?
PLATSCH PLATSCH PLATSCH

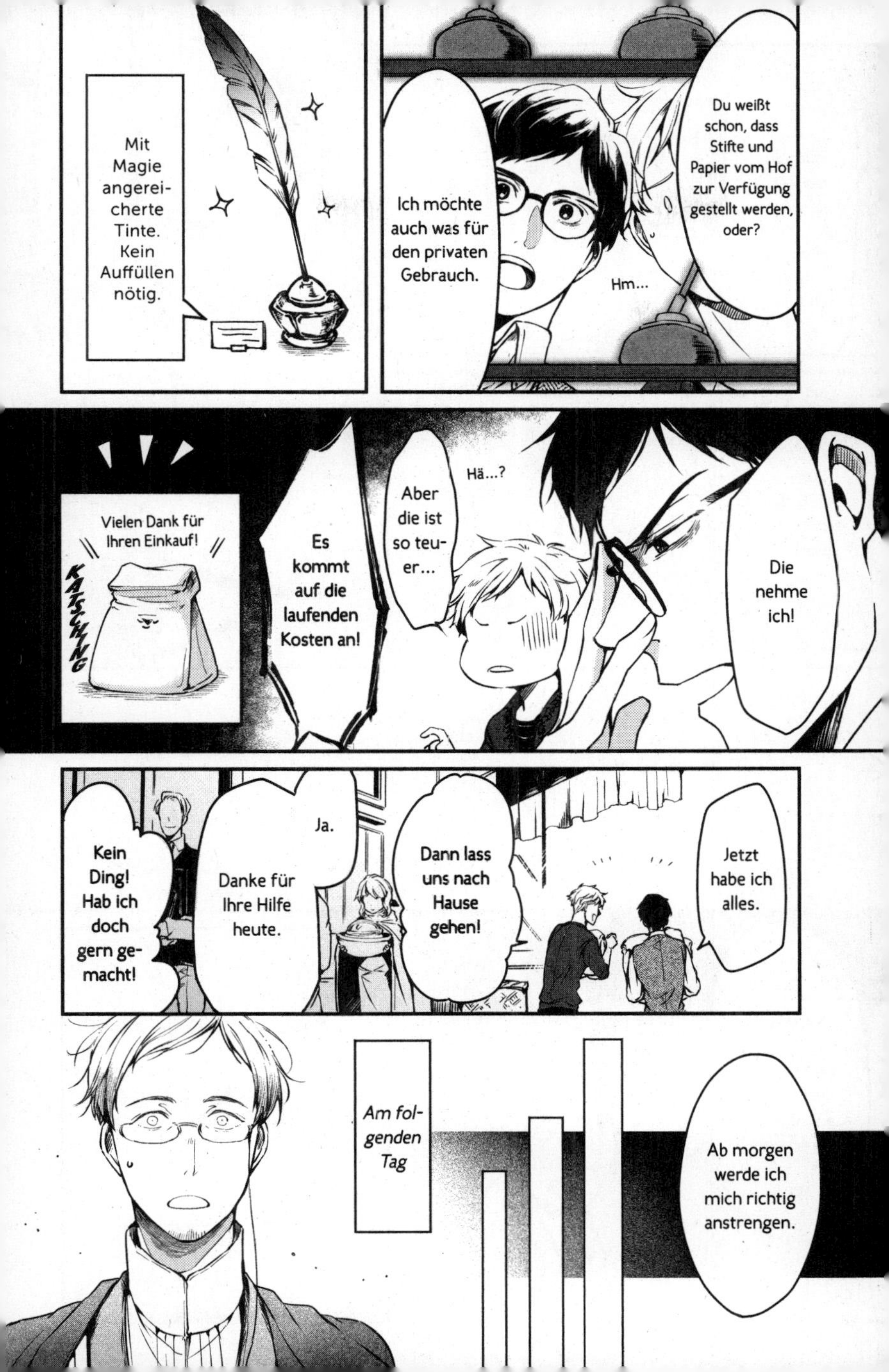

Du weißt schon, dass Stifte und Papier vom Hof zur Verfügung gestellt werden, oder?
Hm…
Ich möchte auch was für den privaten Gebrauch.
Mit Magie angereicherte Tinte. Kein Auffüllen nötig.
Die nehme ich!
Hä…?
Aber die ist so teuer…
Es kommt auf die laufenden Kosten an!
Vielen Dank für Ihren Einkauf!
KATSCHING
Jetzt habe ich alles.
Dann lass uns nach Hause gehen!
Ja.
Danke für Ihre Hilfe heute.
Kein Ding! Hab ich doch gern gemacht!
Ab morgen werde ich mich richtig anstrengen.
Am folgenden Tag

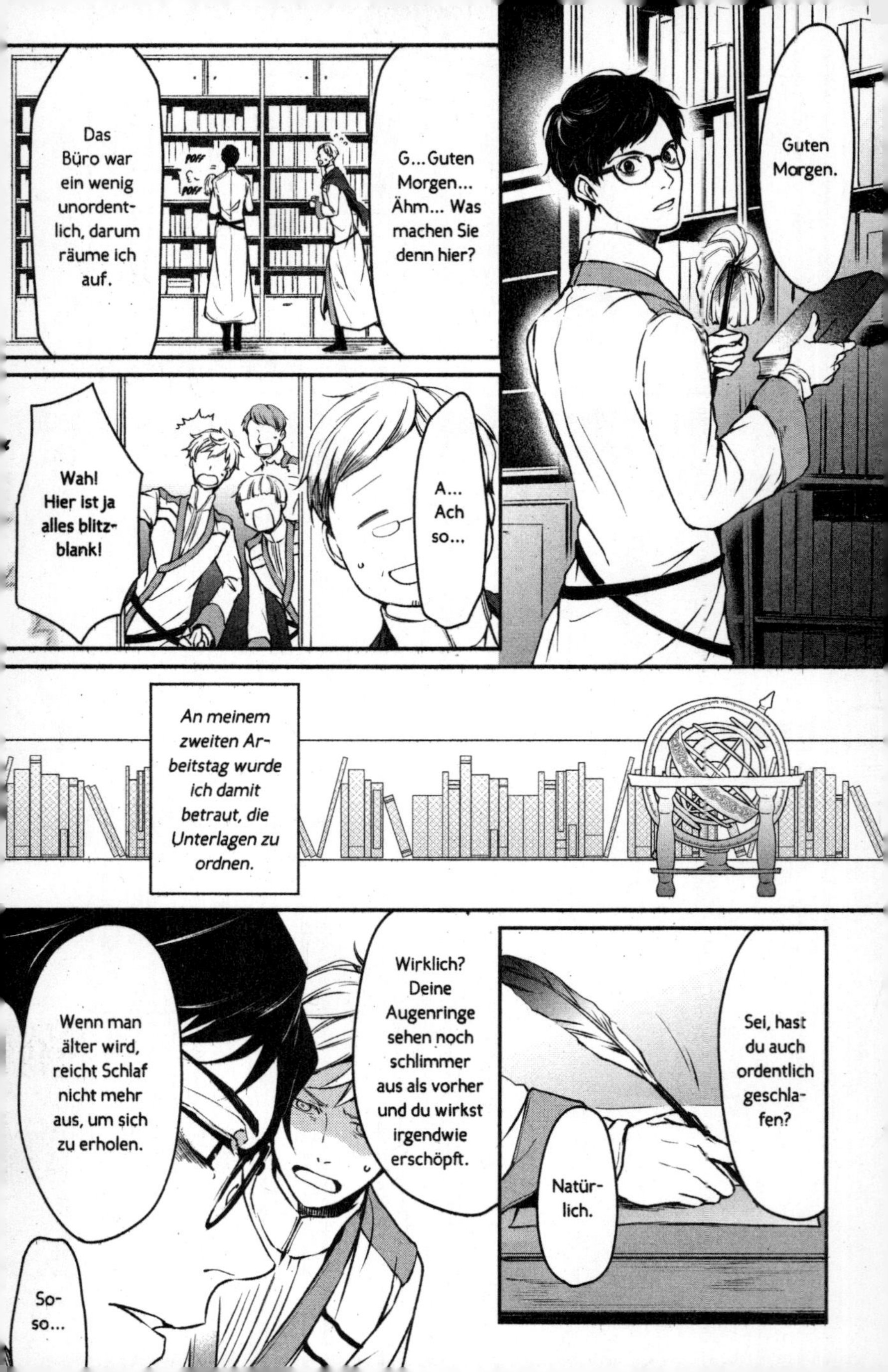

Guten Morgen.
G...Guten Morgen... Ähm... Was machen Sie denn hier?
Das Büro war ein wenig unordentlich, darum räume ich auf.
POFF
POFF
A... Ach so...
Wah! Hier ist ja alles blitzblank!
*An meinem zweiten Arbeitstag wurde ich damit betraut, die Unterlagen zu ordnen.*
Sei, hast du auch ordentlich geschlafen?
Natürlich.
Wirklich? Deine Augenringe sehen noch schlimmer aus als vorher und du wirkst irgendwie erschöpft.
Wenn man älter wird, reicht Schlaf nicht mehr aus, um sich zu erholen.
So-so...

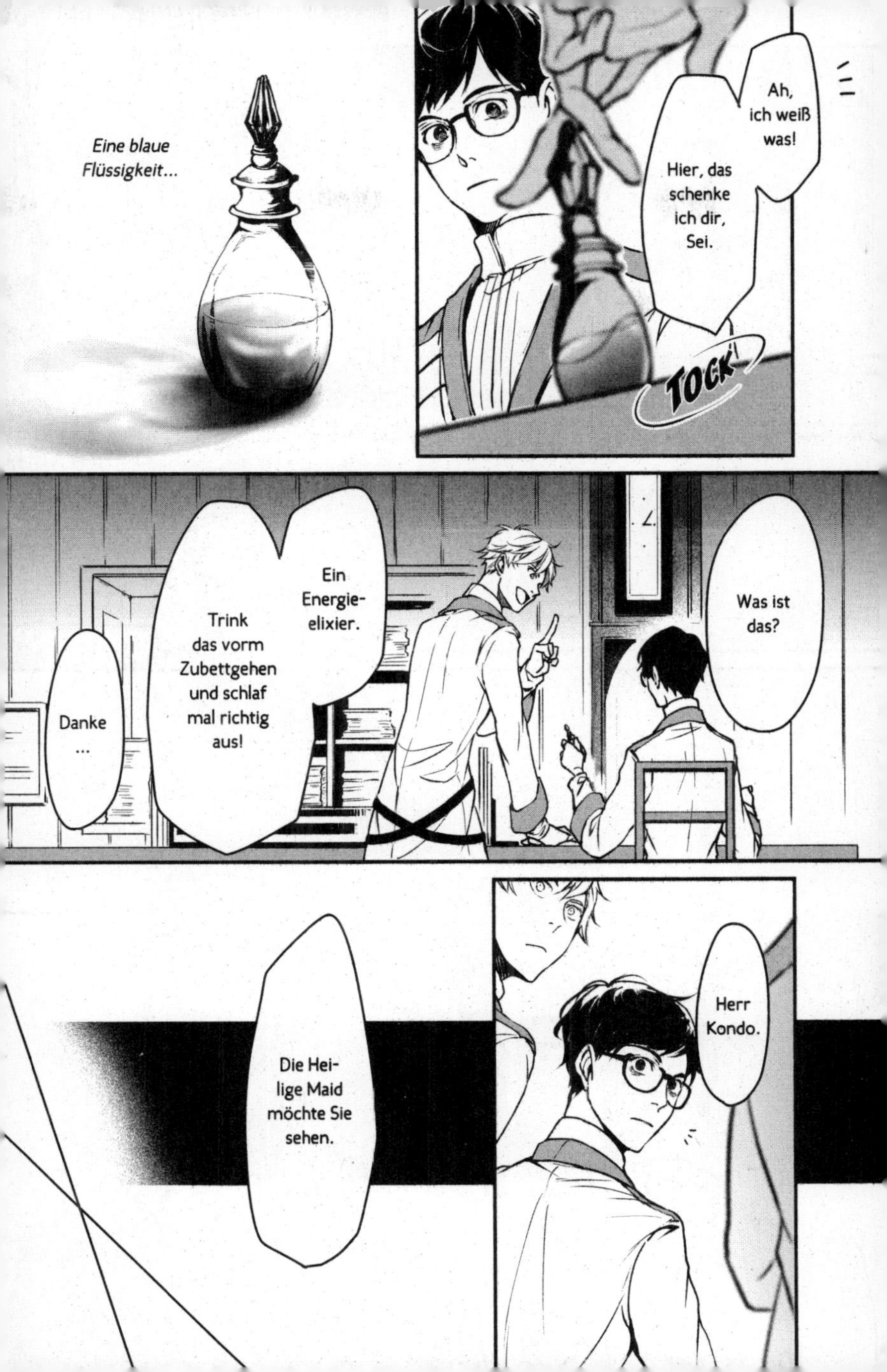
Ah, ich weiß was!
Hier, das schenke ich dir, Sei.
TOCK
Eine blaue Flüssigkeit…
Was ist das?
Ein Energie-elixier.
Trink das vorm Zubettgehen und schlaf mal richtig aus!
Danke …
Herr Kondo.
Die Hei-lige Maid möchte Sie sehen.

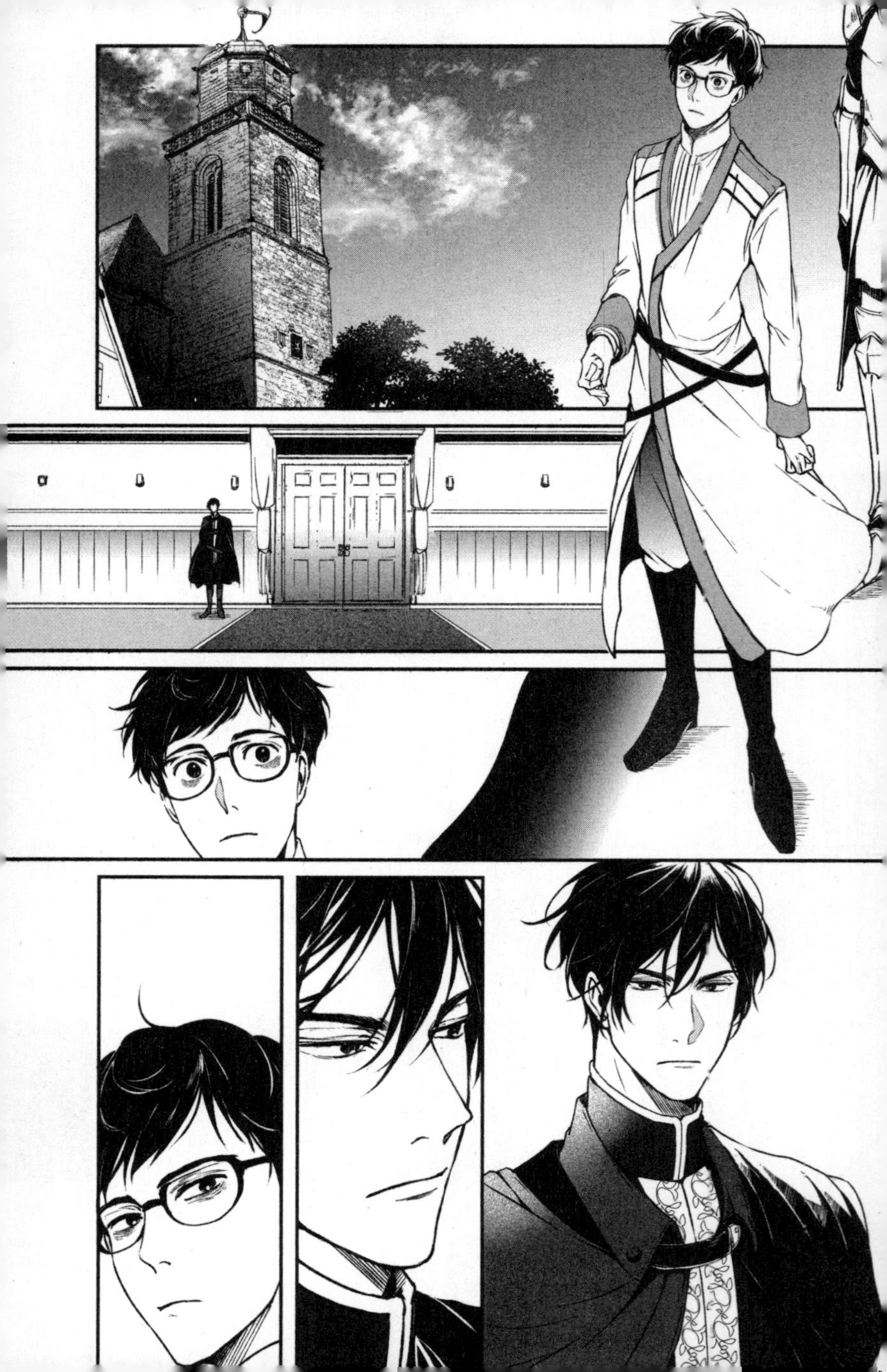

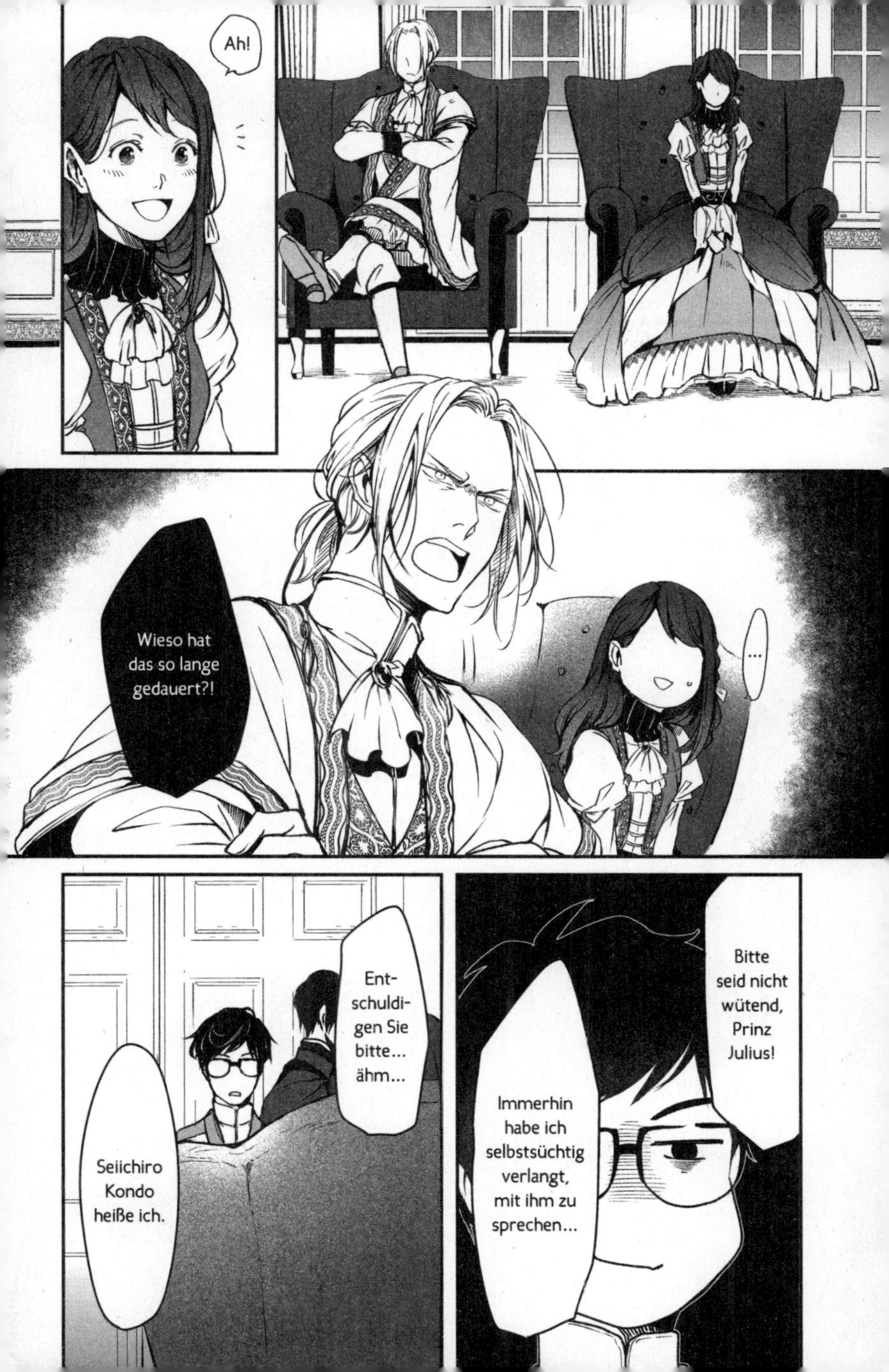
Ah!
Wieso hat das so lange gedauert?!
...
Bitte seid nicht wütend, Prinz Julius!
Immerhin habe ich selbstsüchtig verlangt, mit ihm zu sprechen...
Ent-schuldi-gen Sie bitte... ähm...
Seiichiro Kondo heiße ich.

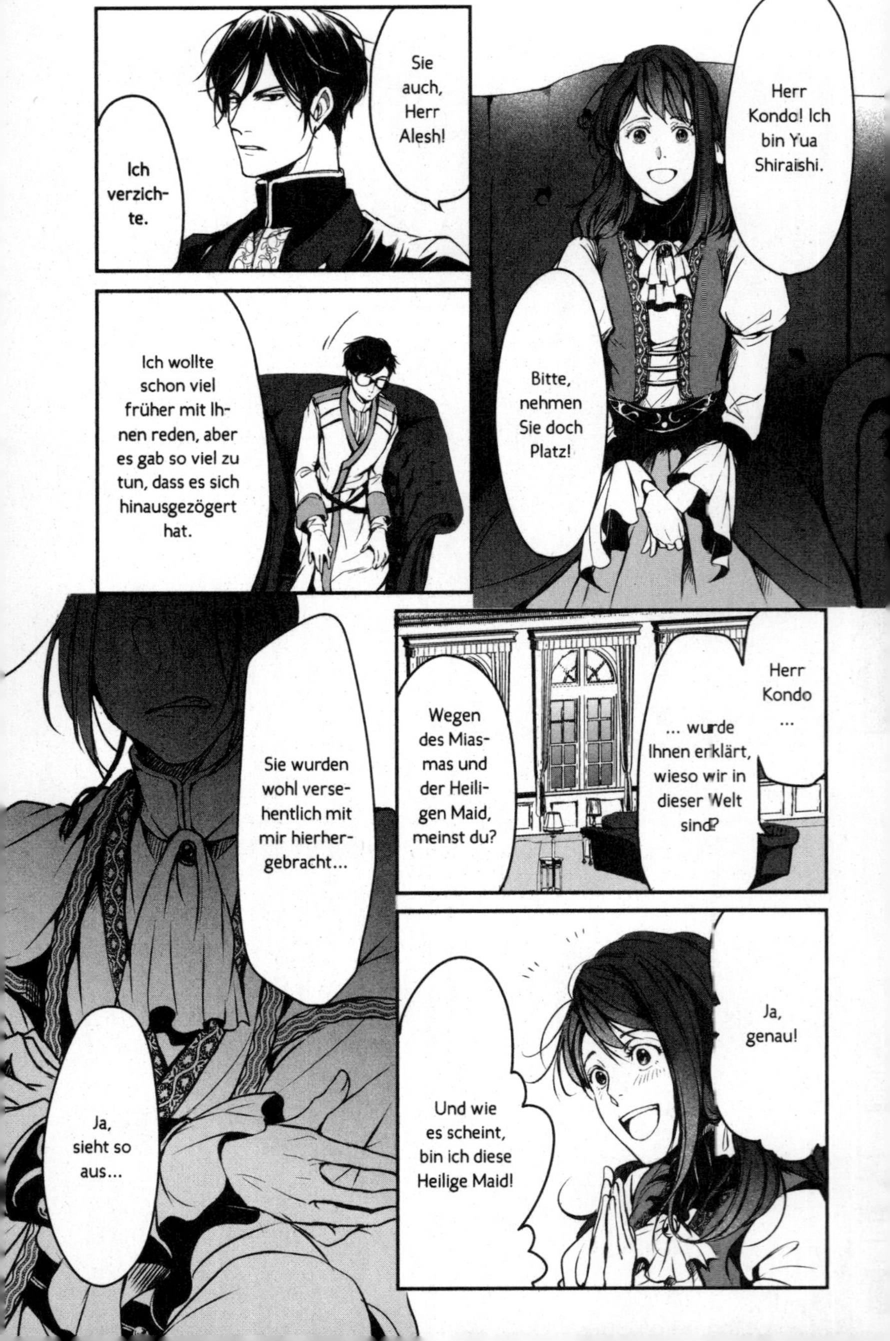
Herr Kondo! Ich bin Yua Shiraishi.
Sie auch, Herr Alesh!
Ich verzichte.
Bitte, nehmen Sie doch Platz!
Ich wollte schon viel früher mit Ihnen reden, aber es gab so viel zu tun, dass es sich hinausgezögert hat.
Herr Kondo ...
... wurde Ihnen erklärt, wieso wir in dieser Welt sind?
Wegen des Miasmas und der Heiligen Maid, meinst du?
Sie wurden wohl versehentlich mit mir hierhergebracht...
Ja, genau!
Und wie es scheint, bin ich diese Heilige Maid!
Ja, sieht so aus...

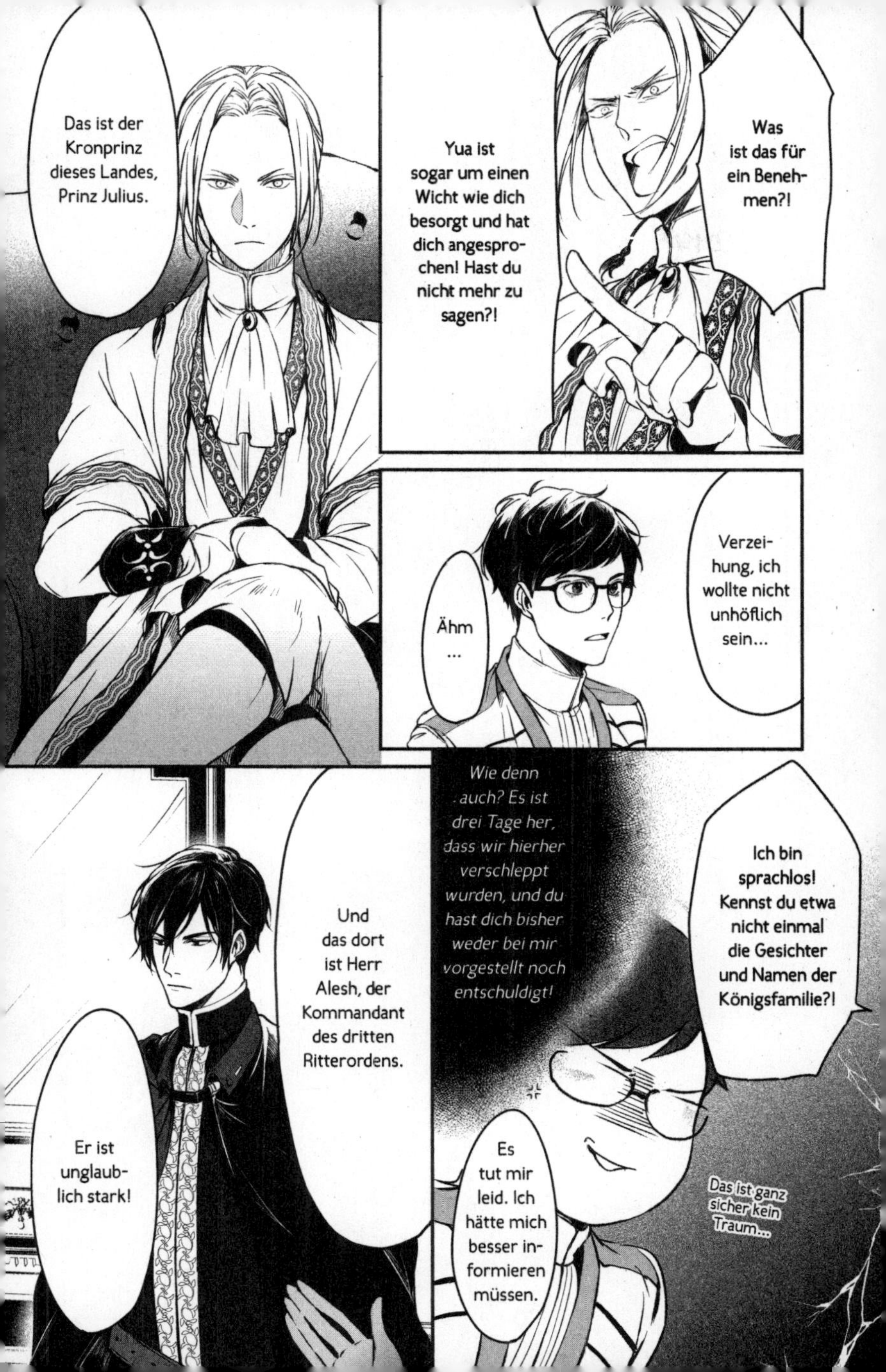
Was ist das für ein Benehmen?!
Yua ist sogar um einen Wicht wie dich besorgt und hat dich angesprochen! Hast du nicht mehr zu sagen?!
Verzeihung, ich wollte nicht unhöflich sein...
Ähm ...
Das ist der Kronprinz dieses Landes, Prinz Julius.
Ich bin sprachlos! Kennst du etwa nicht einmal die Gesichter und Namen der Königsfamilie?!
Wie denn auch? Es ist drei Tage her, dass wir hierher verschleppt wurden, und du hast dich bisher weder bei mir vorgestellt noch entschuldigt!
Es tut mir leid. Ich hätte mich besser informieren müssen.
Das ist ganz sicher kein Traum...
Und das dort ist Herr Alesh, der Kommandant des dritten Ritterordens.
Er ist unglaublich stark!

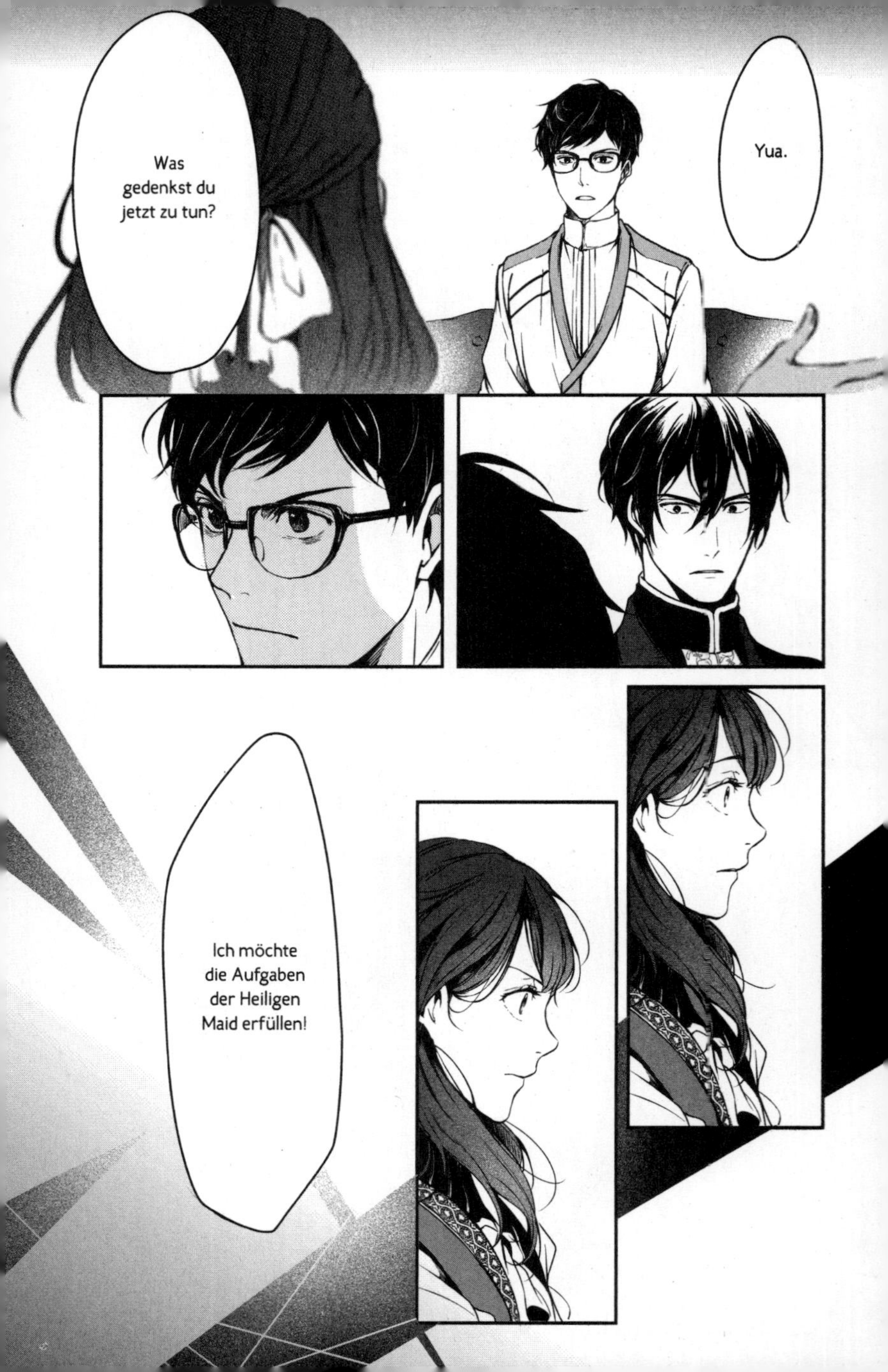
Yua.
Was gedenkst du jetzt zu tun?
Ich möchte die Aufgaben der Heiligen Maid erfüllen!

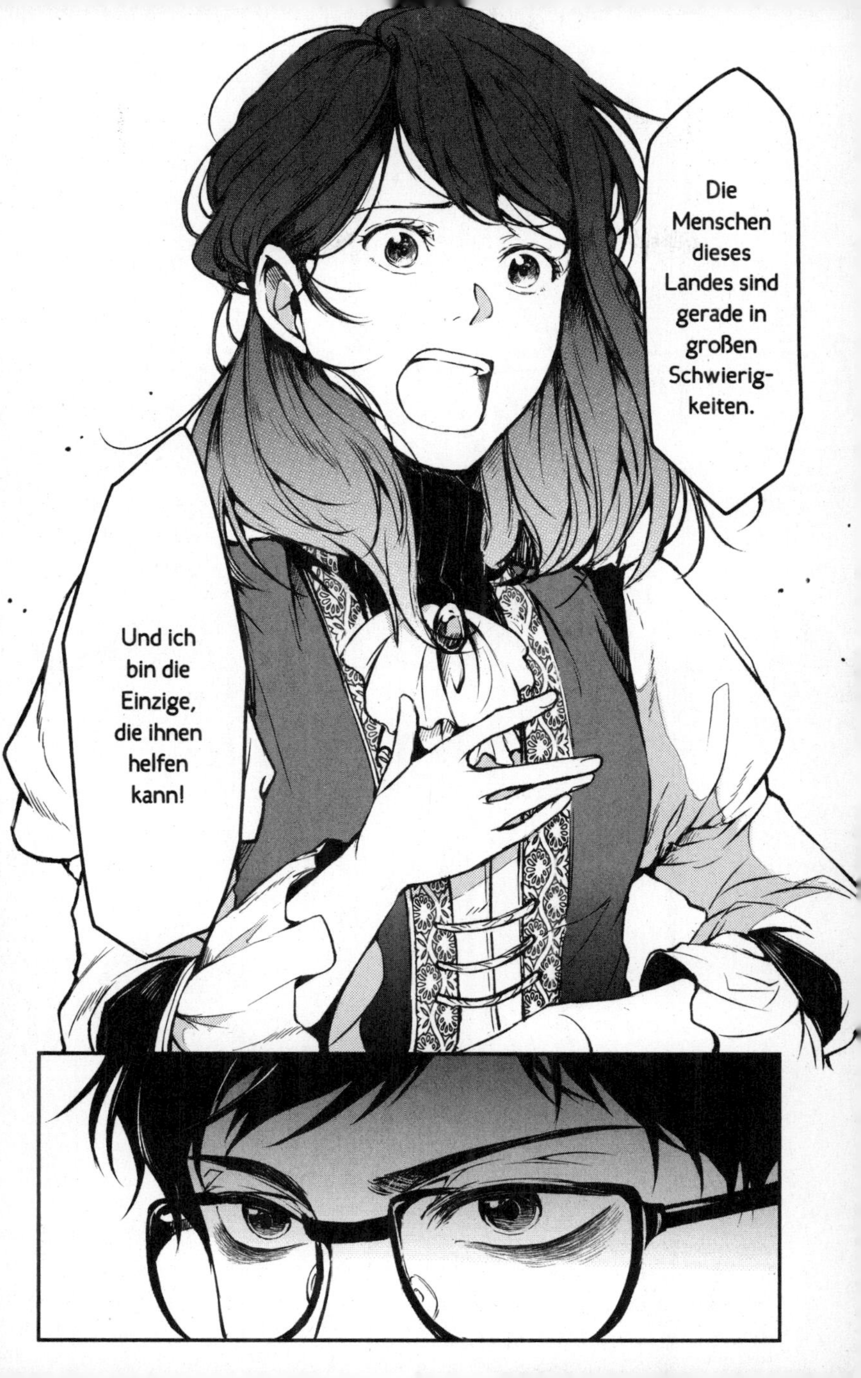
Die Menschen dieses Landes sind gerade in großen Schwierigkeiten.
Und ich bin die Einzige, die ihnen helfen kann!

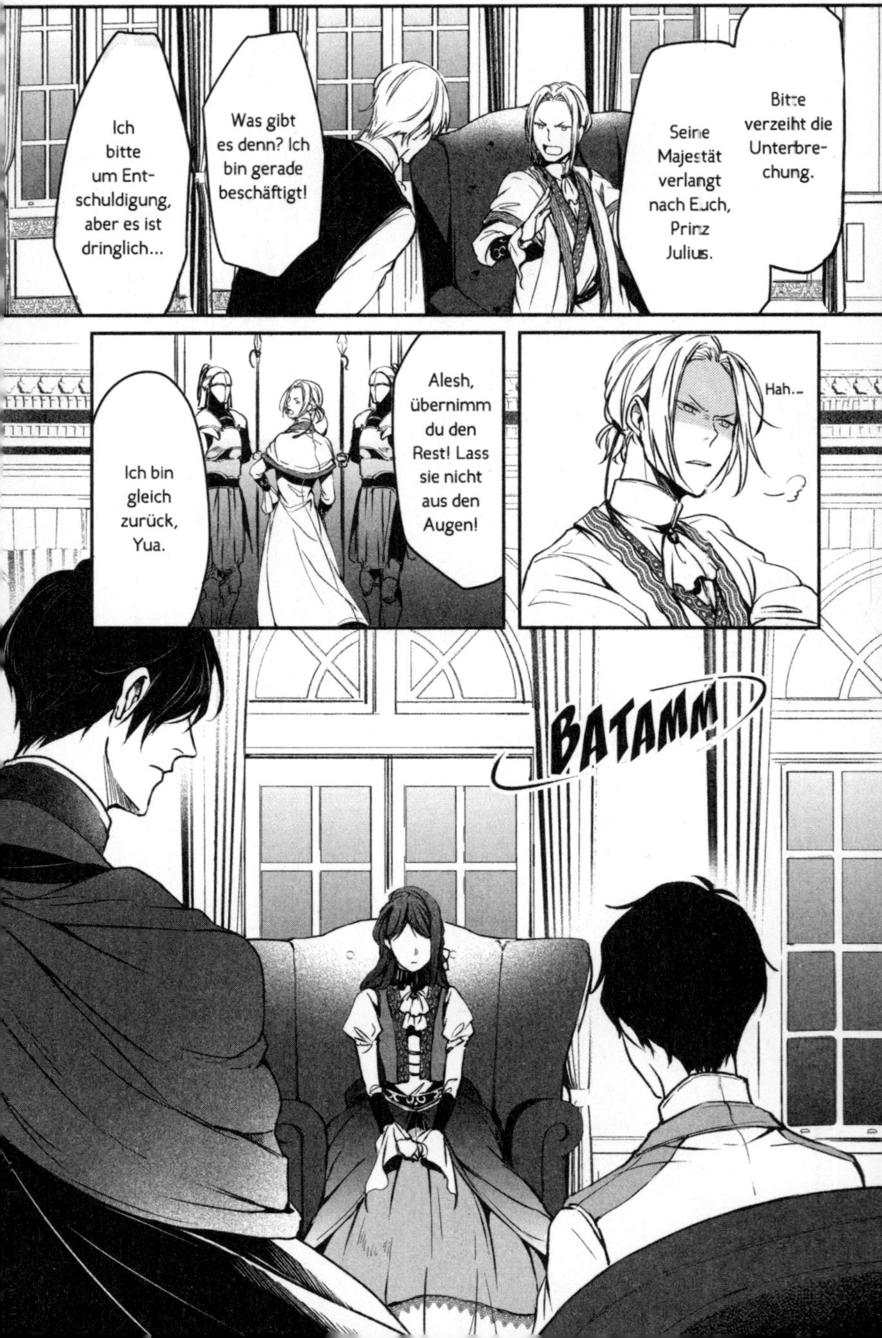

Bitte verzeiht die Unterbrechung.
Seine Majestät verlangt nach Euch, Prinz Julius.
Was gibt es denn? Ich bin gerade beschäftigt!
Ich bitte um Entschuldigung, aber es ist dringlich…
Hah…
Alesh, übernimm du den Rest! Lass sie nicht aus den Augen!
Ich bin gleich zurück, Yua.
BATAMM

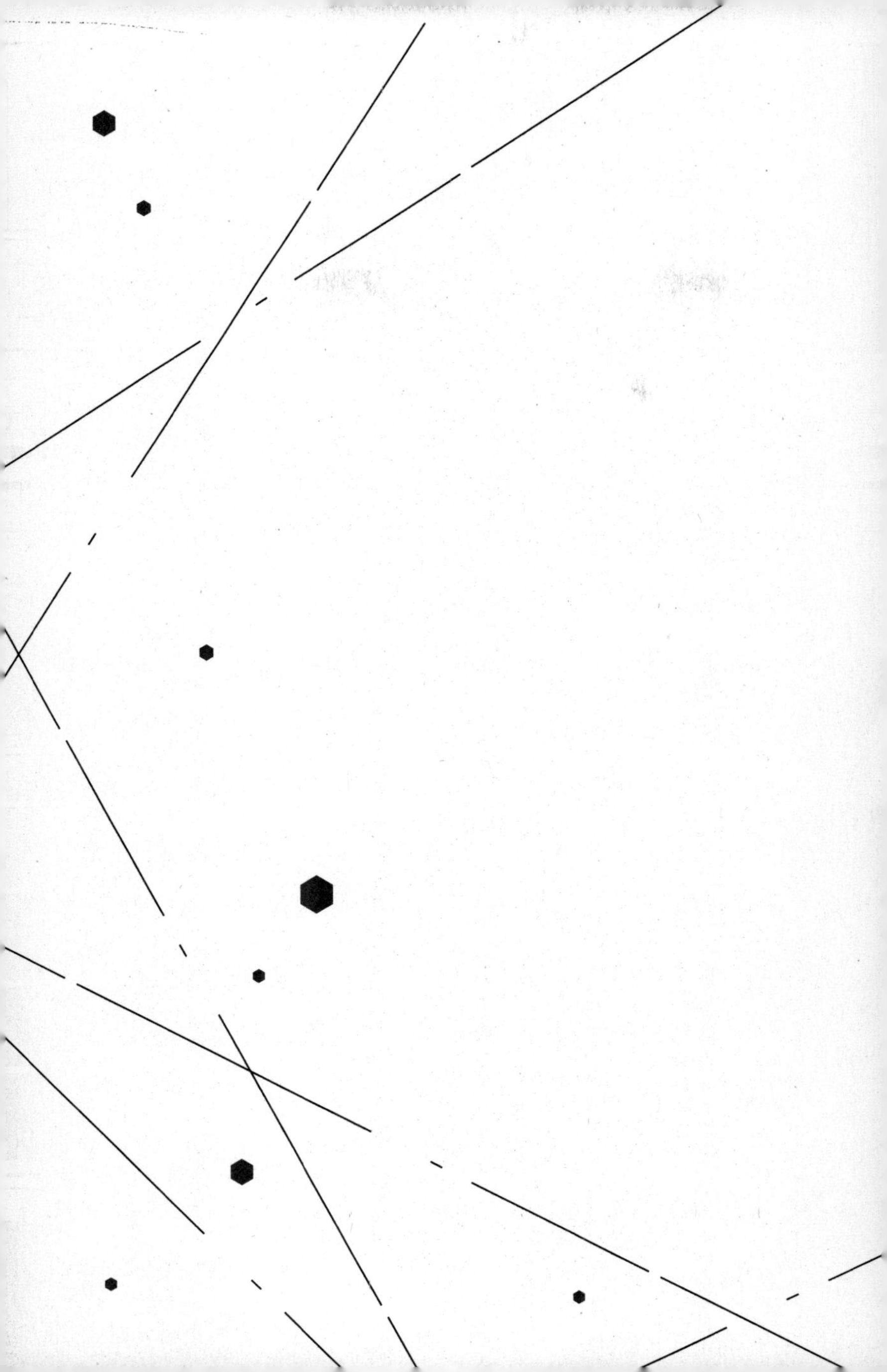

# ISEKAI OFFICE WORKER

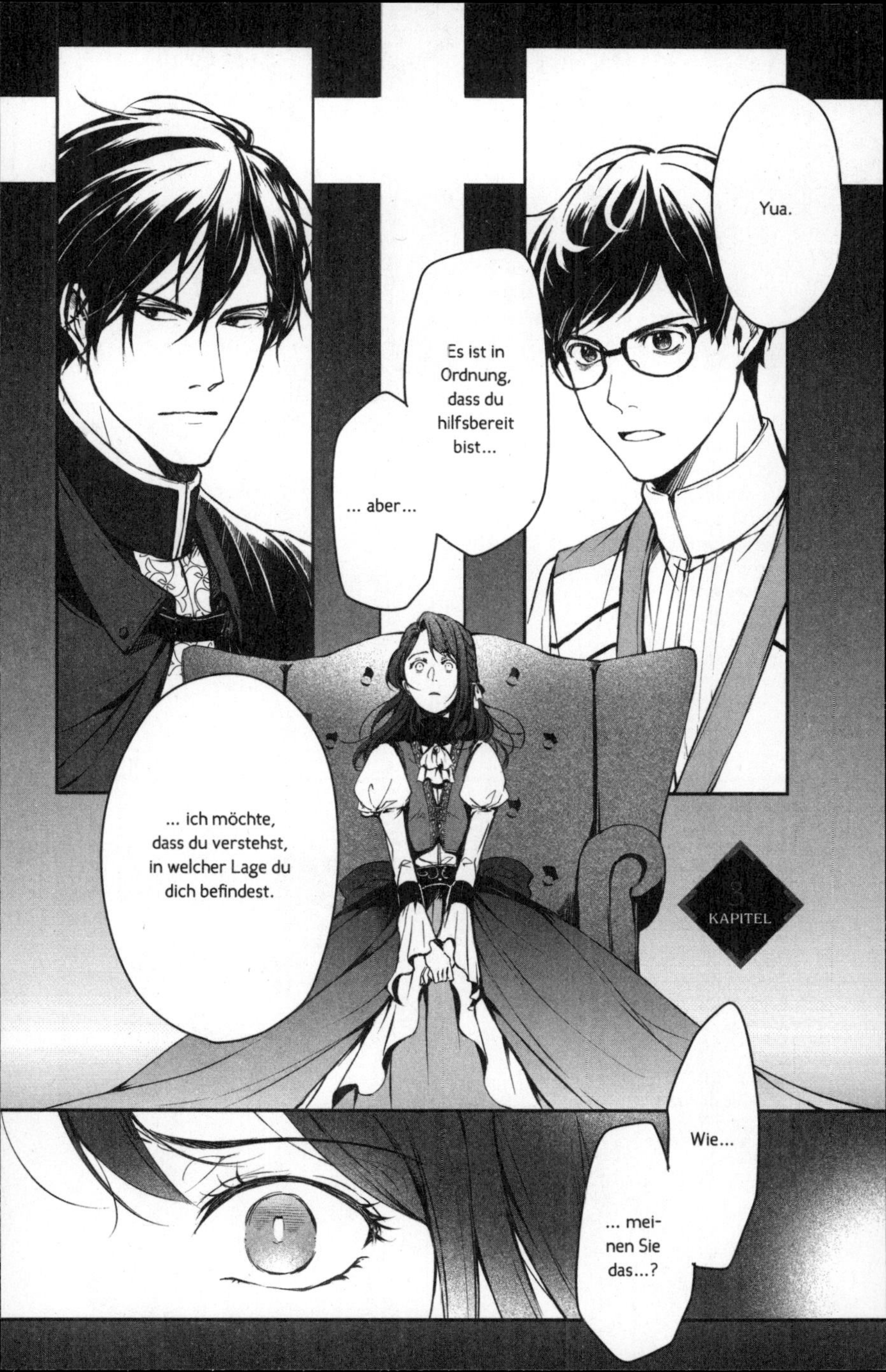
Yua.
Es ist in Ordnung, dass du hilfsbereit bist...
... aber...
... ich möchte, dass du verstehst, in welcher Lage du dich befindest.
3 KAPITEL
Wie...
... mei-nen Sie das...?

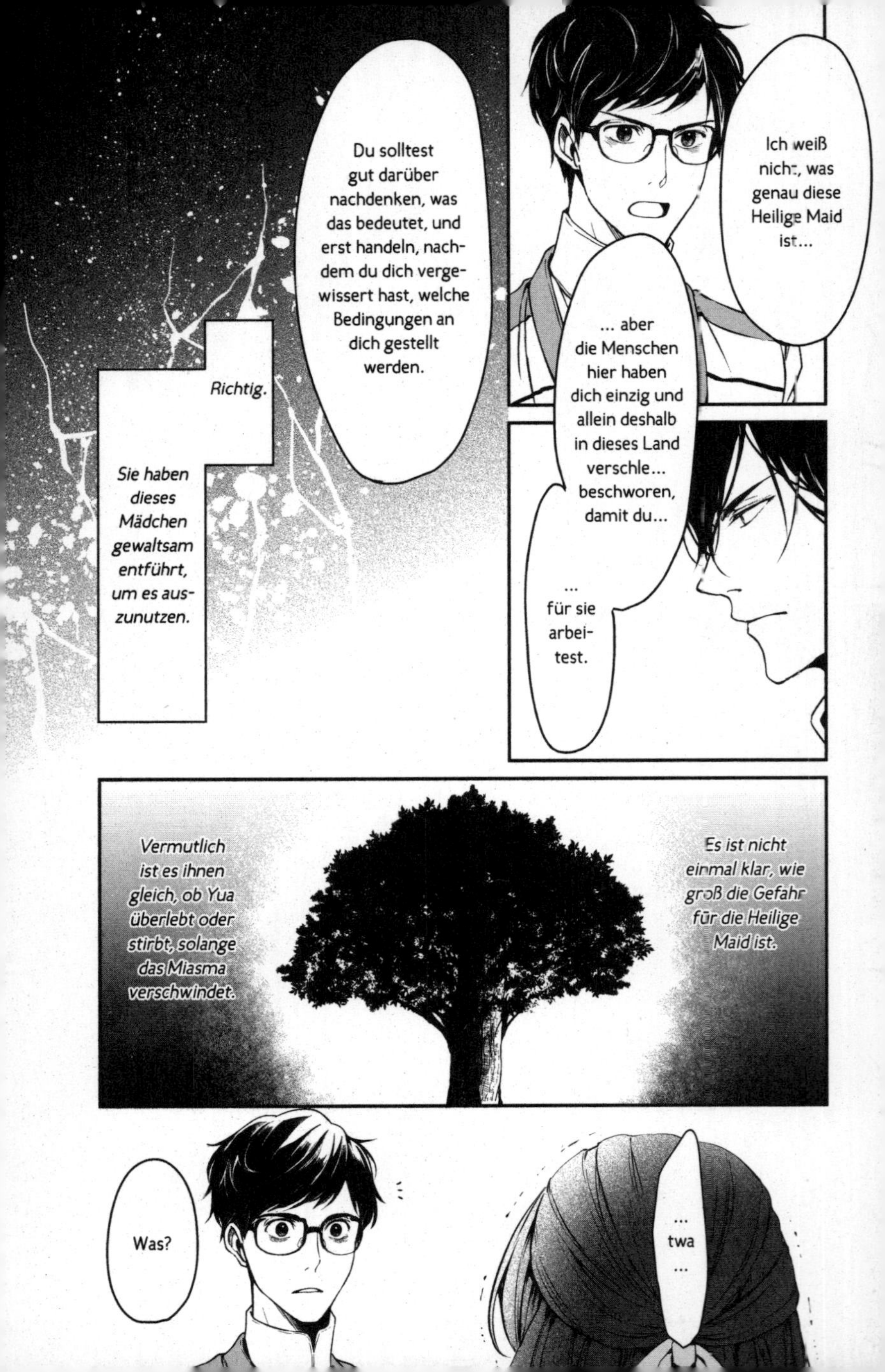
Ich weiß nicht, was genau diese Heilige Maid ist...
... aber die Menschen hier haben dich einzig und allein deshalb in dieses Land verschle... beschworen, damit du...
... für sie arbeitest.
Du solltest gut darüber nachdenken, was das bedeutet, und erst handeln, nachdem du dich vergewissert hast, welche Bedingungen an dich gestellt werden.
Richtig.
Sie haben dieses Mädchen gewaltsam entführt, um es auszunutzen.
Es ist nicht einmal klar, wie groß die Gefahr für die Heilige Maid ist.
Vermutlich ist es ihnen gleich, ob Yua überlebt oder stirbt, solange das Miasma verschwindet.
... twa ...
Was?

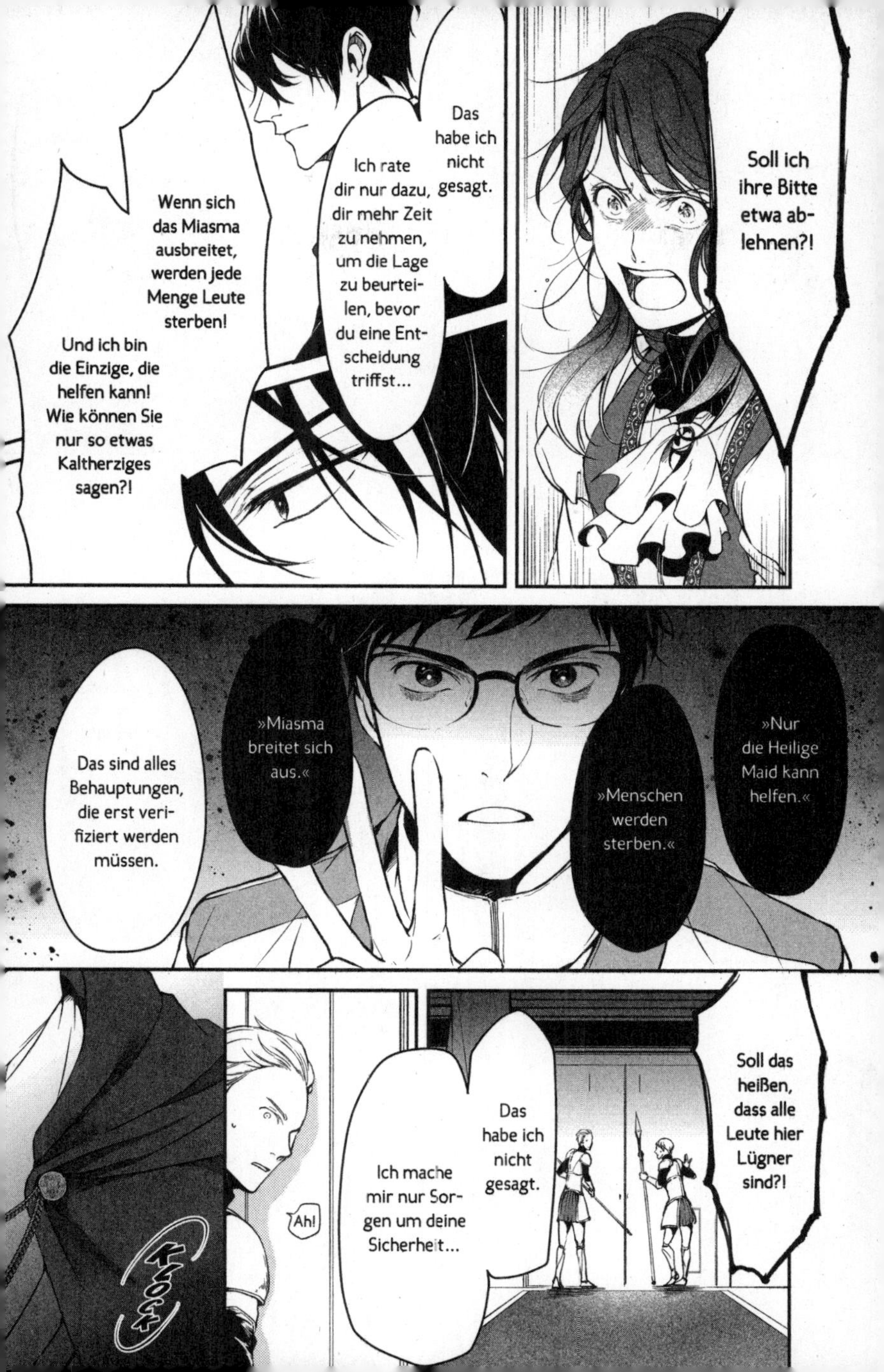
Soll ich ihre Bitte etwa ablehnen?!
Das habe ich nicht gesagt.
Ich rate dir nur dazu, dir mehr Zeit zu nehmen, um die Lage zu beurteilen, bevor du eine Entscheidung triffst…
Wenn sich das Miasma ausbreitet, werden jede Menge Leute sterben!
Und ich bin die Einzige, die helfen kann! Wie können Sie nur so etwas Kaltherziges sagen?!
»Nur die Heilige Maid kann helfen.«
»Menschen werden sterben.«
»Miasma breitet sich aus.«
Das sind alles Behauptungen, die erst verifiziert werden müssen.
Soll das heißen, dass alle Leute hier Lügner sind?!
Das habe ich nicht gesagt.
Ich mache mir nur Sorgen um deine Sicherheit…
Ah!
KLOCK

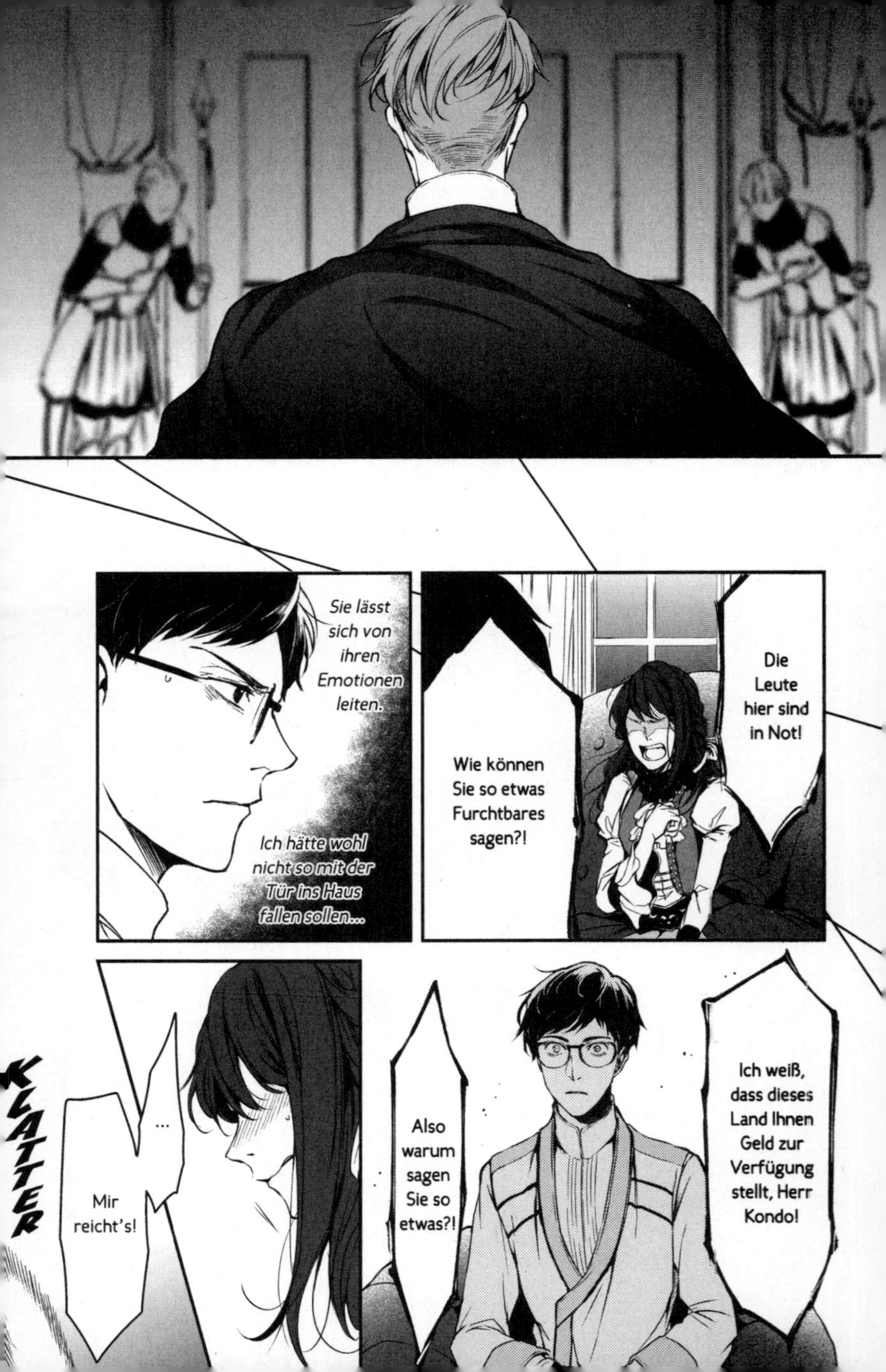
Die Leute hier sind in Not!
Wie können Sie so etwas Furchtbares sagen?!
Sie lässt sich von ihren Emotionen leiten.
Ich hätte wohl nicht so mit der Tür ins Haus fallen sollen...
Ich weiß, dass dieses Land Ihnen Geld zur Verfügung stellt, Herr Kondo!
Also warum sagen Sie so etwas?!
...
Mir reicht's!
KLATTER

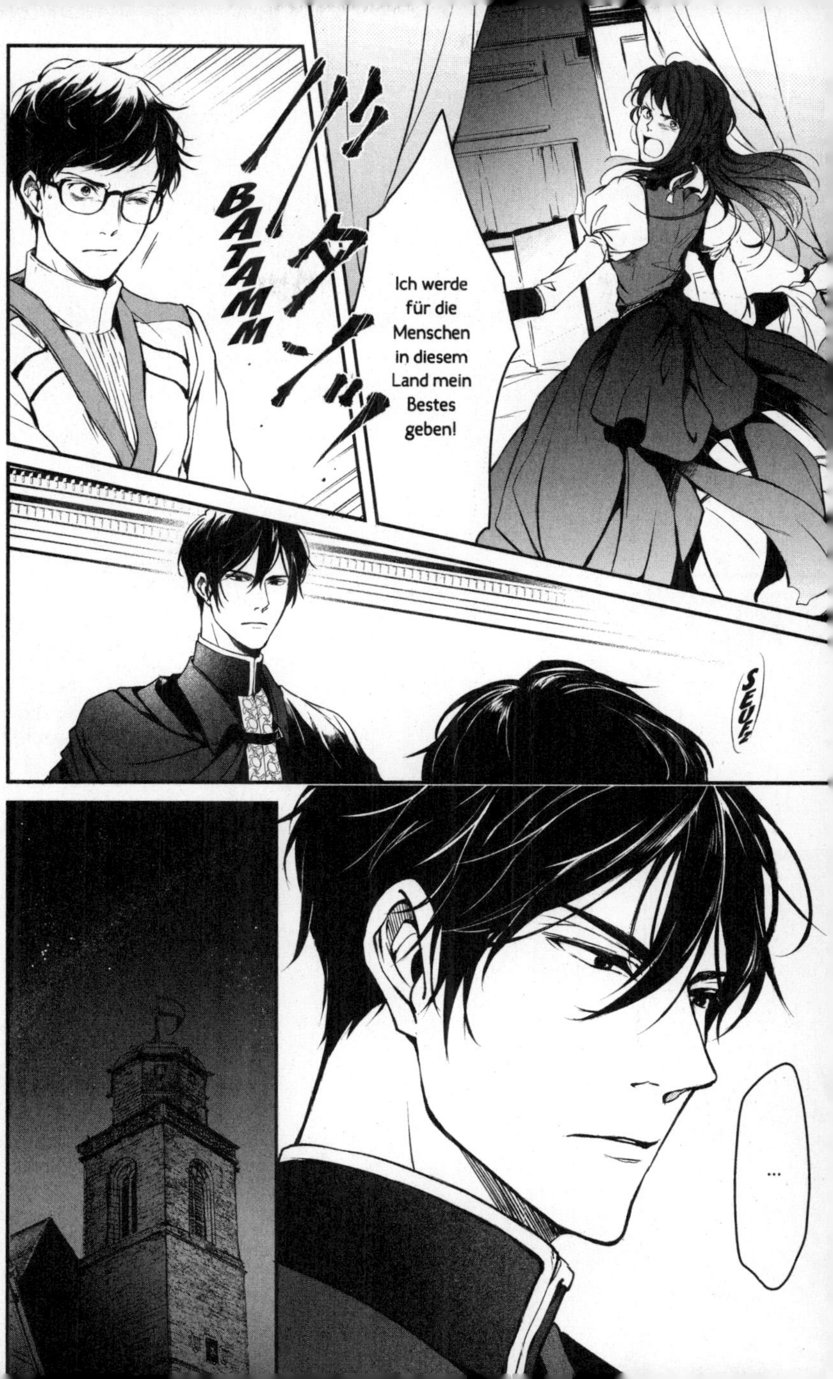
Ich werde für die Menschen in diesem Land mein Bestes geben!
BATAMM
SEUFZ
...

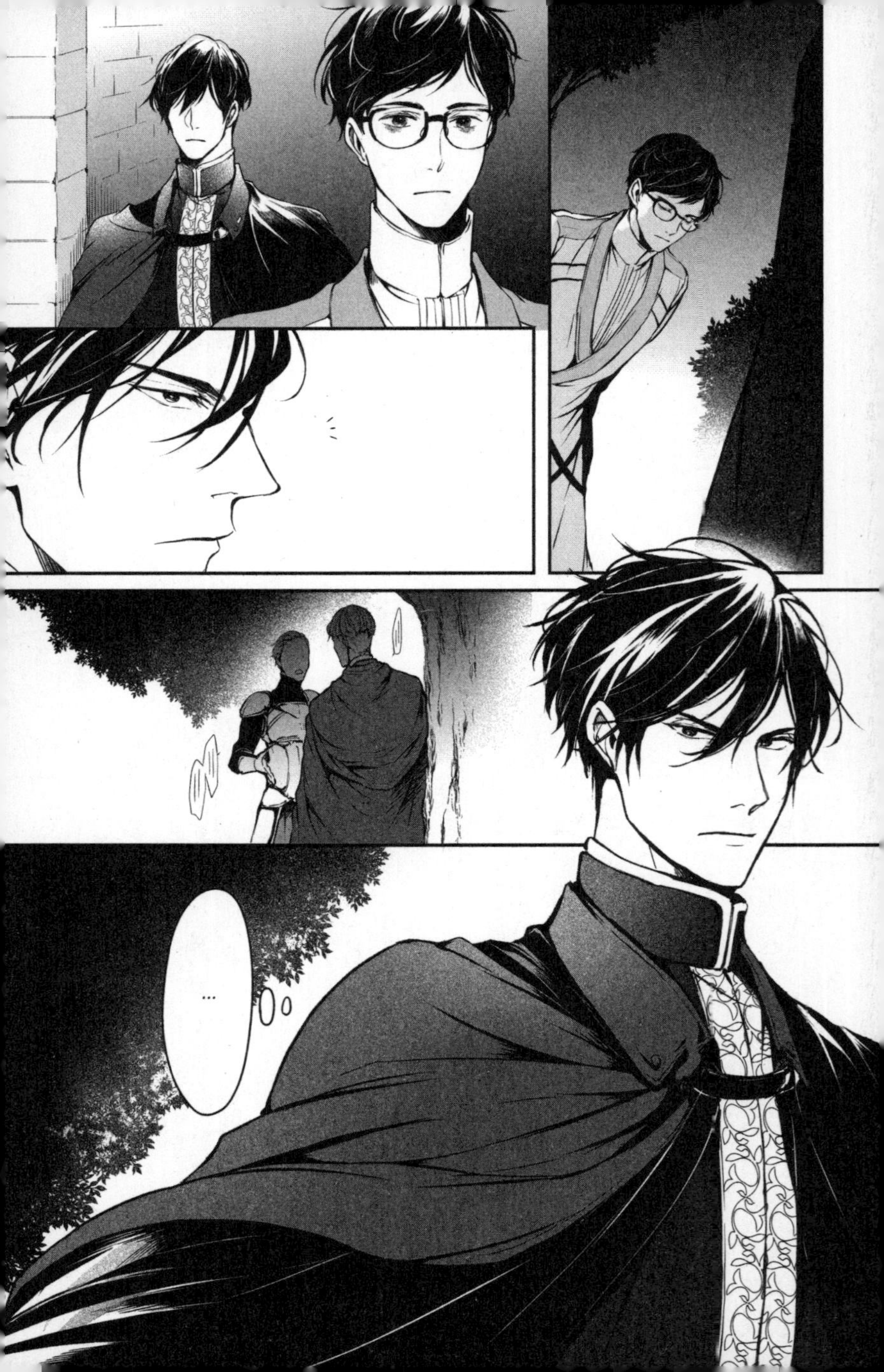

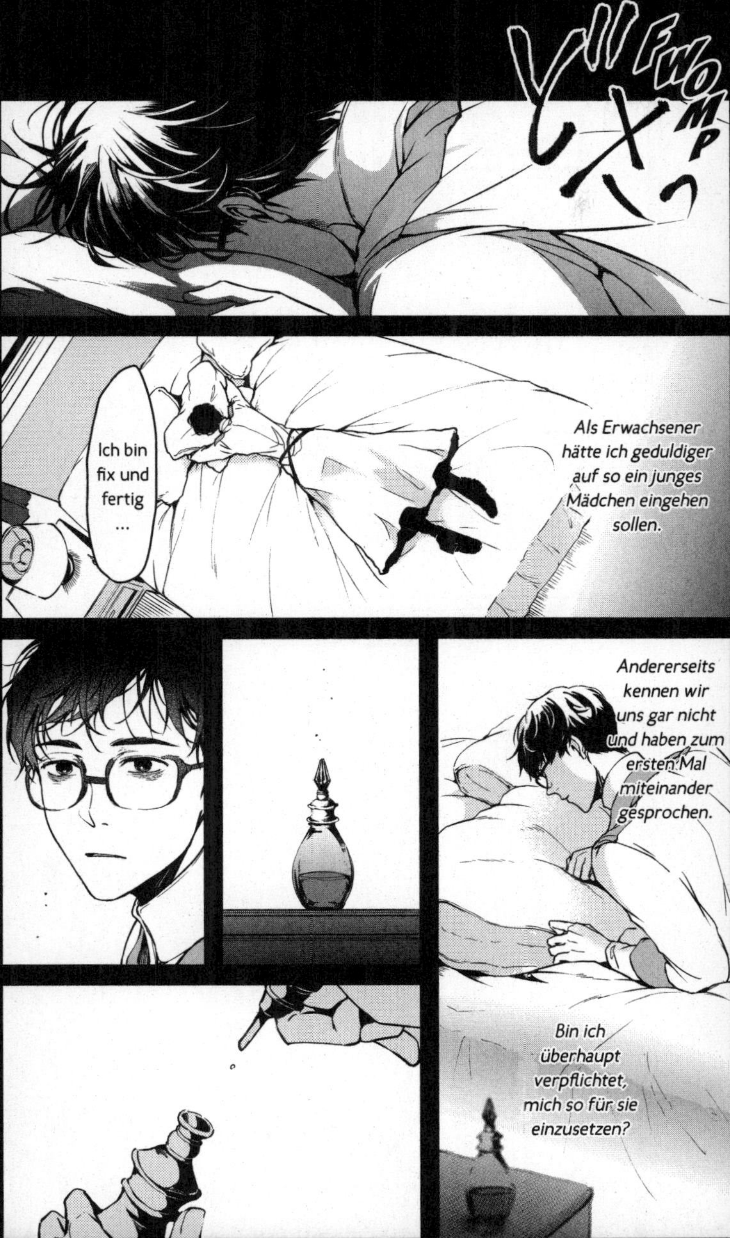
FWOMP
Als Erwachsener hätte ich geduldiger auf so ein junges Mädchen eingehen sollen.
Ich bin fix und fertig …
Andererseits kennen wir uns gar nicht und haben zum ersten Mal miteinander gesprochen.
Bin ich überhaupt verpflichtet, mich so für sie einzusetzen?

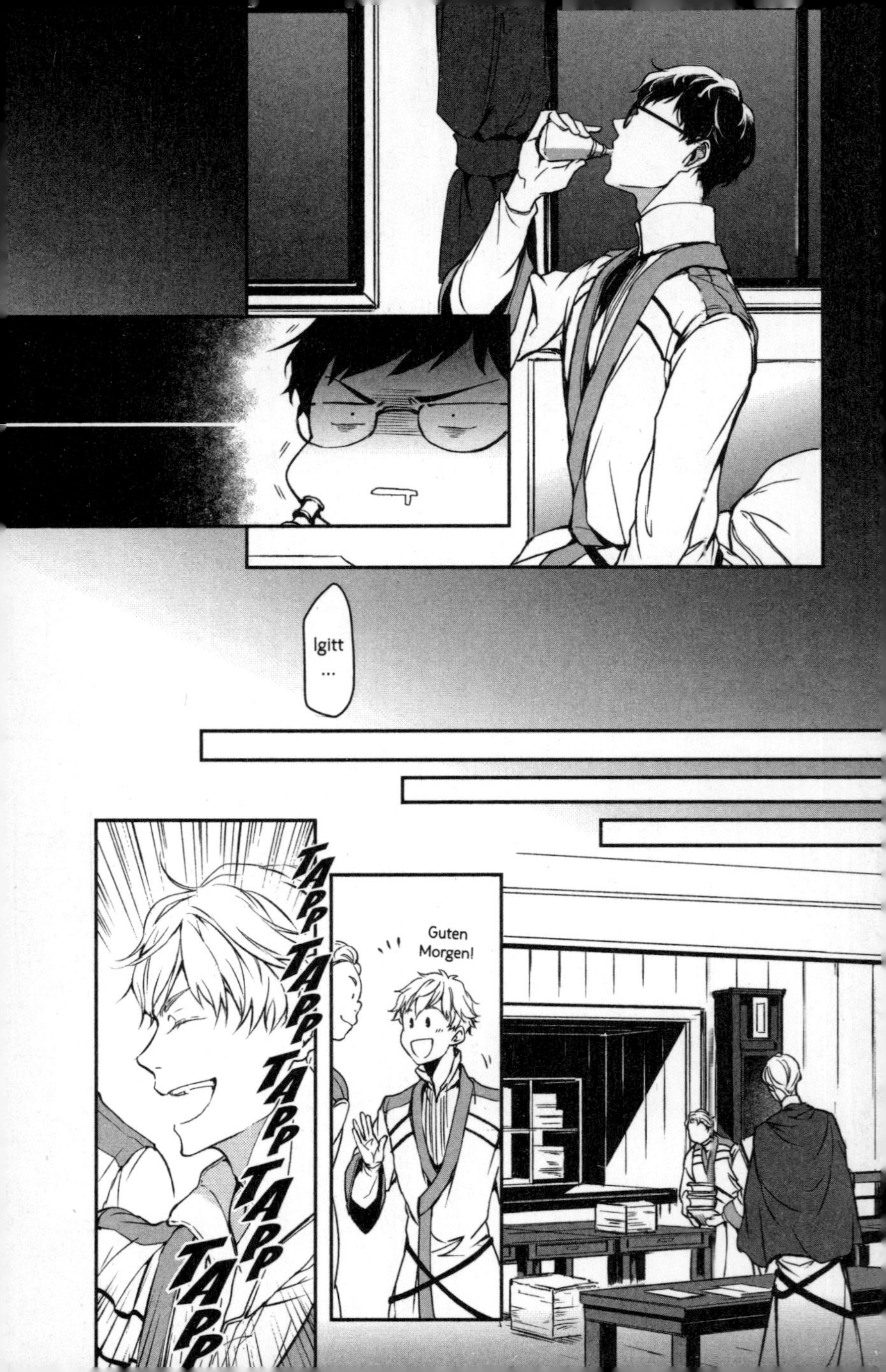
Igitt …
Guten Morgen!
TAPP TAPP TAPP TAPP TAPP TAPP TAPP

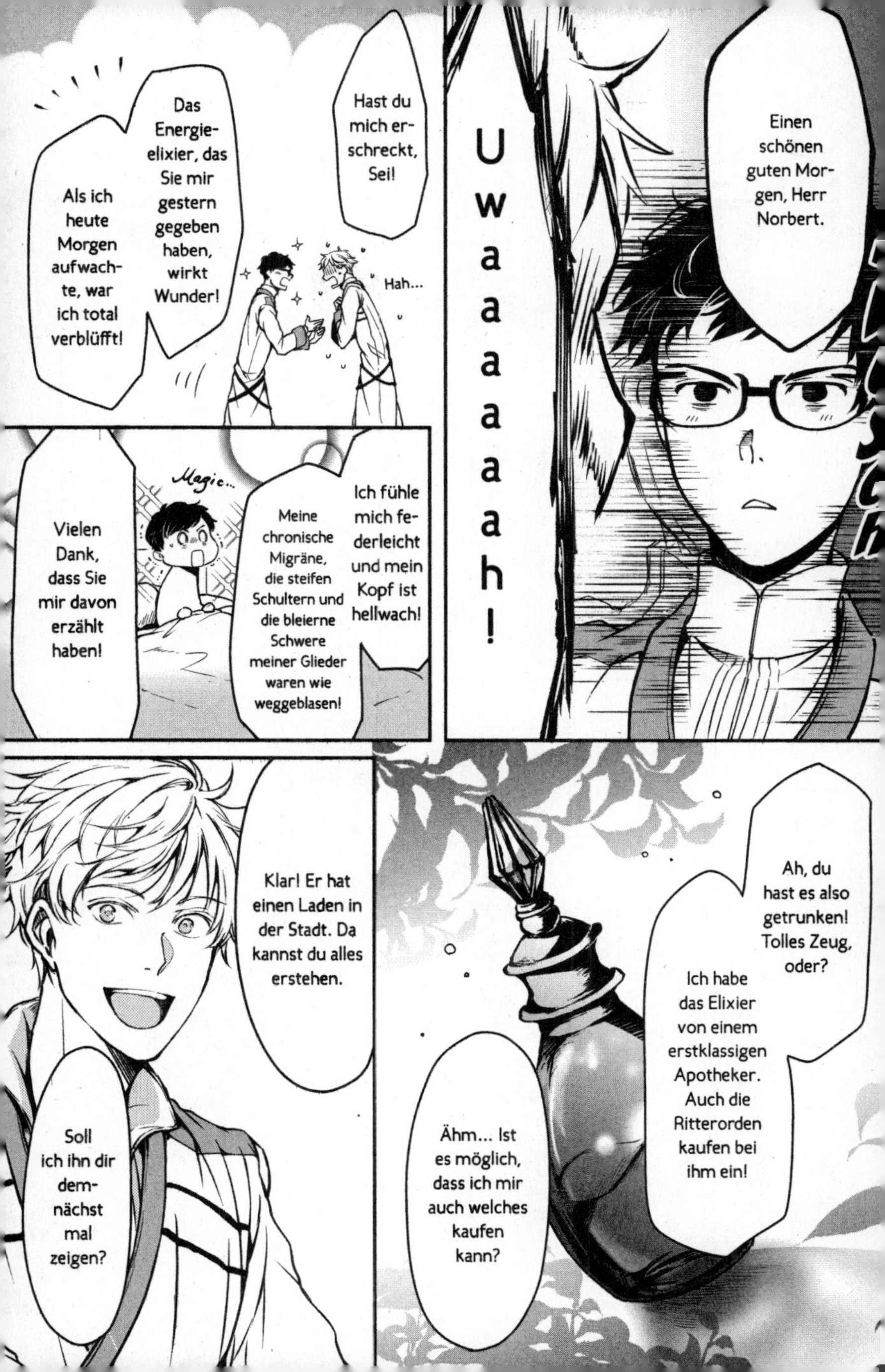

Einen schönen guten Morgen, Herr Norbert.
Uwaaaaaah!
Hast du mich erschreckt, Sei!
Das Energieelixier, das Sie mir gestern gegeben haben, wirkt Wunder!
Als ich heute Morgen aufwachte, war ich total verblüfft!
Hah...
Ich fühle mich federleicht und mein Kopf ist hellwach!
Meine chronische Migräne, die steifen Schultern und die bleierne Schwere meiner Glieder waren wie weggeblasen!
Magic...
Vielen Dank, dass Sie mir davon erzählt haben!
Ah, du hast es also getrunken! Tolles Zeug, oder?
Ich habe das Elixier von einem erstklassigen Apotheker. Auch die Ritterorden kaufen bei ihm ein!
Ähm... Ist es möglich, dass ich mir auch welches kaufen kann?
Klar! Er hat einen Laden in der Stadt. Da kannst du alles erstehen.
Soll ich ihn dir demnächst mal zeigen?

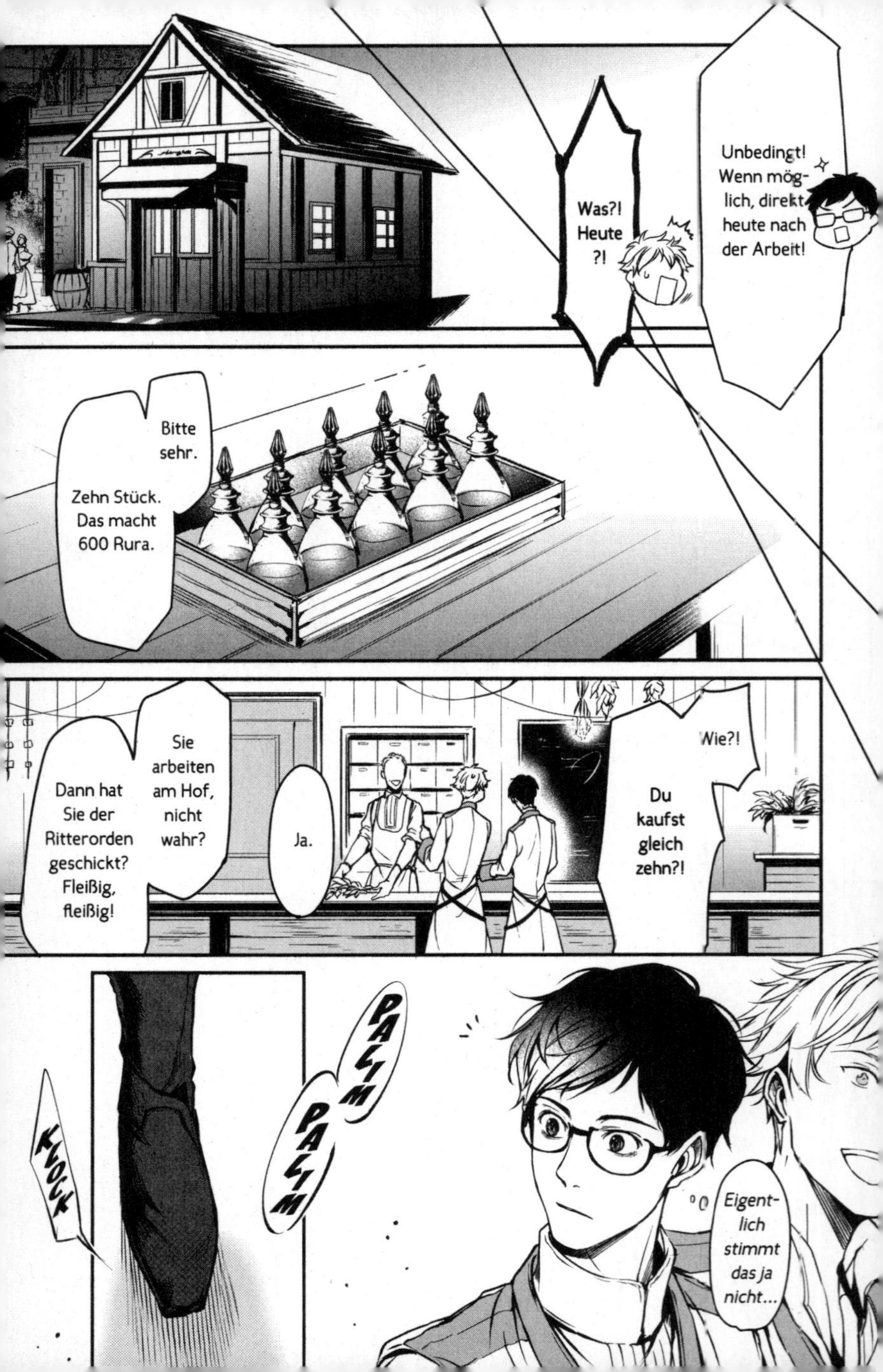
Unbedingt! Wenn möglich, direkt heute nach der Arbeit!
Was?! Heute ?!
Bitte sehr.
Zehn Stück. Das macht 600 Rura.
Wie?!
Du kaufst gleich zehn?!
Ja.
Sie arbeiten am Hof, nicht wahr?
Dann hat Sie der Ritterorden geschickt? Fleißig, fleißig!
Eigentlich stimmt das ja nicht...
PALIM
PALIM
KLOCK

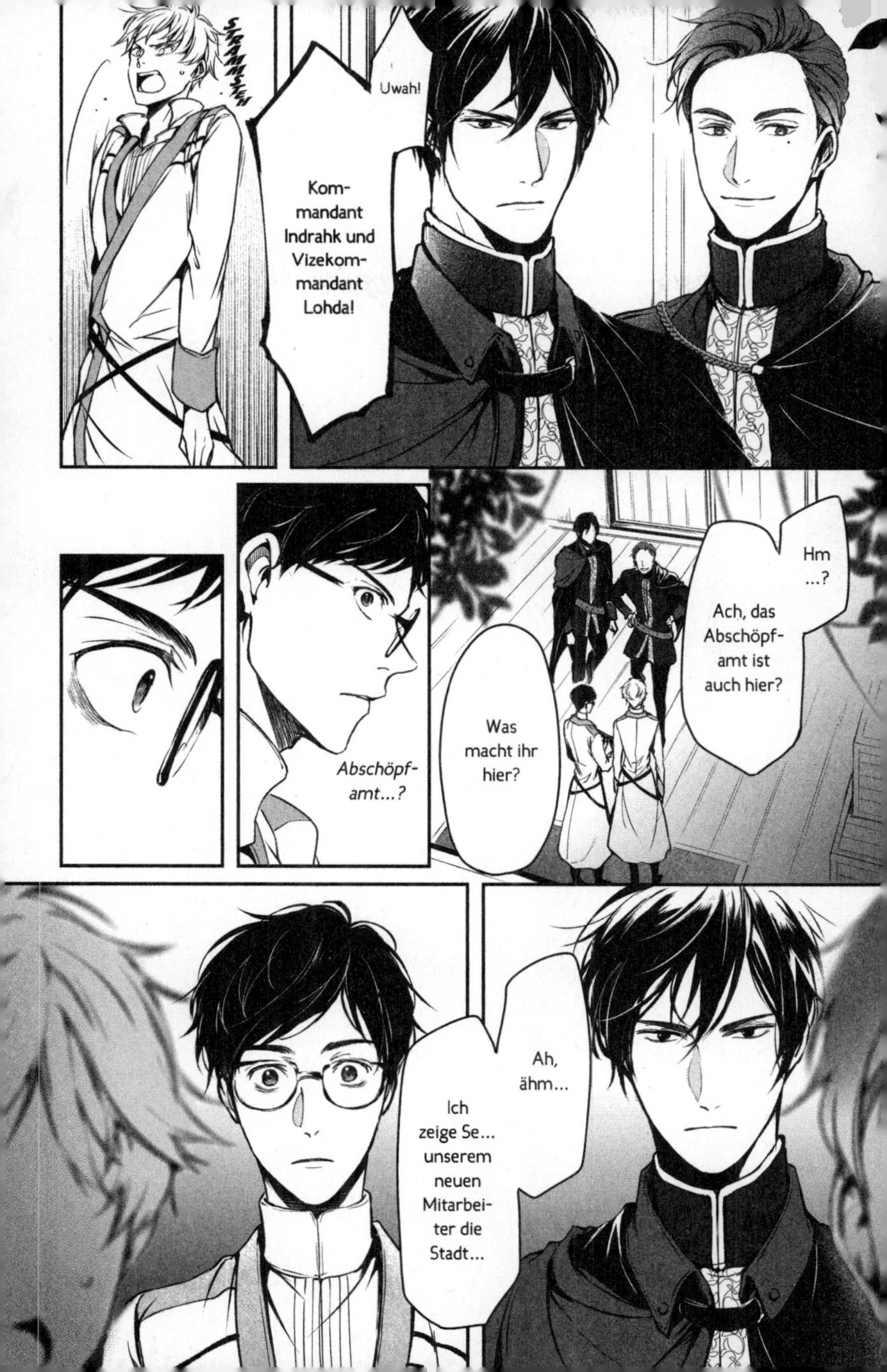
Uwah!
Kommandant Indrahk und Vizekommandant Lohda!
STRAMMSTEH
Hm ...?
Ach, das Abschöpfamt ist auch hier?
Was macht ihr hier?
*Abschöpfamt...?*
Ah, ähm...
Ich zeige Se... unserem neuen Mitarbeiter die Stadt...

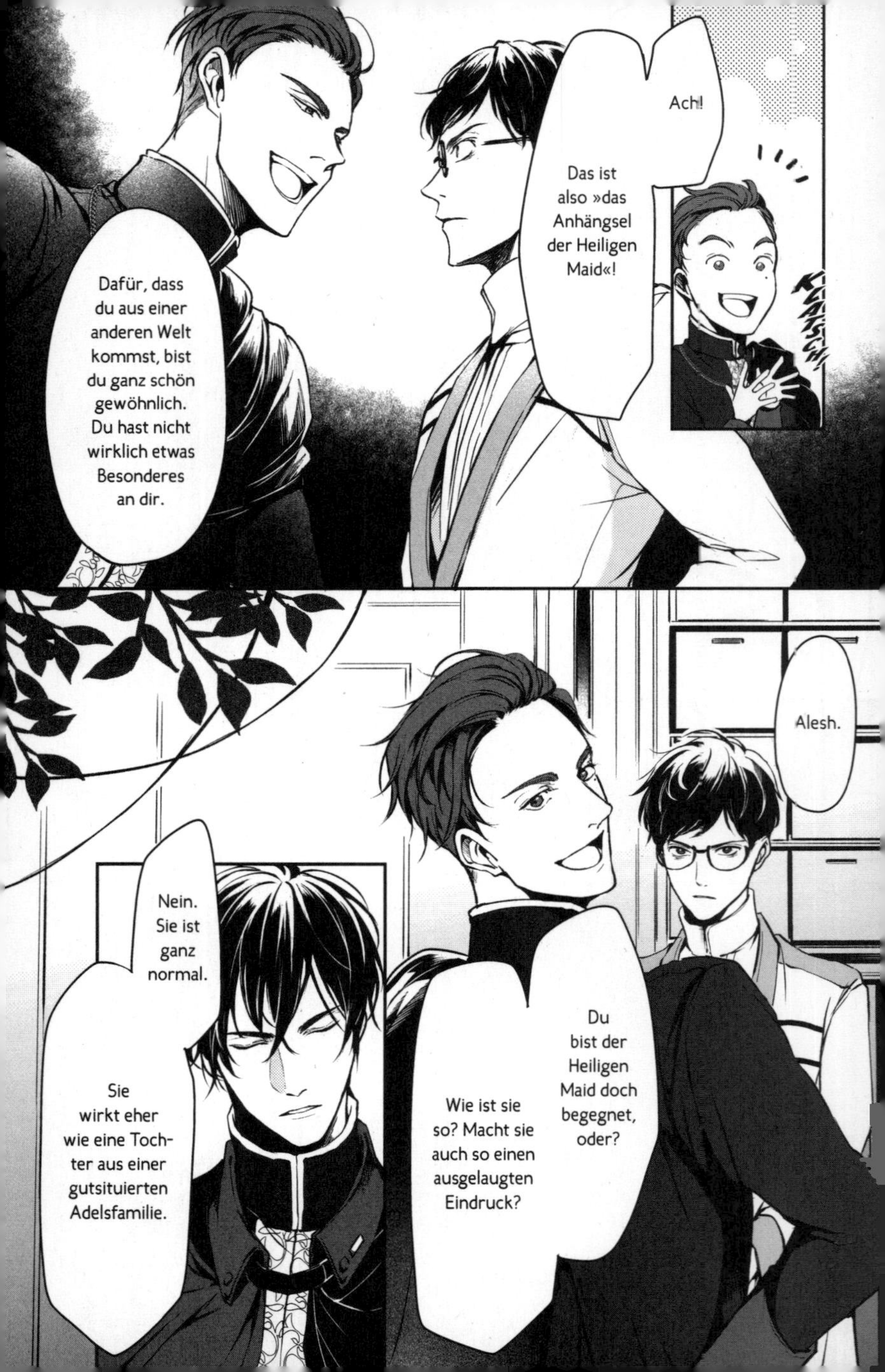
Ach!
Das ist also »das Anhängsel der Heiligen Maid«!
KLATSCH!
Dafür, dass du aus einer anderen Welt kommst, bist du ganz schön gewöhnlich. Du hast nicht wirklich etwas Besonderes an dir.
Alesh.
Du bist der Heiligen Maid doch begegnet, oder?
Wie ist sie so? Macht sie auch so einen ausgelaugten Eindruck?
Nein. Sie ist ganz normal.
Sie wirkt eher wie eine Tochter aus einer gutsituierten Adelsfamilie.

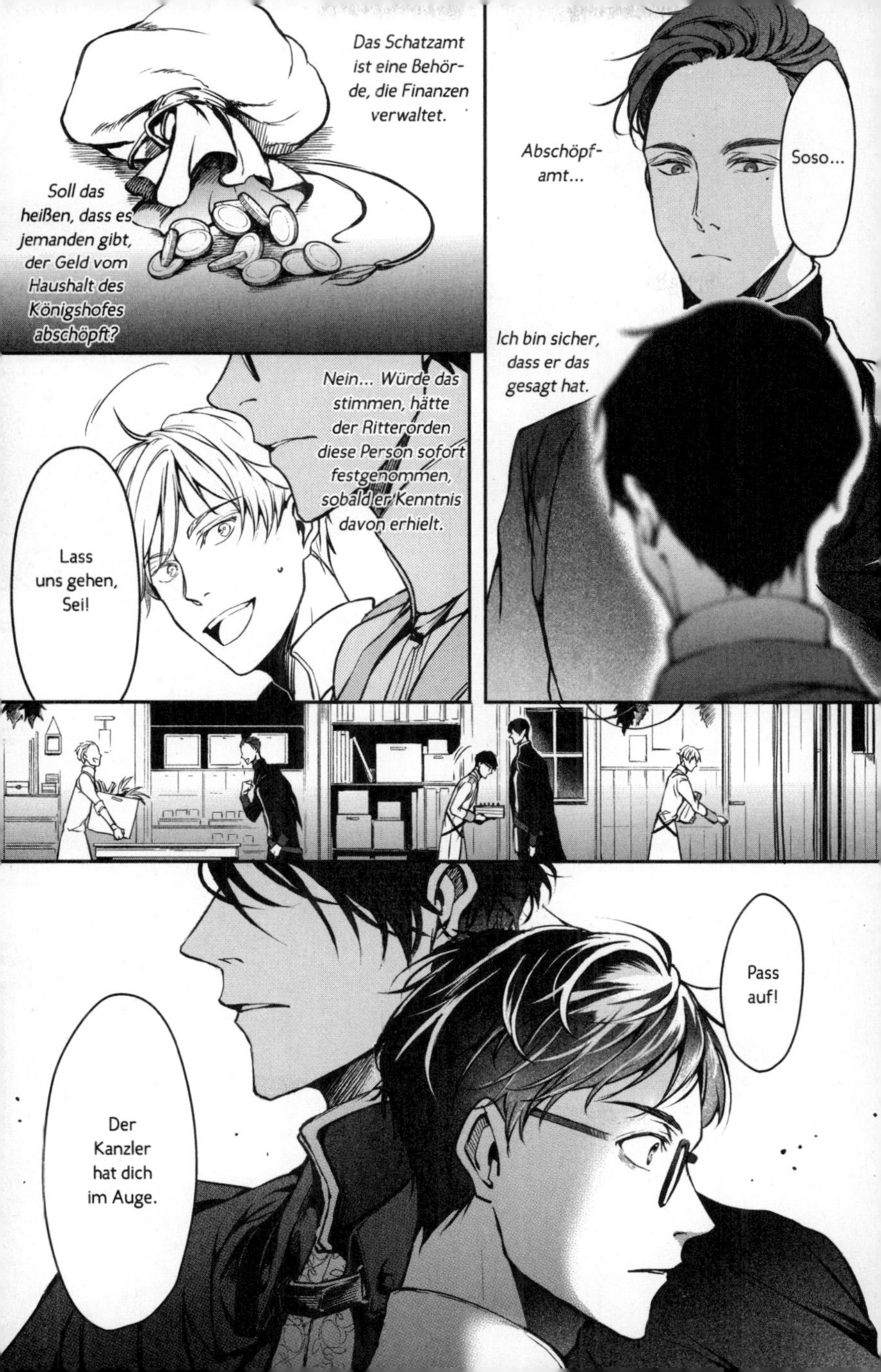
Soso…
Abschöpf-amt…
Das Schatzamt ist eine Behörde, die Finanzen verwaltet.
Soll das heißen, dass es jemanden gibt, der Geld vom Haushalt des Königshofes abschöpft?
Ich bin sicher, dass er das gesagt hat.
Nein… Würde das stimmen, hätte der Ritterorden diese Person sofort festgenommen, sobald er Kenntnis davon erhielt.
Lass uns gehen, Sei!
Pass auf!
Der Kanzler hat dich im Auge.

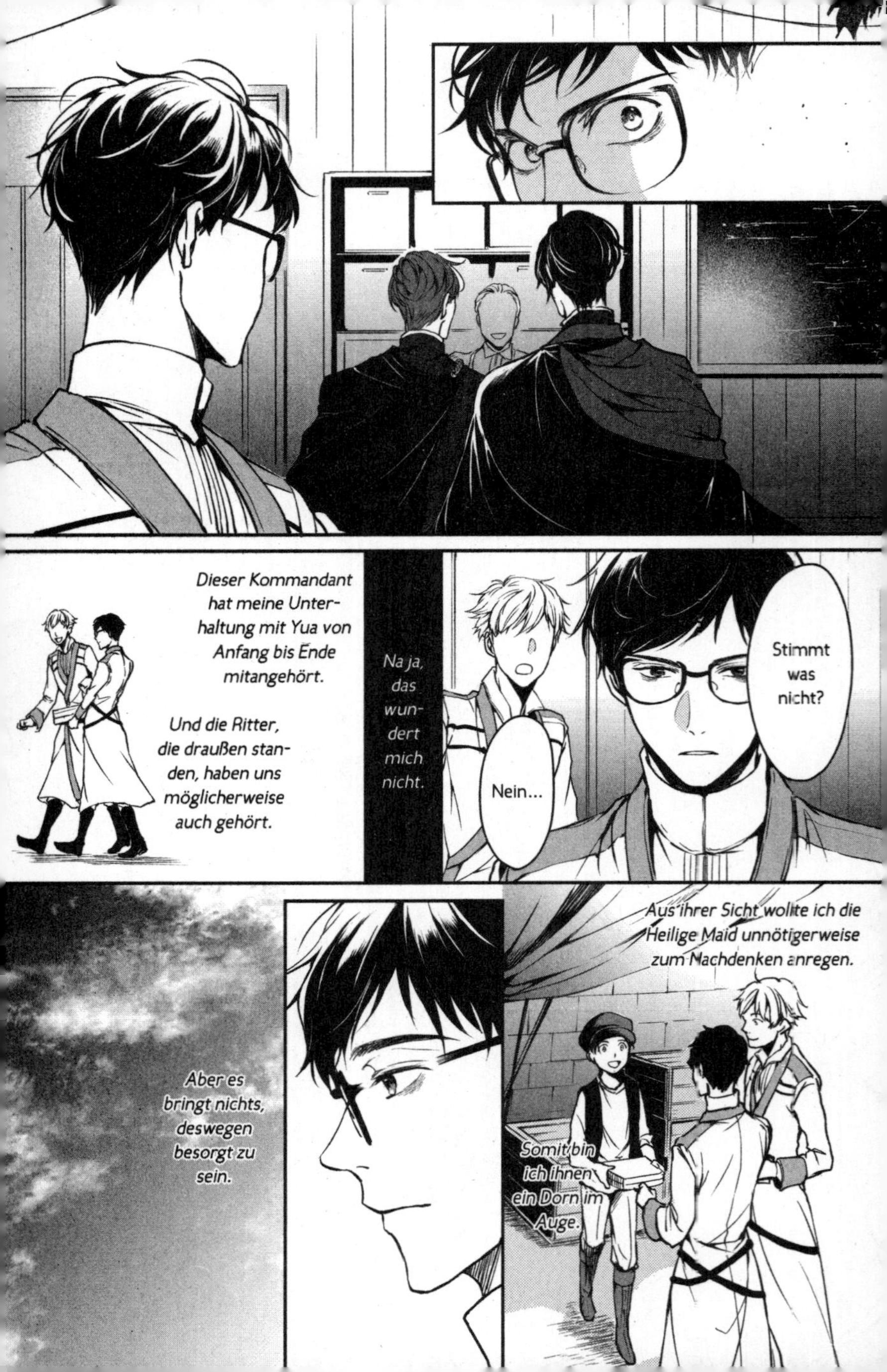

Stimmt was nicht?
Nein...
Na ja, das wundert mich nicht.
Dieser Kommandant hat meine Unterhaltung mit Yua von Anfang bis Ende mitangehört.
Und die Ritter, die draußen standen, haben uns möglicherweise auch gehört.
Aus ihrer Sicht wollte ich die Heilige Maid unnötigerweise zum Nachdenken anregen.
Somit bin ich ihnen ein Dorn im Auge.
Aber es bringt nichts, deswegen besorgt zu sein.

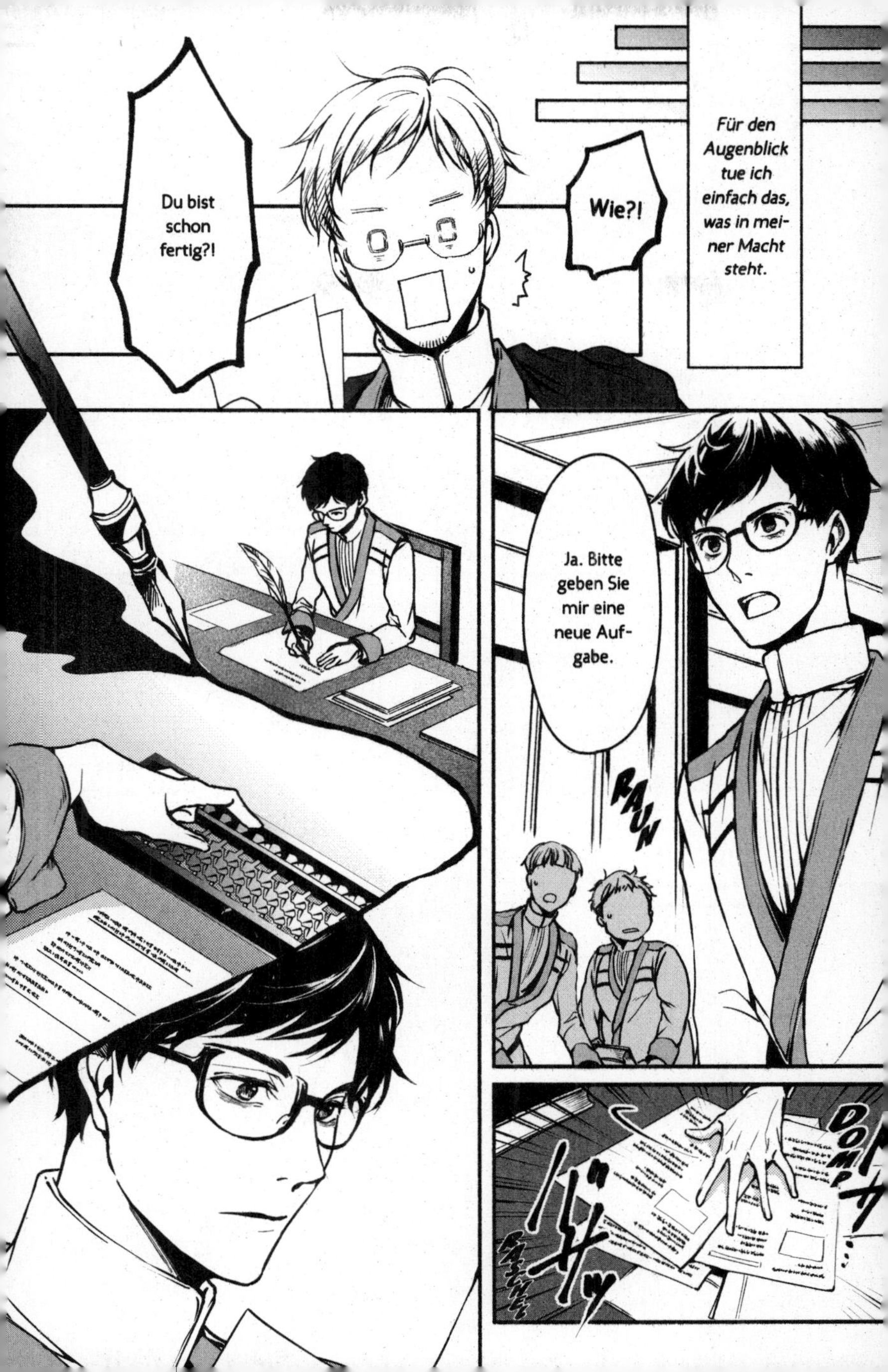
Für den Augenblick tue ich einfach das, was in meiner Macht steht.
Wie?!
Du bist schon fertig?!
Ja. Bitte geben Sie mir eine neue Aufgabe.
RAUN

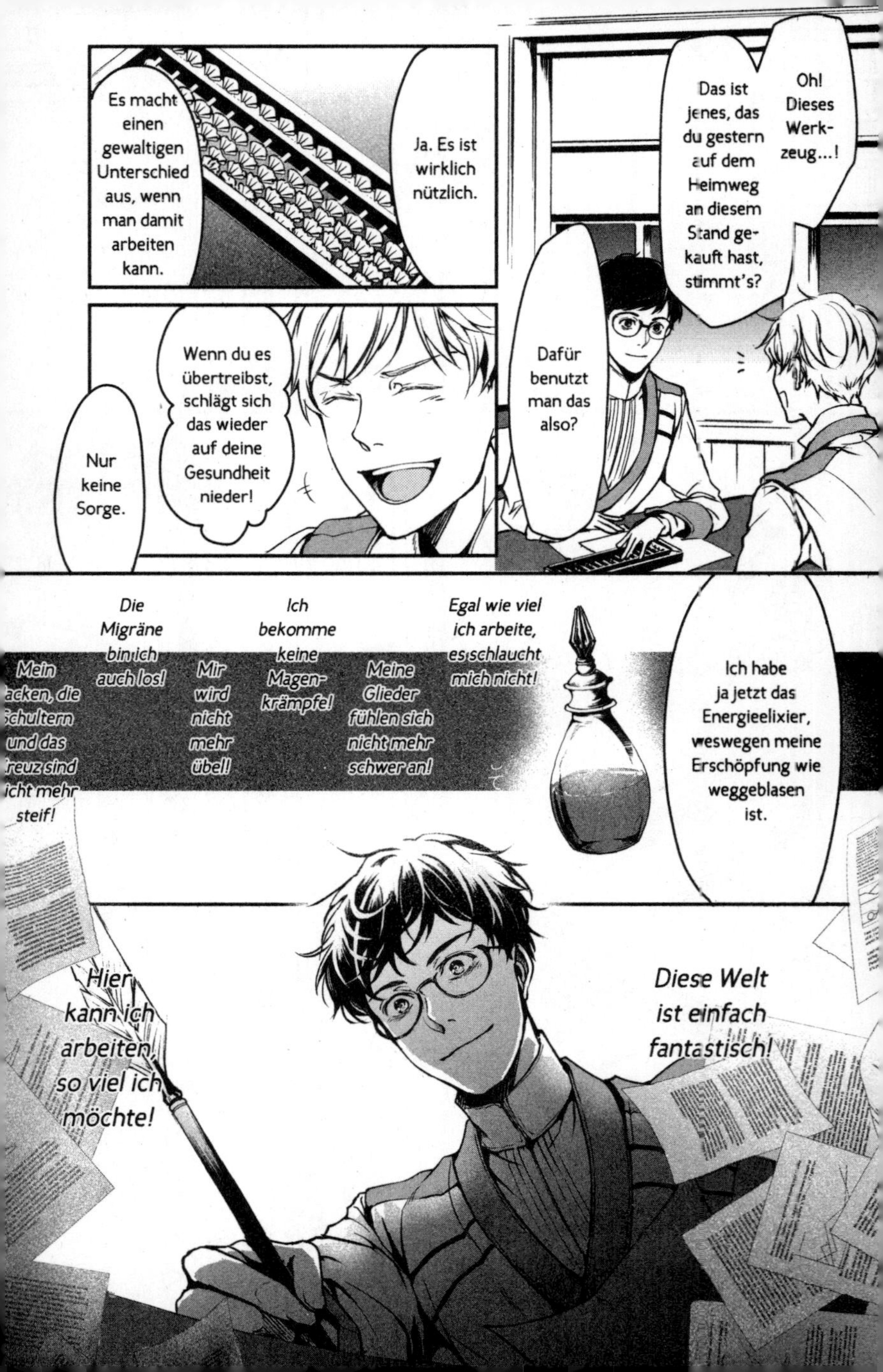
Oh! Dieses Werkzeug…!
Das ist jenes, das du gestern auf dem Heimweg an diesem Stand gekauft hast, stimmt's?
Dafür benutzt man das also?
Ja. Es ist wirklich nützlich.
Es macht einen gewaltigen Unterschied aus, wenn man damit arbeiten kann.
Wenn du es übertreibst, schlägt sich das wieder auf deine Gesundheit nieder!
Nur keine Sorge.
Ich habe ja jetzt das Energieelixier, weswegen meine Erschöpfung wie weggeblasen ist.
Egal wie viel ich arbeite, es schlaucht mich nicht!
Meine Glieder fühlen sich nicht mehr schwer an!
Ich bekomme keine Magenkrämpfe!
Mir wird nicht mehr übel!
Die Migräne bin ich auch los!
Mein acken, die chultern und das reuz sind icht mehr steif!
Diese Welt ist einfach fantastisch!
Hier kann ich arbeiten, so viel ich möchte!

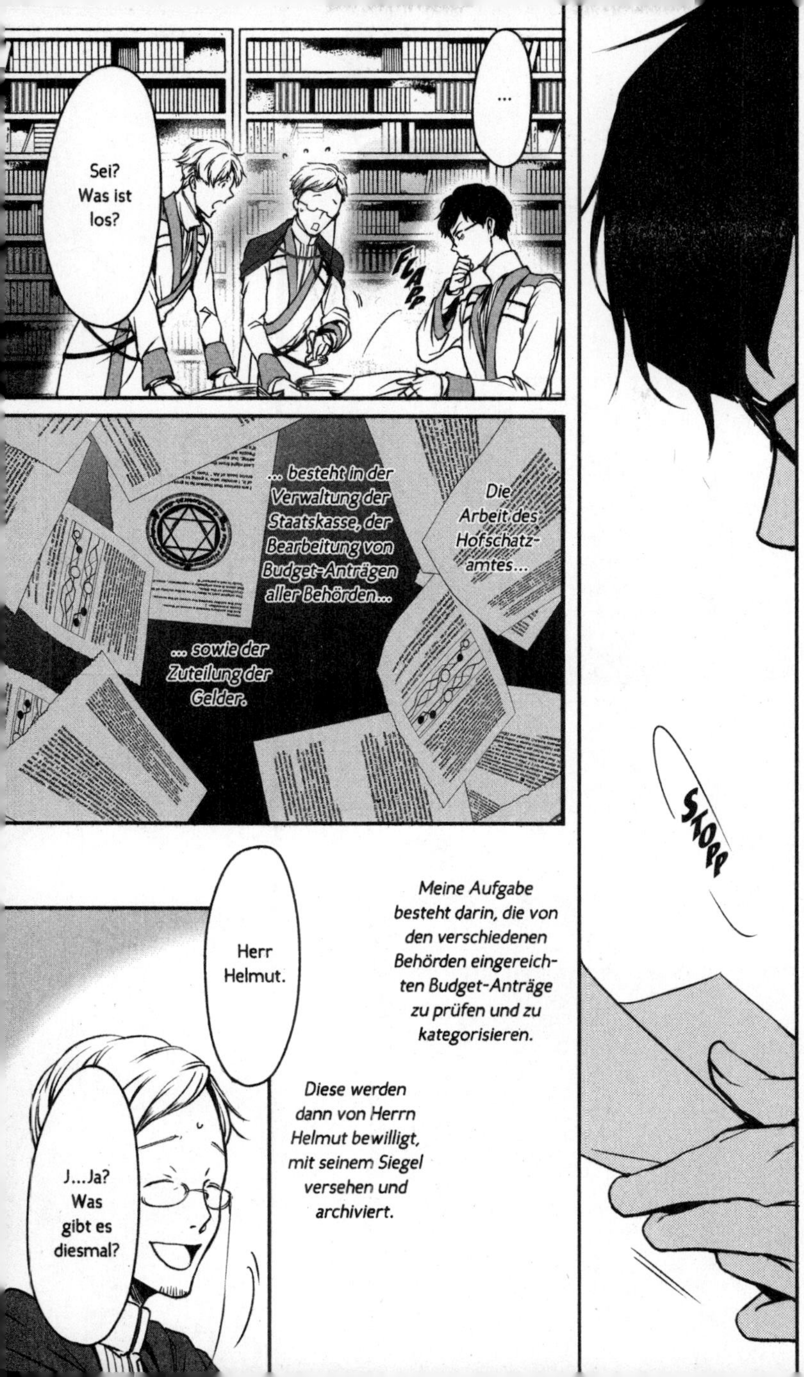
...
Sei? Was ist los?
FLAPP
Die Arbeit des Hofschatzamtes...
... besteht in der Verwaltung der Staatskasse, der Bearbeitung von Budget-Anträgen aller Behörden...
... sowie der Zuteilung der Gelder.
SKOPP
Meine Aufgabe besteht darin, die von den verschiedenen Behörden eingereichten Budget-Anträge zu prüfen und zu kategorisieren.
Diese werden dann von Herrn Helmut bewilligt, mit seinem Siegel versehen und archiviert.
Herr Helmut.
J...Ja? Was gibt es diesmal?

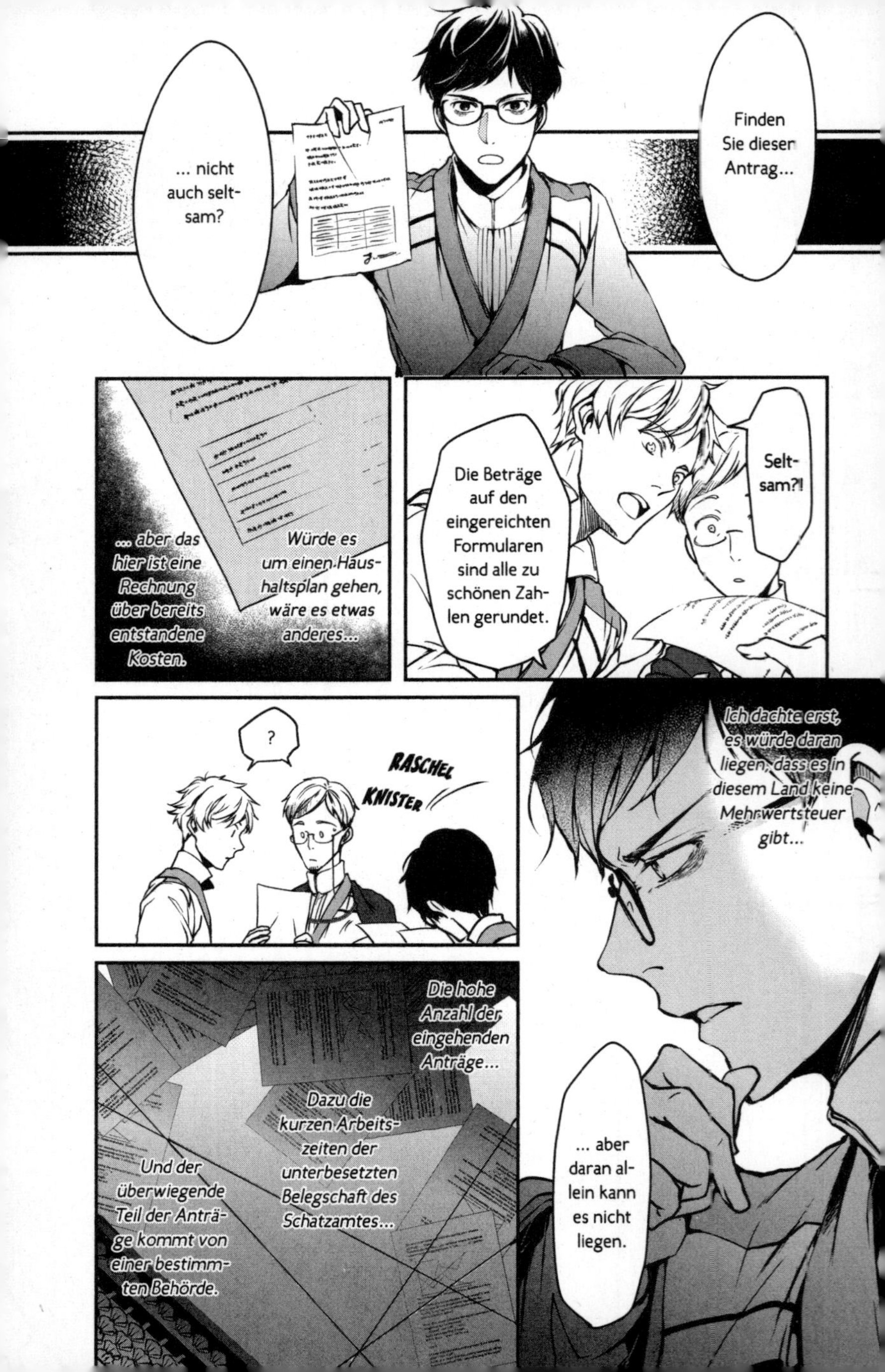
Finden Sie dieser Antrag...
... nicht auch selt-sam?
Selt-sam?!
Die Beträge auf den eingereichten Formularen sind alle zu schönen Zah-len gerundet.
Würde es um einen Haus-haltsplan gehen, wäre es etwas anderes...
... aber das hier ist eine Rechnung über bereits entstandene Kosten.
Ich dachte erst, es würde daran liegen, dass es in diesem Land keine Mehrwertsteuer gibt...
RASCHEL
KNISTER
?
... aber daran al-lein kann es nicht liegen.
Die hohe Anzahl der eingehenden Anträge...
Dazu die kurzen Arbeits-zeiten der unterbesetzten Belegschaft des Schatzamtes...
Und der überwiegende Teil der Anträ-ge kommt von einer bestimm-ten Behörde.

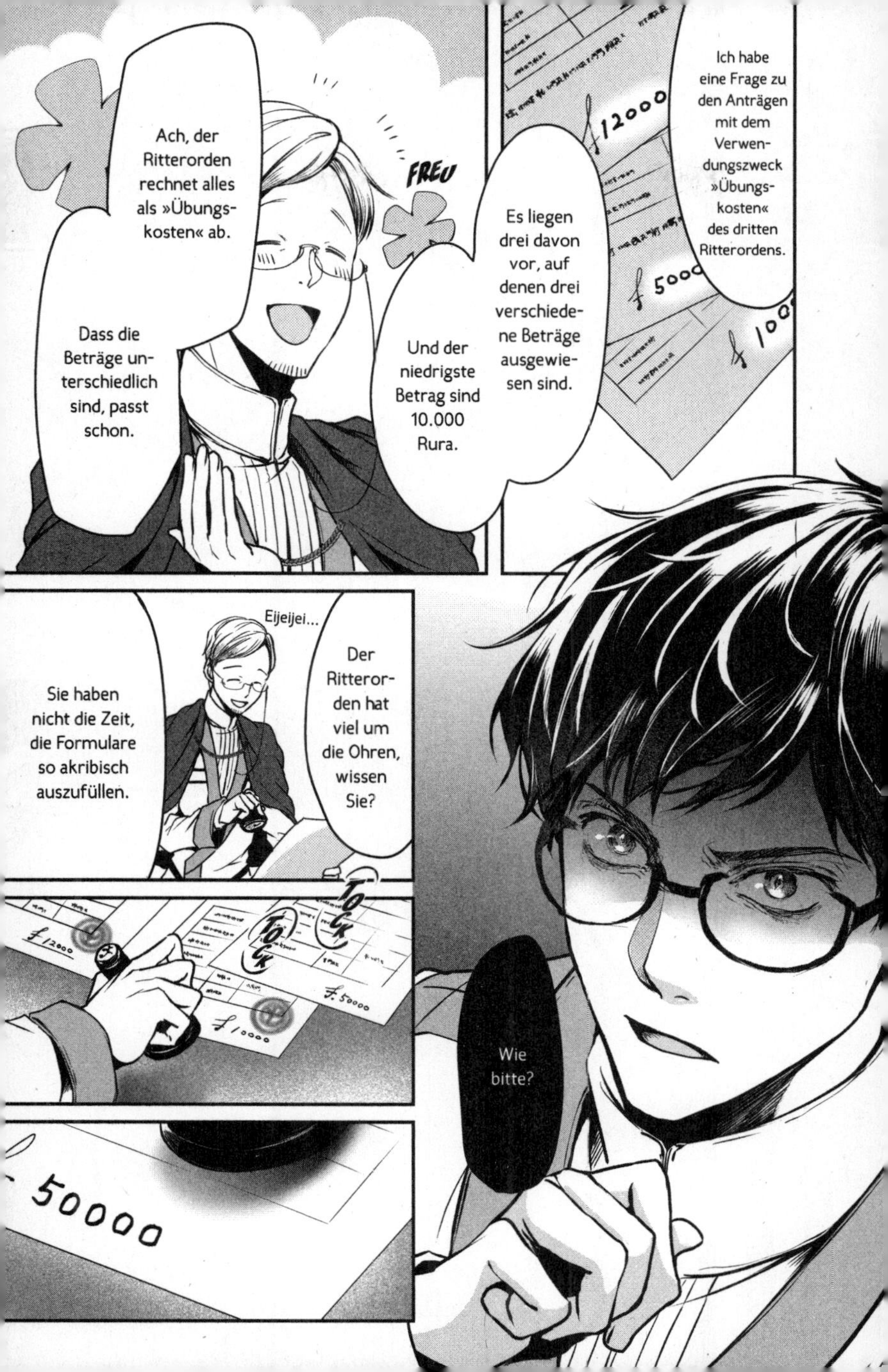
Ich habe eine Frage zu den Anträgen mit dem Verwendungszweck »Übungskosten« des dritten Ritterordens.
Es liegen drei davon vor, auf denen drei verschiedene Beträge ausgewiesen sind.
Und der niedrigste Betrag sind 10.000 Rura.
FREU
Ach, der Ritterorden rechnet alles als »Übungskosten« ab.
Dass die Beträge unterschiedlich sind, passt schon.
Der Ritterorden hat viel um die Ohren, wissen Sie?
Eijeijei...
Sie haben nicht die Zeit, die Formulare so akribisch auszufüllen.
TOCK
TOCK
Wie bitte?
50000

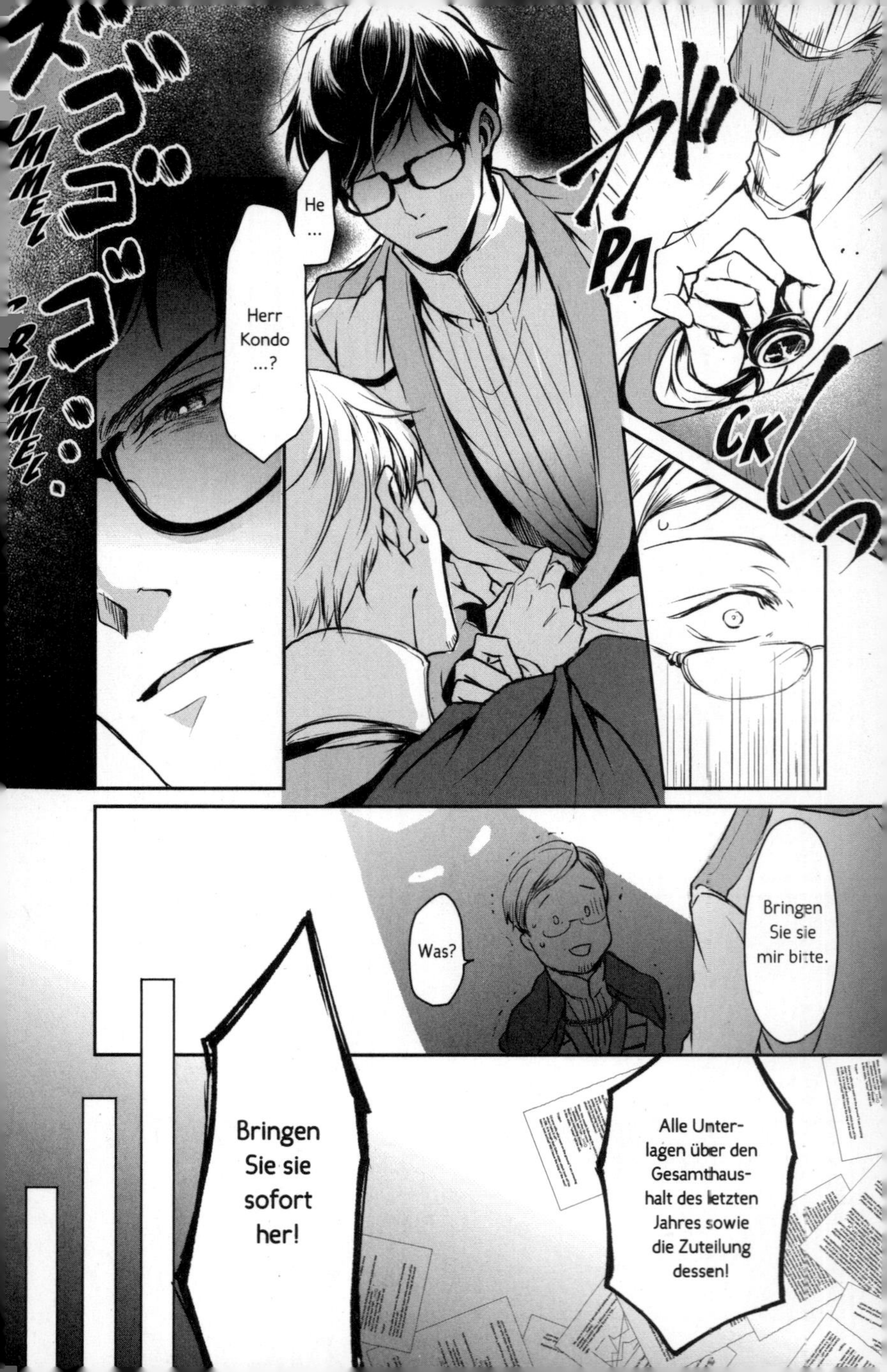
PA
CK
He ...
Herr Kondo ...?
UMMEL
RUMMEL
Bringen Sie sie mir bitte.
Was?
Alle Unterlagen über den Gesamthaushalt des letzten Jahres sowie die Zuteilung dessen!
Bringen Sie sie sofort her!

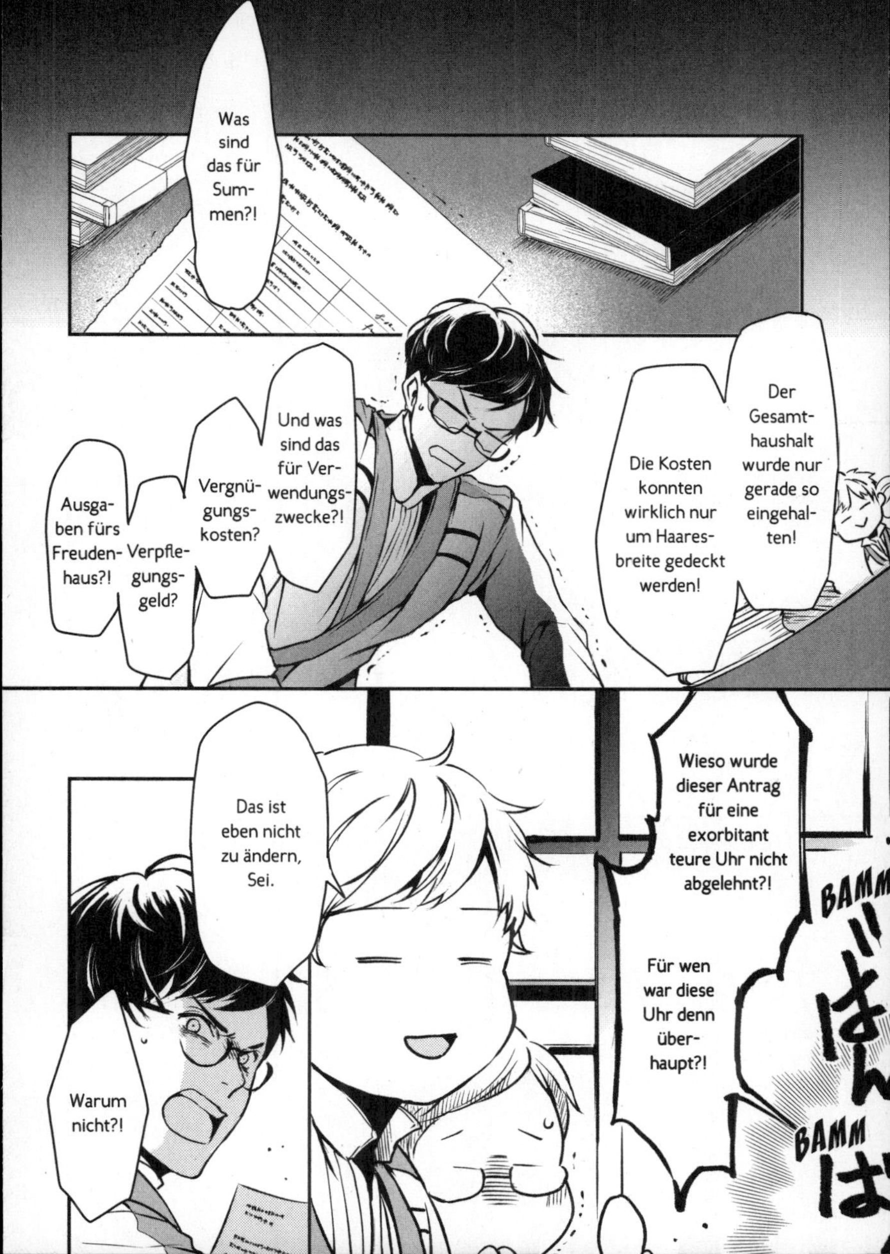

Was sind das für Summen?!
Der Gesamthaushalt wurde nur gerade so eingehalten!
Die Kosten konnten wirklich nur um Haaresbreite gedeckt werden!
Und was sind das für Verwendungszwecke?!
Vergnügungskosten?
Verpflegungsgeld?
Ausgaben fürs Freudenhaus?!
BAMM
BAMM
Wieso wurde dieser Antrag für eine exorbitant teure Uhr nicht abgelehnt?!
Für wen war diese Uhr denn überhaupt?!
Das ist eben nicht zu ändern, Sei.
Warum nicht?!

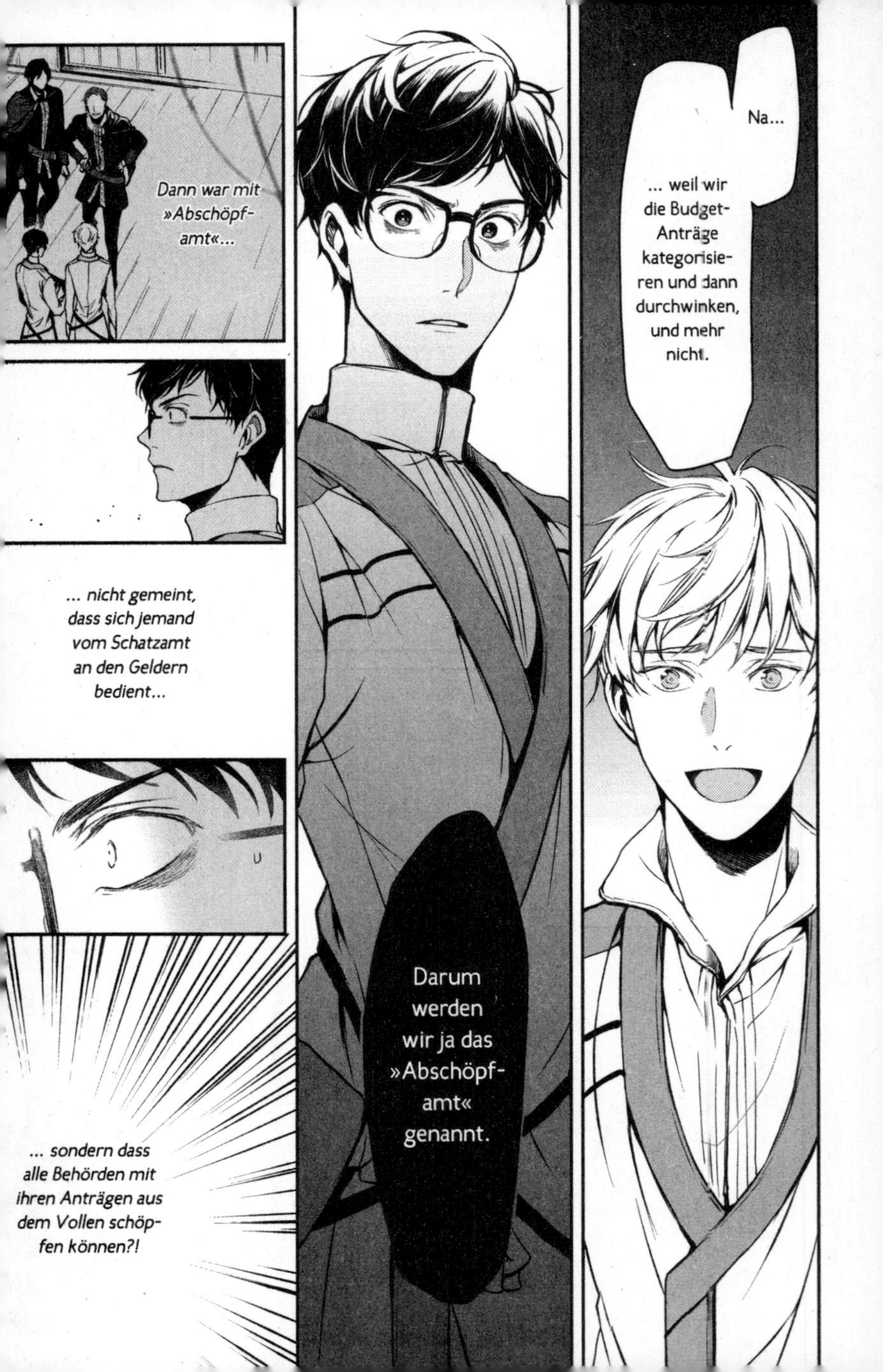

Na...
... weil wir die Budget-Anträge kategorisieren und dann durchwinken, und mehr nicht.
Darum werden wir ja das »Abschöpf-amt« genannt.
Dann war mit »Abschöpf-amt«...
...
... nicht gemeint, dass sich jemand vom Schatzamt an den Geldern bedient...
... sondern dass alle Behörden mit ihren Anträgen aus dem Vollen schöpfen können?!

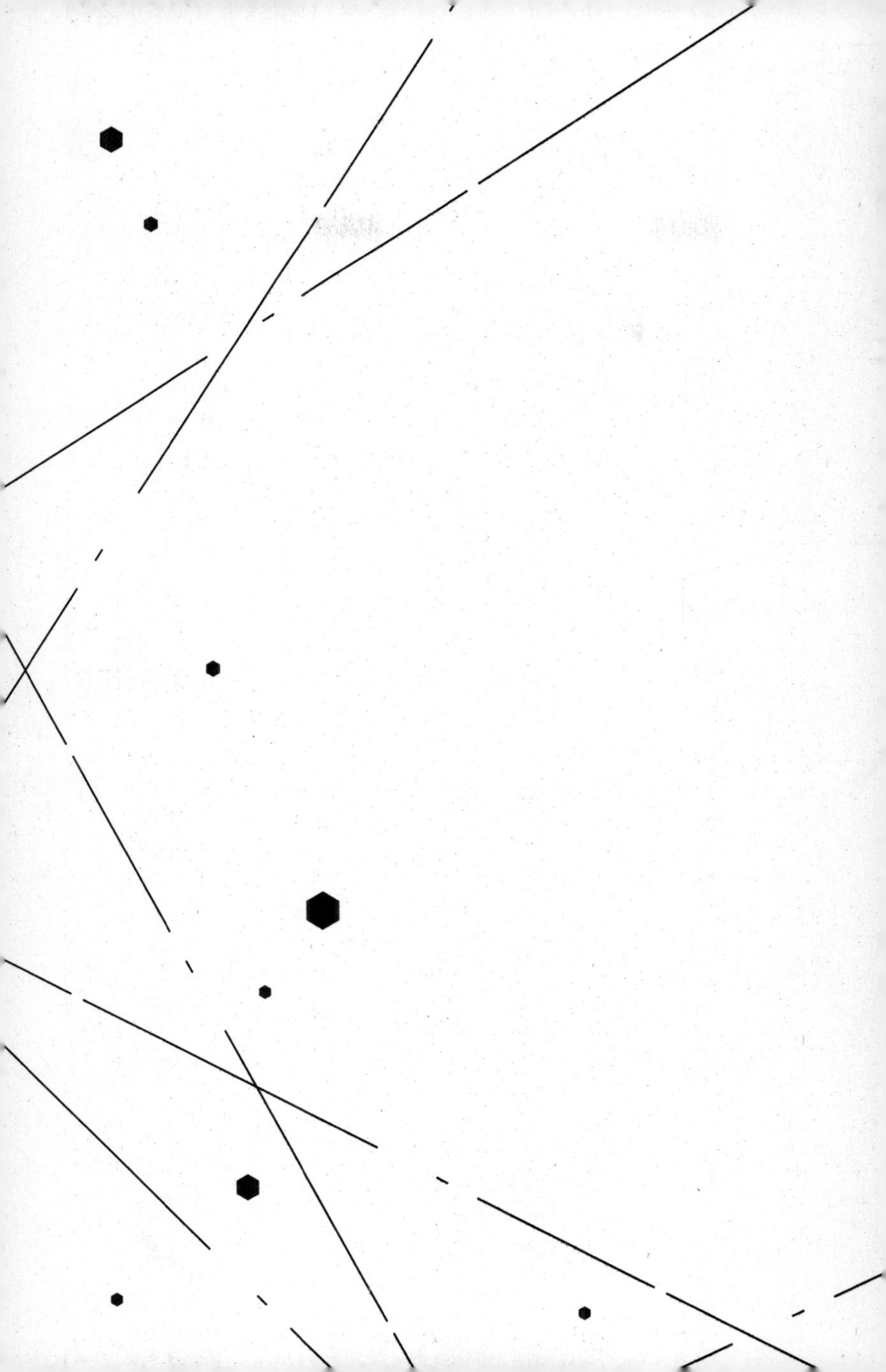

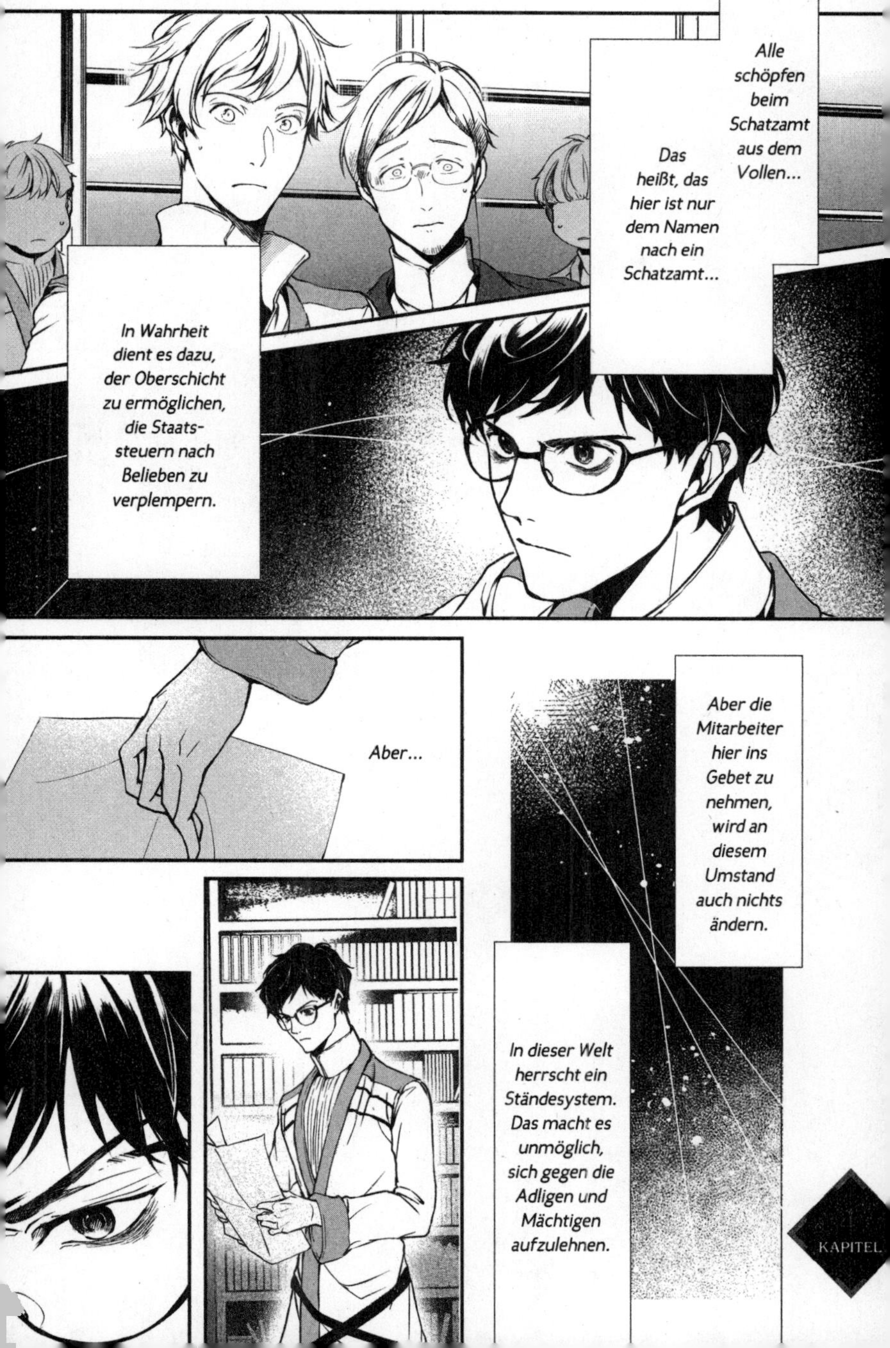
Alle schöpfen beim Schatzamt aus dem Vollen...
Das heißt, das hier ist nur dem Namen nach ein Schatzamt...
In Wahrheit dient es dazu, der Oberschicht zu ermöglichen, die Staats-steuern nach Belieben zu verplempern.
Aber die Mitarbeiter hier ins Gebet zu nehmen, wird an diesem Umstand auch nichts ändern.
Aber...
In dieser Welt herrscht ein Ständesystem. Das macht es unmöglich, sich gegen die Adligen und Mächtigen aufzulehnen.
KAPITEL

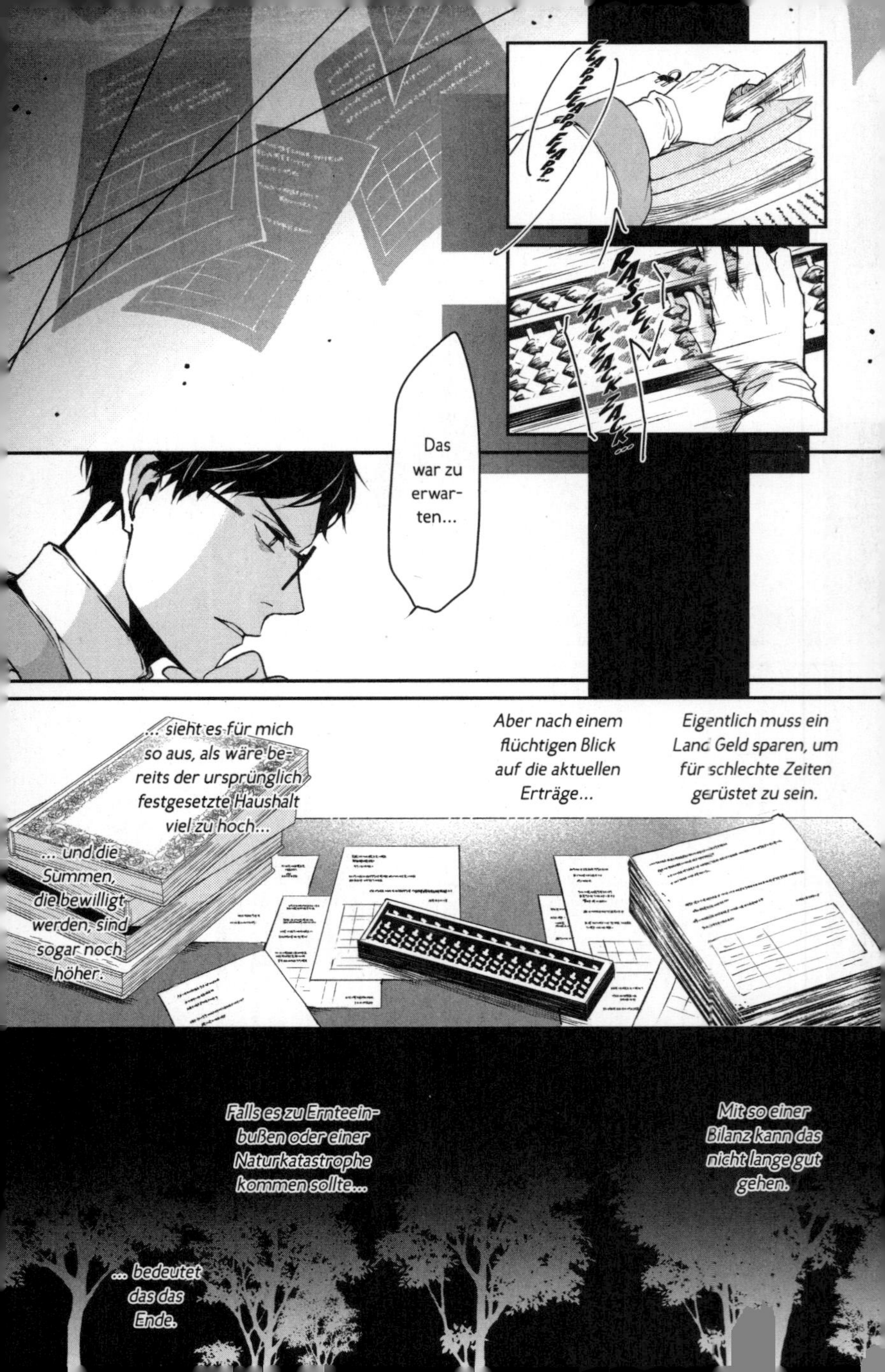
FLAPP FLAPP FLAPP..
RASSEL
ZACK ZACK ZACK...
Das war zu erwarten...
Eigentlich muss ein Land Geld sparen, um für schlechte Zeiten gerüstet zu sein.
Aber nach einem flüchtigen Blick auf die aktuellen Erträge...
... sieht es für mich so aus, als wäre bereits der ursprünglich festgesetzte Haushalt viel zu hoch...
... und die Summen, die bewilligt werden, sind sogar noch höher.
Mit so einer Bilanz kann das nicht lange gut gehen.
Falls es zu Ernteeinbußen oder einer Naturkatastrophe kommen sollte...
... bedeutet das das Ende.

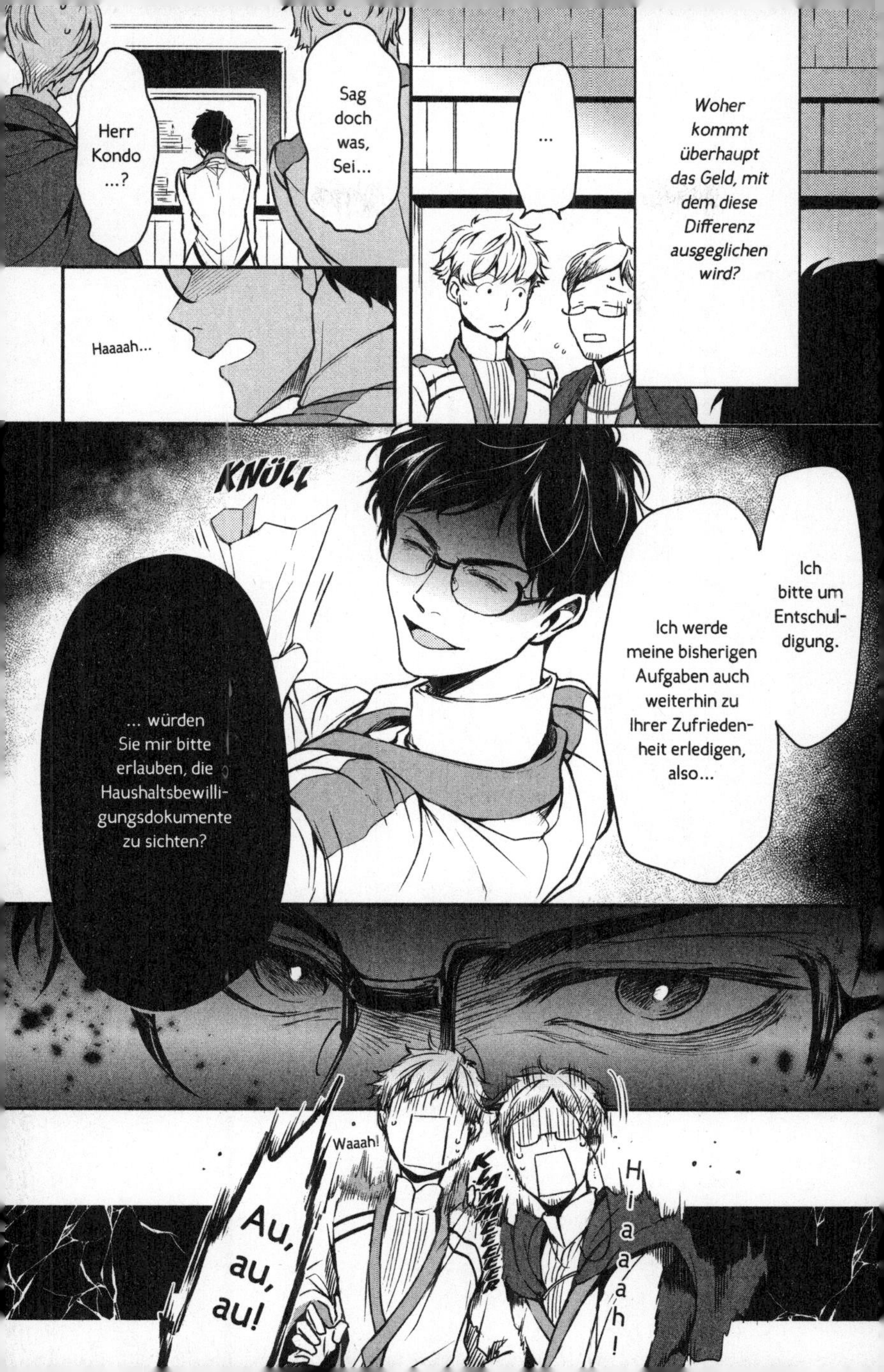
Woher kommt überhaupt das Geld, mit dem diese Differenz ausgeglichen wird?
...
Sag doch was, Sei...
Herr Kondo ...?
Haaaah...
KNÜLL
Ich bitte um Entschul-digung.
Ich werde meine bisherigen Aufgaben auch weiterhin zu Ihrer Zufrieden-heit erledigen, also...
... würden Sie mir bitte erlauben, die Haushaltsbewilli-gungsdokumente zu sichten?
Hiaaah!
Waaah!
Au, au, au!

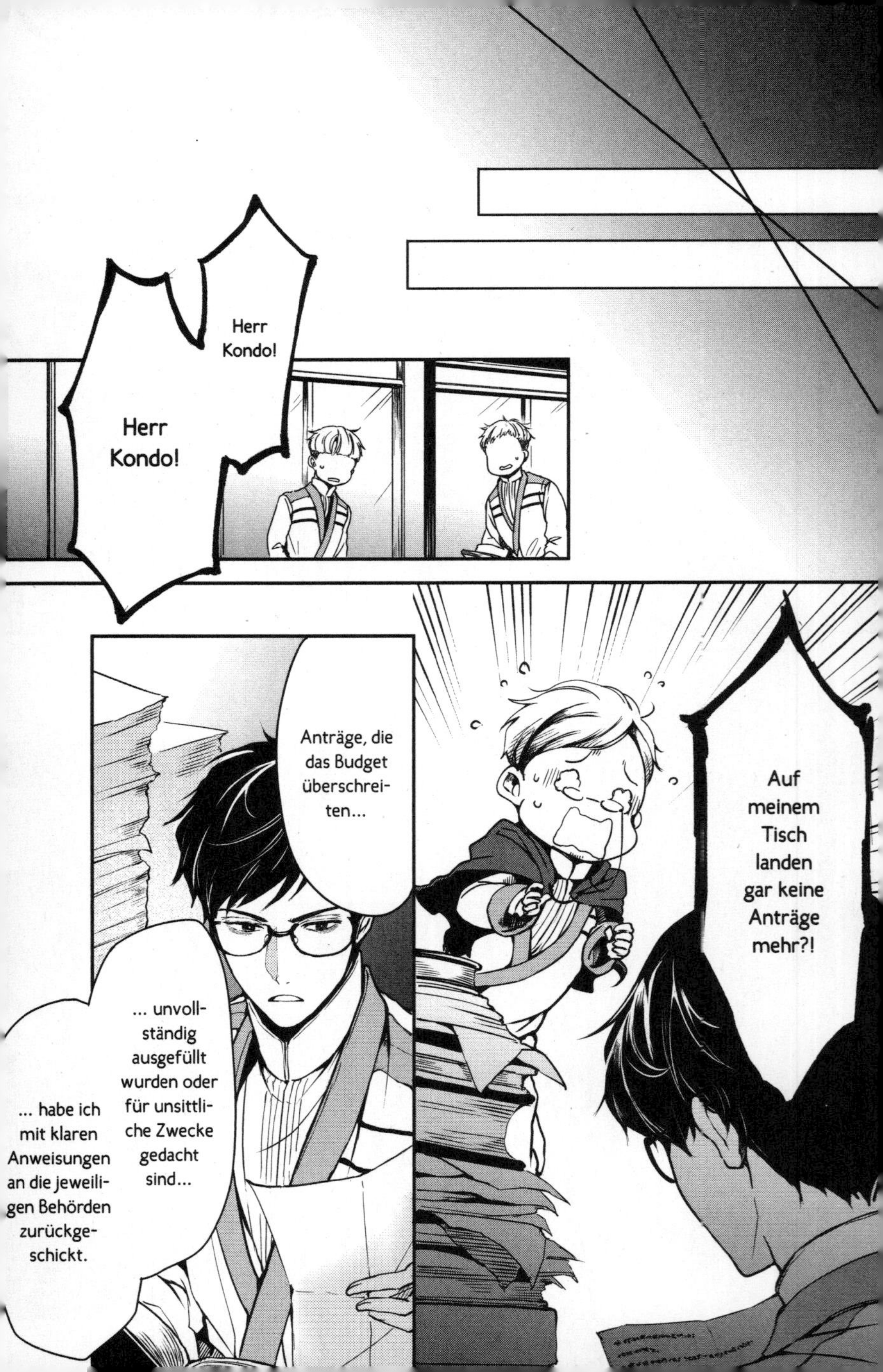
Herr Kondo!
Herr Kondo!
Auf meinem Tisch landen gar keine Anträge mehr?!
Anträge, die das Budget überschreiten…
… unvollständig ausgefüllt wurden oder für unsittliche Zwecke gedacht sind…
… habe ich mit klaren Anweisungen an die jeweiligen Behörden zurückgeschickt.

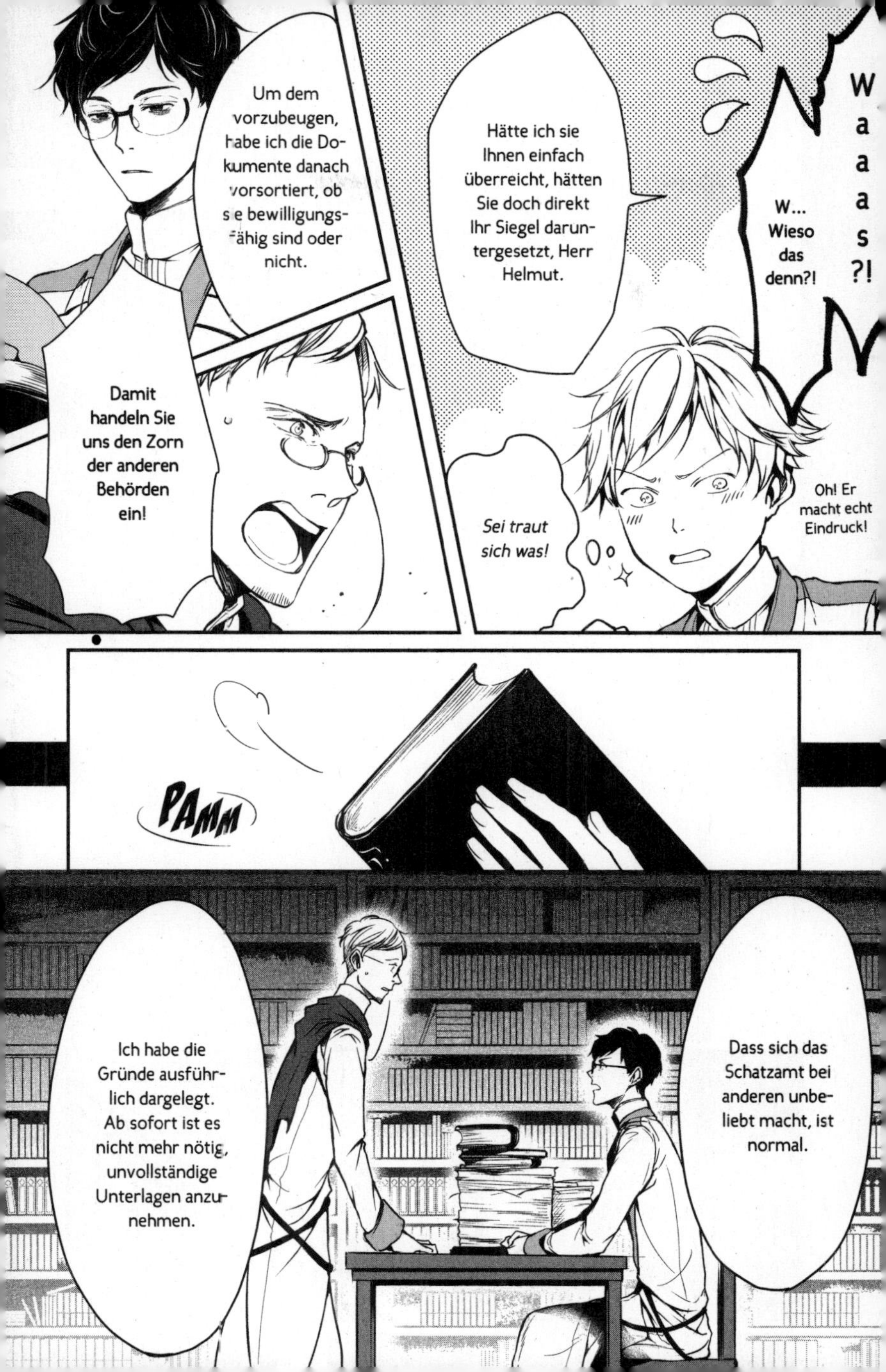
Hätte ich sie Ihnen einfach überreicht, hätten Sie doch direkt Ihr Siegel daruntergesetzt, Herr Helmut.
Waaas?!
W... Wieso das denn?!
Oh! Er macht echt Eindruck!
Sei traut sich was!
Um dem vorzubeugen, habe ich die Dokumente danach vorsortiert, ob sie bewilligungsfähig sind oder nicht.
Damit handeln Sie uns den Zorn der anderen Behörden ein!
PAMM
Dass sich das Schatzamt bei anderen unbeliebt macht, ist normal.
Ich habe die Gründe ausführlich dargelegt. Ab sofort ist es nicht mehr nötig, unvollständige Unterlagen anzunehmen.

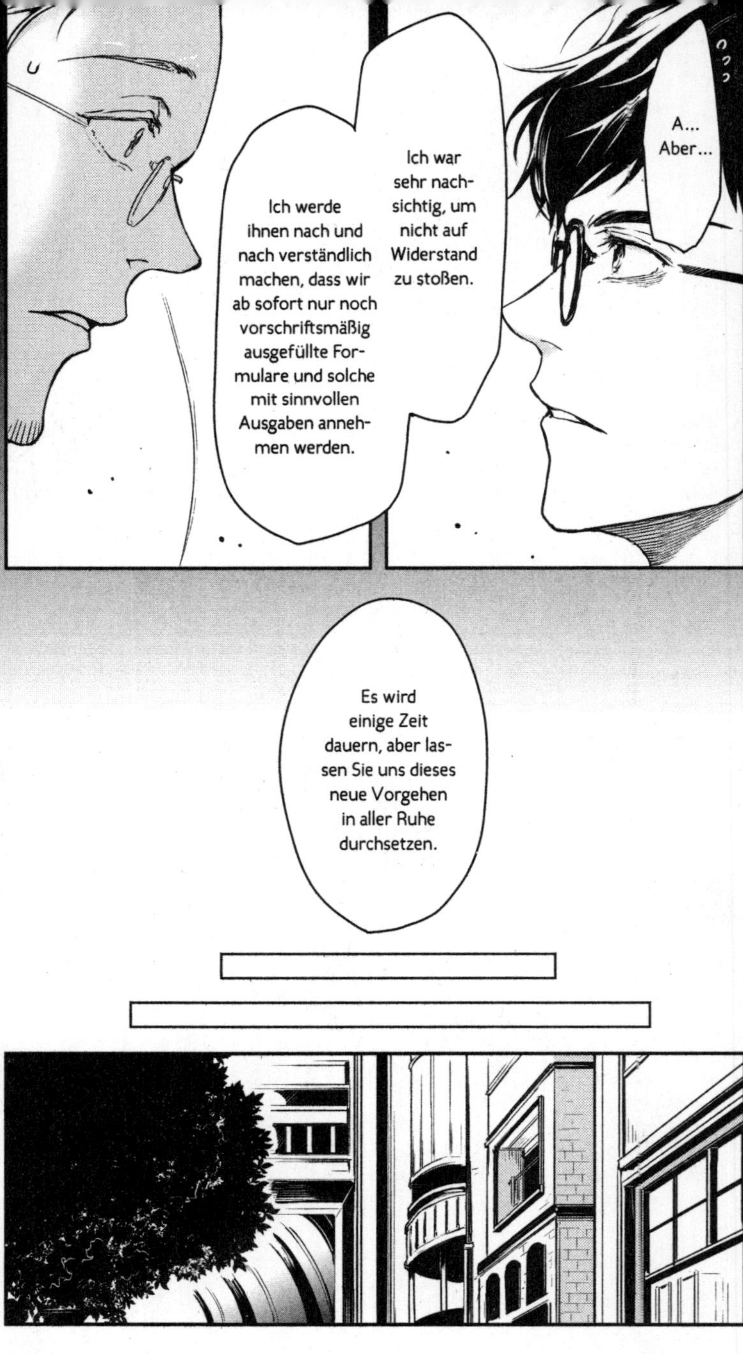
A... Aber...
Ich war sehr nachsichtig, um nicht auf Widerstand zu stoßen.
Ich werde ihnen nach und nach verständlich machen, dass wir ab sofort nur noch vorschriftsmäßig ausgefüllte Formulare und solche mit sinnvollen Ausgaben annehmen werden.
Es wird einige Zeit dauern, aber lassen Sie uns dieses neue Vorgehen in aller Ruhe durchsetzen.

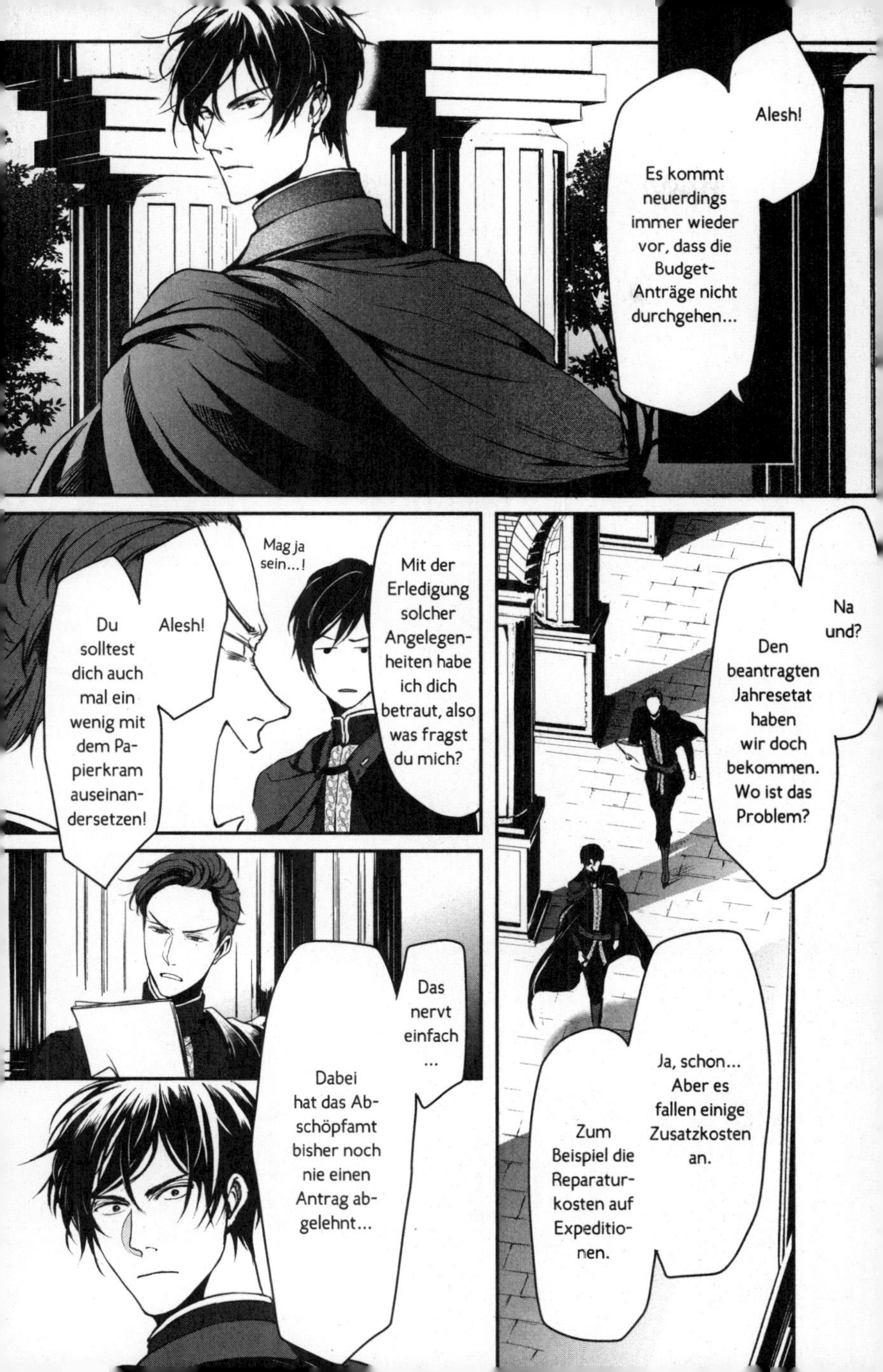
Alesh!
Es kommt neuerdings immer wieder vor, dass die Budget-Anträge nicht durchgehen...
Na und?
Den beantragten Jahresetat haben wir doch bekommen. Wo ist das Problem?
Mit der Erledigung solcher Angelegenheiten habe ich dich betraut, also was fragst du mich?
Mag ja sein...!
Alesh!
Du solltest dich auch mal ein wenig mit dem Papierkram auseinandersetzen!
Ja, schon... Aber es fallen einige Zusatzkosten an.
Zum Beispiel die Reparaturkosten auf Expeditionen.
Das nervt einfach ...
Dabei hat das Abschöpfamt bisher noch nie einen Antrag abgelehnt...

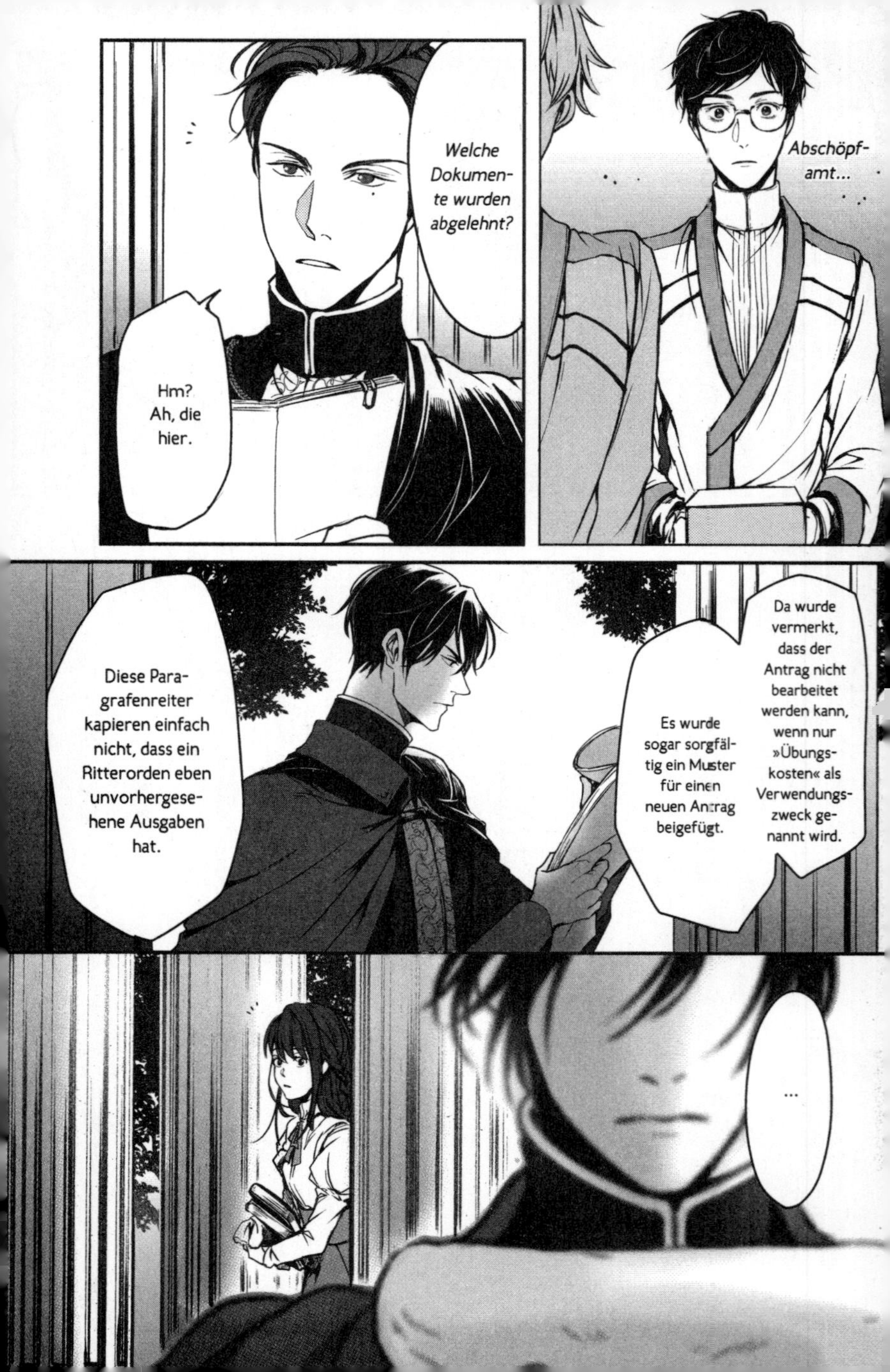
Abschöpf-amt...
Welche Dokumente wurden abgelehnt?
Hm? Ah, die hier.
Da wurde vermerkt, dass der Antrag nicht bearbeitet werden kann, wenn nur »Übungskosten« als Verwendungszweck genannt wird.
Es wurde sogar sorgfältig ein Muster für einen neuen Antrag beigefügt.
Diese Paragrafenreiter kapieren einfach nicht, dass ein Ritterorden eben unvorhergesehene Ausgaben hat.
...

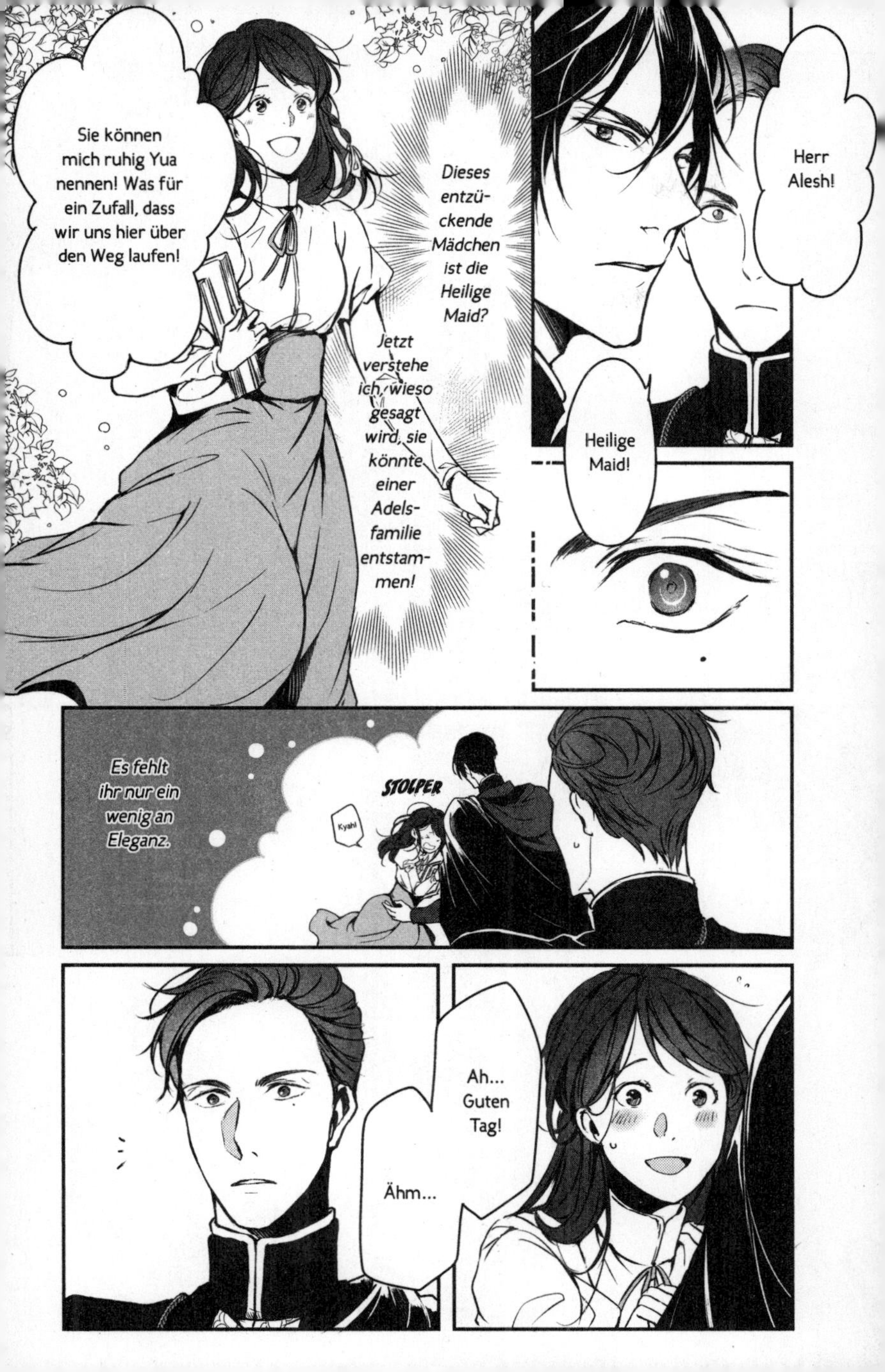

Herr Alesh!
Heilige Maid!
Sie können mich ruhig Yua nennen! Was für ein Zufall, dass wir uns hier über den Weg laufen!
Dieses entzückende Mädchen ist die Heilige Maid?
Jetzt verstehe ich, wieso gesagt wird, sie könnte einer Adelsfamilie entstammen!
Es fehlt ihr nur ein wenig an Eleganz.
STOLPER
Kyah!
Ah... Guten Tag!
Ähm...

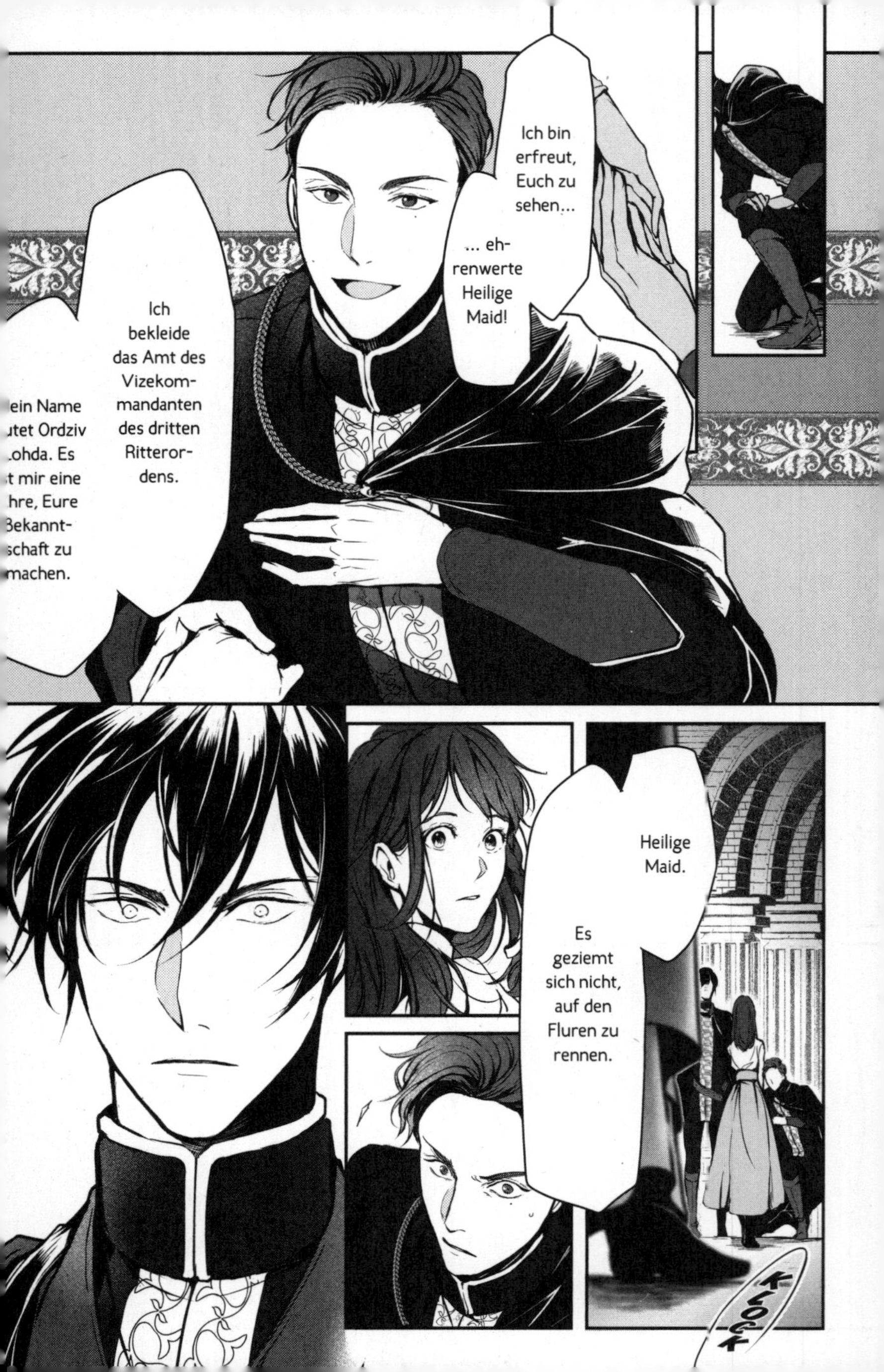
Ich bin erfreut, Euch zu sehen…
… ehrenwerte Heilige Maid!
Ich bekleide das Amt des Vizekommandanten des dritten Ritterordens.
ein Name utet Ordziv ohda. Es t mir eine hre, Eure Bekanntschaft zu machen.
Heilige Maid.
Es geziemt sich nicht, auf den Fluren zu rennen.
KLOCK

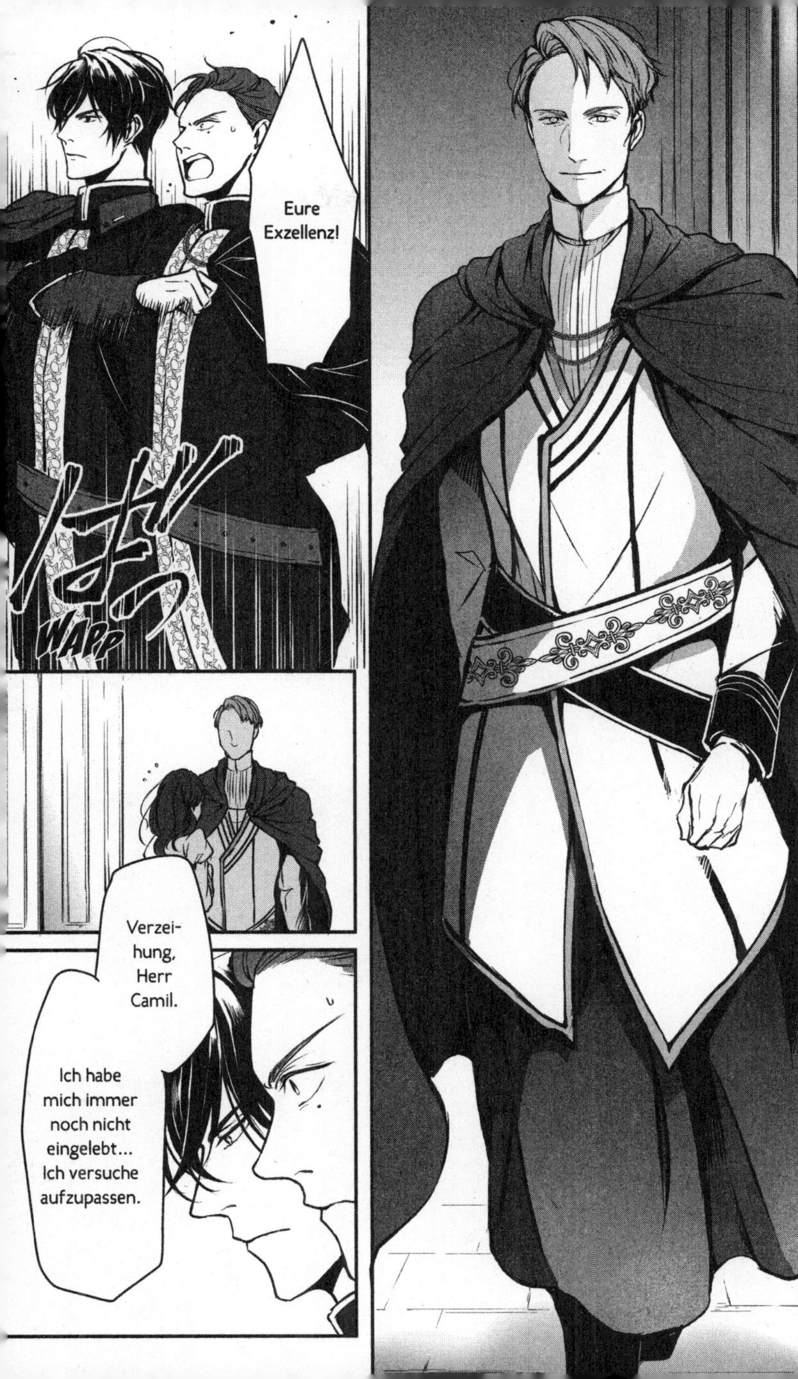
Eure Exzellenz!
WAPP
Verzei-hung, Herr Camil.
Ich habe mich immer noch nicht eingelebt... Ich versuche aufzupassen.

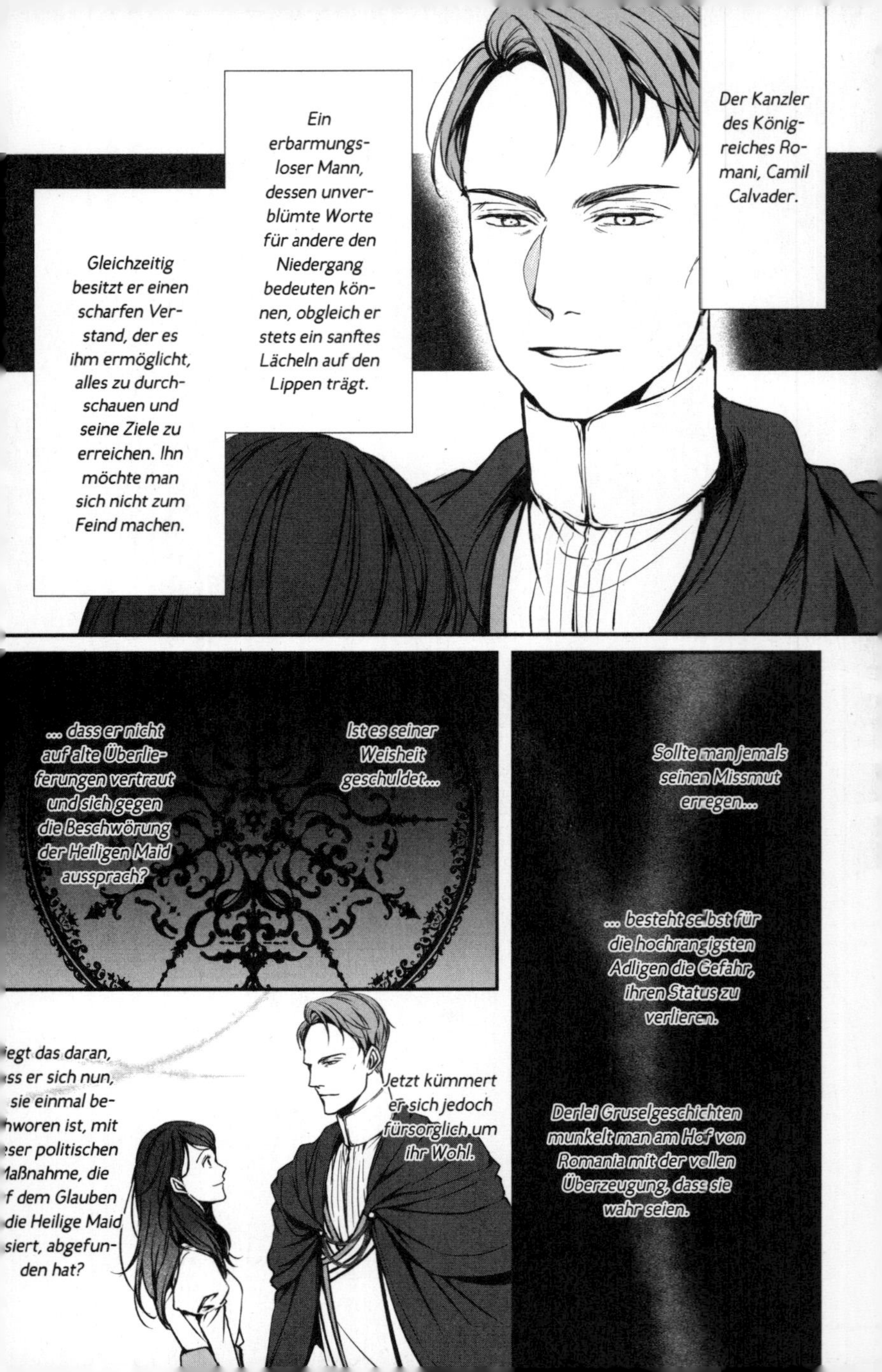
Der Kanzler des Königreiches Romani, Camil Calvader.
Ein erbarmungsloser Mann, dessen unverblümte Worte für andere den Niedergang bedeuten können, obgleich er stets ein sanftes Lächeln auf den Lippen trägt.
Gleichzeitig besitzt er einen scharfen Verstand, der es ihm ermöglicht, alles zu durchschauen und seine Ziele zu erreichen. Ihn möchte man sich nicht zum Feind machen.
Sollte man jemals seinen Missmut erregen...
... besteht selbst für die hochrangigsten Adligen die Gefahr, ihren Status zu verlieren.
Derlei Gruselgeschichten munkelt man am Hof von Romania mit der vollen Überzeugung, dass sie wahr seien.
Ist es seiner Weisheit geschuldet...
... dass er nicht auf alte Überlieferungen vertraut und sich gegen die Beschwörung der Heiligen Maid aussprach?
iegt das daran, ss er sich nun, sie einmal be- hworen ist, mit eser politischen Maßnahme, die f dem Glauben die Heilige Maid siert, abgefunden hat?
Jetzt kümmert er sich jedoch fürsorglich um ihr Wohl.

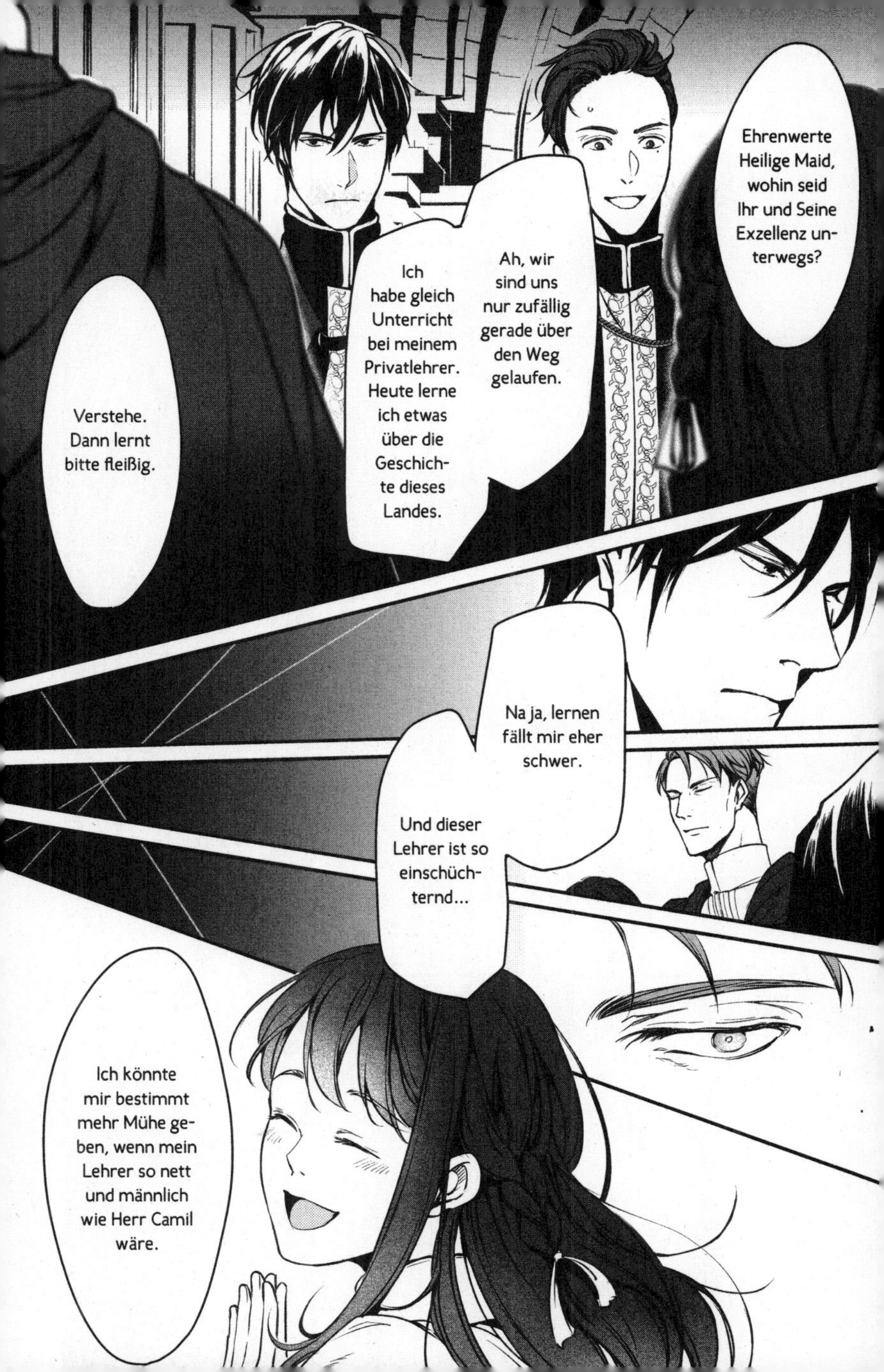
Ehrenwerte Heilige Maid, wohin seid Ihr und Seine Exzellenz unterwegs?
Ah, wir sind uns nur zufällig gerade über den Weg gelaufen.
Ich habe gleich Unterricht bei meinem Privatlehrer. Heute lerne ich etwas über die Geschichte dieses Landes.
Verstehe. Dann lernt bitte fleißig.
Na ja, lernen fällt mir eher schwer.
Und dieser Lehrer ist so einschüchternd…
Ich könnte mir bestimmt mehr Mühe geben, wenn mein Lehrer so nett und männlich wie Herr Camil wäre.

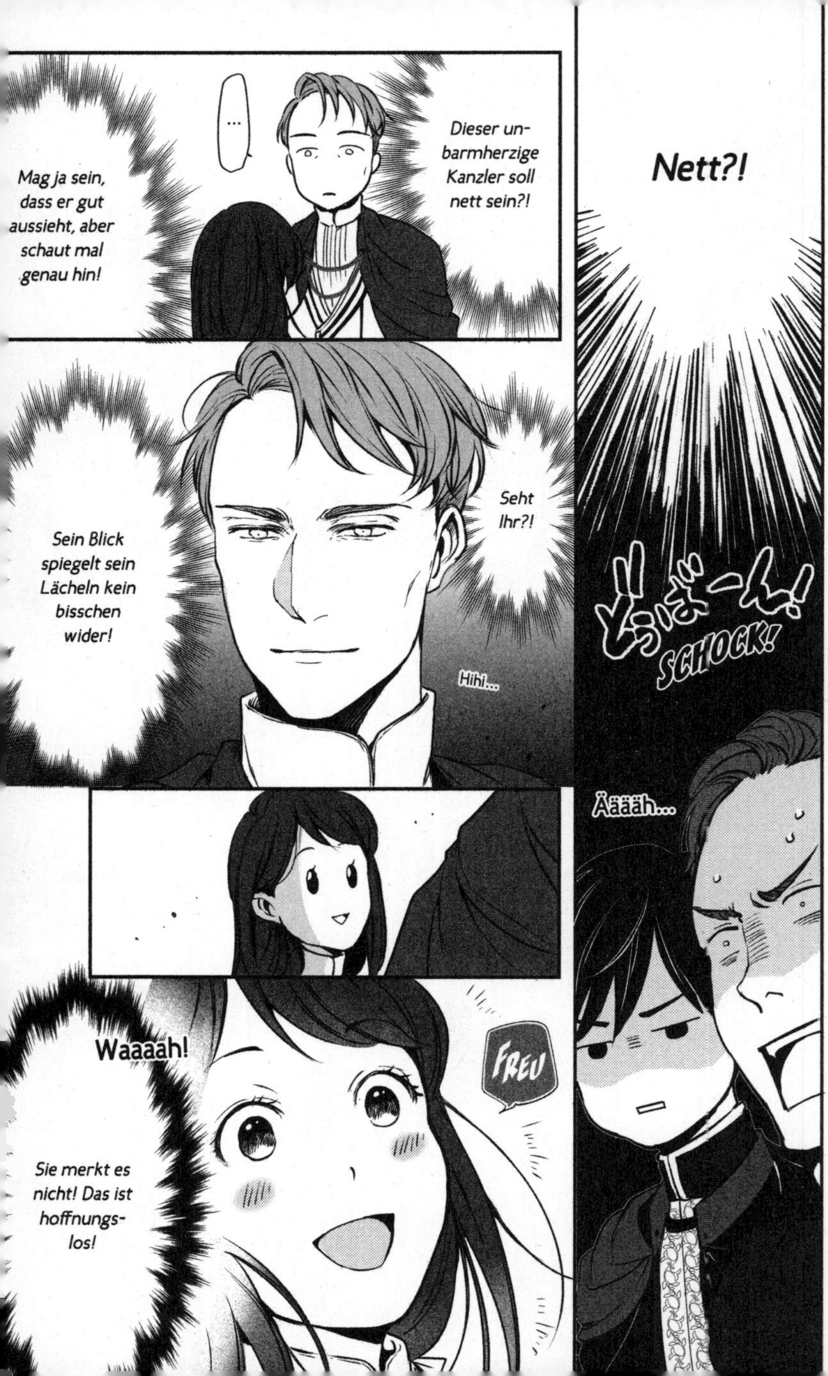
Nett?!
SCHOCK!
Äääh...
...
Dieser unbarmherzige Kanzler soll nett sein?!
Mag ja sein, dass er gut aussieht, aber schaut mal genau hin!
Seht Ihr?!
Hihi...
Sein Blick spiegelt sein Lächeln kein bisschen wider!
FREU
Waaaah!
Sie merkt es nicht! Das ist hoffnungslos!

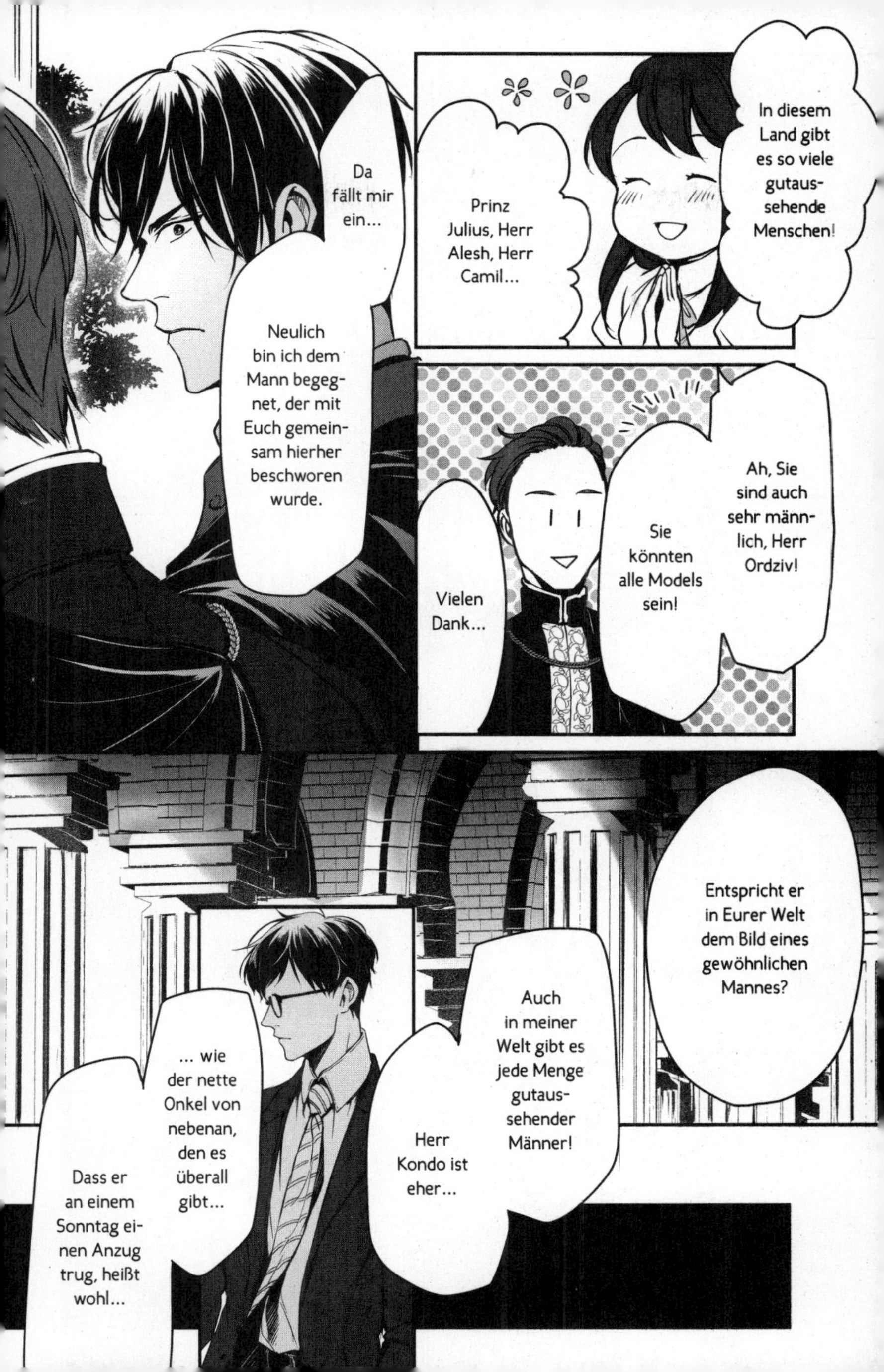

In diesem Land gibt es so viele gutaus-sehende Menschen!
Prinz Julius, Herr Alesh, Herr Camil…
Ah, Sie sind auch sehr männ-lich, Herr Ordziv!
Sie könnten alle Models sein!
Vielen Dank…
Da fällt mir ein…
Neulich bin ich dem Mann begeg-net, der mit Euch gemein-sam hierher beschworen wurde.
Entspricht er in Eurer Welt dem Bild eines gewöhnlichen Mannes?
Auch in meiner Welt gibt es jede Menge gutaus-sehender Männer!
Herr Kondo ist eher…
… wie der nette Onkel von nebenan, den es überall gibt…
Dass er an einem Sonntag ei-nen Anzug trug, heißt wohl…

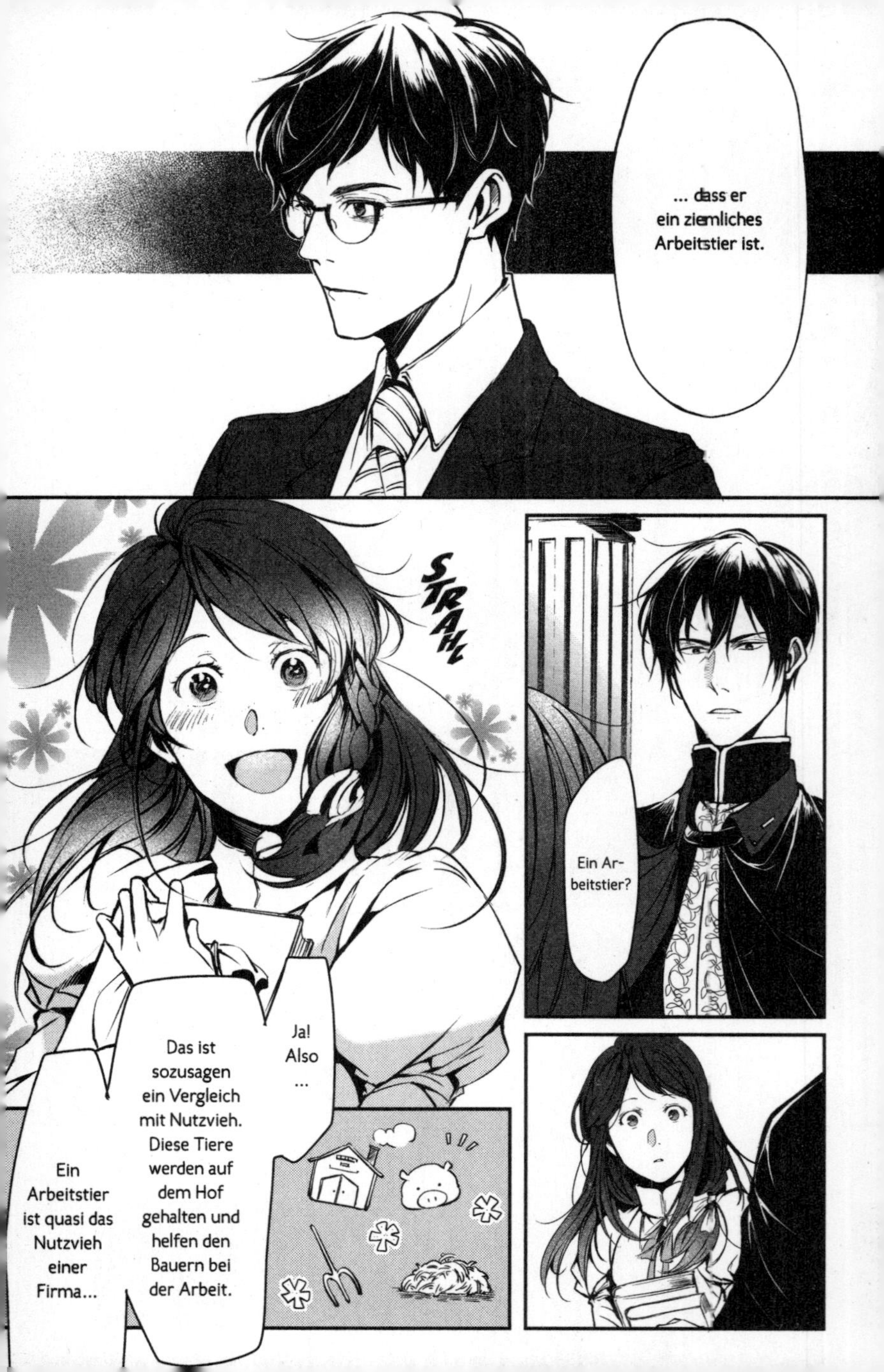
... dass er ein ziemliches Arbeitstier ist.
Ein Arbeitstier?
STRAHL
Ja! Also ...
Das ist sozusagen ein Vergleich mit Nutzvieh. Diese Tiere werden auf dem Hof gehalten und helfen den Bauern bei der Arbeit.
Ein Arbeitstier ist quasi das Nutzvieh einer Firma...

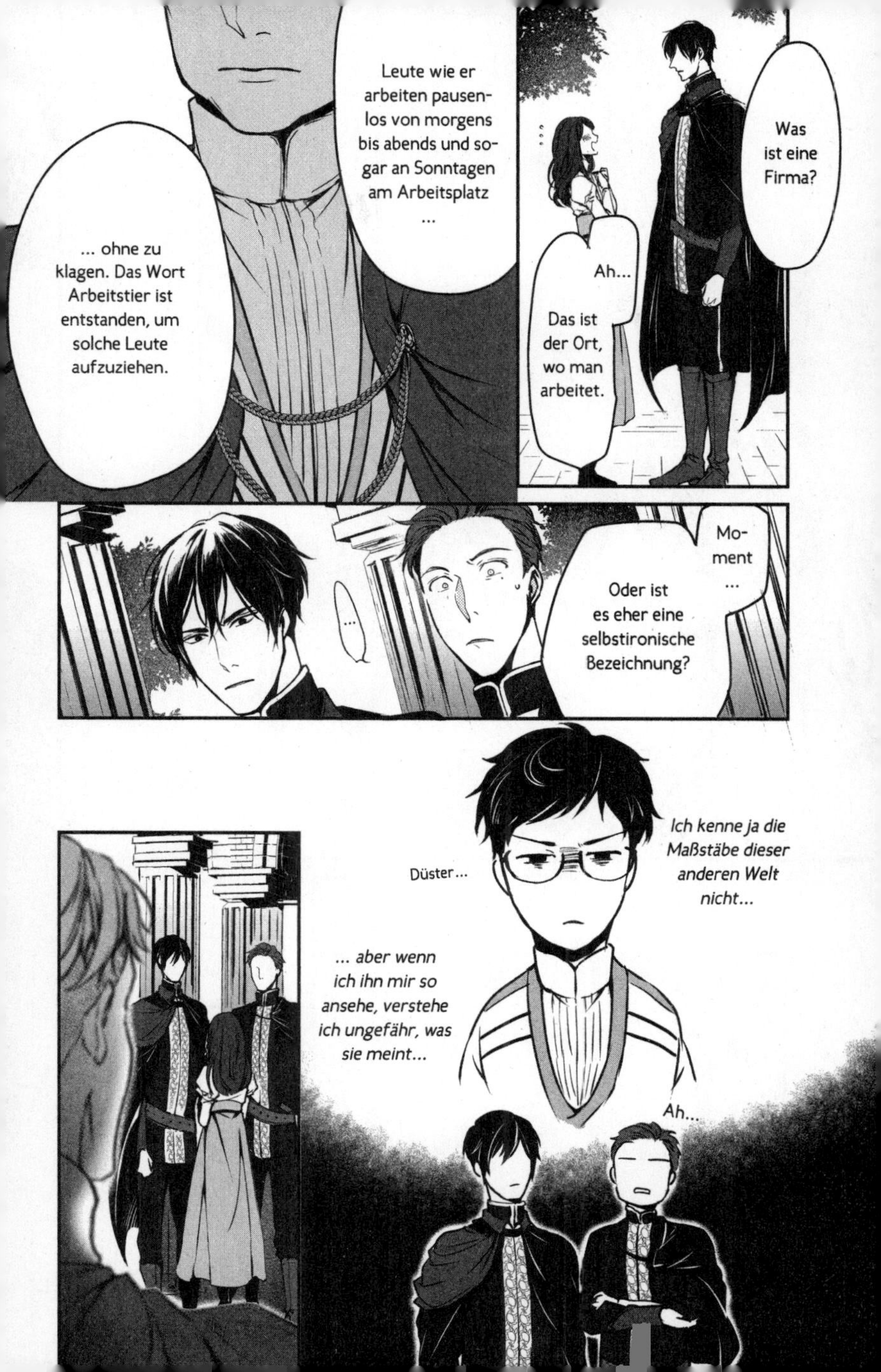
Was ist eine Firma?
Ah...
Das ist der Ort, wo man arbeitet.
Leute wie er arbeiten pausenlos von morgens bis abends und sogar an Sonntagen am Arbeitsplatz ...
... ohne zu klagen. Das Wort Arbeitstier ist entstanden, um solche Leute aufzuziehen.
Moment ...
Oder ist es eher eine selbstironische Bezeichnung?
...
Ich kenne ja die Maßstäbe dieser anderen Welt nicht...
Düster...
... aber wenn ich ihn mir so ansehe, verstehe ich ungefähr, was sie meint...
Ah...

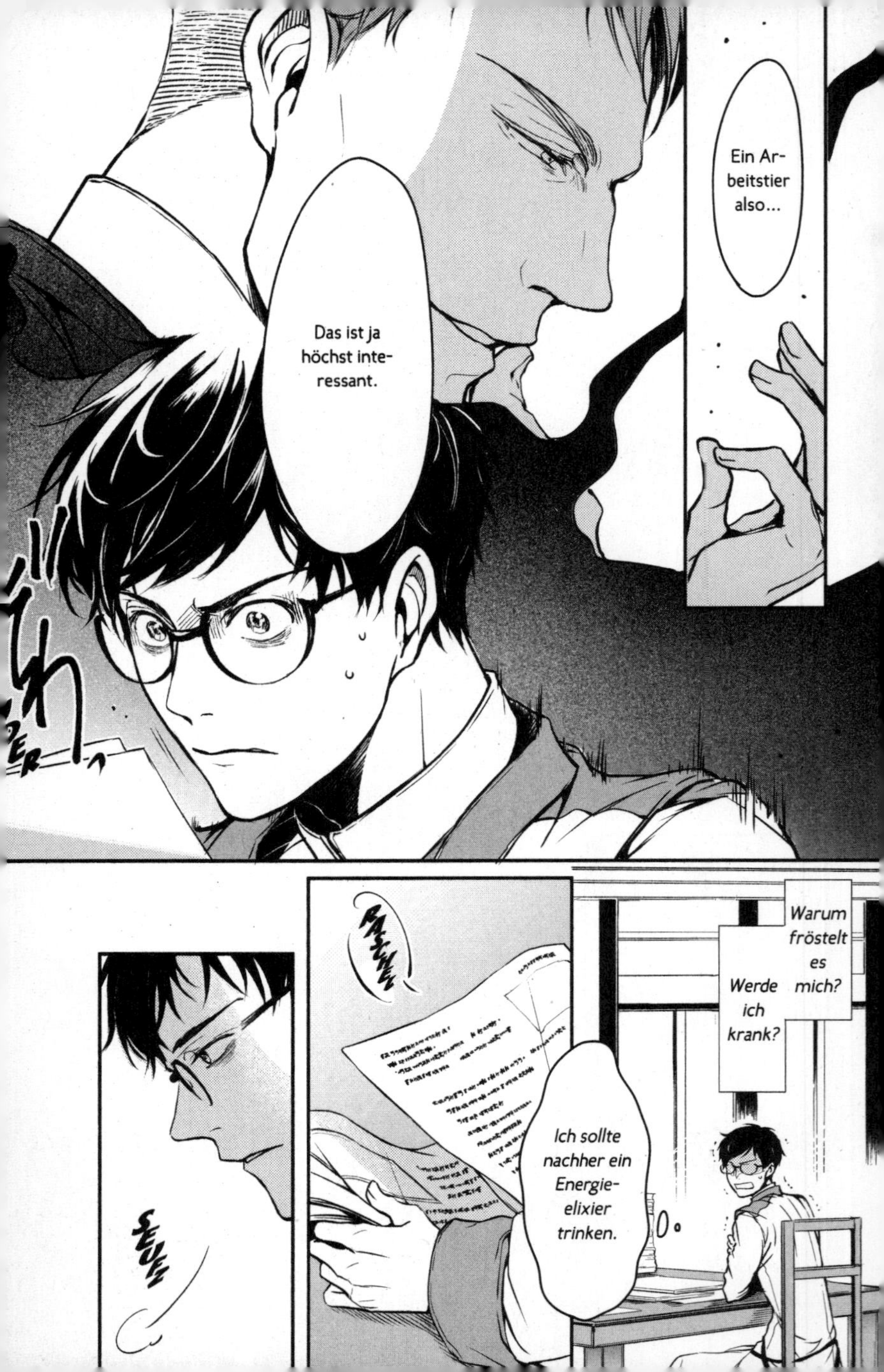
Ein Arbeitstier also...
Das ist ja höchst interessant.
Warum fröstelt es mich?
Werde ich krank?
RASCHEL
Ich sollte nachher ein Energieelixier trinken.
SEUFZ

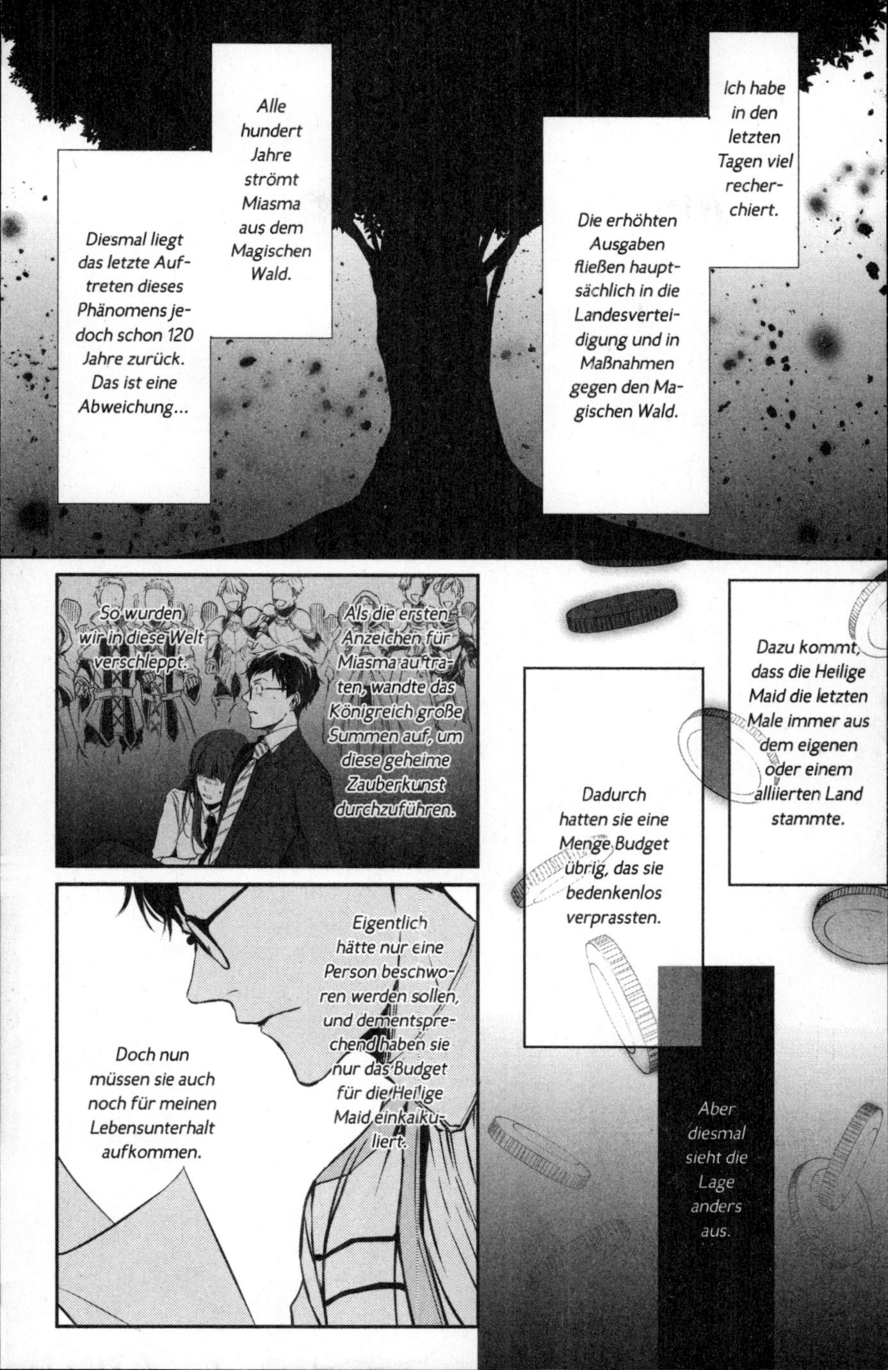
Ich habe in den letzten Tagen viel recherchiert.
Die erhöhten Ausgaben fließen hauptsächlich in die Landesverteidigung und in Maßnahmen gegen den Magischen Wald.
Alle hundert Jahre strömt Miasma aus dem Magischen Wald.
Diesmal liegt das letzte Auftreten dieses Phänomens jedoch schon 120 Jahre zurück. Das ist eine Abweichung …
Dazu kommt, dass die Heilige Maid die letzten Male immer aus dem eigenen oder einem alliierten Land stammte.
Dadurch hatten sie eine Menge Budget übrig, das sie bedenkenlos verprassten.
Als die ersten Anzeichen für Miasma auftraten, wandte das Königreich große Summen auf, um diese geheime Zauberkunst durchzuführen.
So wurden wir in diese Welt verschleppt.
Aber diesmal sieht die Lage anders aus.
Eigentlich hätte nur eine Person beschworen werden sollen, und dementsprechend haben sie nur das Budget für die Heilige Maid einkalkuliert.
Doch nun müssen sie auch noch für meinen Lebensunterhalt aufkommen.

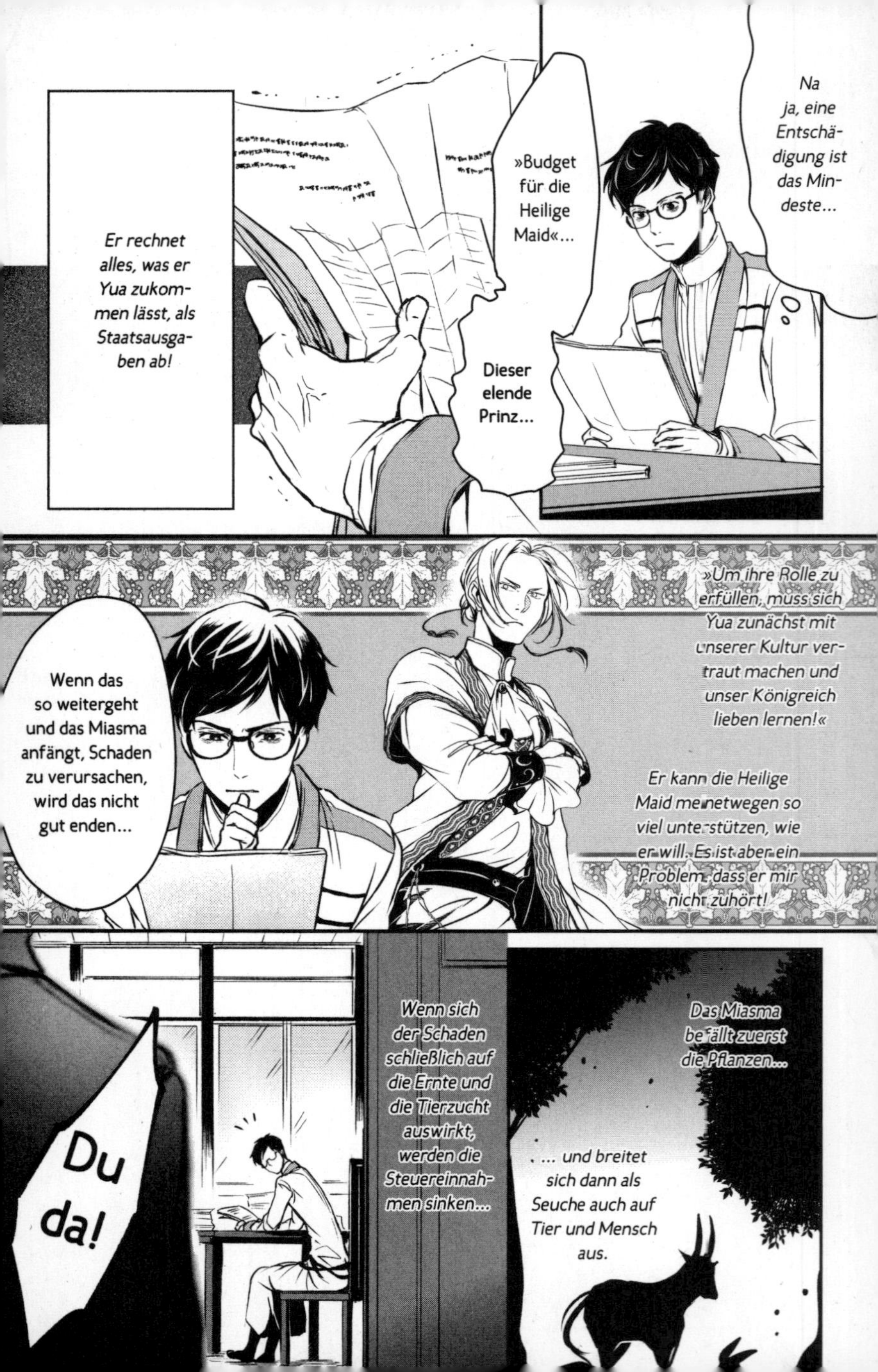
Na ja, eine Entschädigung ist das Mindeste…
»Budget für die Heilige Maid«…
Dieser elende Prinz…
Er rechnet alles, was er Yua zukommen lässt, als Staatsausgaben ab!
»Um ihre Rolle zu erfüllen, muss sich Yua zunächst mit unserer Kultur vertraut machen und unser Königreich lieben lernen!«
Er kann die Heilige Maid meinetwegen so viel unterstützen, wie er will. Es ist aber ein Problem, dass er mir nicht zuhört!
Wenn das so weitergeht und das Miasma anfängt, Schaden zu verursachen, wird das nicht gut enden…
Das Miasma befällt zuerst die Pflanzen…
… und breitet sich dann als Seuche auch auf Tier und Mensch aus.
Wenn sich der Schaden schließlich auf die Ernte und die Tierzucht auswirkt, werden die Steuereinnahmen sinken…
Du da!

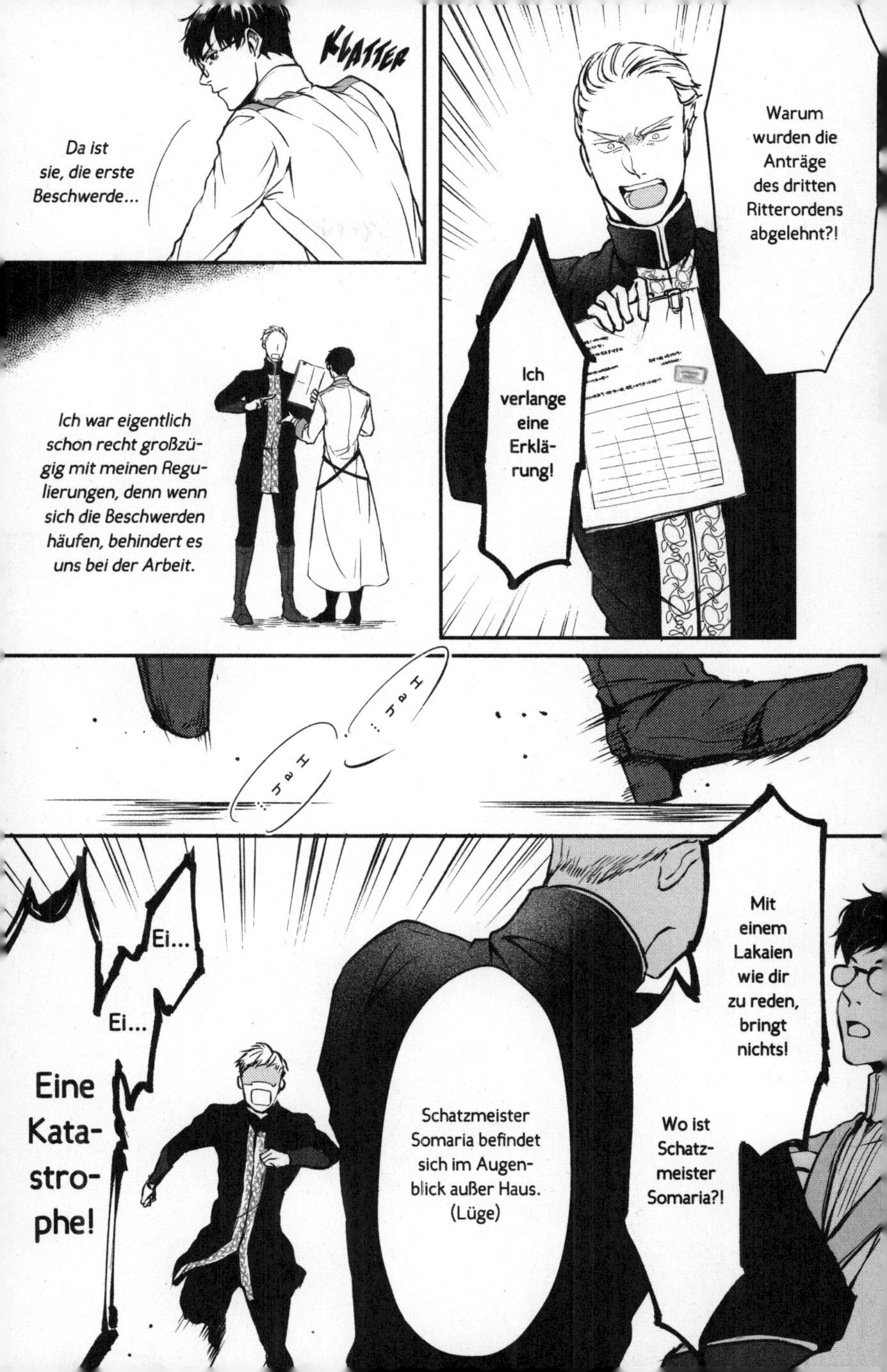
KLATTER
Da ist sie, die erste Beschwerde…
Warum wurden die Anträge des dritten Ritterordens abgelehnt?!
Ich verlange eine Erklärung!
Ich war eigentlich schon recht großzügig mit meinen Regulierungen, denn wenn sich die Beschwerden häufen, behindert es uns bei der Arbeit.
Wo ist Schatzmeister Somaria?!
Mit einem Lakaien wie dir zu reden, bringt nichts!
Schatzmeister Somaria befindet sich im Augenblick außer Haus. (Lüge)
Ei…
Ei…
Eine Katastrophe!

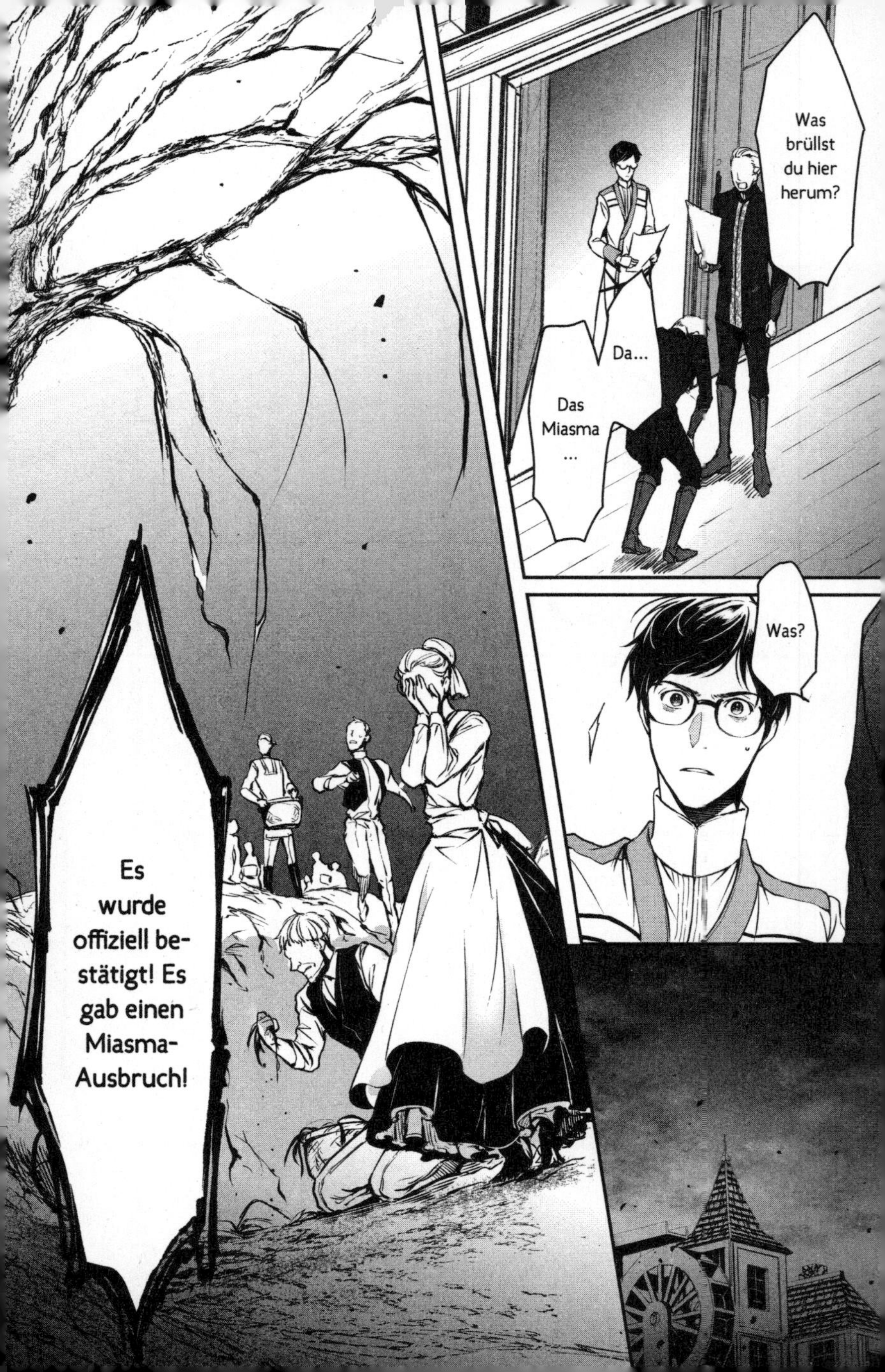
Was brüllst du hier herum?
Da…
Das Miasma …
Was?
Es wurde offiziell bestätigt! Es gab einen Miasma-Ausbruch!

ISEKAI OFFICE WORKER

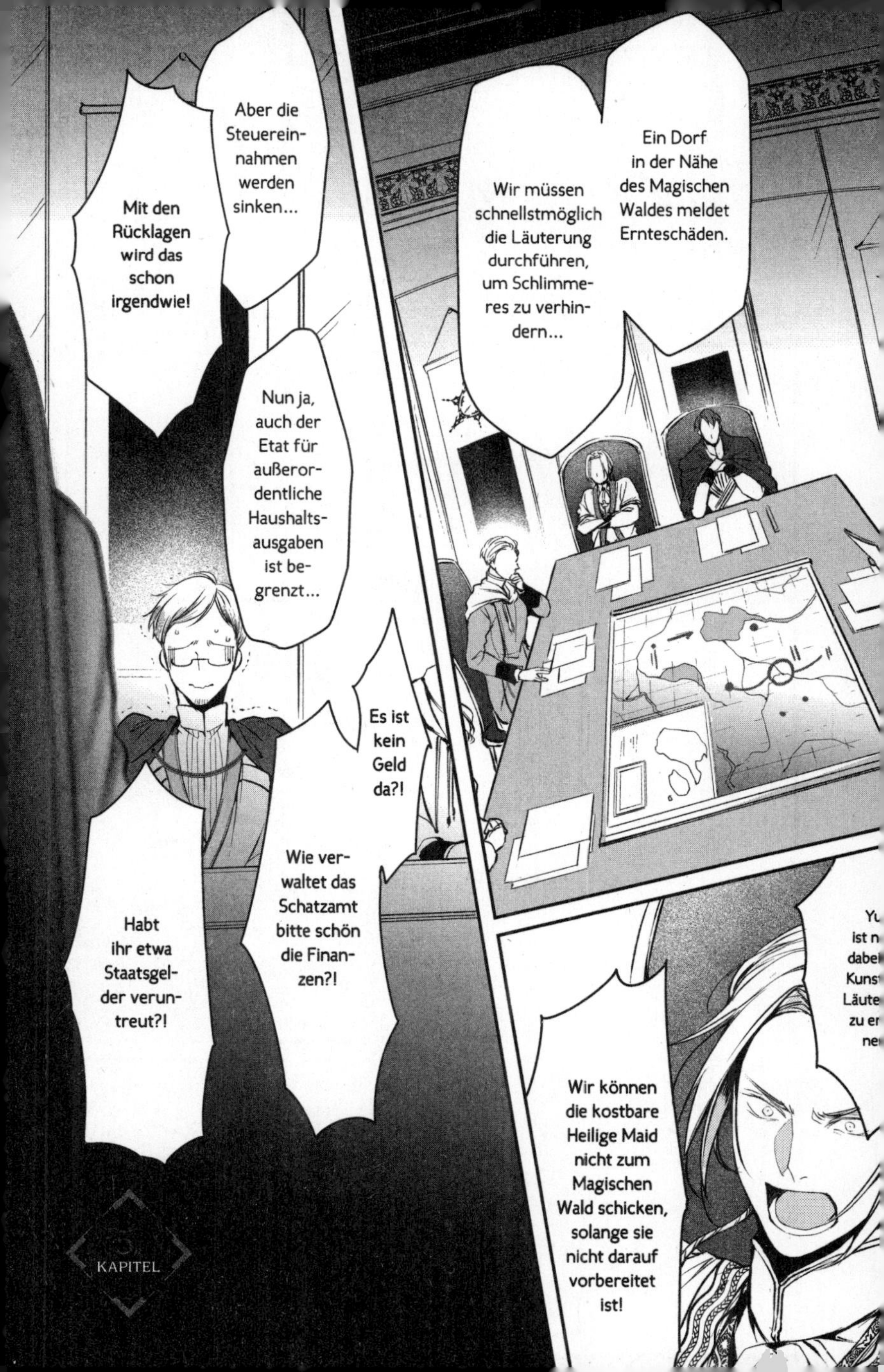

Ein Dorf in der Nähe des Magischen Waldes meldet Ernteschäden.
Wir müssen schnellstmöglich die Läuterung durchführen, um Schlimmeres zu verhindern…
Wir können die kostbare Heilige Maid nicht zum Magischen Wald schicken, solange sie nicht darauf vorbereitet ist!
Aber die Steuereinnahmen werden sinken…
Mit den Rücklagen wird das schon irgendwie!
Nun ja, auch der Etat für außerordentliche Haushaltsausgaben ist begrenzt…
Es ist kein Geld da?!
Wie verwaltet das Schatzamt bitte schön die Finanzen?!
Habt ihr etwa Staatsgelder veruntreut?!

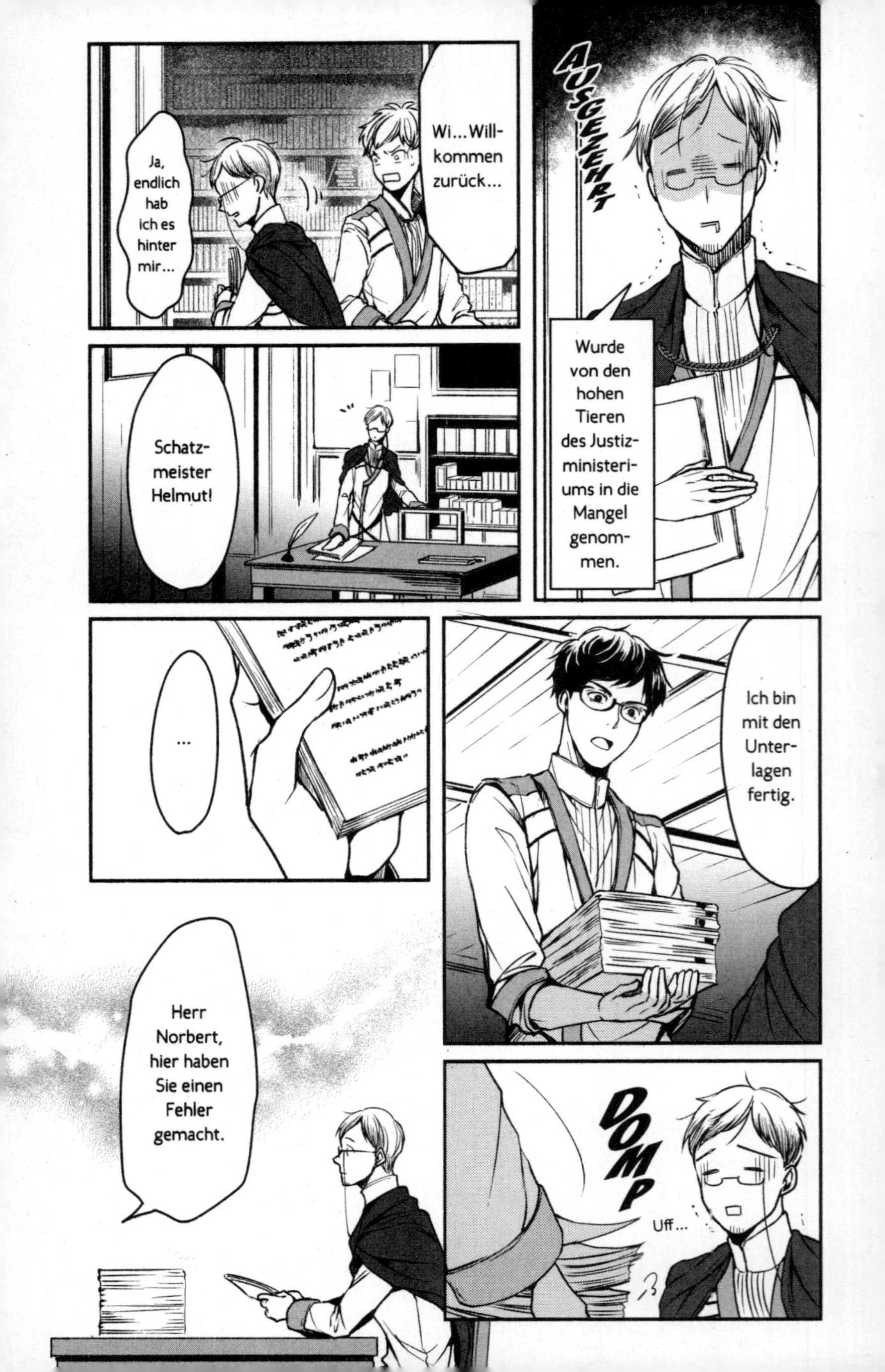
AUSGEZEHRT
Wurde von den hohen Tieren des Justizministeriums in die Mangel genommen.
Wi…Willkommen zurück…
Ja, endlich hab ich es hinter mir…
Schatzmeister Helmut!
Ich bin mit den Unterlagen fertig.
…
DOMP
Uff…
Herr Norbert, hier haben Sie einen Fehler gemacht.

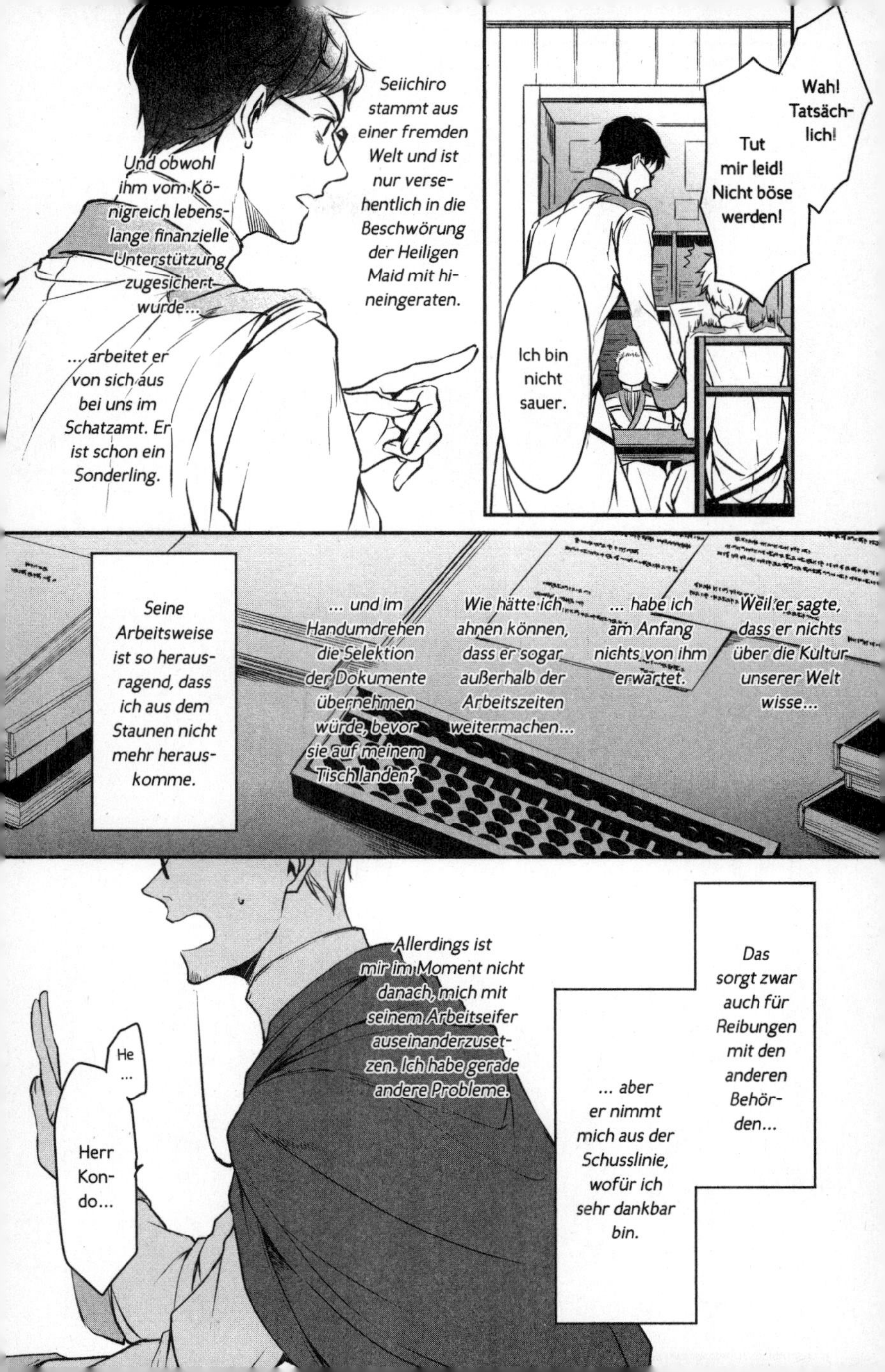
Wah! Tatsächlich!
Tut mir leid! Nicht böse werden!
Ich bin nicht sauer.
Seiichiro stammt aus einer fremden Welt und ist nur versehentlich in die Beschwörung der Heiligen Maid mit hineingeraten.
Und obwohl ihm vom Königreich lebenslange finanzielle Unterstützung zugesichert wurde…
… arbeitet er von sich aus bei uns im Schatzamt. Er ist schon ein Sonderling.
Weil er sagte, dass er nichts über die Kultur unserer Welt wisse…
… habe ich am Anfang nichts von ihm erwartet.
Wie hätte ich ahnen können, dass er sogar außerhalb der Arbeitszeiten weitermachen…
… und im Handumdrehen die Selektion der Dokumente übernehmen würde, bevor sie auf meinem Tisch landen?
Seine Arbeitsweise ist so herausragend, dass ich aus dem Staunen nicht mehr herauskomme.
Das sorgt zwar auch für Reibungen mit den anderen Behörden…
… aber er nimmt mich aus der Schusslinie, wofür ich sehr dankbar bin.
Allerdings ist mir im Moment nicht danach, mich mit seinem Arbeitseifer auseinanderzusetzen. Ich habe gerade andere Probleme.
He …
Herr Kondo…

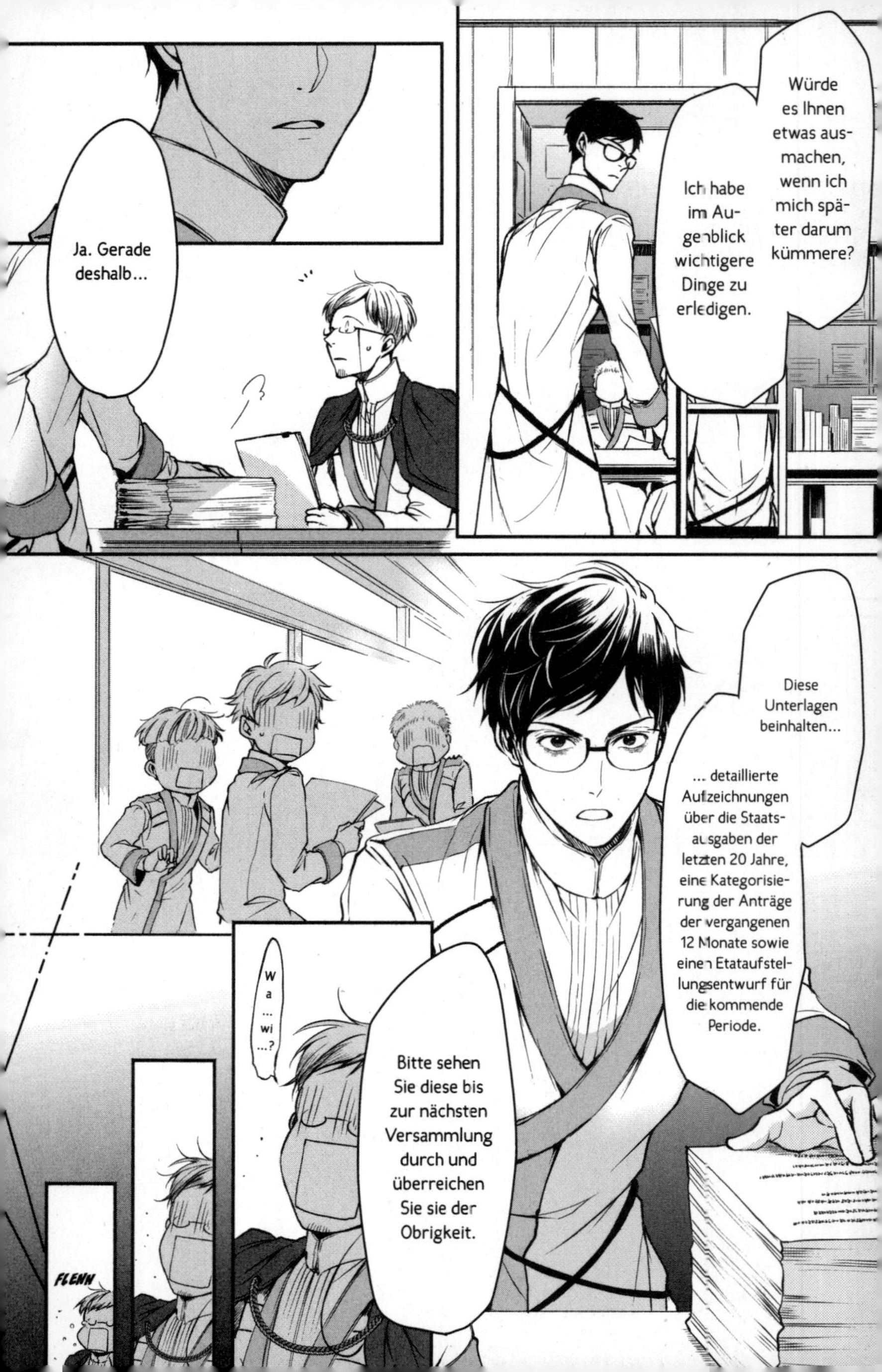
Würde es Ihnen etwas ausmachen, wenn ich mich später darum kümmere?
Ich habe im Augenblick wichtigere Dinge zu erledigen.
Ja. Gerade deshalb…
Diese Unterlagen beinhalten…
… detaillierte Aufzeichnungen über die Staatsausgaben der letzten 20 Jahre, eine Kategorisierung der Anträge der vergangenen 12 Monate sowie einen Etataufstellungsentwurf für die kommende Periode.
Bitte sehen Sie diese bis zur nächsten Versammlung durch und überreichen Sie sie der Obrigkeit.
Wa … wi …?
FLENN

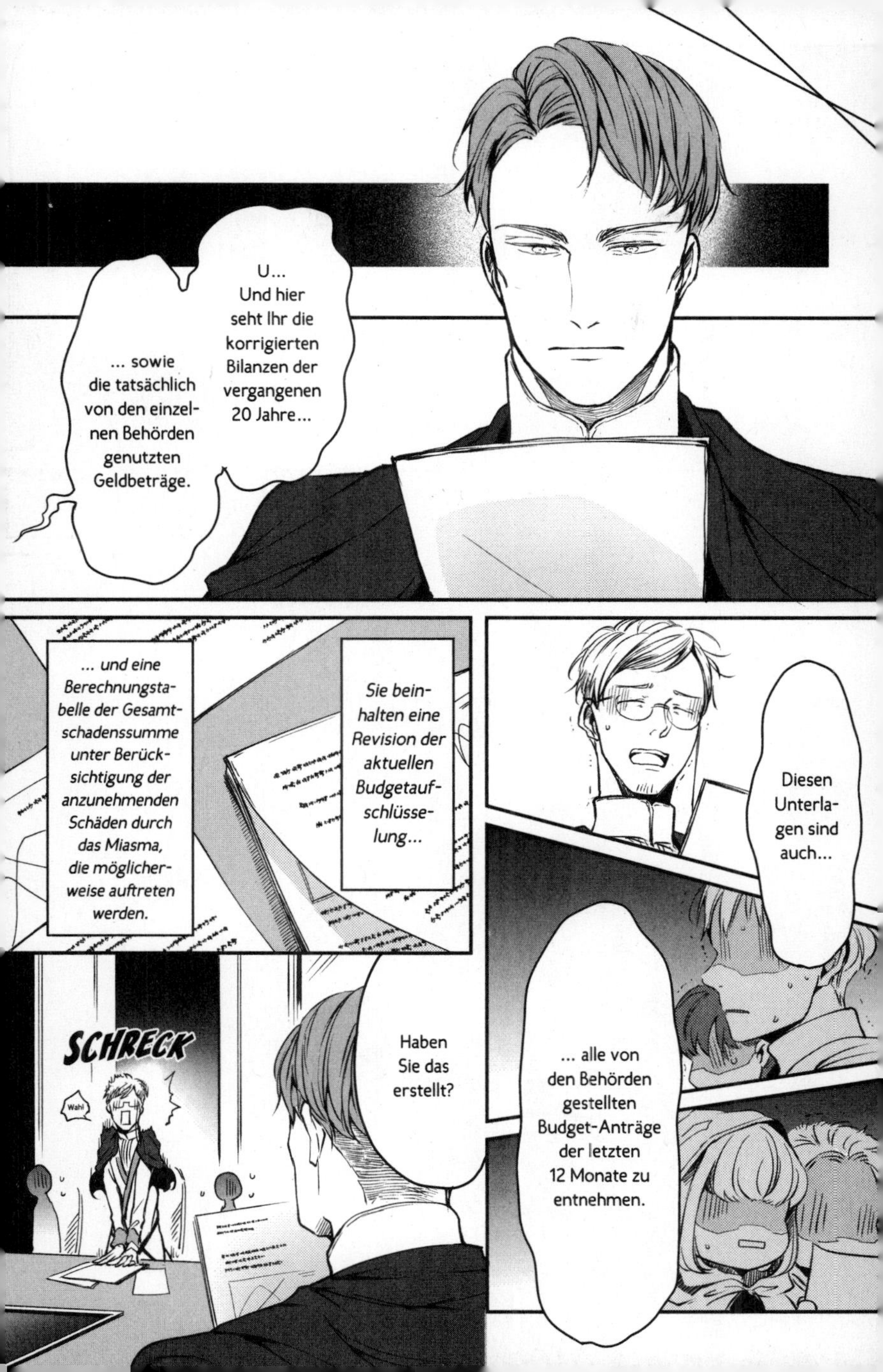
U…
Und hier seht Ihr die korrigierten Bilanzen der vergangenen 20 Jahre…
… sowie die tatsächlich von den einzelnen Behörden genutzten Geldbeträge.
Sie beinhalten eine Revision der aktuellen Budgetaufschlüsselung…
… und eine Berechnungstabelle der Gesamtschadenssumme unter Berücksichtigung der anzunehmenden Schäden durch das Miasma, die möglicherweise auftreten werden.
Diesen Unterlagen sind auch…
… alle von den Behörden gestellten Budget-Anträge der letzten 12 Monate zu entnehmen.
Haben Sie das erstellt?
SCHRECK
Wah!

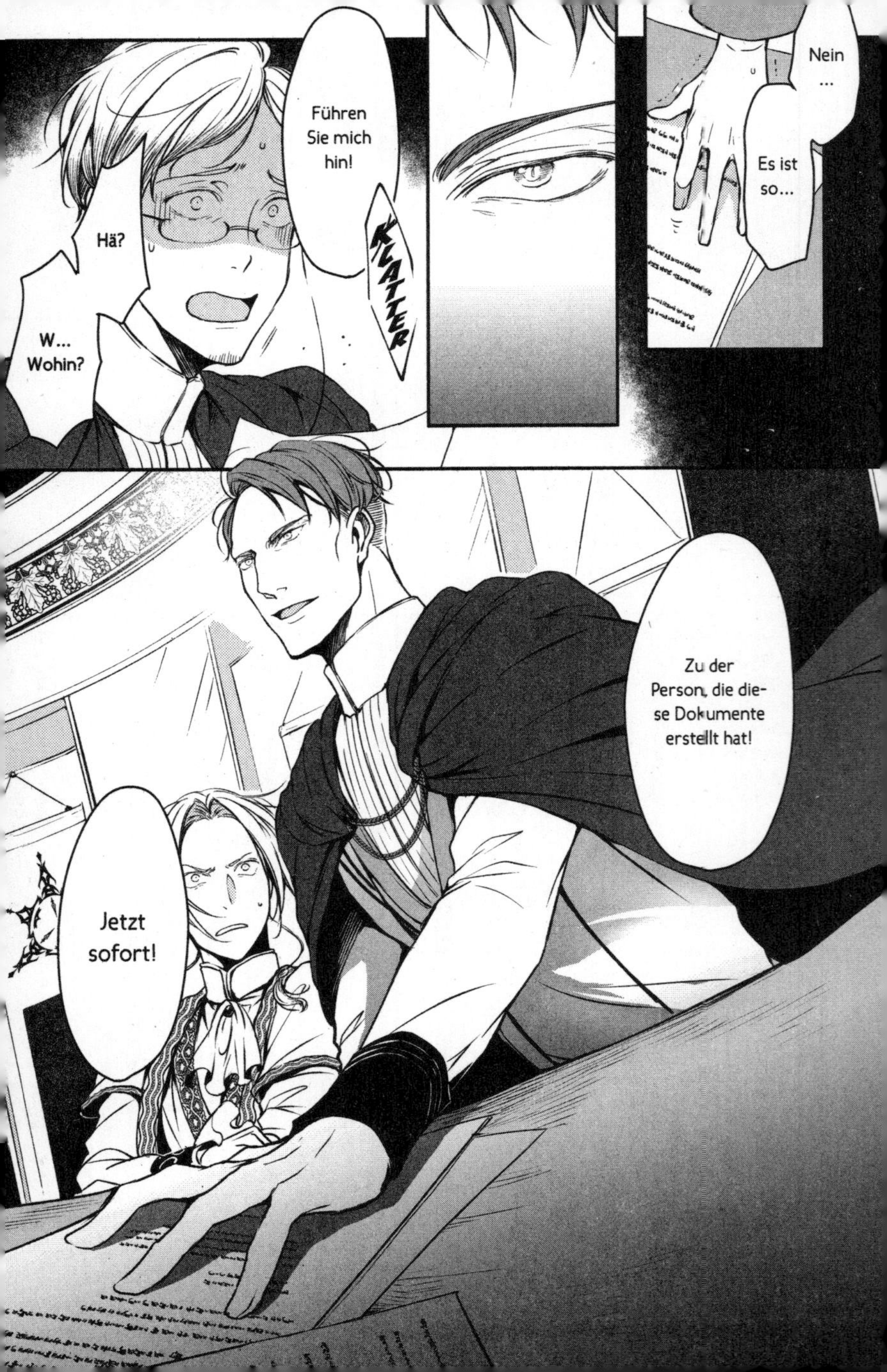

Nein ...
Es ist so...
Führen Sie mich hin!
KLATTER
Hä?
W... Wohin?
Zu der Person, die diese Dokumente erstellt hat!
Jetzt sofort!

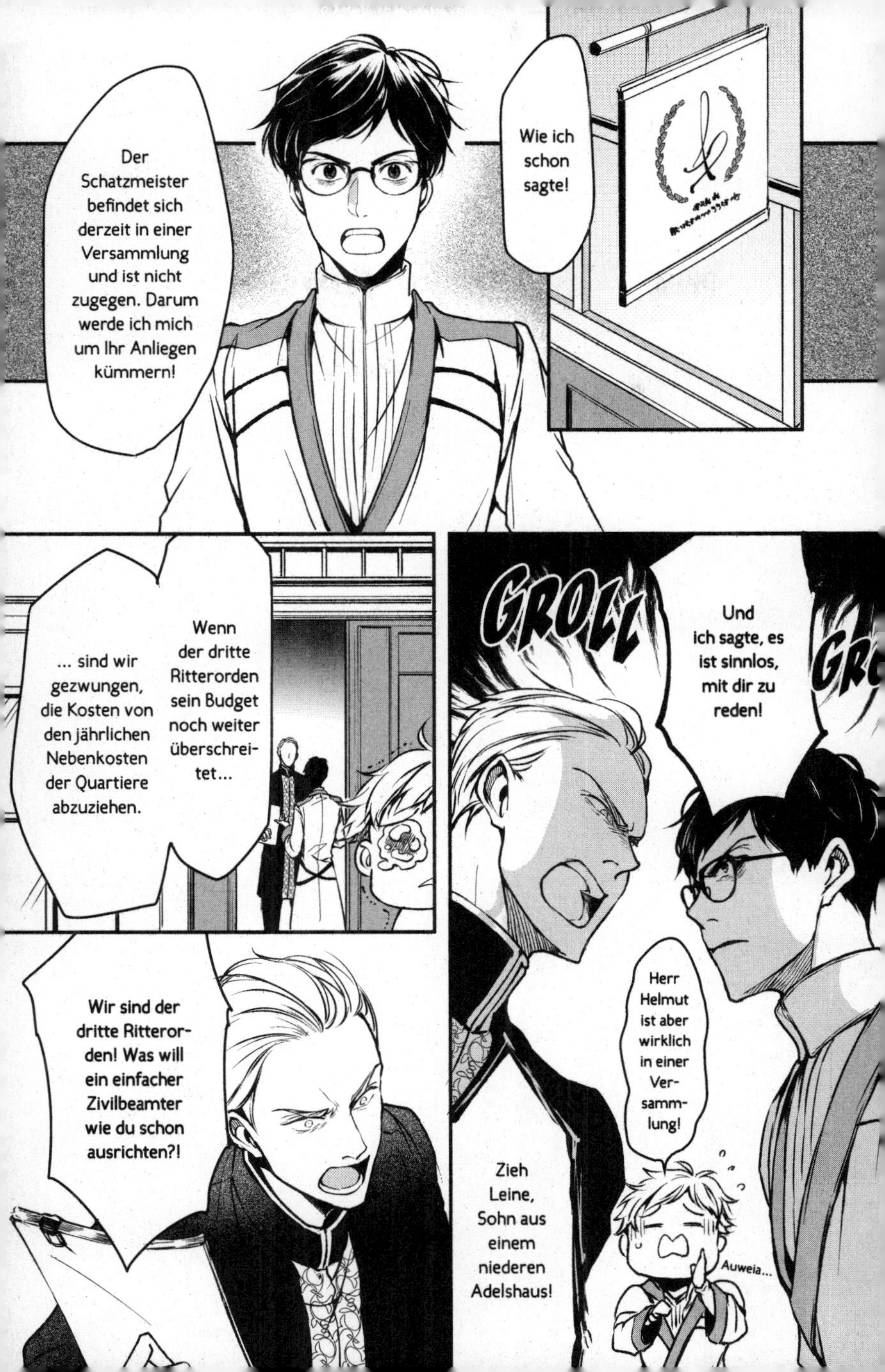
Wie ich schon sagte!
Der Schatzmeister befindet sich derzeit in einer Versammlung und ist nicht zugegen. Darum werde ich mich um Ihr Anliegen kümmern!
Wenn der dritte Ritterorden sein Budget noch weiter überschreitet...
... sind wir gezwungen, die Kosten von den jährlichen Nebenkosten der Quartiere abzuziehen.
GROLL
GRO
Und ich sagte, es ist sinnlos, mit dir zu reden!
Wir sind der dritte Ritterorden! Was will ein einfacher Zivilbeamter wie du schon ausrichten?!
Herr Helmut ist aber wirklich in einer Versammlung!
Zieh Leine, Sohn aus einem niederen Adelshaus!
Auweia...

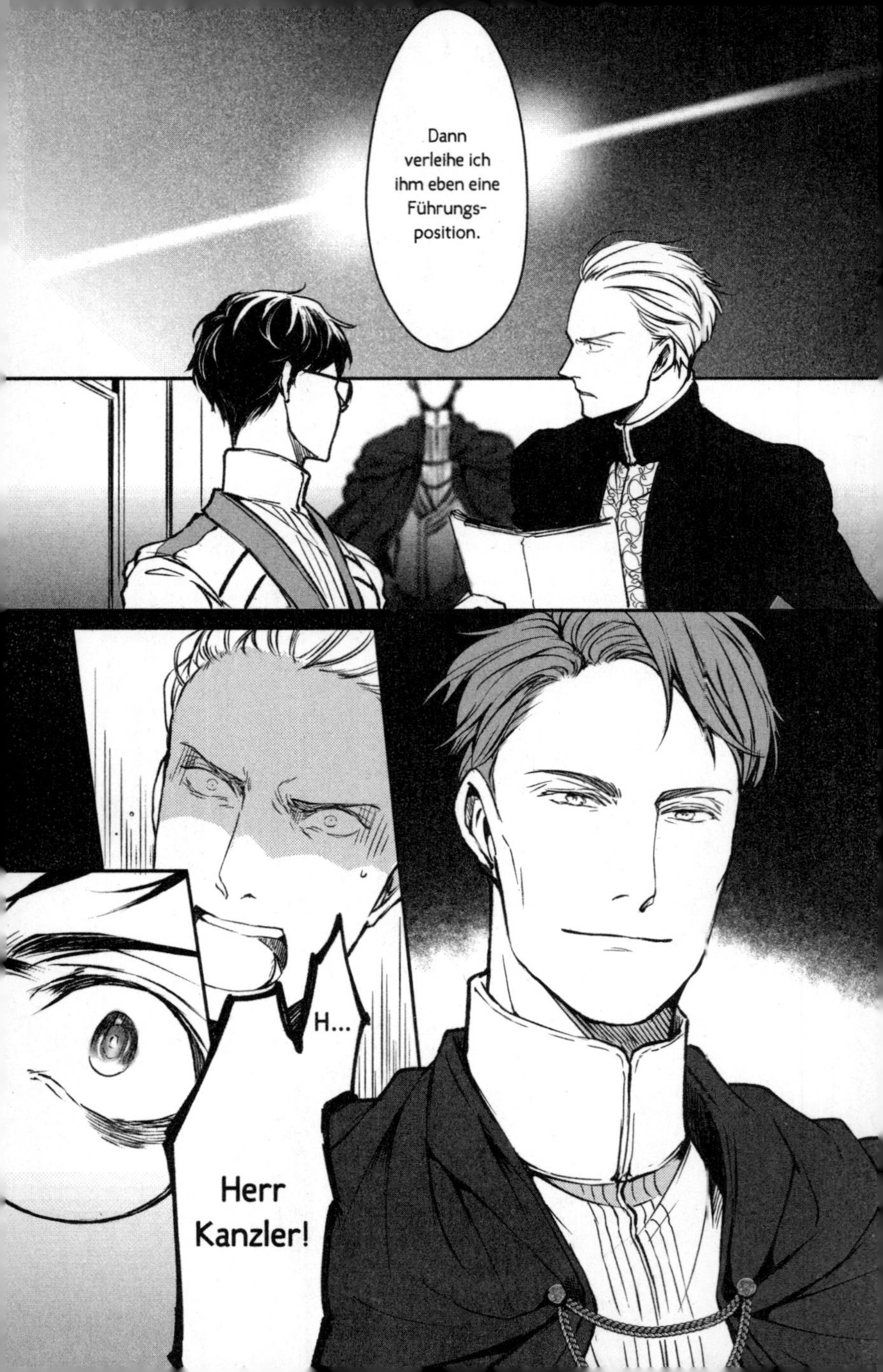
Dann verleihe ich ihm eben eine Führungs-position.
H...
Herr Kanzler!

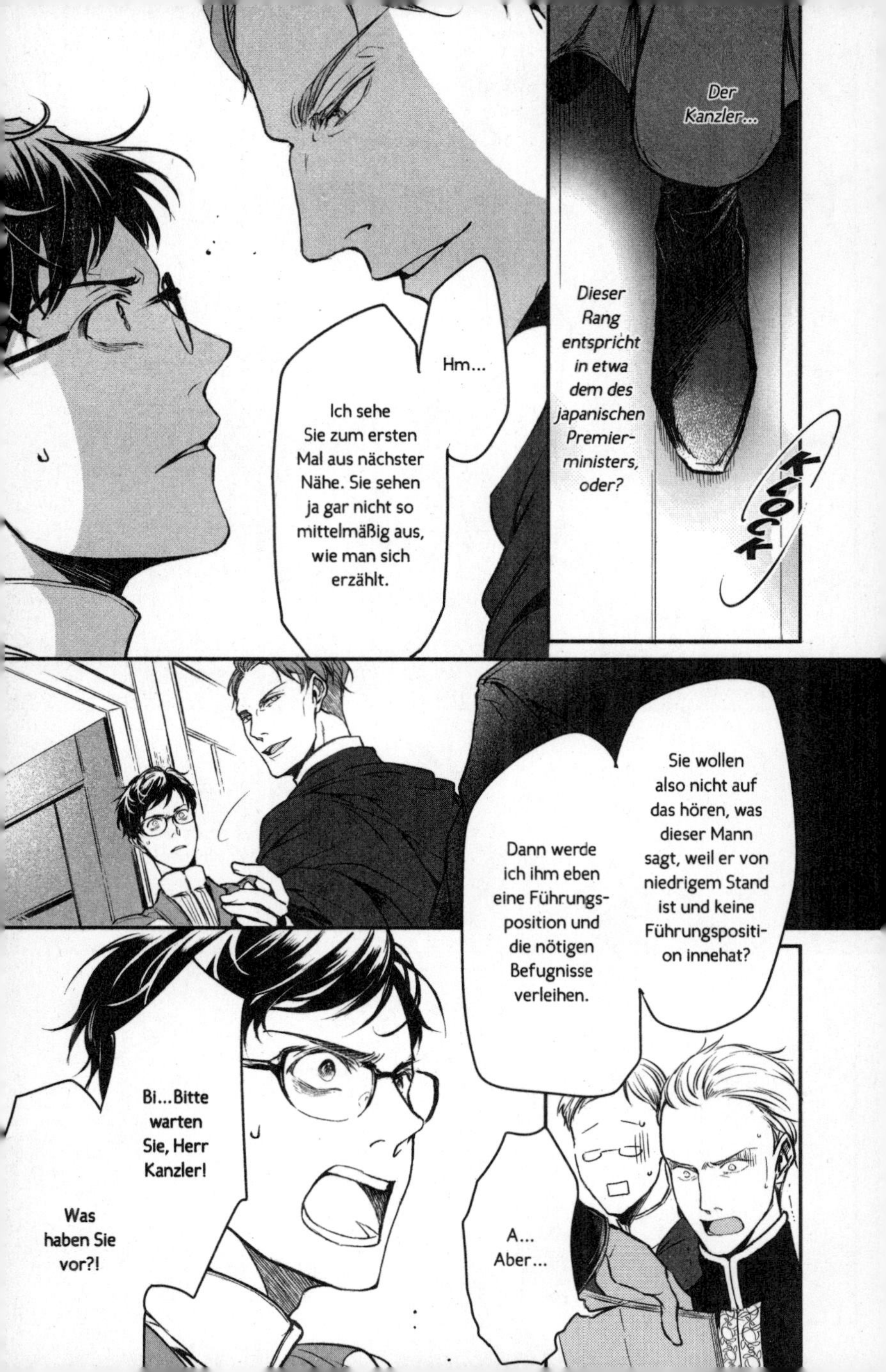
Der Kanzler...
Dieser Rang entspricht in etwa dem des japanischen Premierministers, oder?
KLOCK
Hm...
Ich sehe Sie zum ersten Mal aus nächster Nähe. Sie sehen ja gar nicht so mittelmäßig aus, wie man sich erzählt.
Sie wollen also nicht auf das hören, was dieser Mann sagt, weil er von niedrigem Stand ist und keine Führungspositi-on innehat?
Dann werde ich ihm eben eine Führungs-position und die nötigen Befugnisse verleihen.
A... Aber...
Bi...Bitte warten Sie, Herr Kanzler!
Was haben Sie vor?!

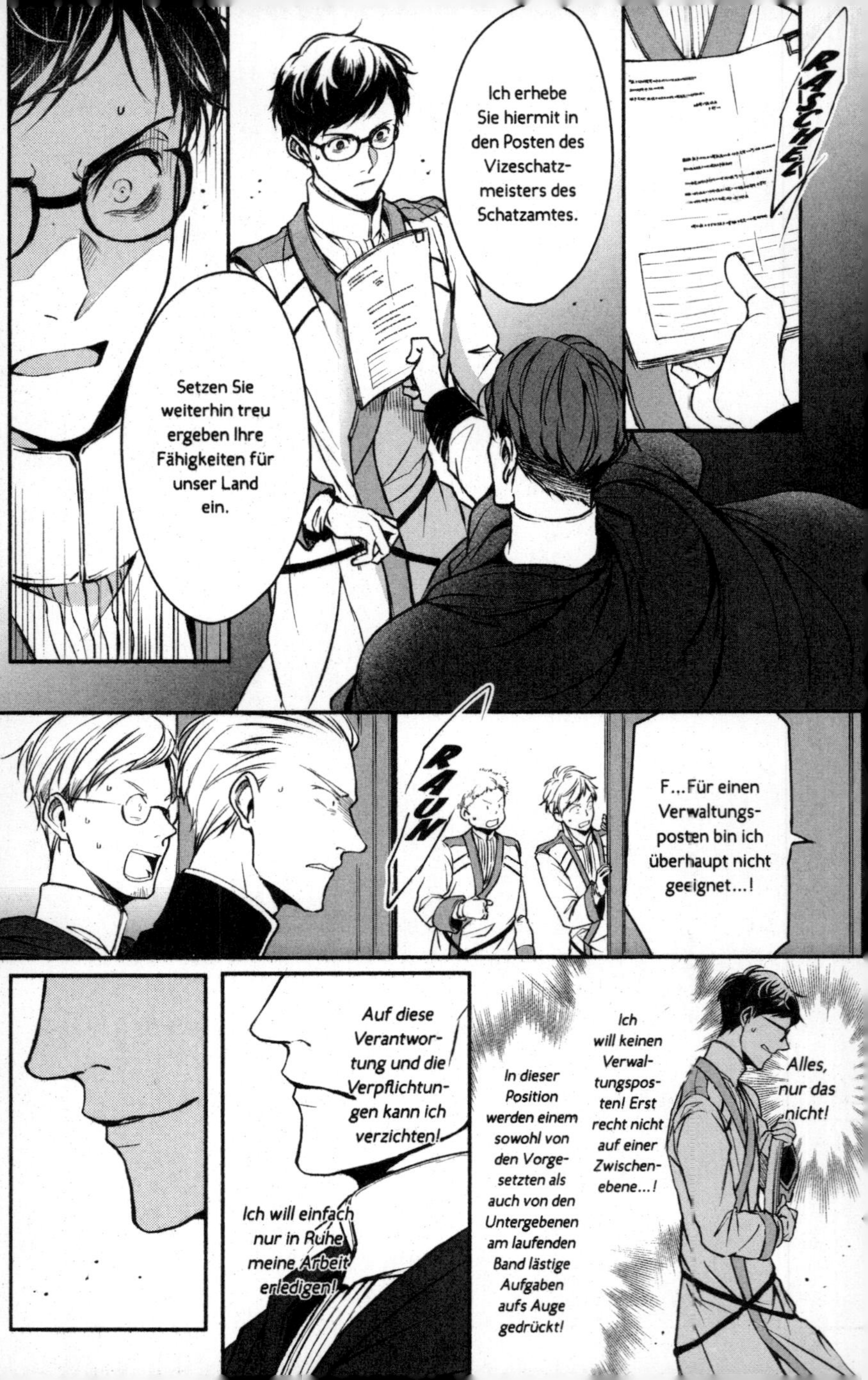
RASCHEL
Ich erhebe Sie hiermit in den Posten des Vizeschatzmeisters des Schatzamtes.
Setzen Sie weiterhin treu ergeben Ihre Fähigkeiten für unser Land ein.
F...Für einen Verwaltungsposten bin ich überhaupt nicht geeignet...!
RAUN
Alles, nur das nicht!
Ich will keinen Verwaltungsposten! Erst recht nicht auf einer Zwischenebene...!
In dieser Position werden einem sowohl von den Vorgesetzten als auch von den Untergebenen am laufenden Band lästige Aufgaben aufs Auge gedrückt!
Auf diese Verantwortung und die Verpflichtungen kann ich verzichten!
Ich will einfach nur in Ruhe meine Arbeit erledigen!

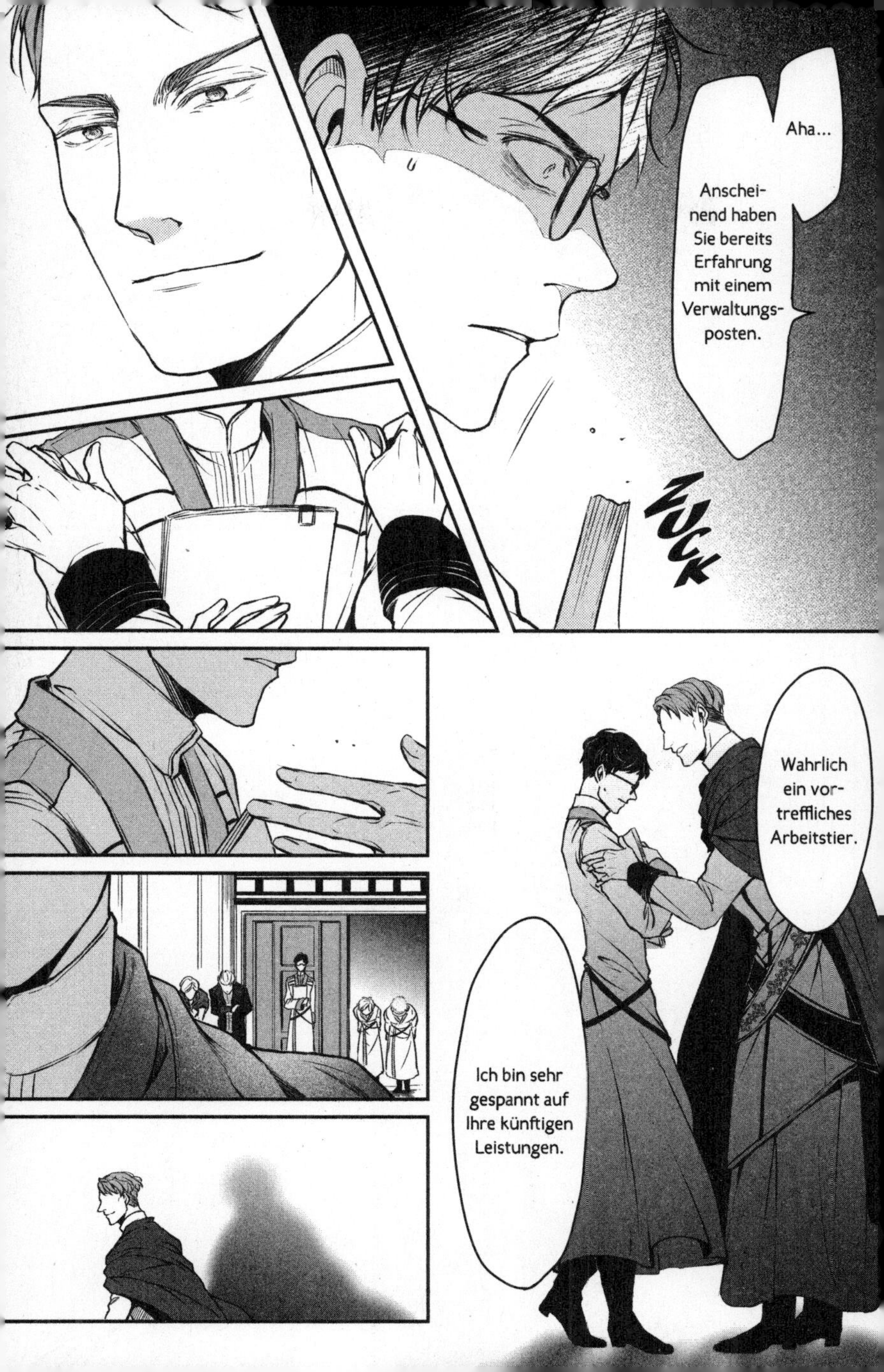
Aha...
Anschei-nend haben Sie bereits Erfahrung mit einem Verwaltungs-posten.
ZUCK
Wahrlich ein vor-treffliches Arbeitstier.
Ich bin sehr gespannt auf Ihre künftigen Leistungen.

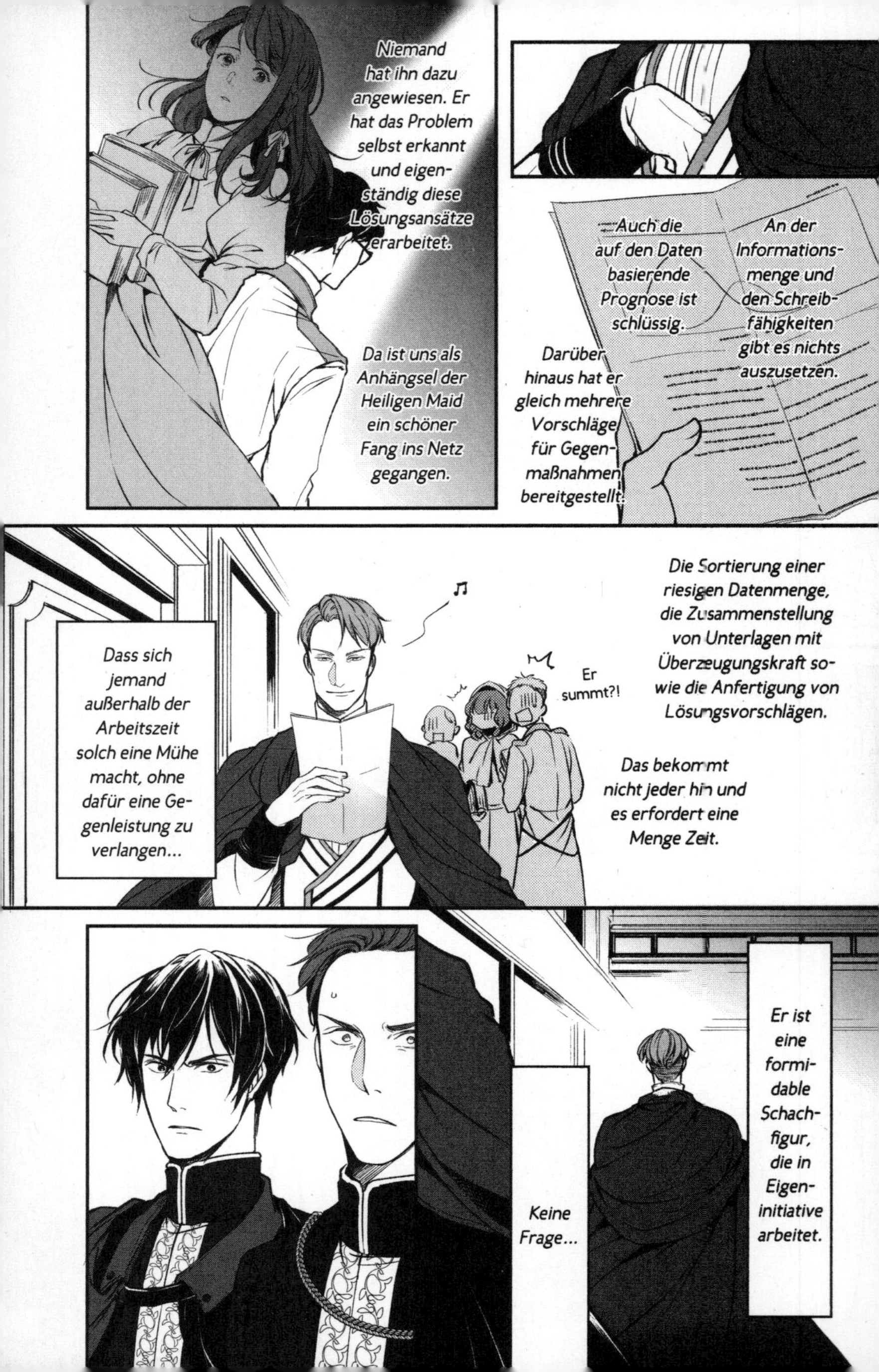
An der Informationsmenge und den Schreibfähigkeiten gibt es nichts auszusetzen.
Auch die auf den Daten basierende Prognose ist schlüssig.
Darüber hinaus hat er gleich mehrere Vorschläge für Gegenmaßnahmen bereitgestellt.
Niemand hat ihn dazu angewiesen. Er hat das Problem selbst erkannt und eigenständig diese Lösungsansätze erarbeitet.
Da ist uns als Anhängsel der Heiligen Maid ein schöner Fang ins Netz gegangen.
Die Sortierung einer riesigen Datenmenge, die Zusammenstellung von Unterlagen mit Überzeugungskraft sowie die Anfertigung von Lösungsvorschlägen.
Das bekommt nicht jeder hin und es erfordert eine Menge Zeit.
Er summt?!
Dass sich jemand außerhalb der Arbeitszeit solch eine Mühe macht, ohne dafür eine Gegenleistung zu verlangen…
Er ist eine formidable Schachfigur, die in Eigeninitiative arbeitet.
Keine Frage…

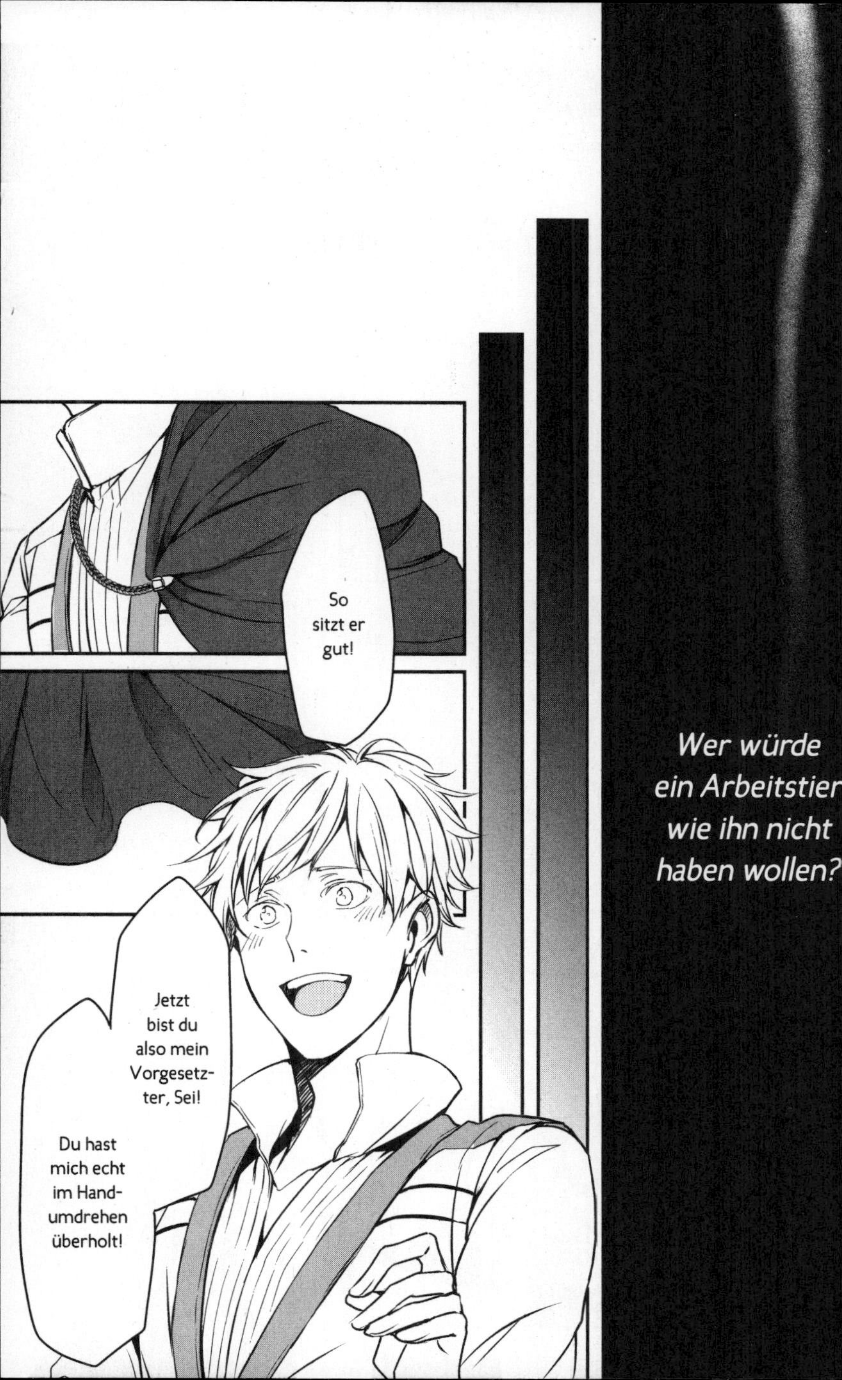
Wer würde ein Arbeitstier wie ihn nicht haben wollen?
So sitzt er gut!
Jetzt bist du also mein Vorgesetz-ter, Sei!
Du hast mich echt im Hand-umdrehen überholt!

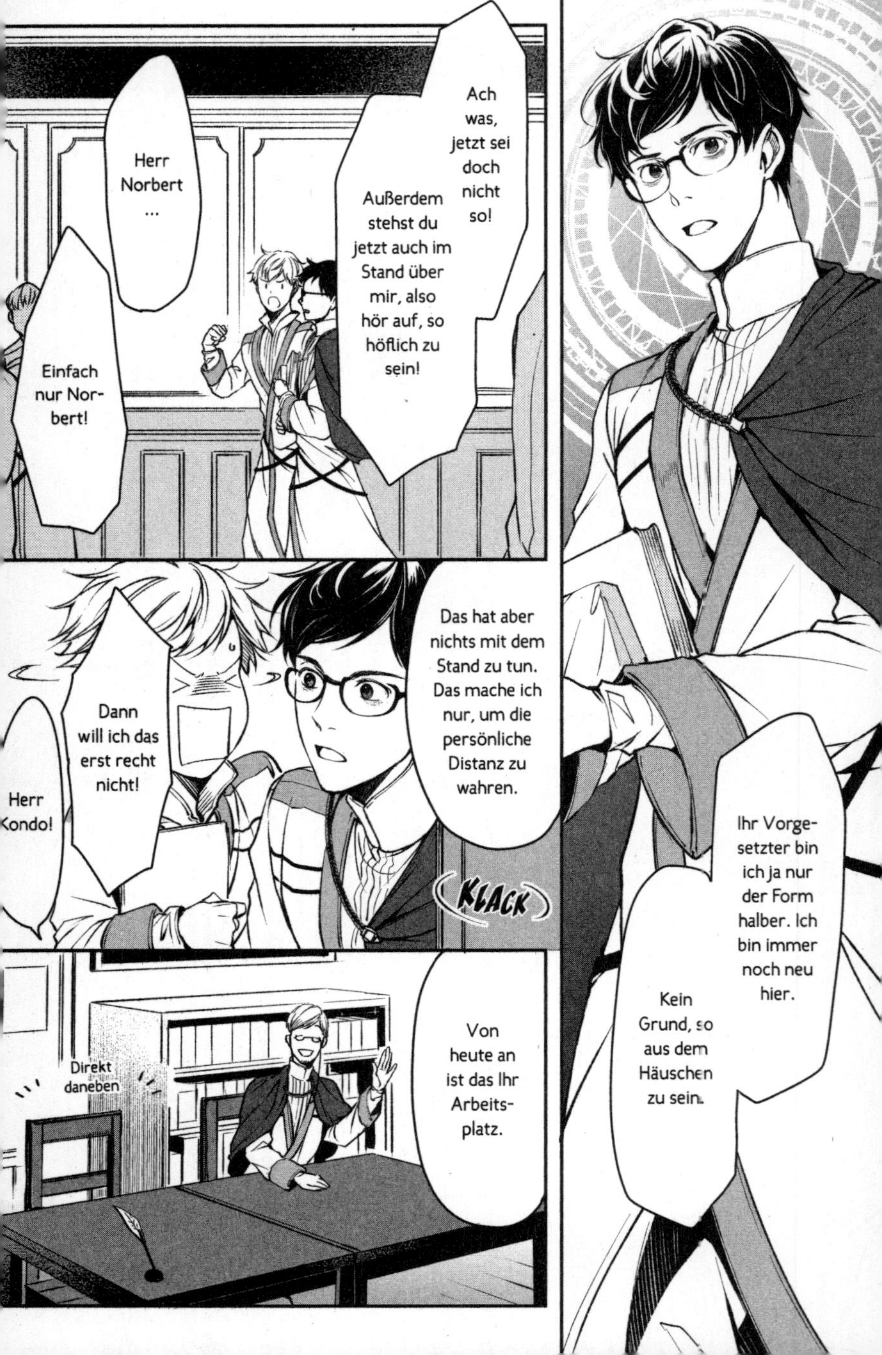

Ihr Vorgesetzter bin ich ja nur der Form halber. Ich bin immer noch neu hier.
Kein Grund, so aus dem Häuschen zu sein.
Ach was, jetzt sei doch nicht so!
Außerdem stehst du jetzt auch im Stand über mir, also hör auf, so höflich zu sein!
Herr Norbert …
Einfach nur Norbert!
Das hat aber nichts mit dem Stand zu tun. Das mache ich nur, um die persönliche Distanz zu wahren.
KLACK
Dann will ich das erst recht nicht!
Herr Kondo!
Von heute an ist das Ihr Arbeitsplatz.
Direkt daneben

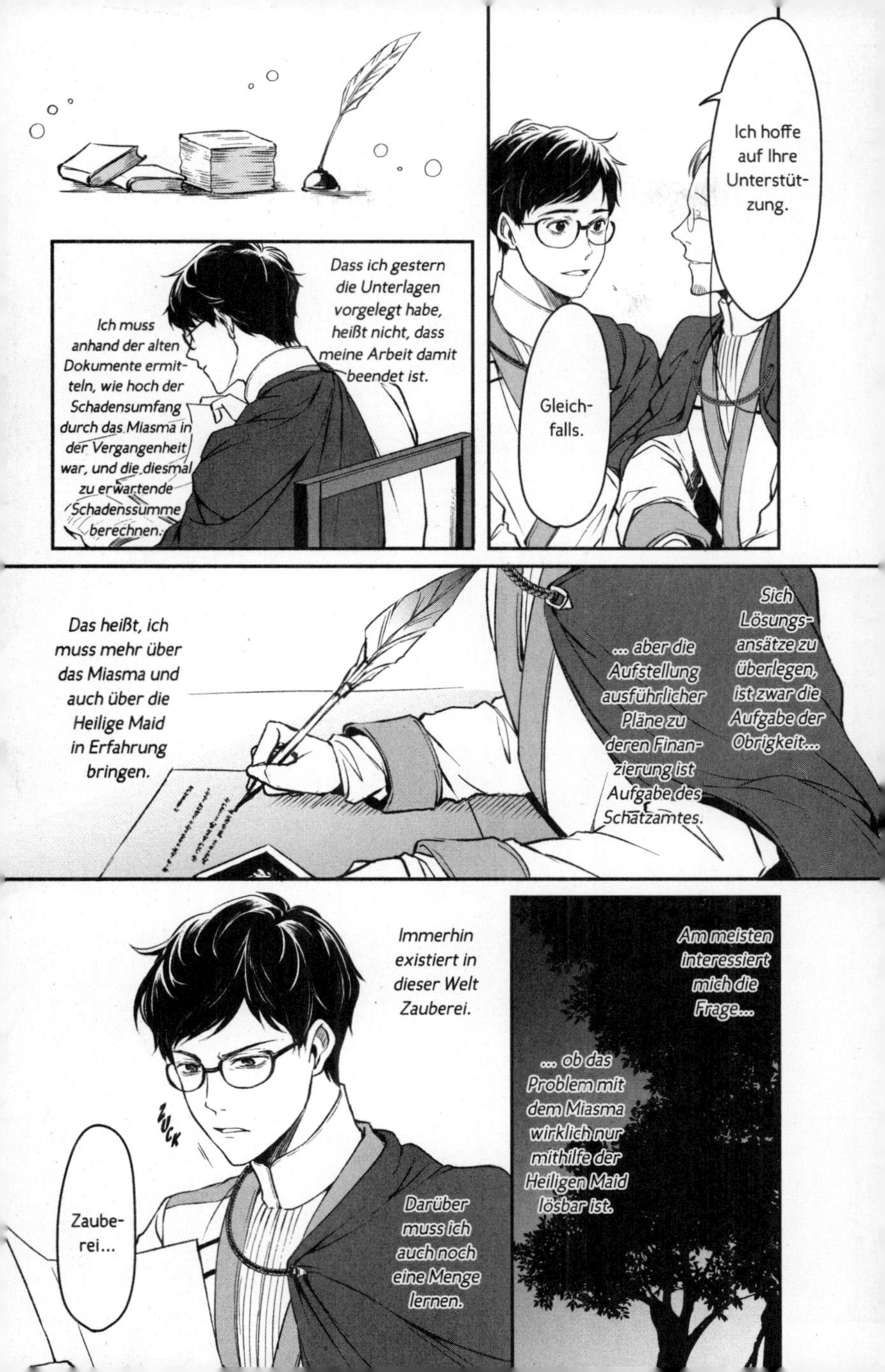
Ich hoffe auf Ihre Unterstützung.
Gleichfalls.
Dass ich gestern die Unterlagen vorgelegt habe, heißt nicht, dass meine Arbeit damit beendet ist.
Ich muss anhand der alten Dokumente ermitteln, wie hoch der Schadensumfang durch das Miasma in der Vergangenheit war, und die diesmal zu erwartende Schadenssumme berechnen.
Sich Lösungsansätze zu überlegen, ist zwar die Aufgabe der Obrigkeit…
… aber die Aufstellung ausführlicher Pläne zu deren Finanzierung ist Aufgabe des Schatzamtes.
Das heißt, ich muss mehr über das Miasma und auch über die Heilige Maid in Erfahrung bringen.
Am meisten interessiert mich die Frage…
… ob das Problem mit dem Miasma wirklich nur mithilfe der Heiligen Maid lösbar ist.
Immerhin existiert in dieser Welt Zauberei.
Darüber muss ich auch noch eine Menge lernen.
ZUCK
Zauberei…

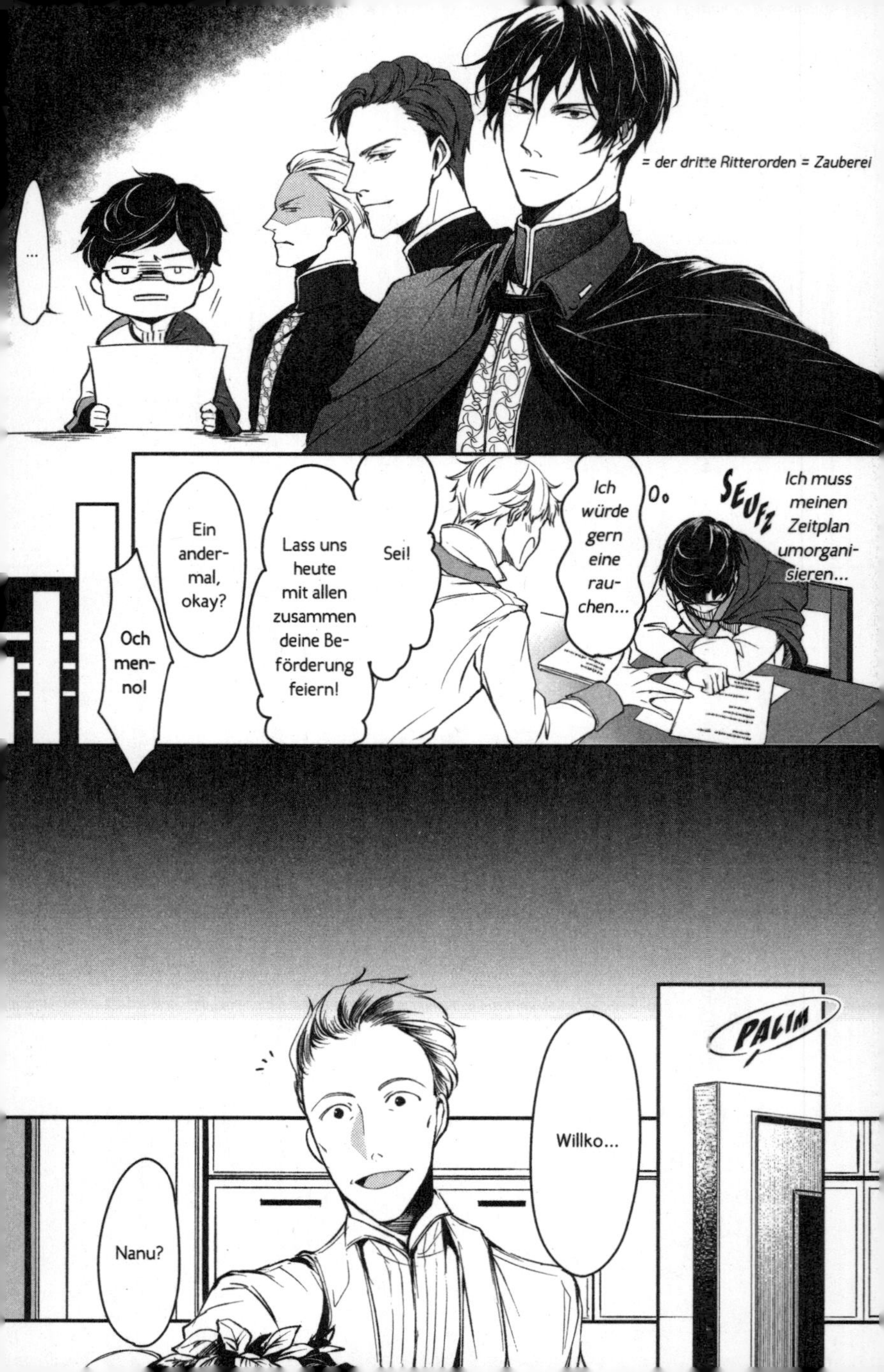
= der dritte Ritterorden = Zauberei
...
Ich muss meinen Zeitplan umorganisieren...
SEUFZ
Ich würde gern eine rauchen...
Sei!
Lass uns heute mit allen zusammen deine Beförderung feiern!
Ein andermal, okay?
Och menno!
PALIM
Willko...
Nanu?

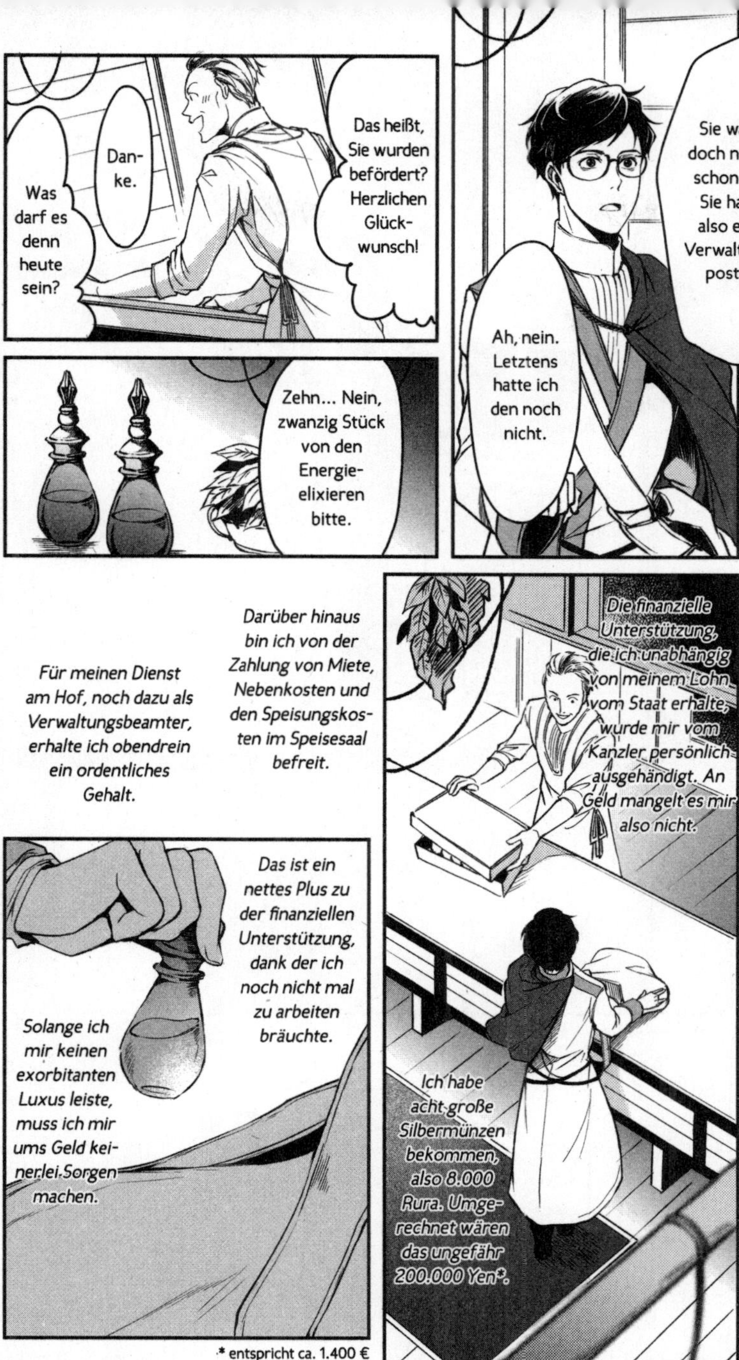


* entspricht ca. 1.400 €

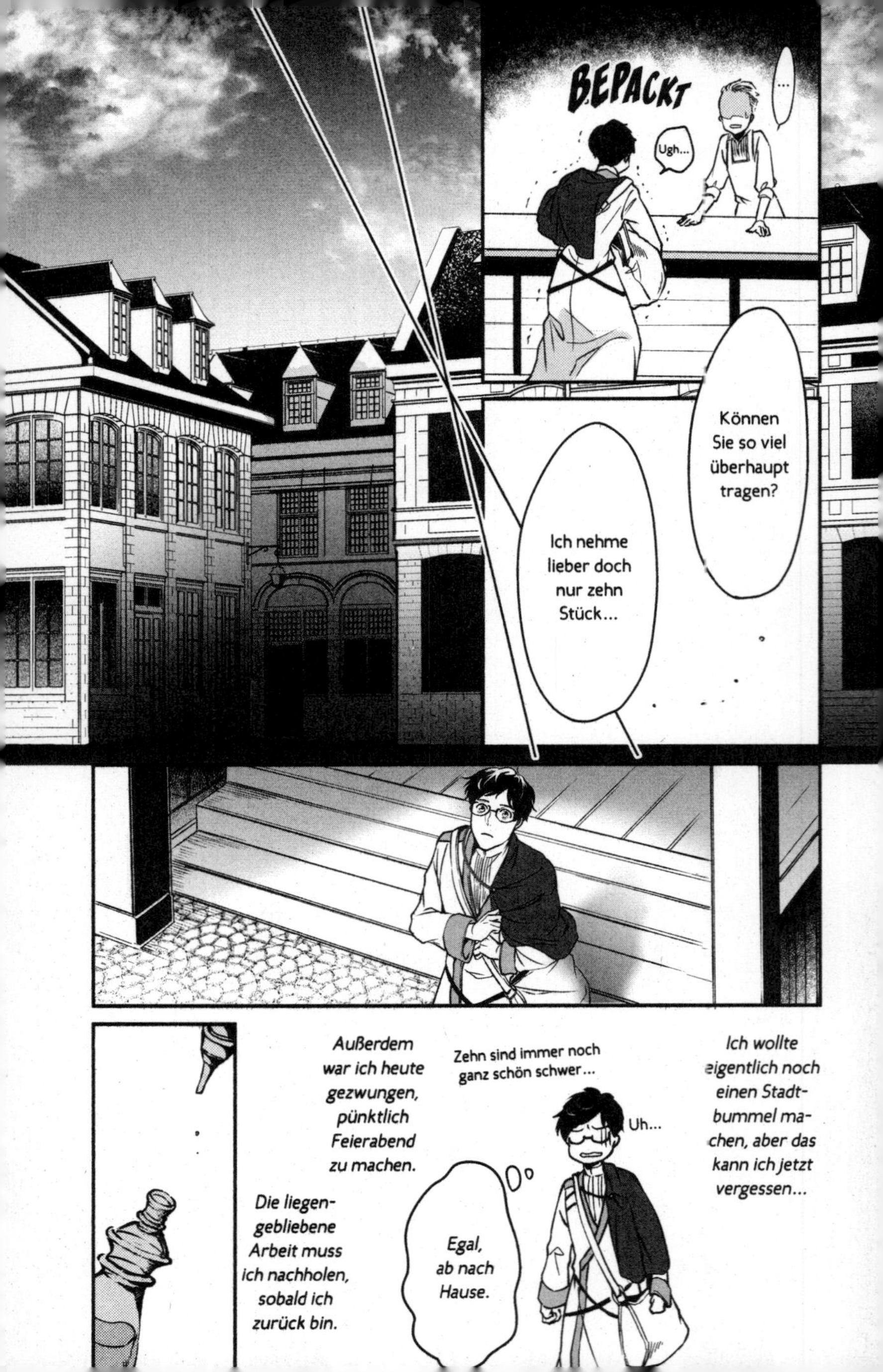
BEPACKT
…
Ugh…
Können Sie so viel überhaupt tragen?
Ich nehme lieber doch nur zehn Stück…
Ich wollte eigentlich noch einen Stadtbummel machen, aber das kann ich jetzt vergessen…
Zehn sind immer noch ganz schön schwer…
Uh…
Außerdem war ich heute gezwungen, pünktlich Feierabend zu machen.
Egal, ab nach Hause.
Die liegengebliebene Arbeit muss ich nachholen, sobald ich zurück bin.

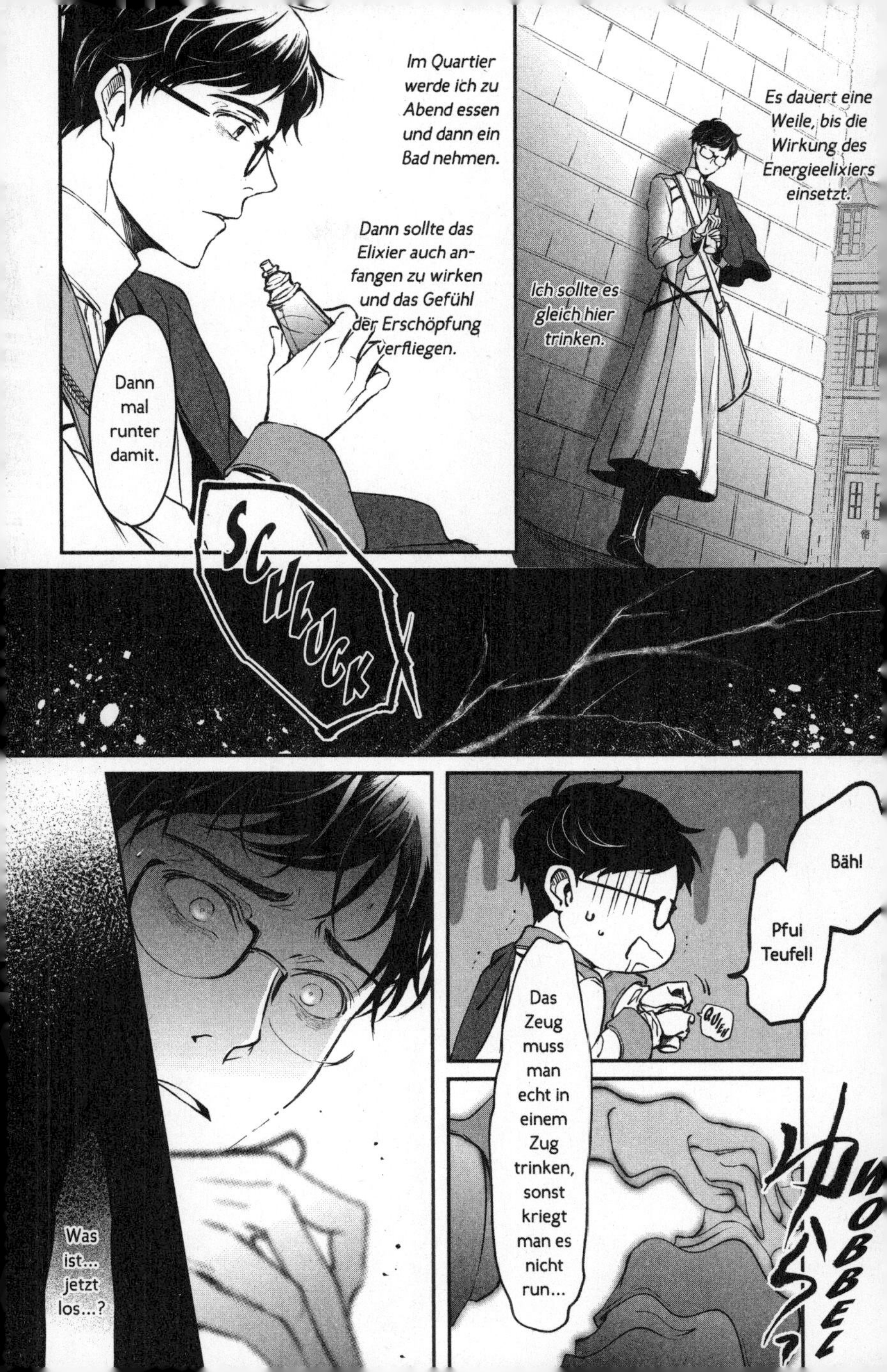
Es dauert eine Weile, bis die Wirkung des Energieelixiers einsetzt.
Ich sollte es gleich hier trinken.
Im Quartier werde ich zu Abend essen und dann ein Bad nehmen.
Dann sollte das Elixier auch anfangen zu wirken und das Gefühl der Erschöpfung verfliegen.
Dann mal runter damit.
SCHLUCK
Bäh!
Pfui Teufel!
Das Zeug muss man echt in einem Zug trinken, sonst kriegt man es nicht run…
WOBBEL
Was ist… jetzt los…?

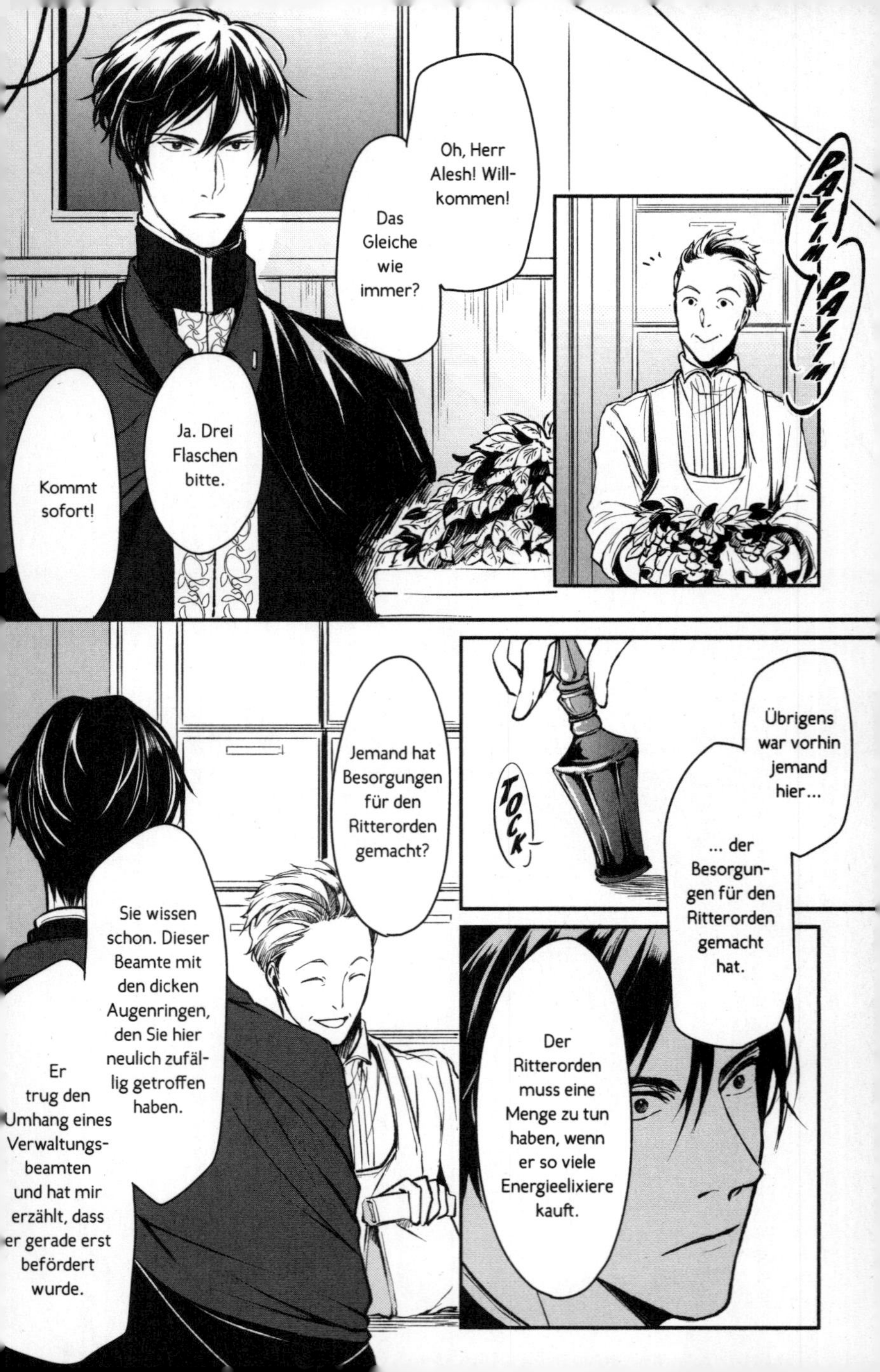

PALIM PALIM
Oh, Herr Alesh! Willkommen!
Das Gleiche wie immer?
Ja. Drei Flaschen bitte.
Kommt sofort!
TOCK
Übrigens war vorhin jemand hier...
... der Besorgungen für den Ritterorden gemacht hat.
Jemand hat Besorgungen für den Ritterorden gemacht?
Der Ritterorden muss eine Menge zu tun haben, wenn er so viele Energieelixiere kauft.
Sie wissen schon. Dieser Beamte mit den dicken Augenringen, den Sie hier neulich zufällig getroffen haben.
Er trug den Umhang eines Verwaltungsbeamten und hat mir erzählt, dass er gerade erst befördert wurde.

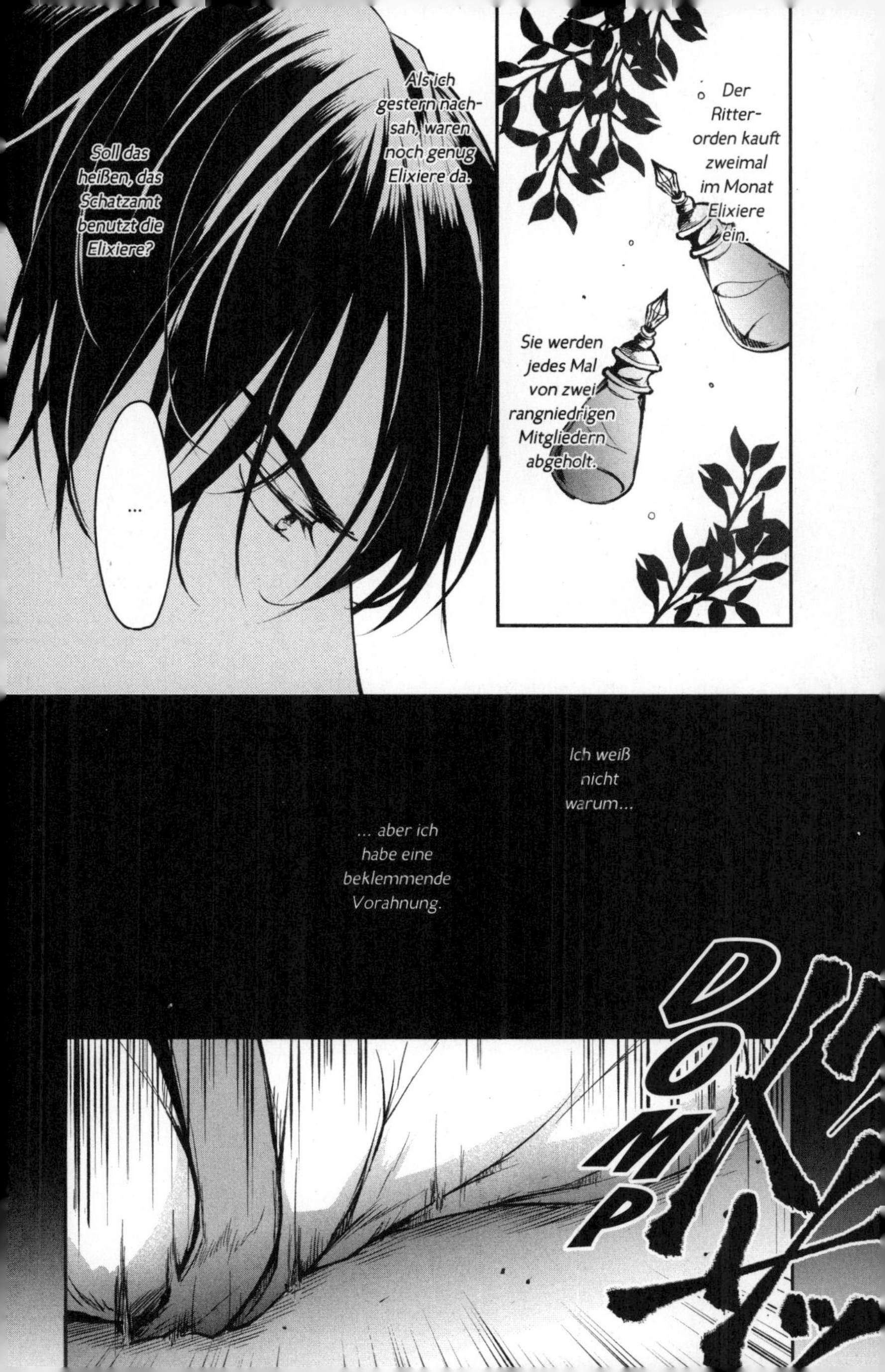
Der Ritterorden kauft zweimal im Monat Elixiere ein.
Sie werden jedes Mal von zwei rangniedrigen Mitgliedern abgeholt.
Als ich gestern nachsah, waren noch genug Elixiere da.
Soll das heißen, das Schatzamt benutzt die Elixiere?
…
Ich weiß nicht warum…
… aber ich habe eine beklemmende Vorahnung.
DOMP

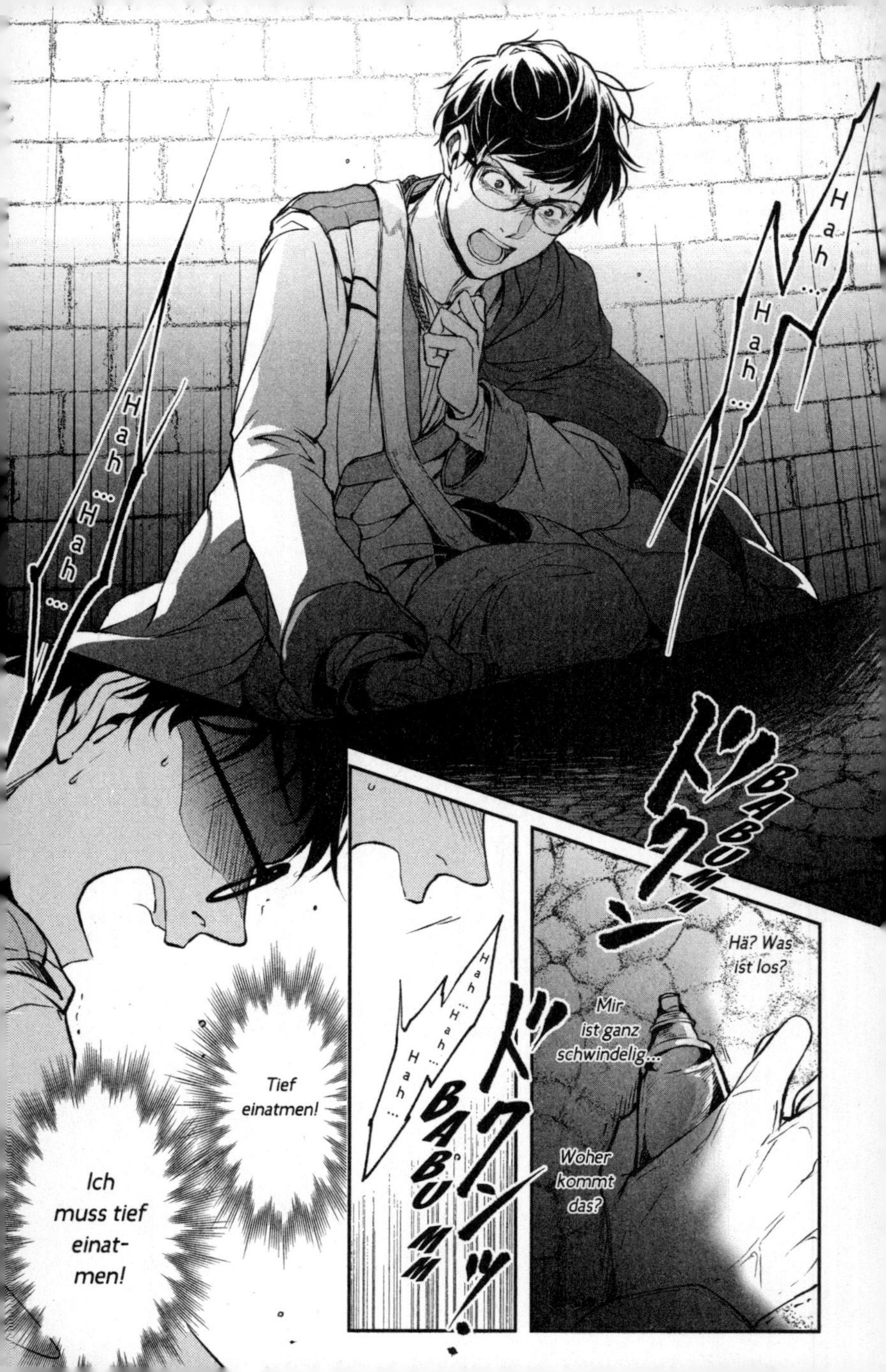
Hah... Hah...
Hah... Hah...
ドクン
BABUMM
Hä? Was ist los?
Mir ist ganz schwindelig...
Woher kommt das?
ドクン…ッ
BABUMM
Hah... Hah... Hah...
Tief einatmen!
Ich muss tief einat-men!

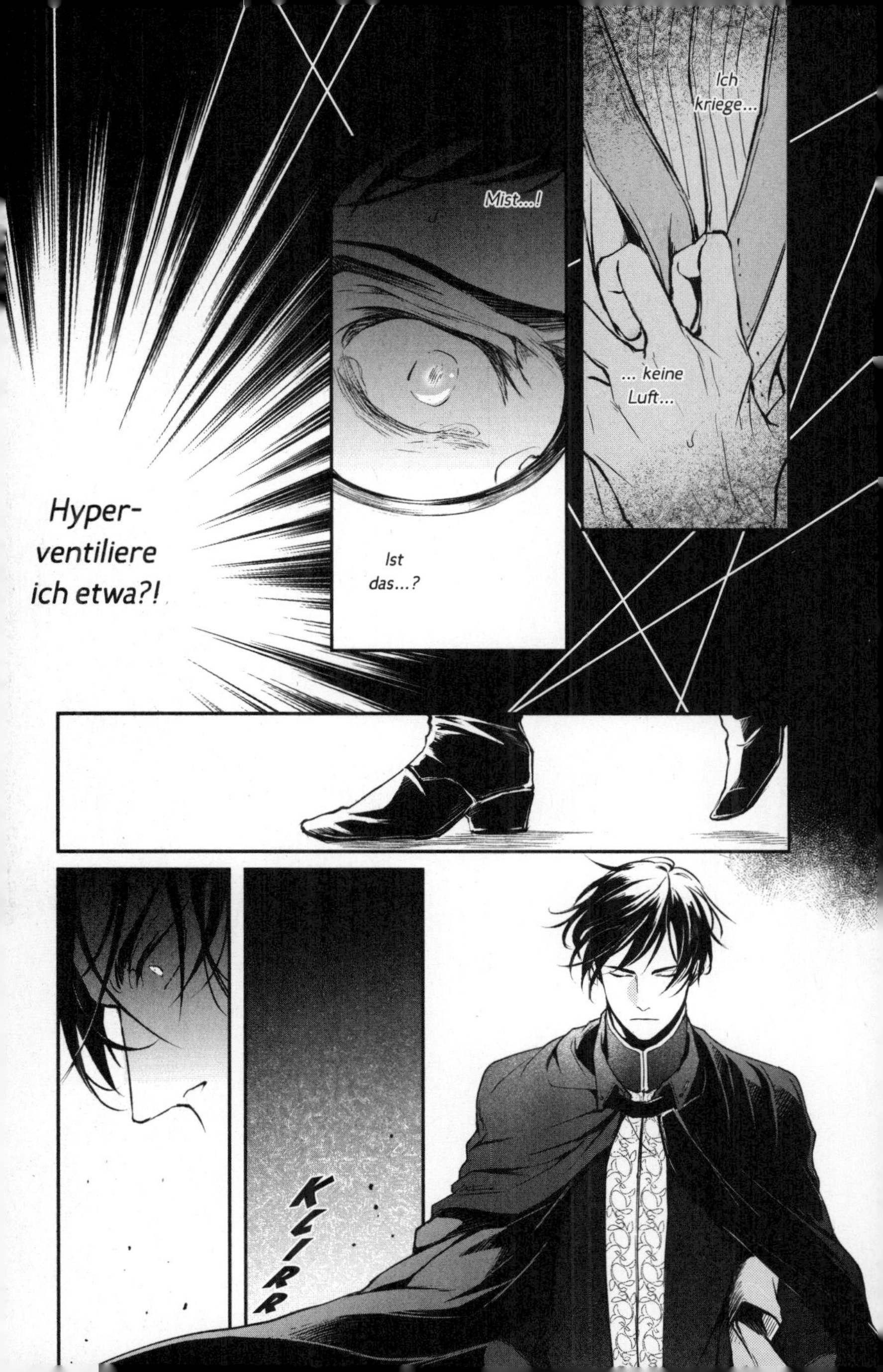
Ich kriege…
… keine Luft…
Mist…!
Ist das…?
Hyperventiliere ich etwa?!
KLIRR

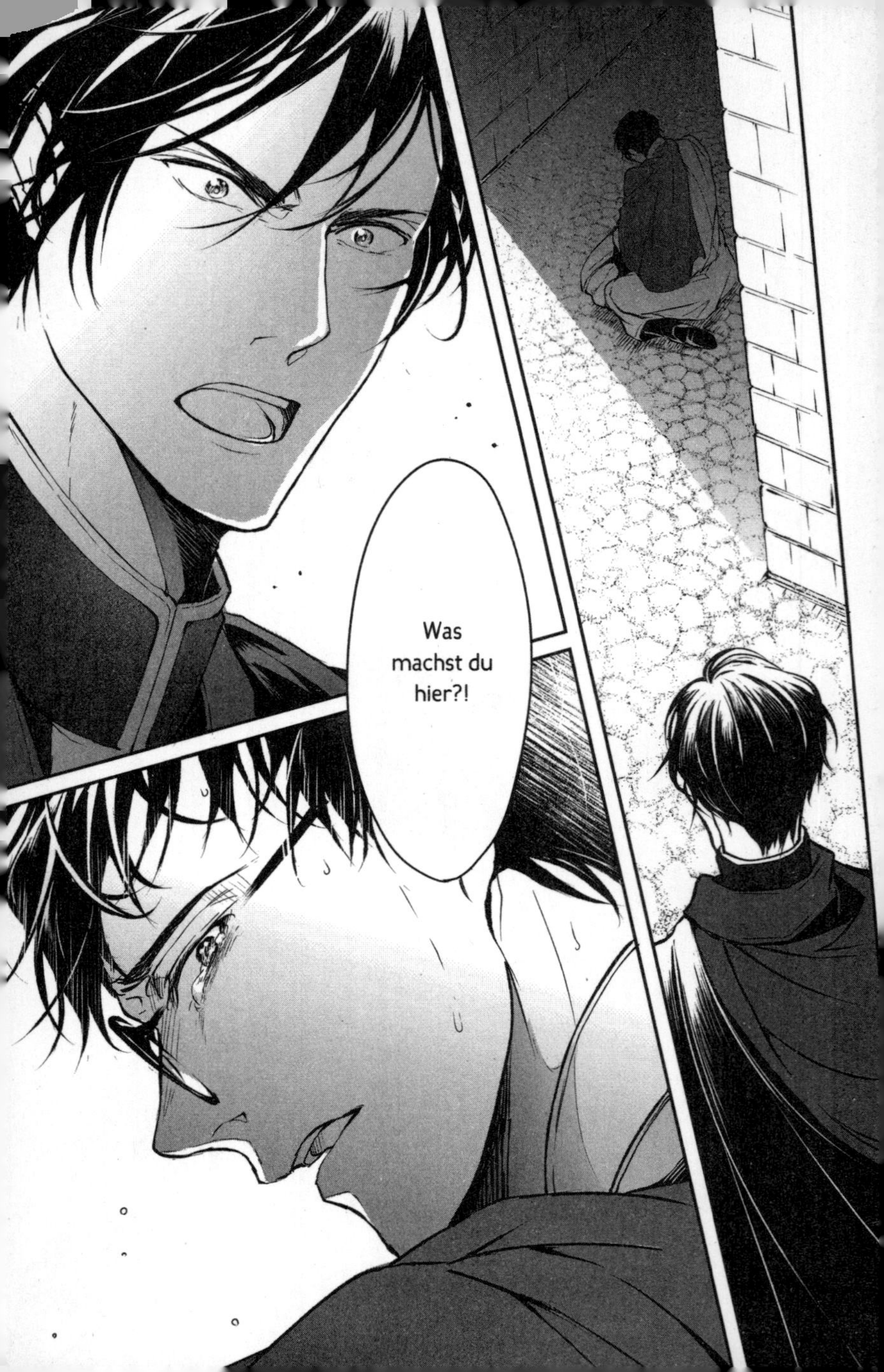
Was machst du hier?!

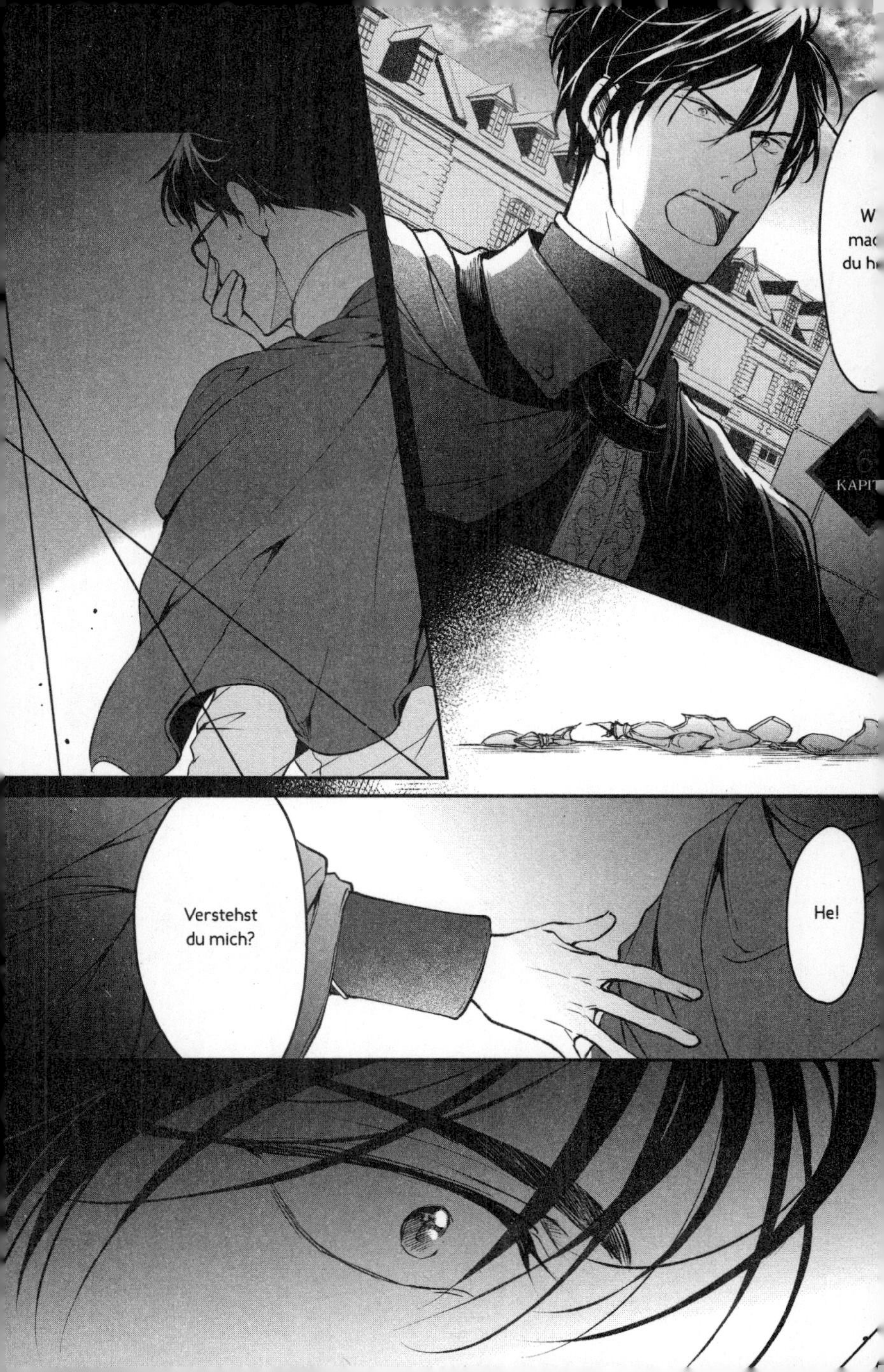
He!
Verstehst du mich?

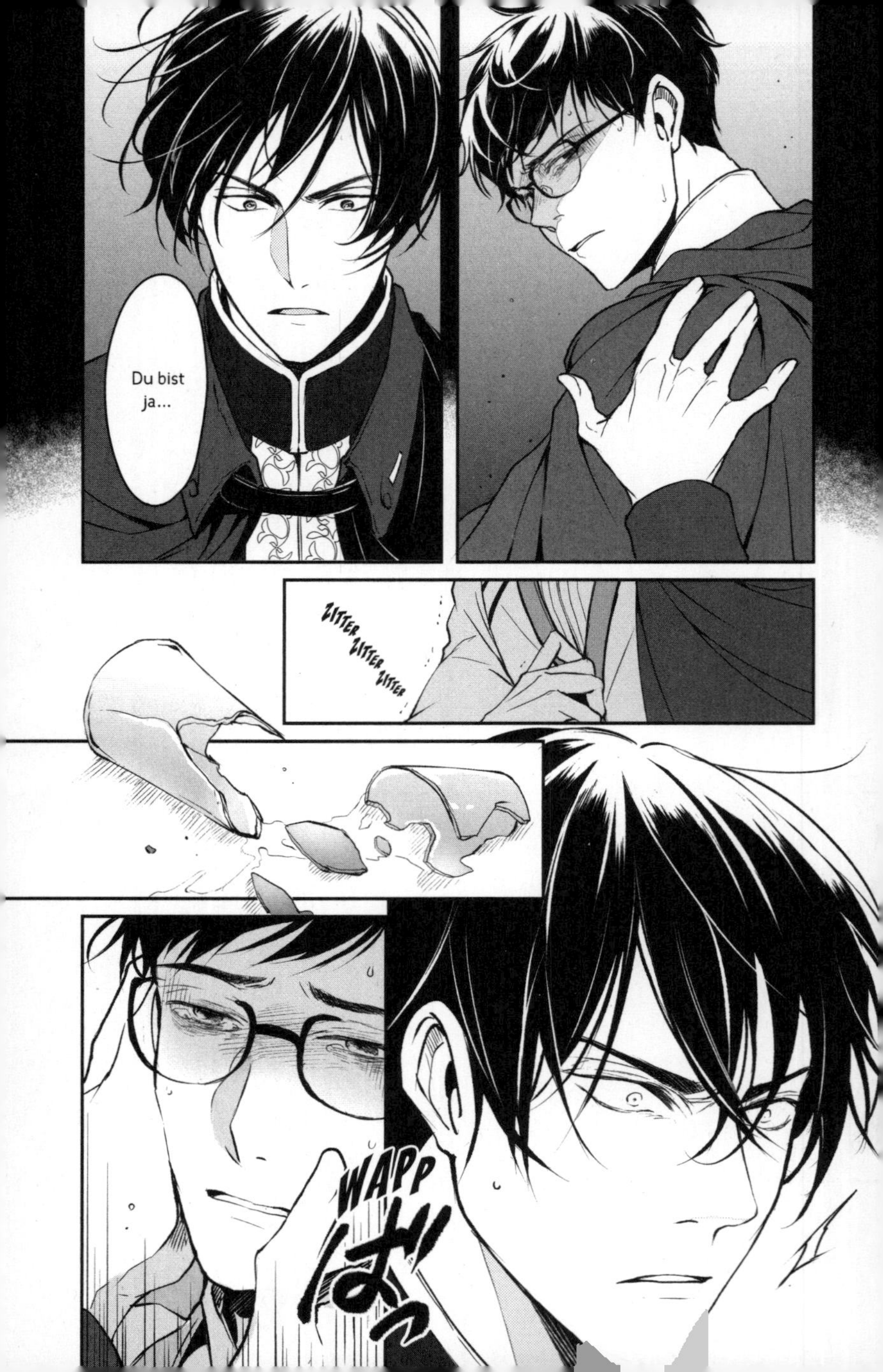
Du bist
ja…
ZITTER ZITTER ZITTER
WAPP
はっ

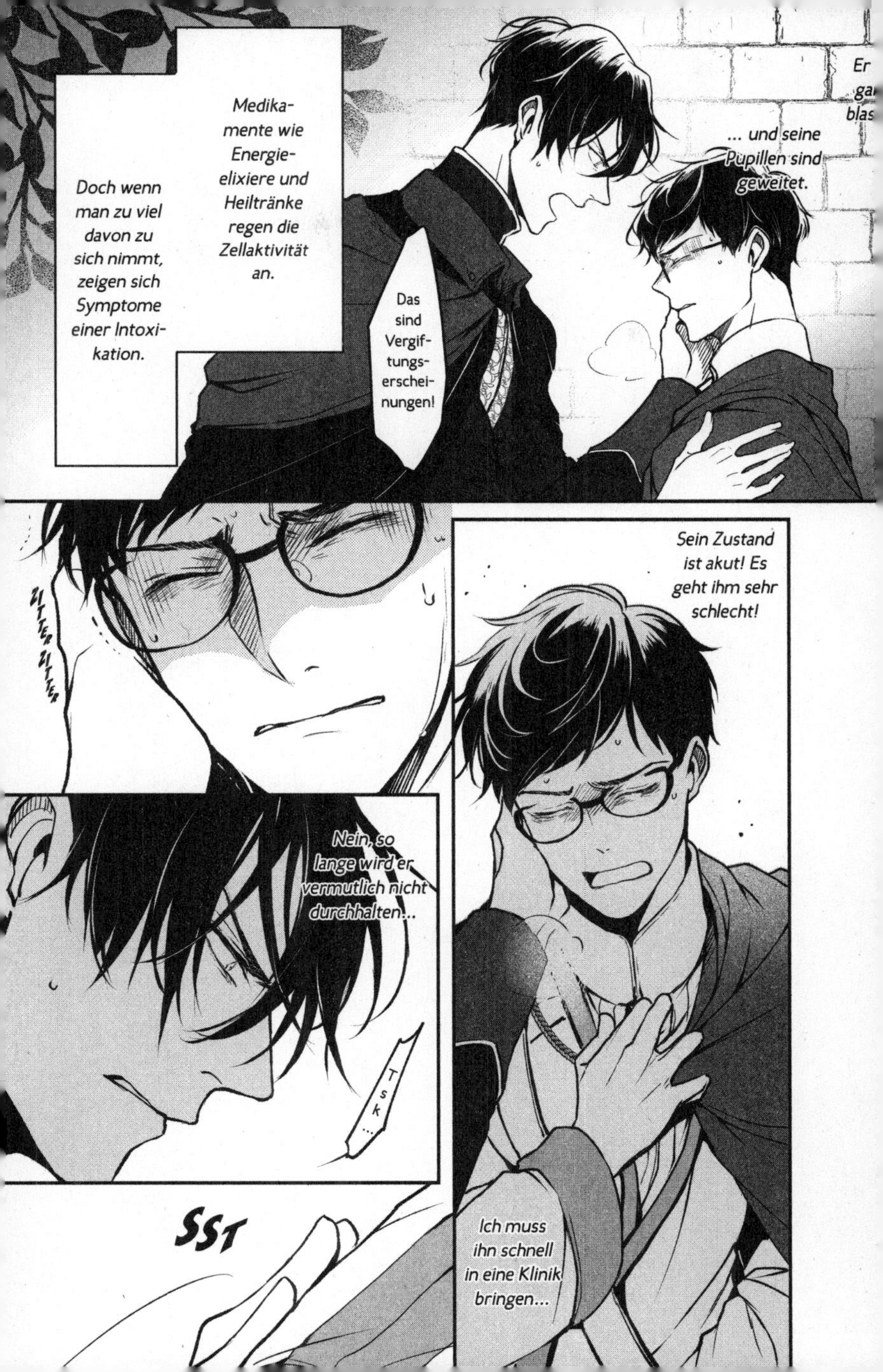
Er ga blas
... und seine Pupillen sind geweitet.
Das sind Vergiftungserscheinungen!
Medikamente wie Energieelixiere und Heiltränke regen die Zellaktivität an.
Doch wenn man zu viel davon zu sich nimmt, zeigen sich Symptome einer Intoxikation.
Sein Zustand ist akut! Es geht ihm sehr schlecht!
ZITTER ZITTER
Nein, so lange wird er vermutlich nicht durchhalten...
Tsk...
Ich muss ihn schnell in eine Klinik bringen...
SST

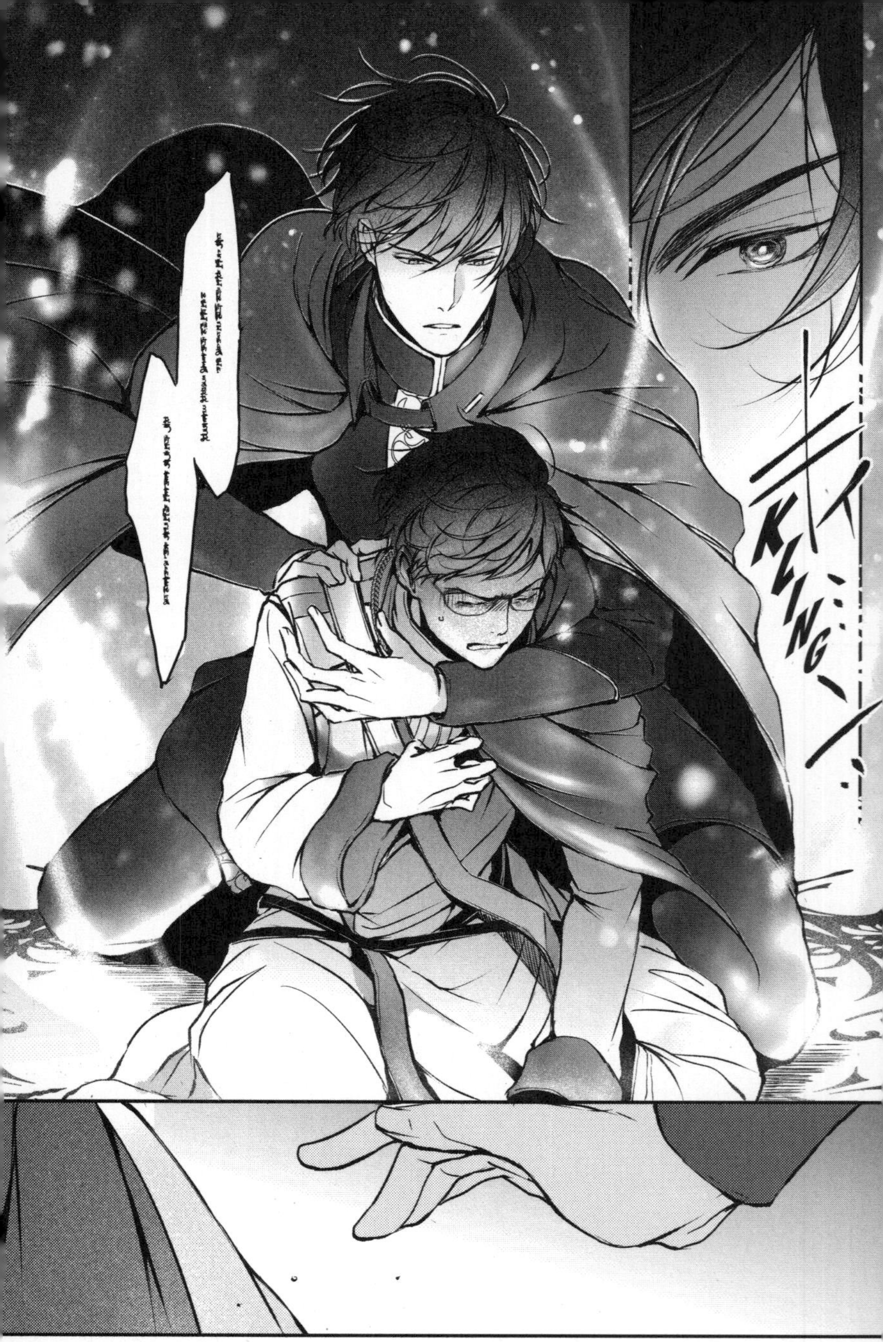
KLING

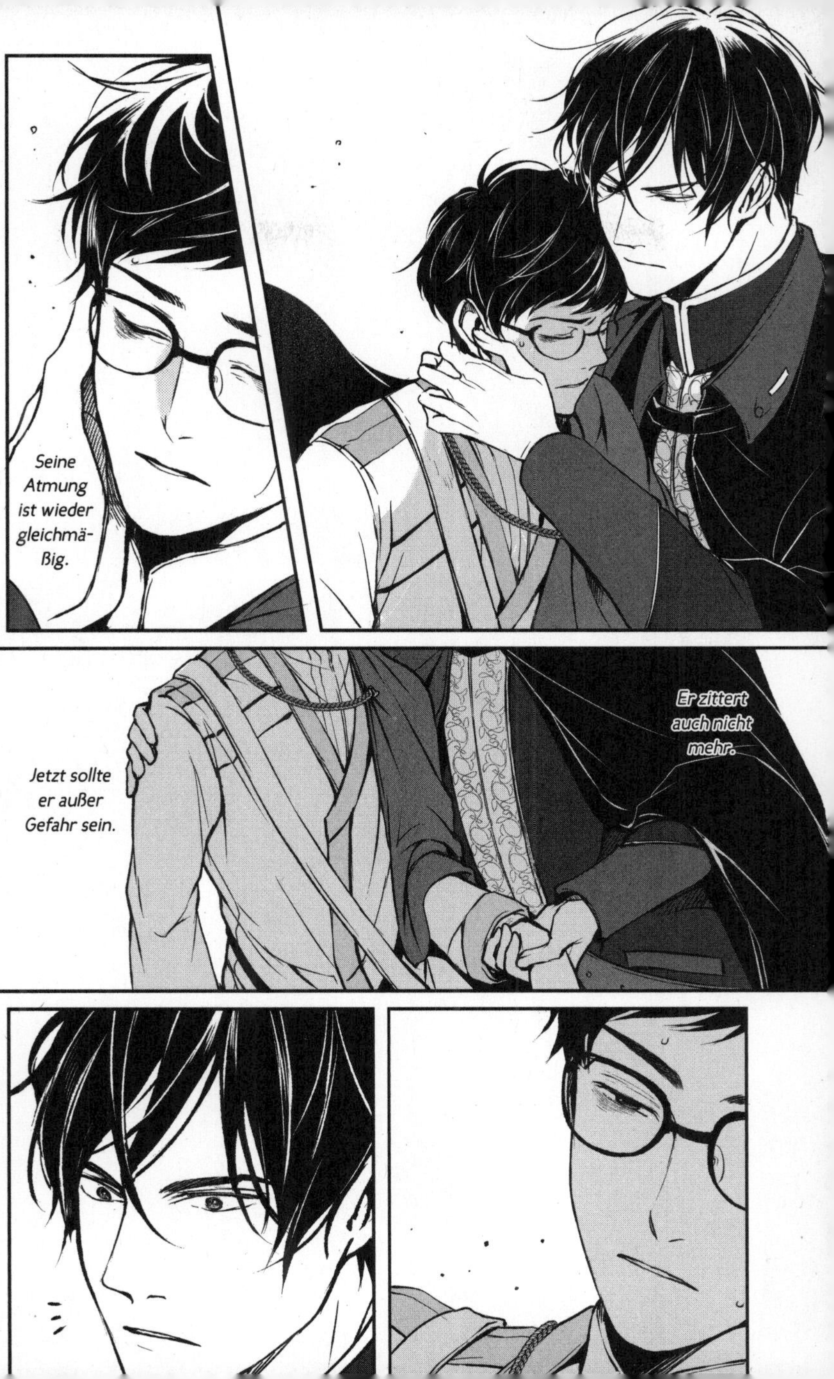
Seine Atmung ist wieder gleichmä-ßig.
Er zittert auch nicht mehr.
Jetzt sollte er außer Gefahr sein.

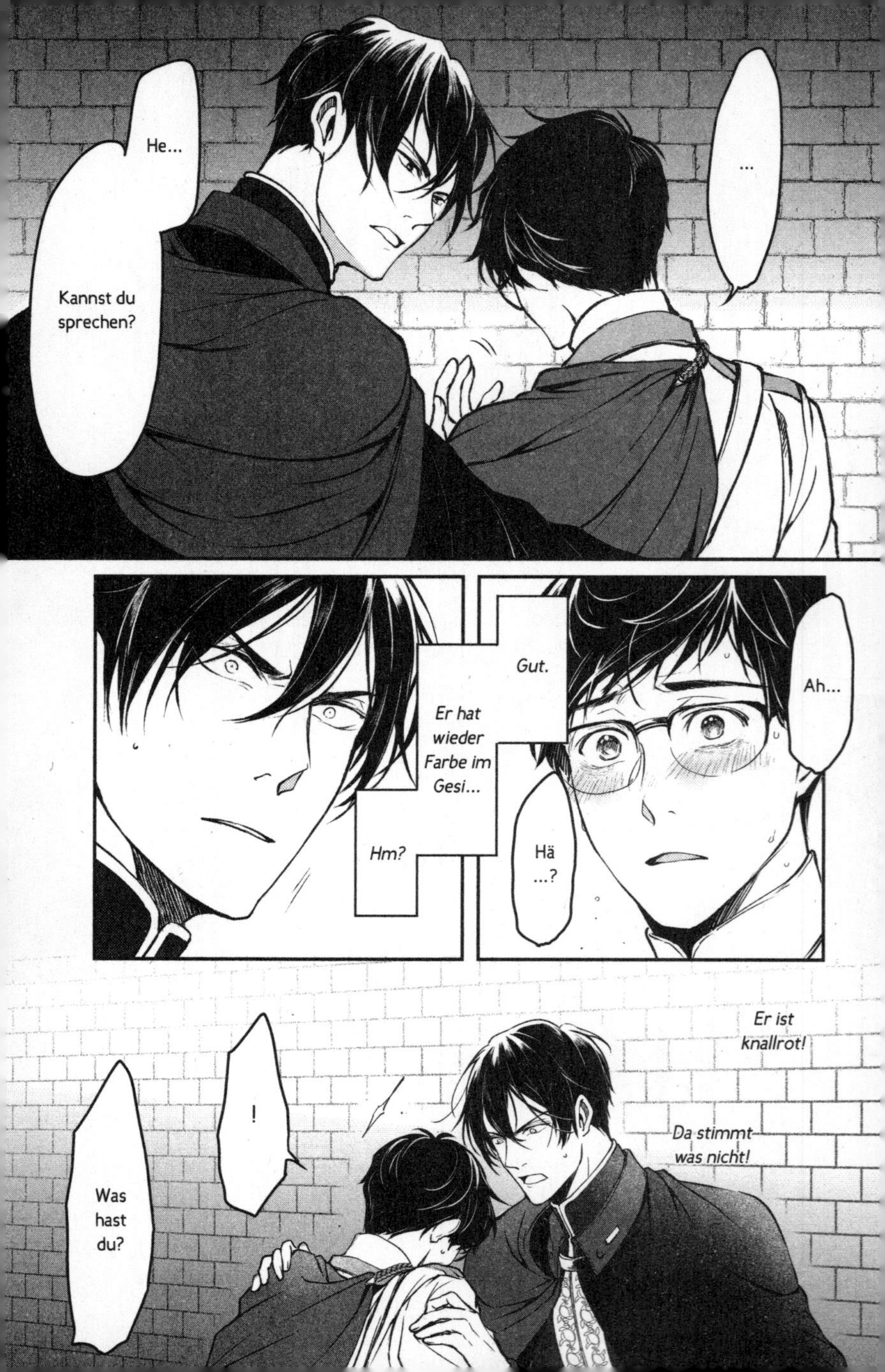
…
He…
Kannst du sprechen?
Ah…
Gut.
Hä …?
Er hat wieder Farbe im Gesi…
Hm?
Er ist knallrot!
Da stimmt was nicht!
!
Was hast du?

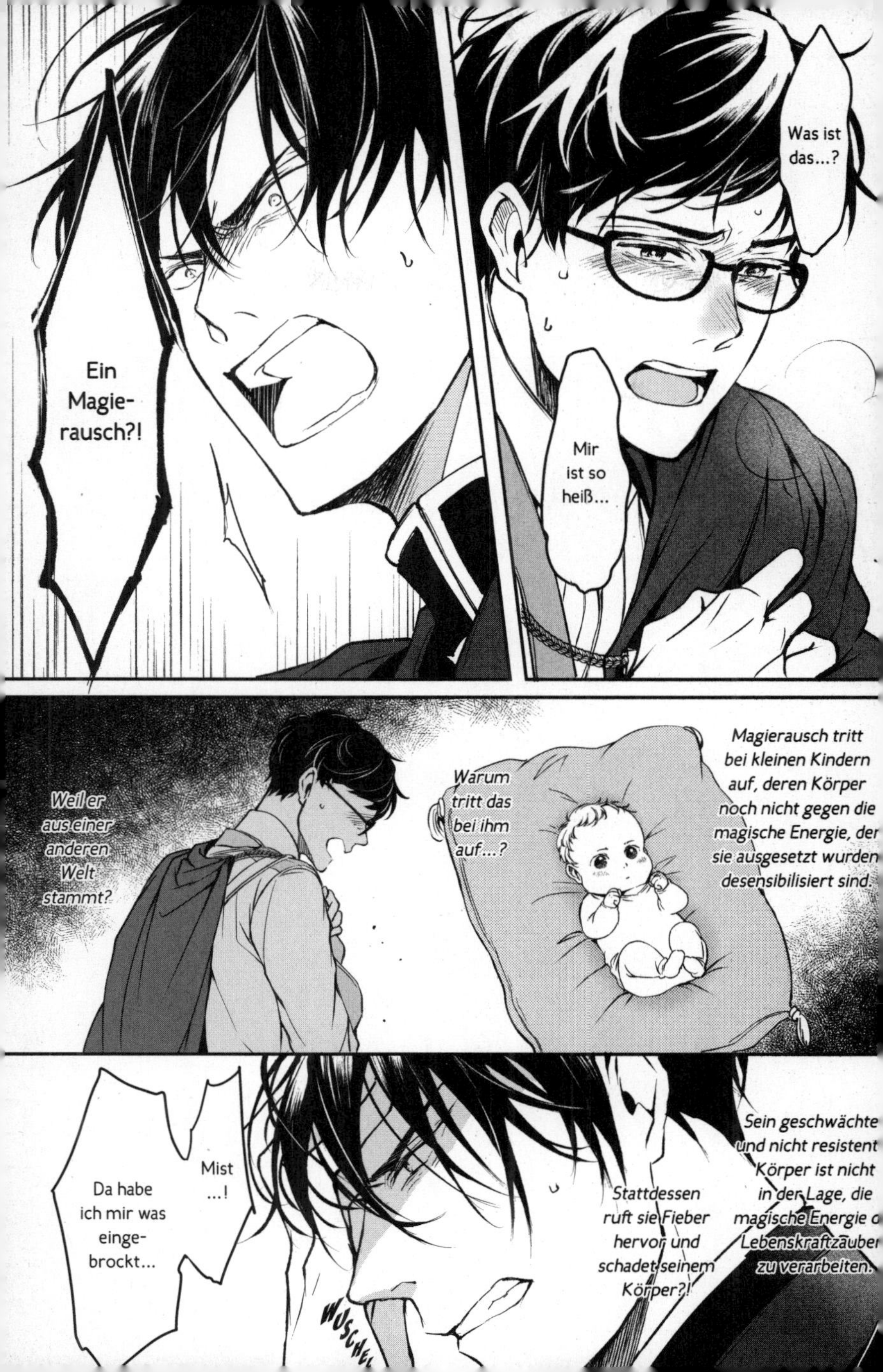
Was ist das...?
Mir ist so heiß...
Ein Magierausch?!
Magierausch tritt bei kleinen Kindern auf, deren Körper noch nicht gegen die magische Energie, der sie ausgesetzt wurden desensibilisiert sind.
Warum tritt das bei ihm auf...?
Weil er aus einer anderen Welt stammt?
Sein geschwächte und nicht resistent Körper ist nicht in der Lage, die magische Energie a Lebenskraftzauber zu verarbeiten.
Stattdessen ruft sie Fieber hervor und schadet seinem Körper?!
Mist ...!
Da habe ich mir was eingebrockt...
WUSCHEL

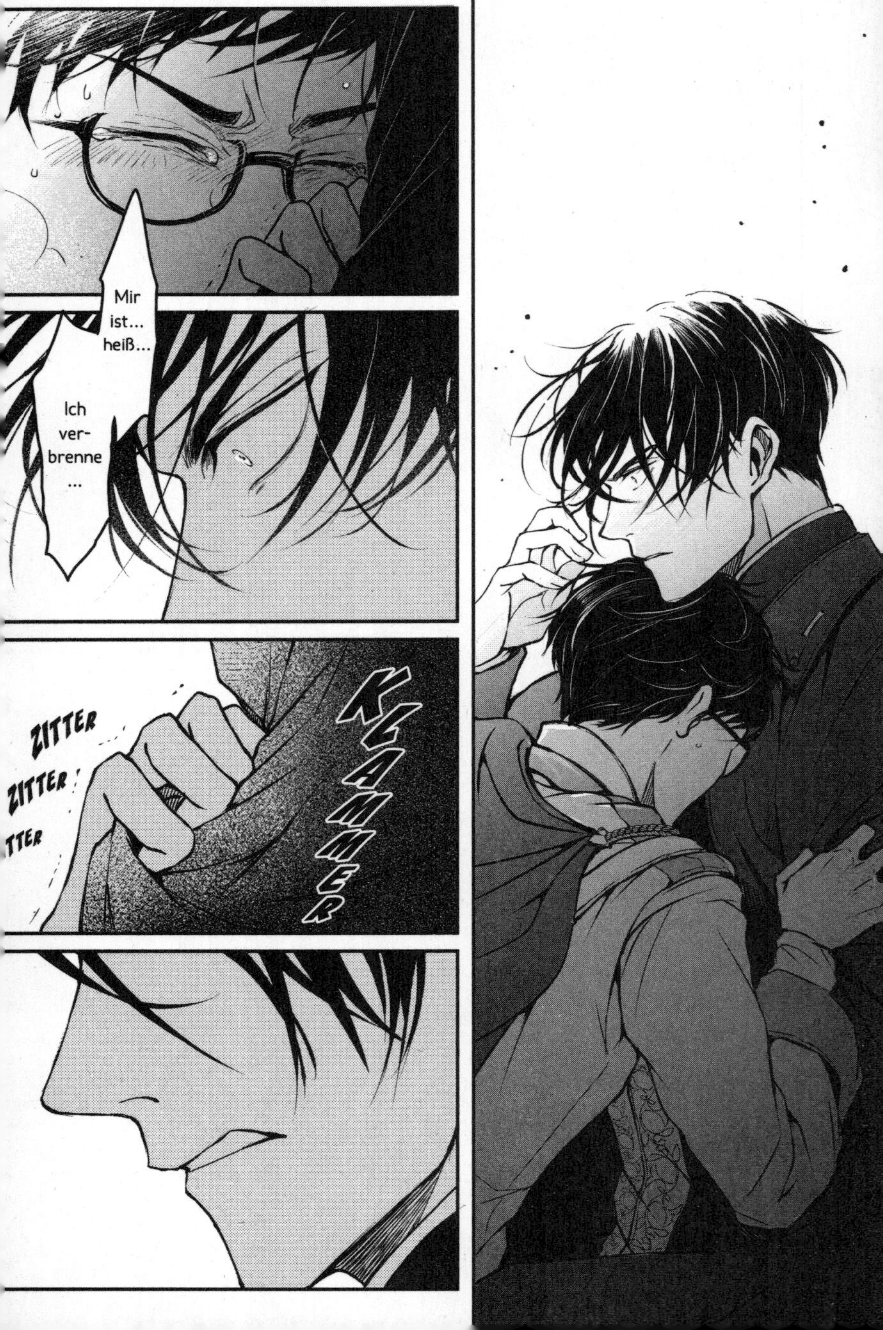
Mir ist... heiß...
Ich ver-brenne ...
KLAMMER
ZITTER
ZITTER

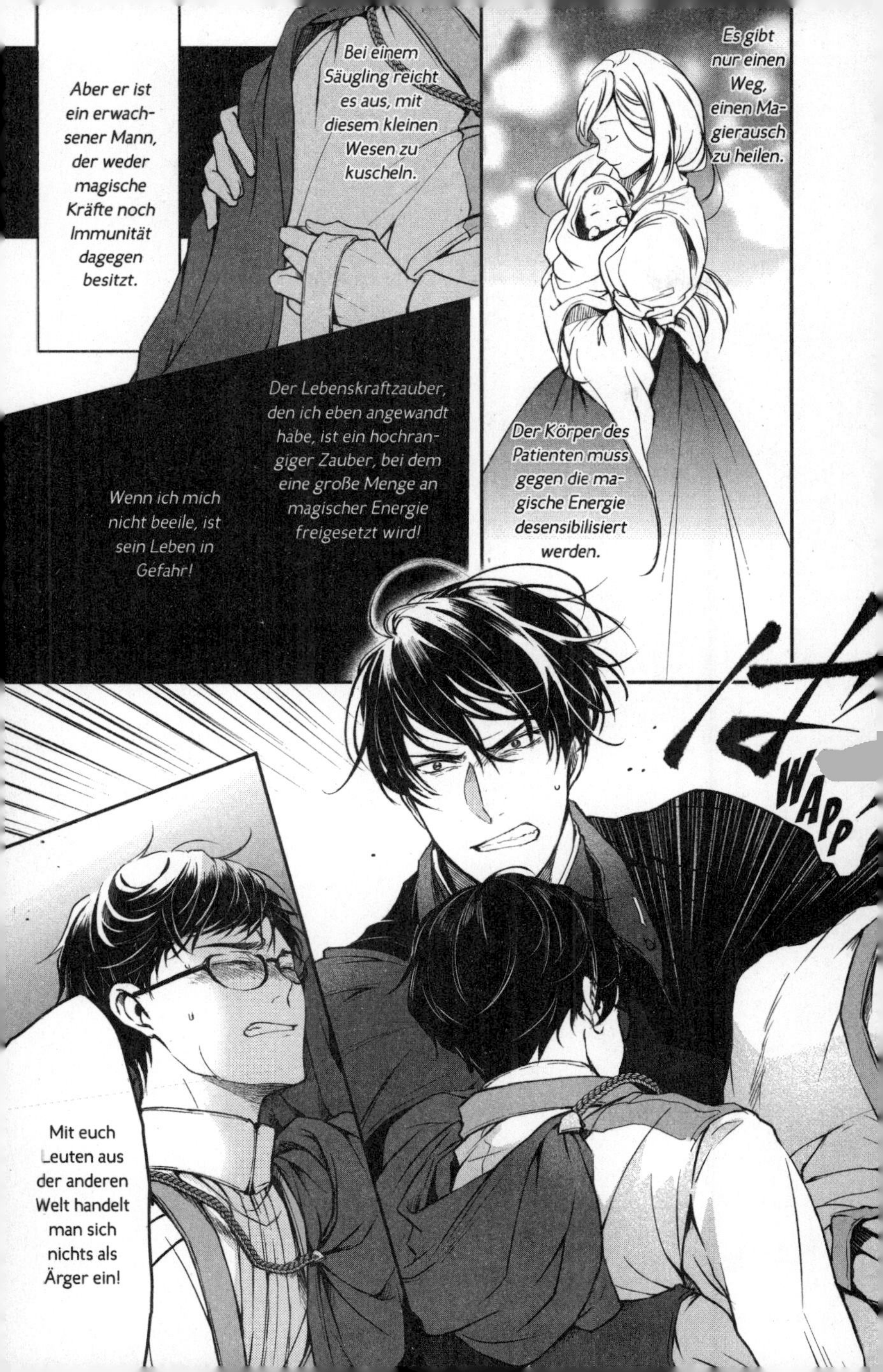
Aber er ist ein erwach-sener Mann, der weder magische Kräfte noch Immunität dagegen besitzt.
Bei einem Säugling reicht es aus, mit diesem kleinen Wesen zu kuscheln.
Es gibt nur einen Weg, einen Ma-gierausch zu heilen.
Der Körper des Patienten muss gegen die ma-gische Energie desensibilisiert werden.
Der Lebenskraftzauber, den ich eben angewandt habe, ist ein hochran-giger Zauber, bei dem eine große Menge an magischer Energie freigesetzt wird!
Wenn ich mich nicht beeile, ist sein Leben in Gefahr!
WAPP
Mit euch Leuten aus der anderen Welt handelt man sich nichts als Ärger ein!

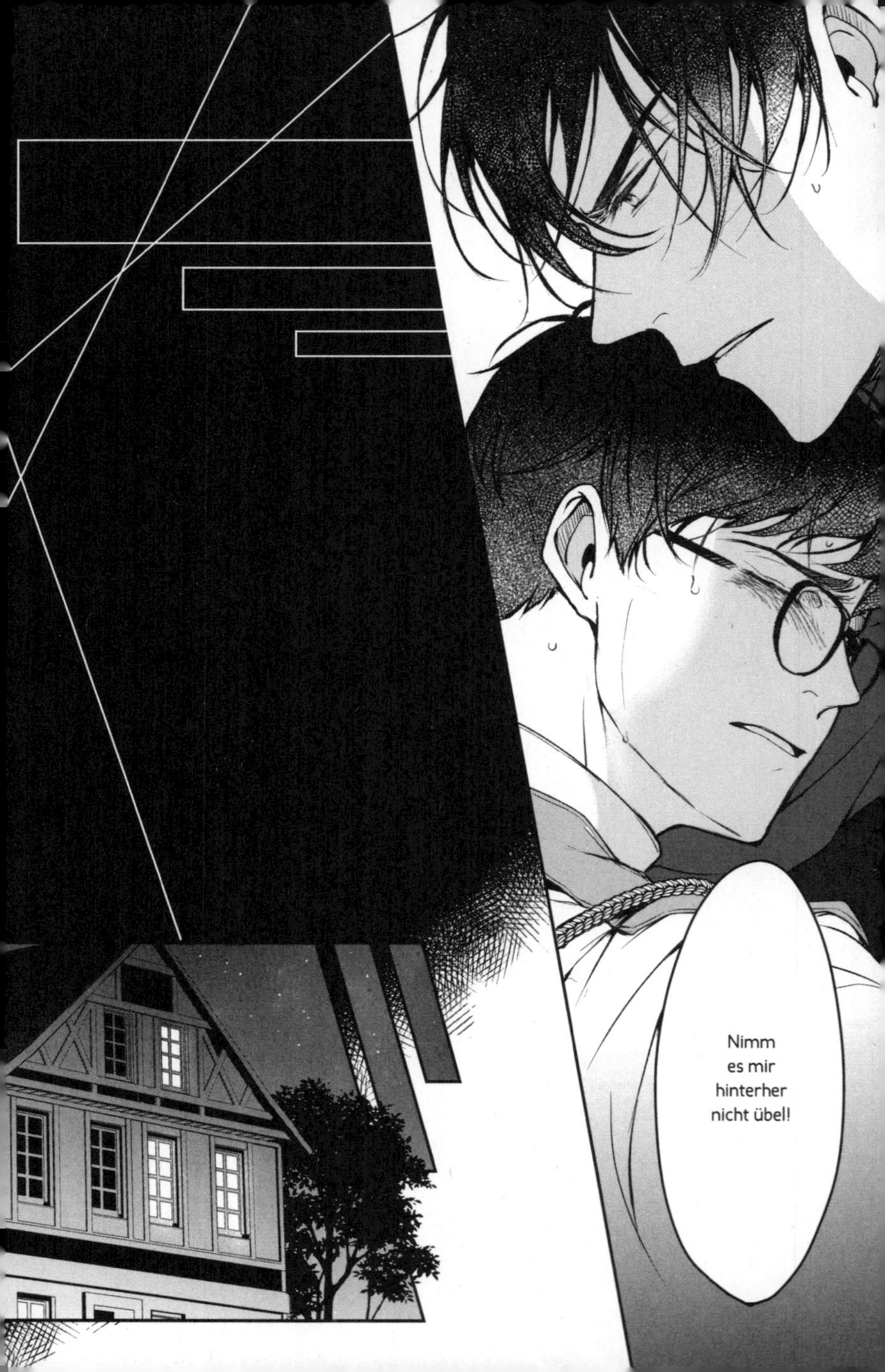
Nimm es mir hinterher nicht übel!

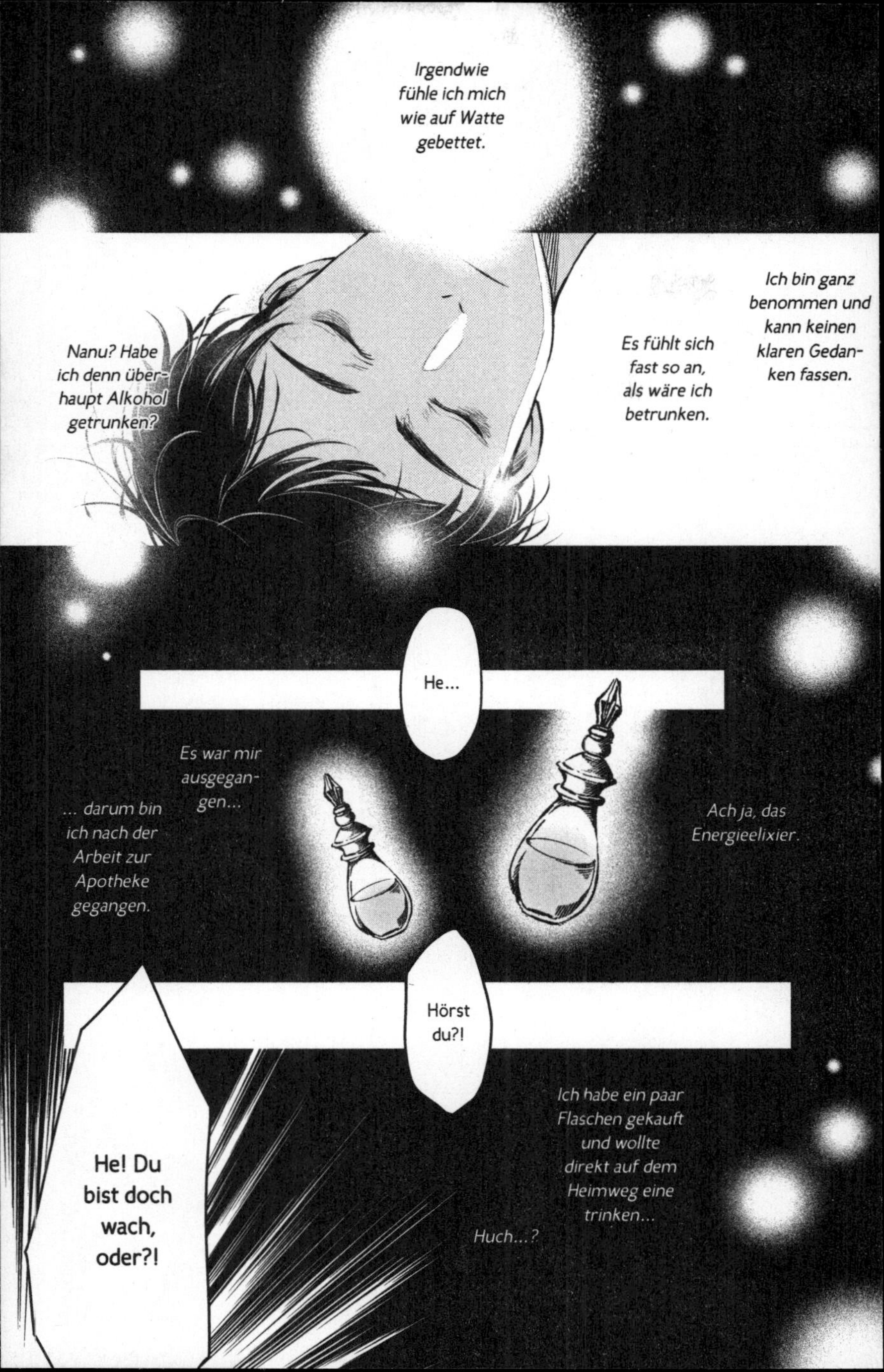

Irgendwie fühle ich mich wie auf Watte gebettet.
Ich bin ganz benommen und kann keinen klaren Gedanken fassen.
Es fühlt sich fast so an, als wäre ich betrunken.
Nanu? Habe ich denn überhaupt Alkohol getrunken?
He…
Ach ja, das Energieelixier.
Es war mir ausgegangen…
… darum bin ich nach der Arbeit zur Apotheke gegangen.
Hörst du?!
Ich habe ein paar Flaschen gekauft und wollte direkt auf dem Heimweg eine trinken…
Huch…?
He! Du bist doch wach, oder?!

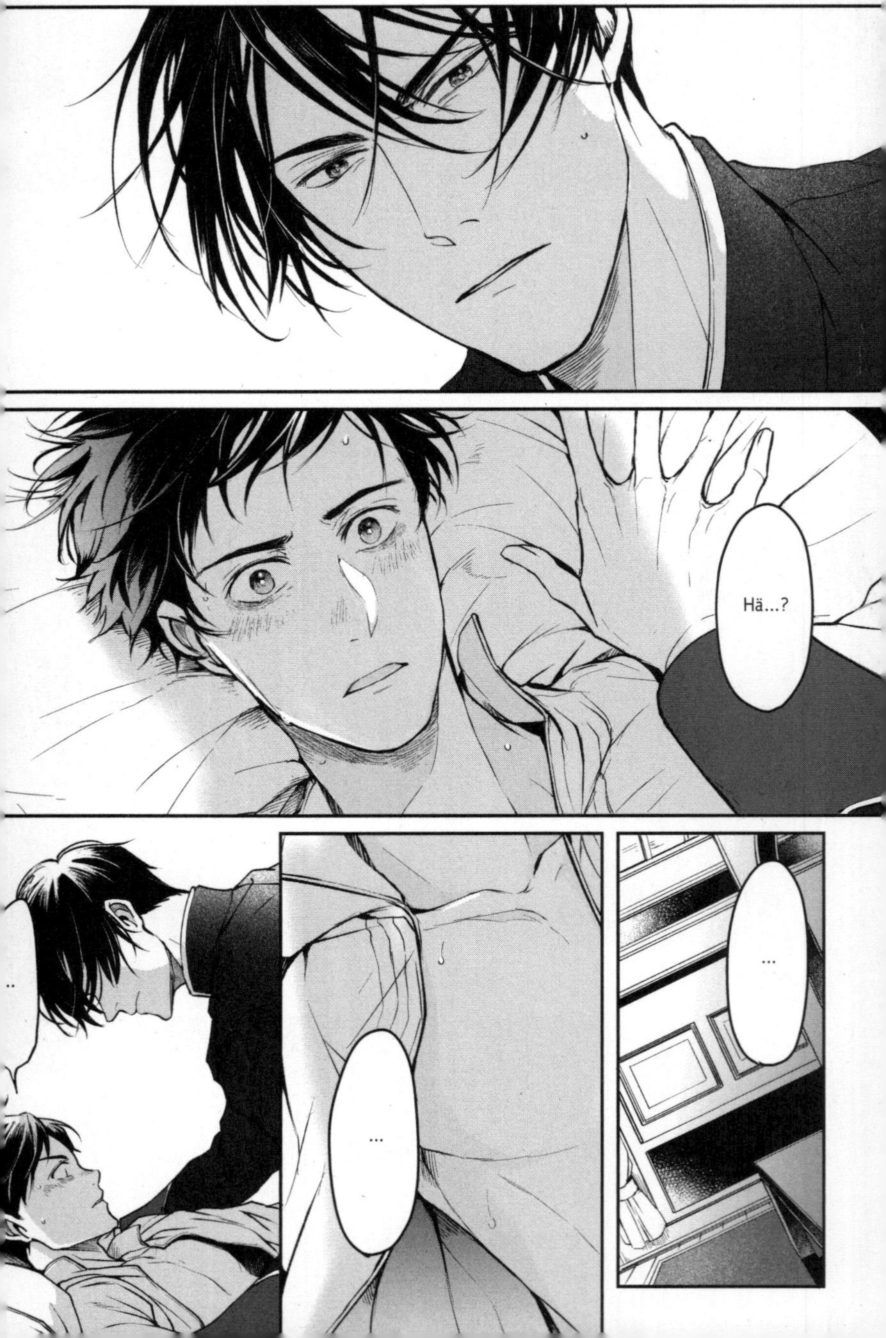

Hä...?
...
...

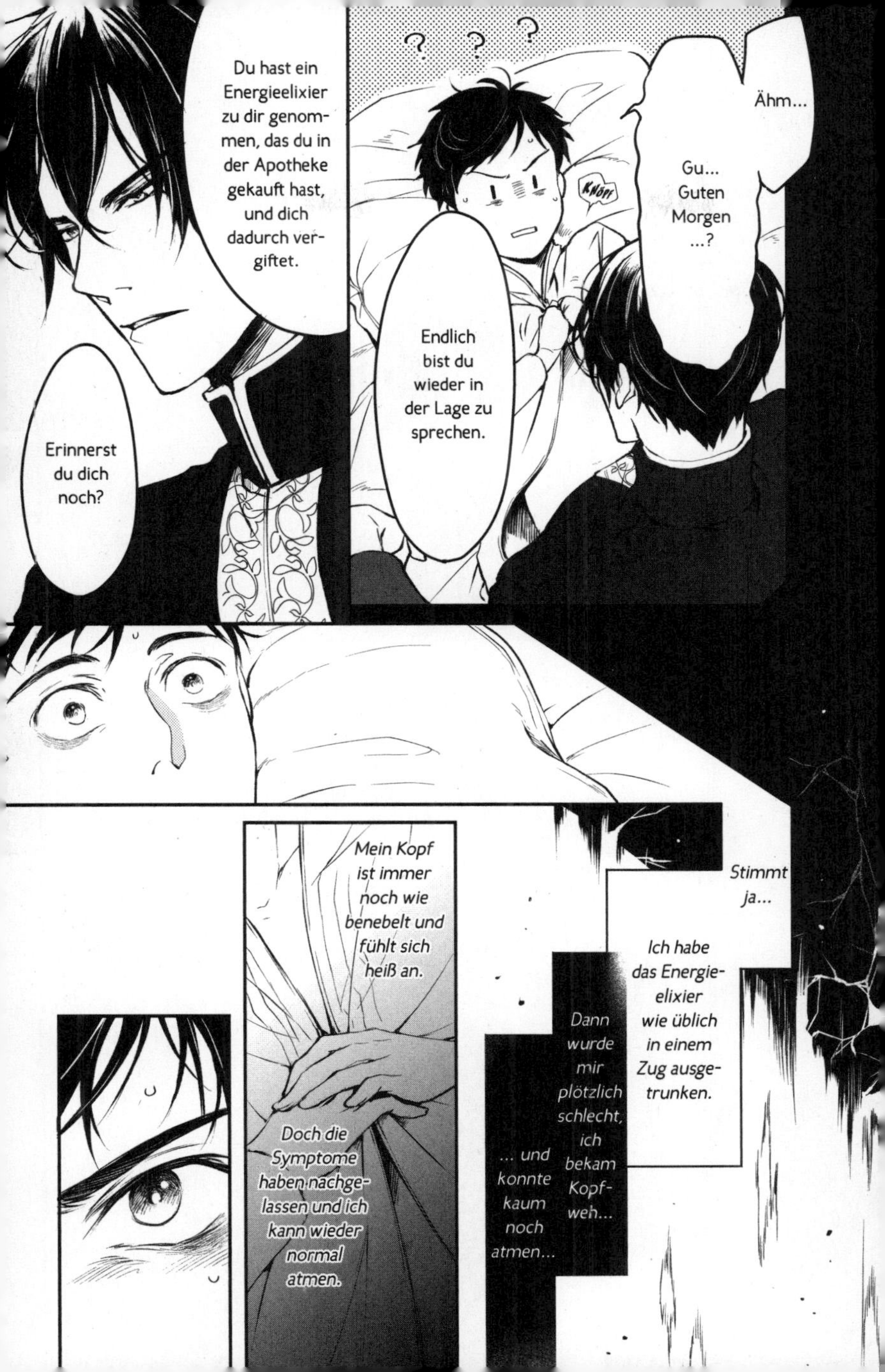
Ähm...
Gu... Guten Morgen ...?
Endlich bist du wieder in der Lage zu sprechen.
Du hast ein Energieelixier zu dir genommen, das du in der Apotheke gekauft hast, und dich dadurch vergiftet.
Erinnerst du dich noch?
Stimmt ja...
Ich habe das Energieelixier wie üblich in einem Zug ausgetrunken.
Dann wurde mir plötzlich schlecht, ich bekam Kopfweh...
... und konnte kaum noch atmen...
Mein Kopf ist immer noch wie benebelt und fühlt sich heiß an.
Doch die Symptome haben nachgelassen und ich kann wieder normal atmen.

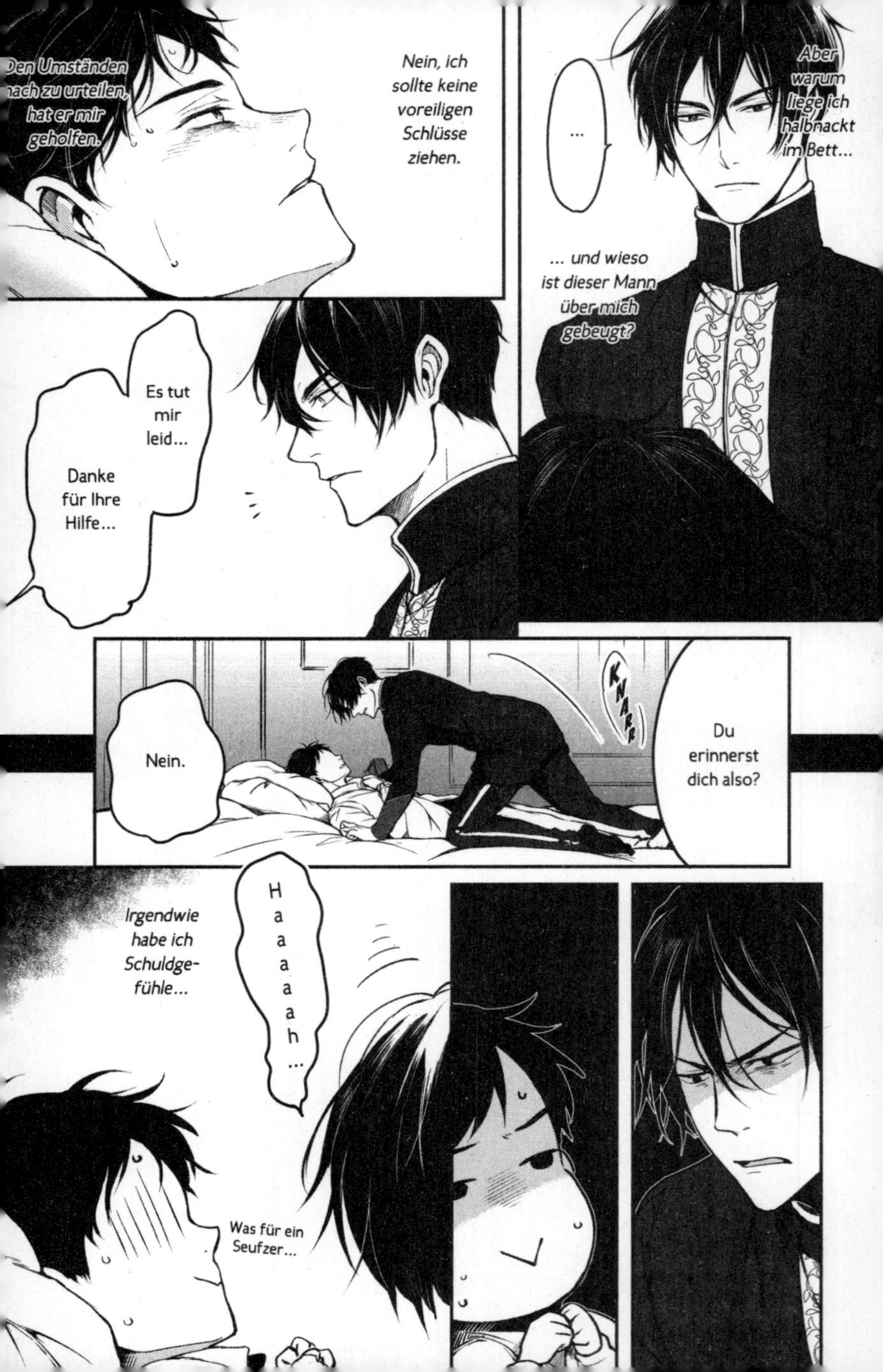
Aber warum liege ich halbnackt im Bett...
...
... und wieso ist dieser Mann über mich gebeugt?
Nein, ich sollte keine voreiligen Schlüsse ziehen.
Den Umständen nach zu urteilen, hat er mir geholfen.
Es tut mir leid...
Danke für Ihre Hilfe...
Du erinnerst dich also?
KNARR
Nein.
Haaaaaah...
Irgendwie habe ich Schuldgefühle...
Was für ein Seufzer...

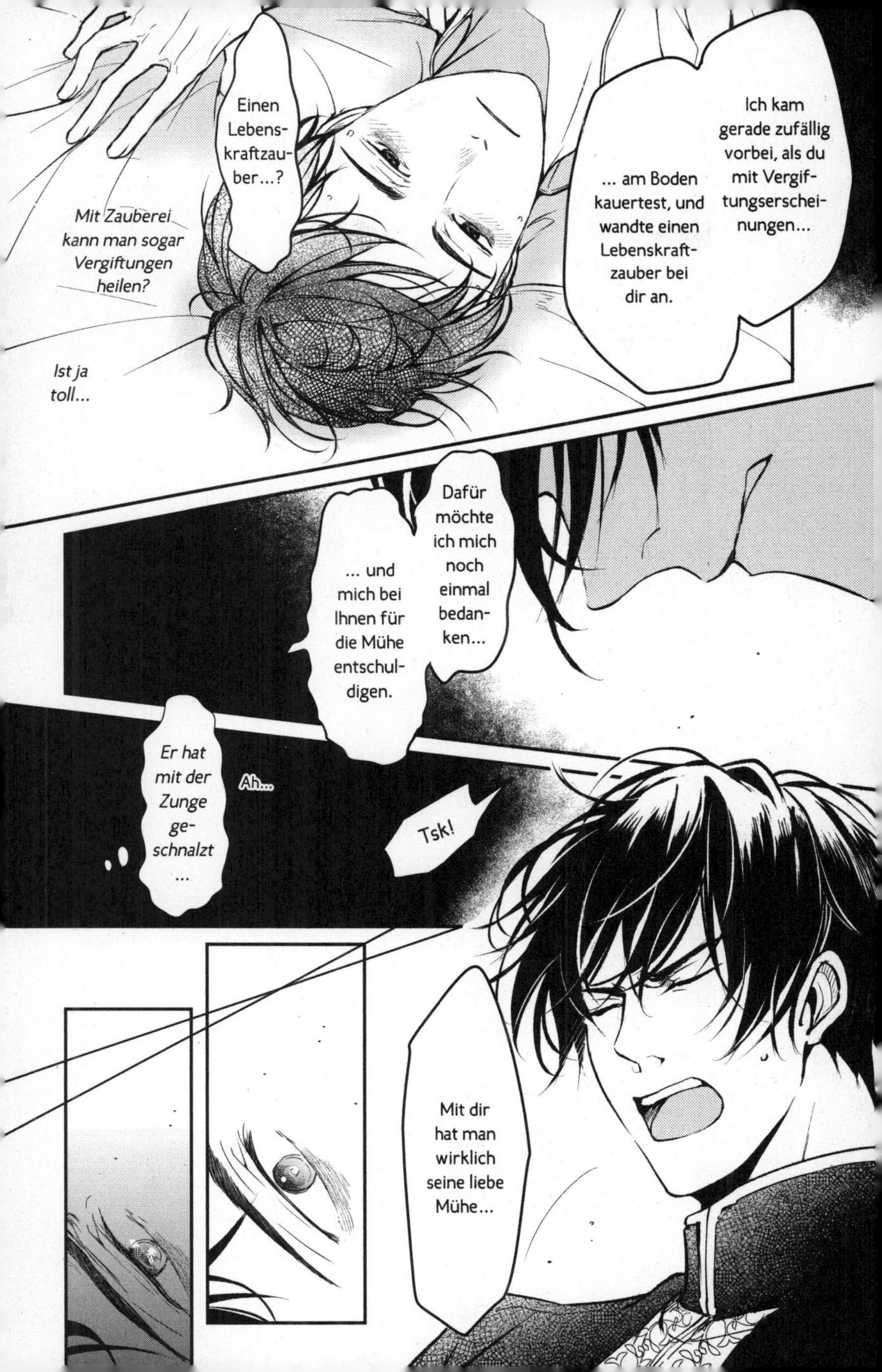
Ich kam gerade zufällig vorbei, als du mit Vergiftungserscheinungen...
... am Boden kauertest, und wandte einen Lebenskraftzauber bei dir an.
Einen Lebenskraftzauber...?
Mit Zauberei kann man sogar Vergiftungen heilen?
Ist ja toll...
Dafür möchte ich mich noch einmal bedanken...
... und mich bei Ihnen für die Mühe entschuldigen.
Tsk!
Ah...
Er hat mit der Zunge geschnalzt ...
Mit dir hat man wirklich seine liebe Mühe...

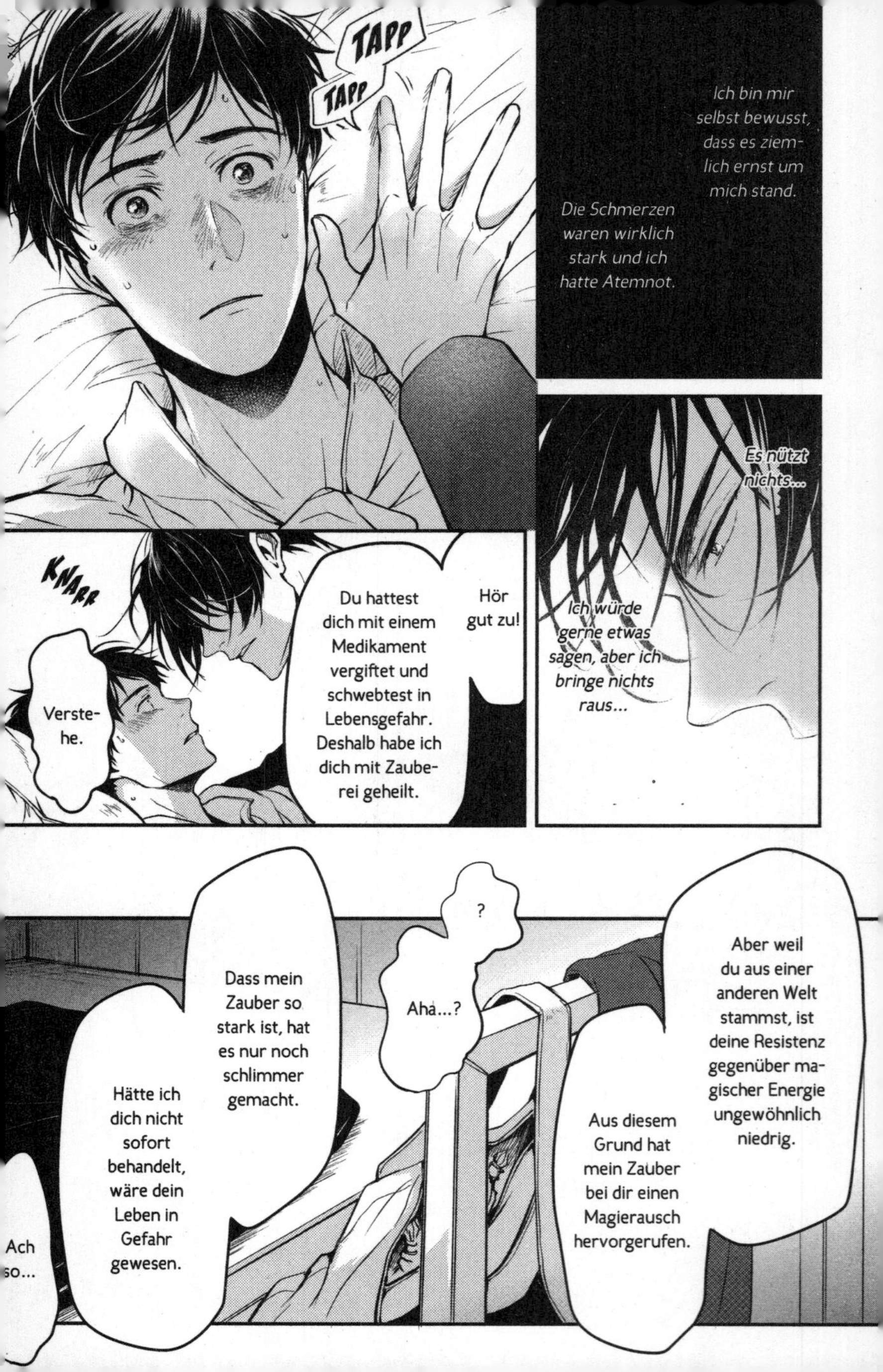

TAPP
TAPP
Ich bin mir selbst bewusst, dass es ziemlich ernst um mich stand.
Die Schmerzen waren wirklich stark und ich hatte Atemnot.
Es nützt nichts...
Ich würde gerne etwas sagen, aber ich bringe nichts raus...
KNARR
Hör gut zu!
Du hattest dich mit einem Medikament vergiftet und schwebtest in Lebensgefahr. Deshalb habe ich dich mit Zauberei geheilt.
Verstehe.
Aber weil du aus einer anderen Welt stammst, ist deine Resistenz gegenüber magischer Energie ungewöhnlich niedrig.
Aus diesem Grund hat mein Zauber bei dir einen Magierausch hervorgerufen.
?
Aha...?
Dass mein Zauber so stark ist, hat es nur noch schlimmer gemacht.
Hätte ich dich nicht sofort behandelt, wäre dein Leben in Gefahr gewesen.
Ach so...

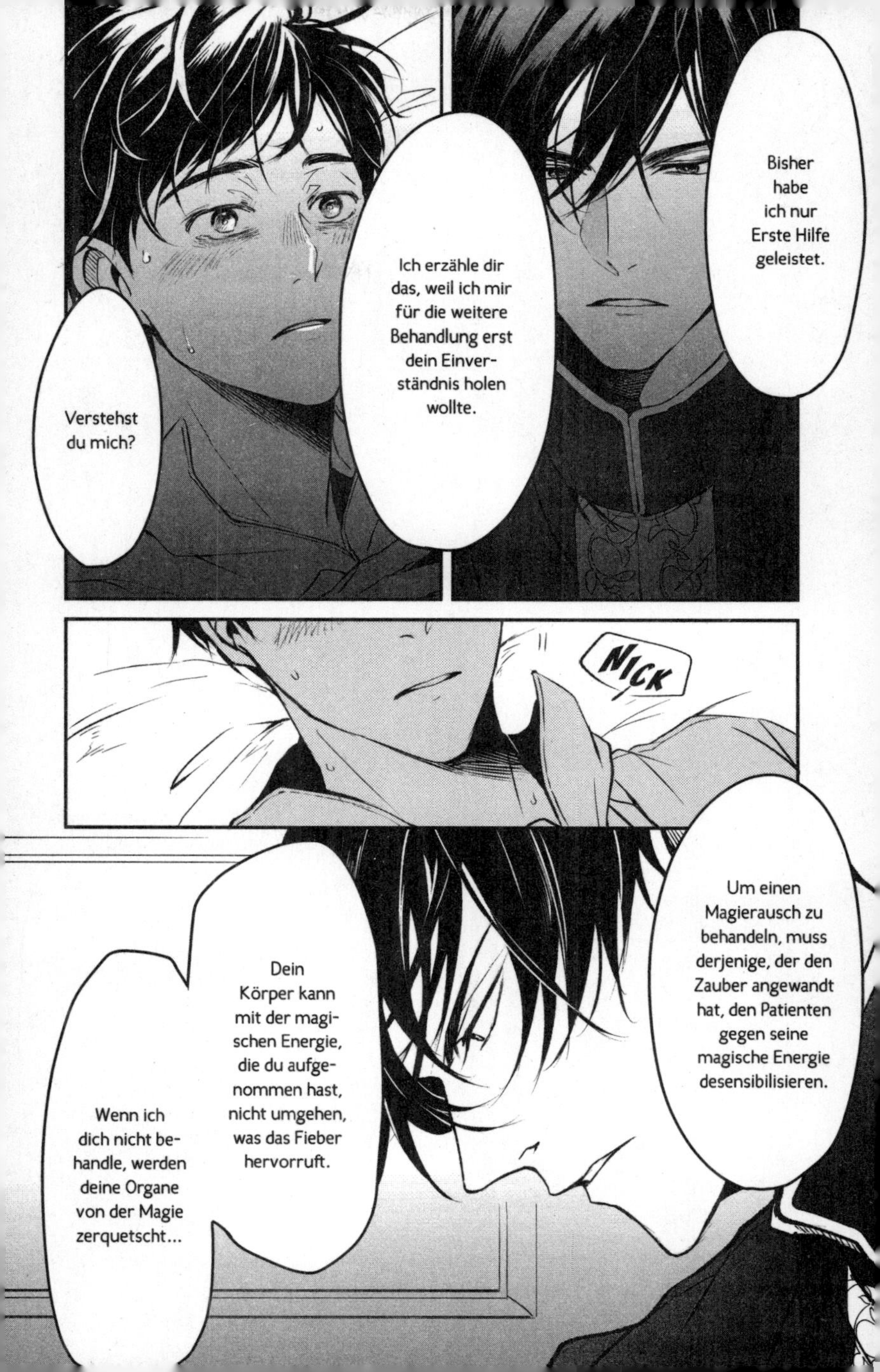
Bisher habe ich nur Erste Hilfe geleistet.
Ich erzähle dir das, weil ich mir für die weitere Behandlung erst dein Einverständnis holen wollte.
Verstehst du mich?
NICK
Um einen Magierausch zu behandeln, muss derjenige, der den Zauber angewandt hat, den Patienten gegen seine magische Energie desensibilisieren.
Dein Körper kann mit der magischen Energie, die du aufgenommen hast, nicht umgehen, was das Fieber hervorruft.
Wenn ich dich nicht behandle, werden deine Organe von der Magie zerquetscht…

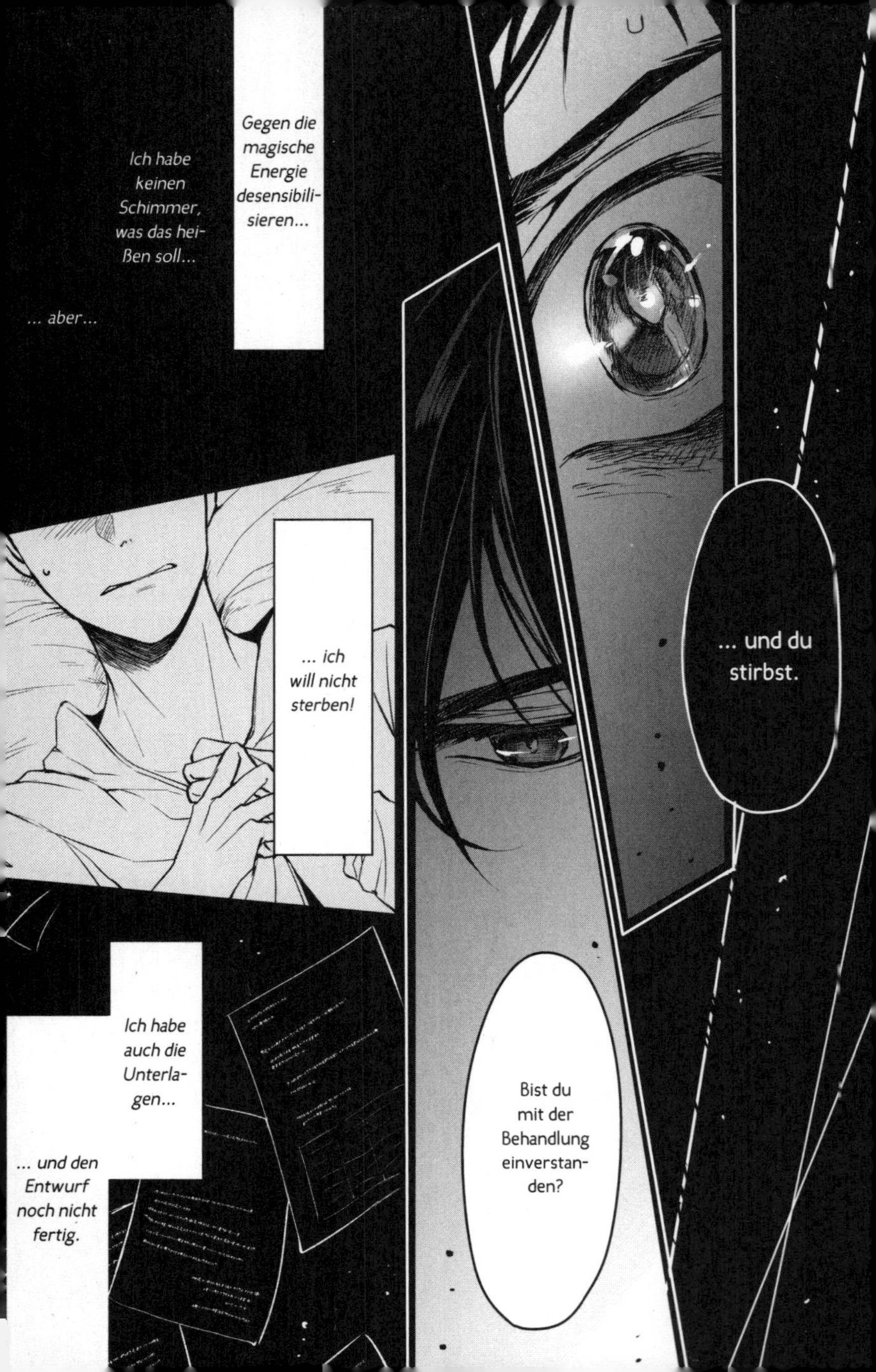
... und du stirbst.
Gegen die magische Energie desensibili-sieren...
Ich habe keinen Schimmer, was das hei-ßen soll...
... aber...
... ich will nicht sterben!
Bist du mit der Behandlung einverstan-den?
Ich habe auch die Unterla-gen...
... und den Entwurf noch nicht fertig.

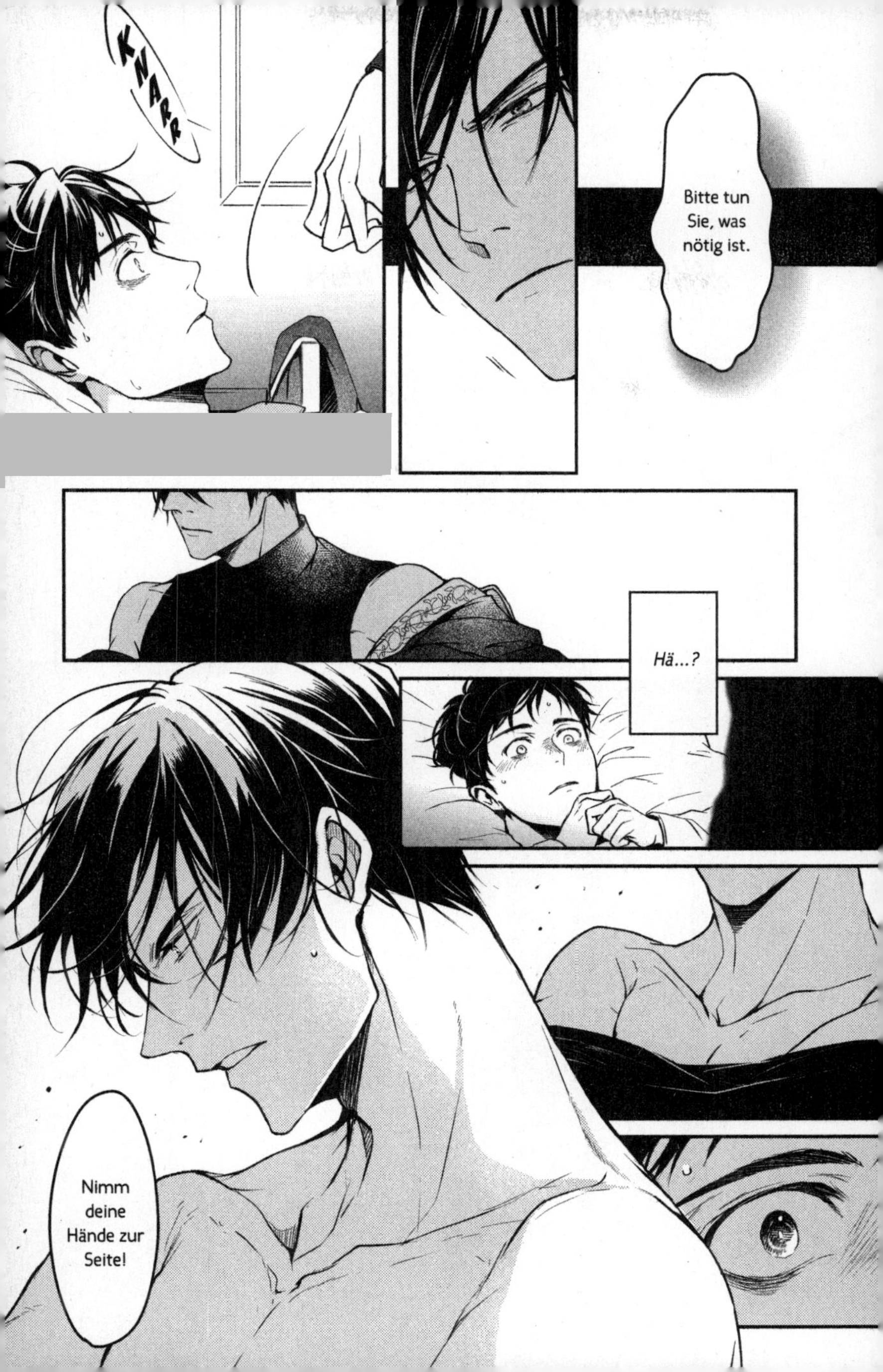
Bitte tun Sie, was nötig ist.
KNARR
Hä…?
Nimm deine Hände zur Seite!

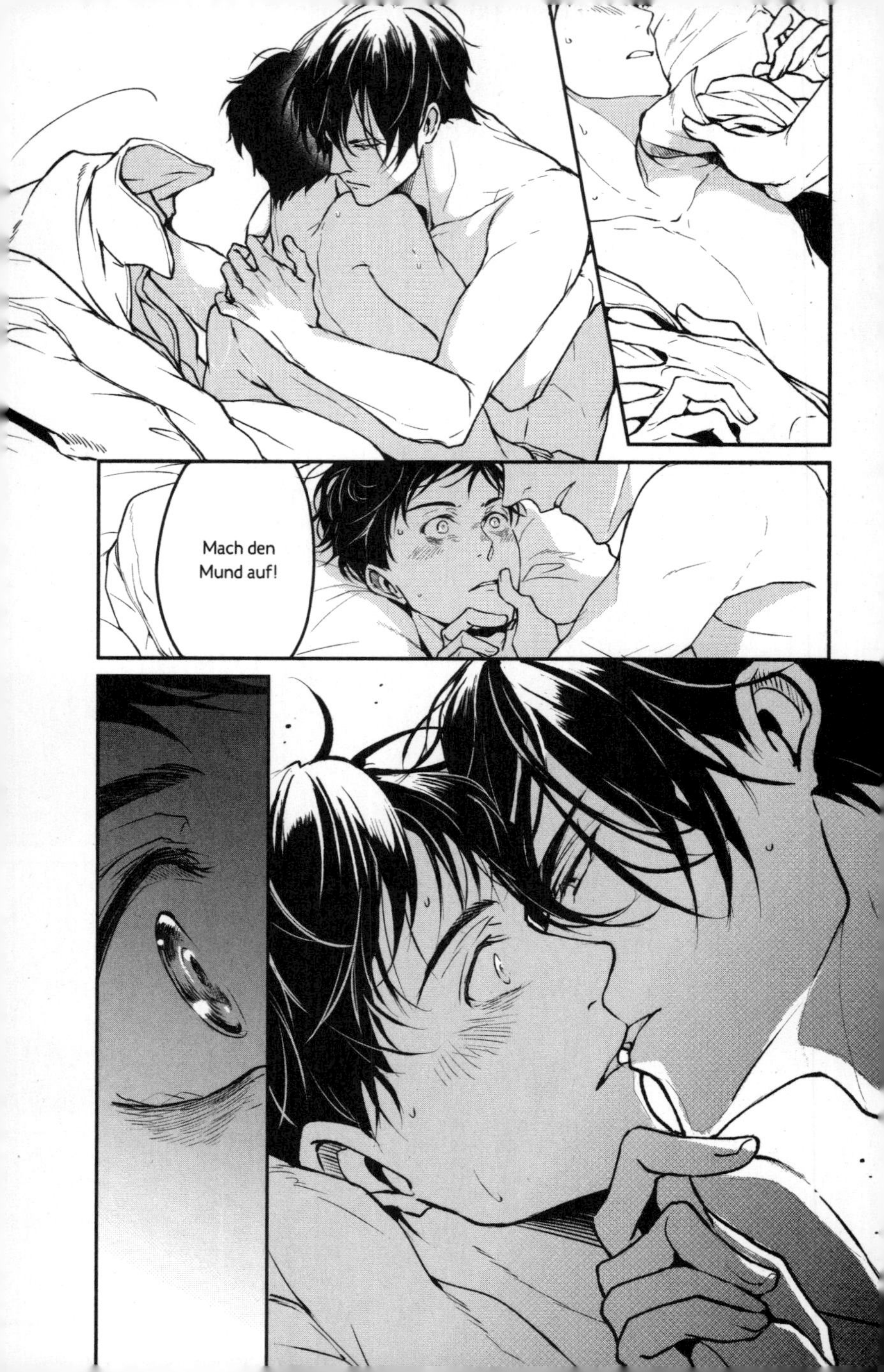
Mach den
Mund auf!

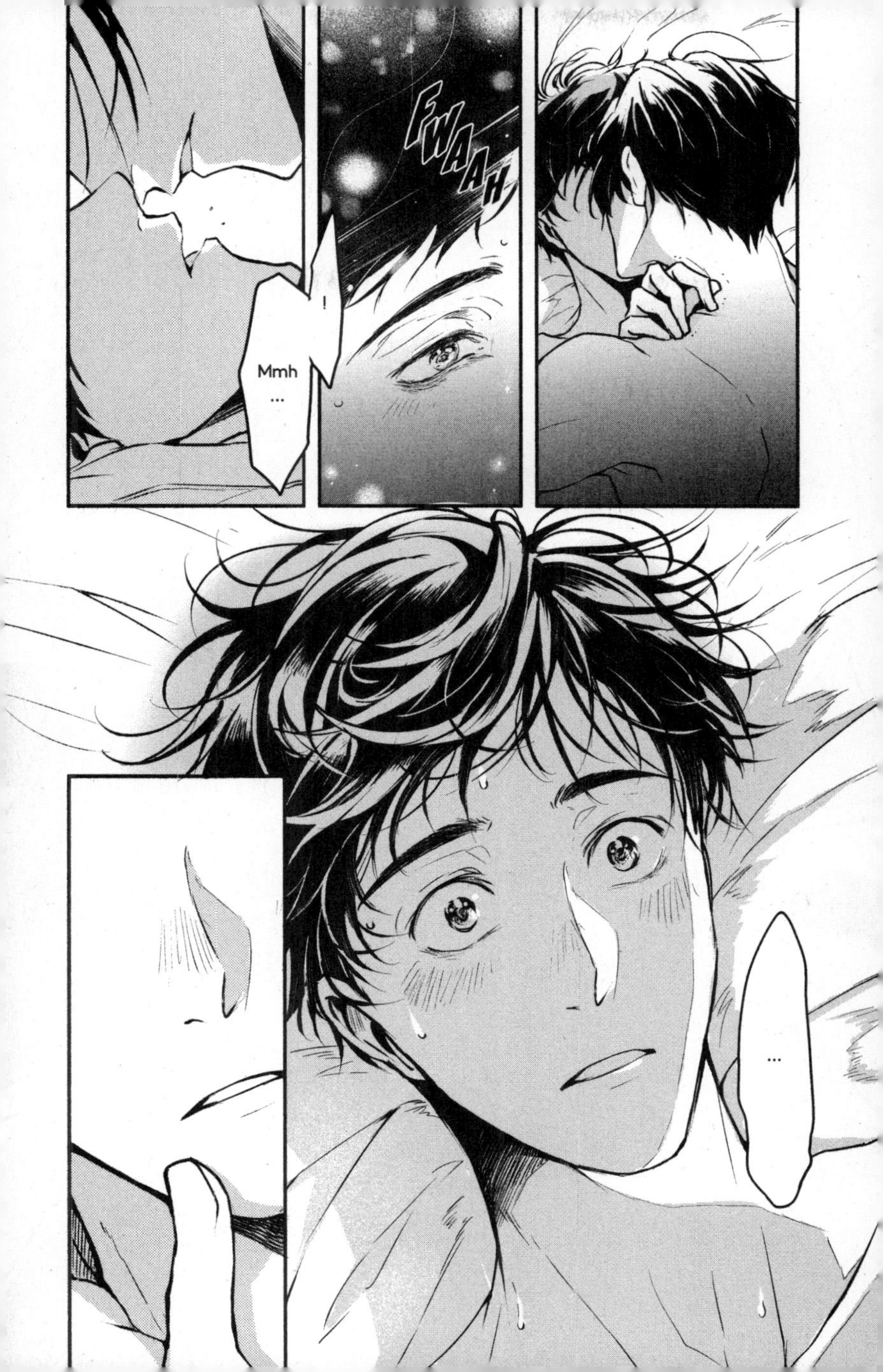
FWAAH
!
Mmh
...
...

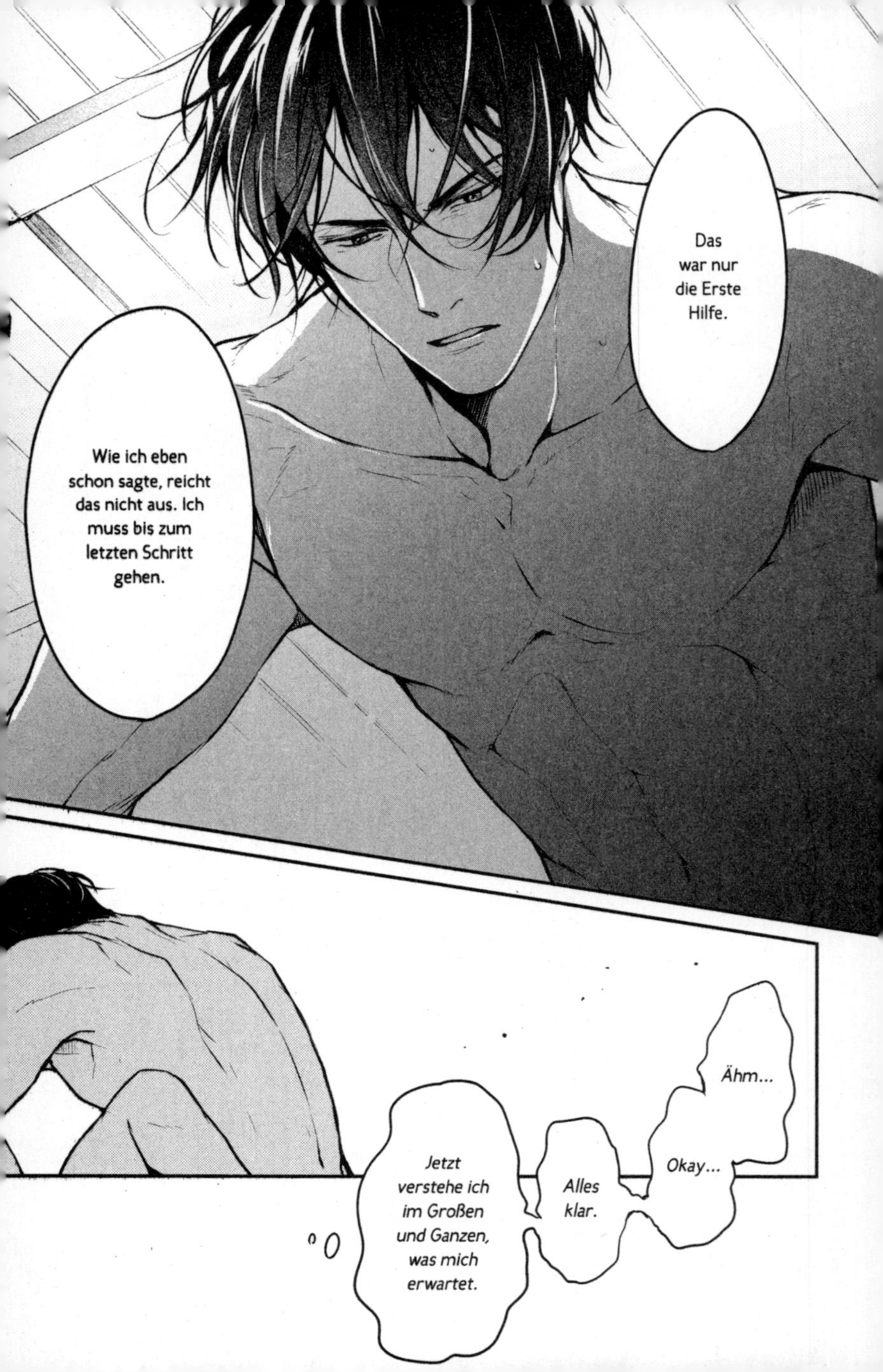
Das war nur die Erste Hilfe.
Wie ich eben schon sagte, reicht das nicht aus. Ich muss bis zum letzten Schritt gehen.
Ähm...
Okay...
Alles klar.
Jetzt verstehe ich im Großen und Ganzen, was mich erwartet.

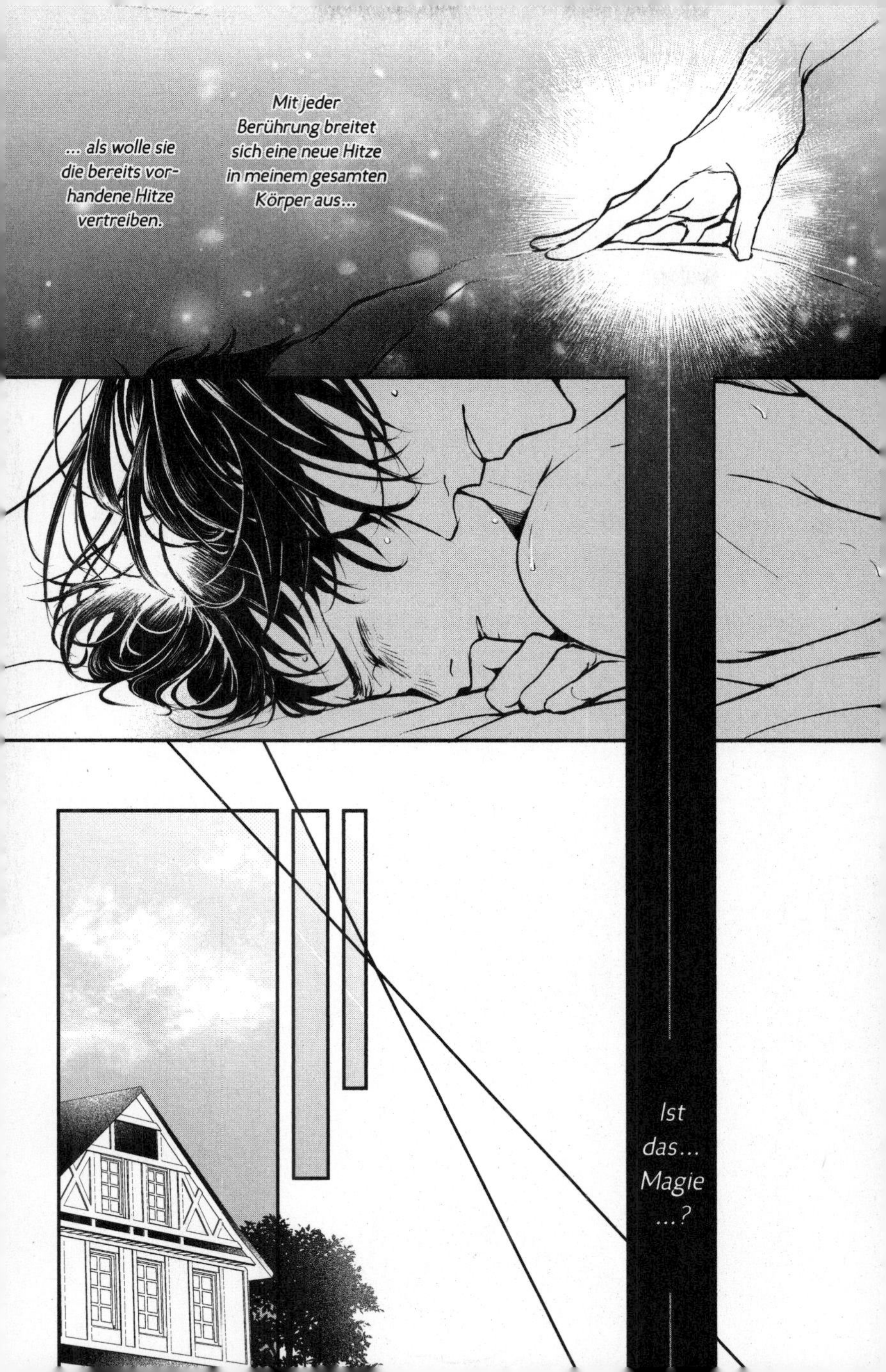
Mit jeder Berührung breitet sich eine neue Hitze in meinem gesamten Körper aus…
… als wolle sie die bereits vorhandene Hitze vertreiben.
Ist das… Magie …?

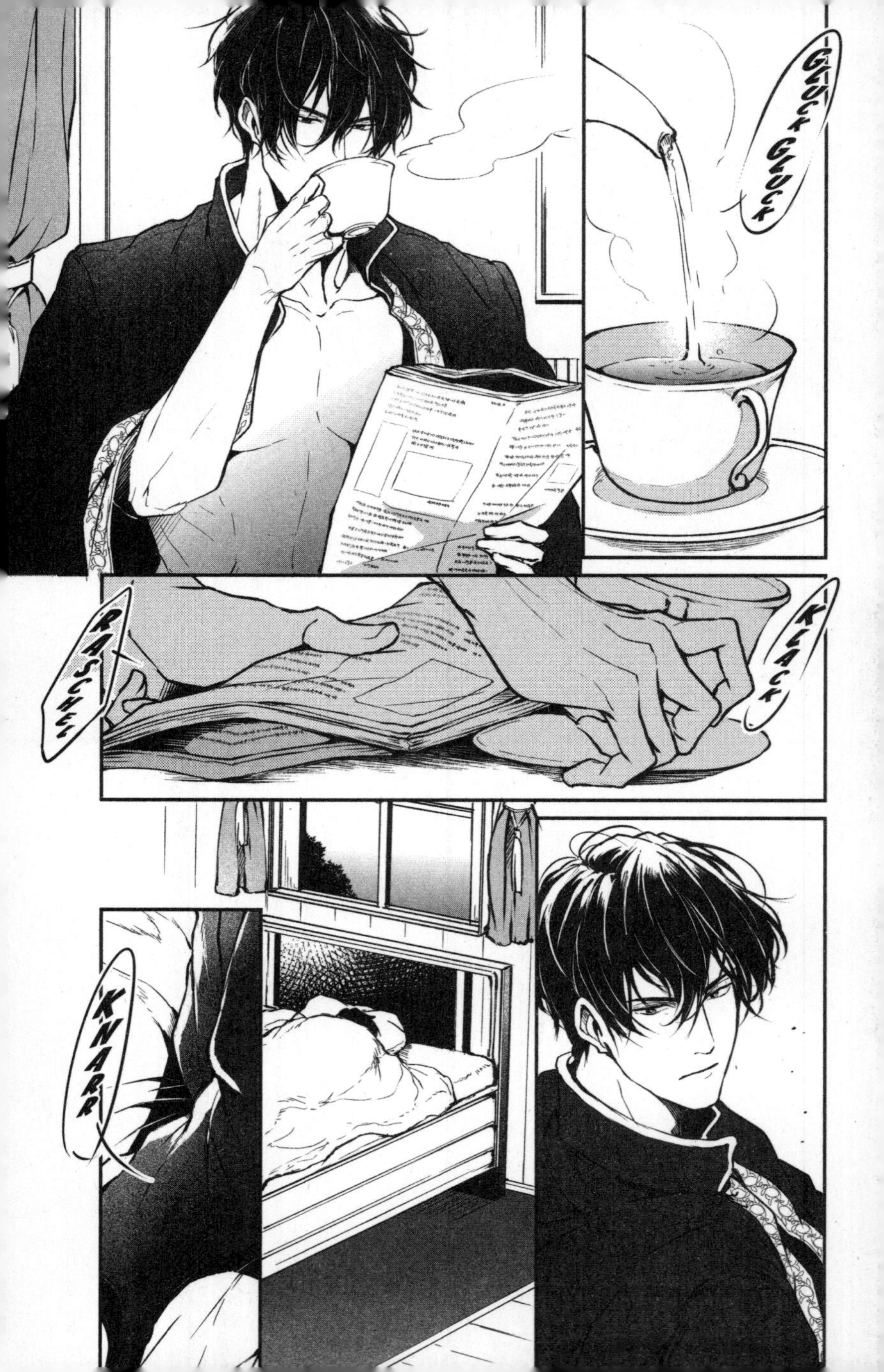
GLUCK GLUCK
RASCHEL
KLACK
KNARR

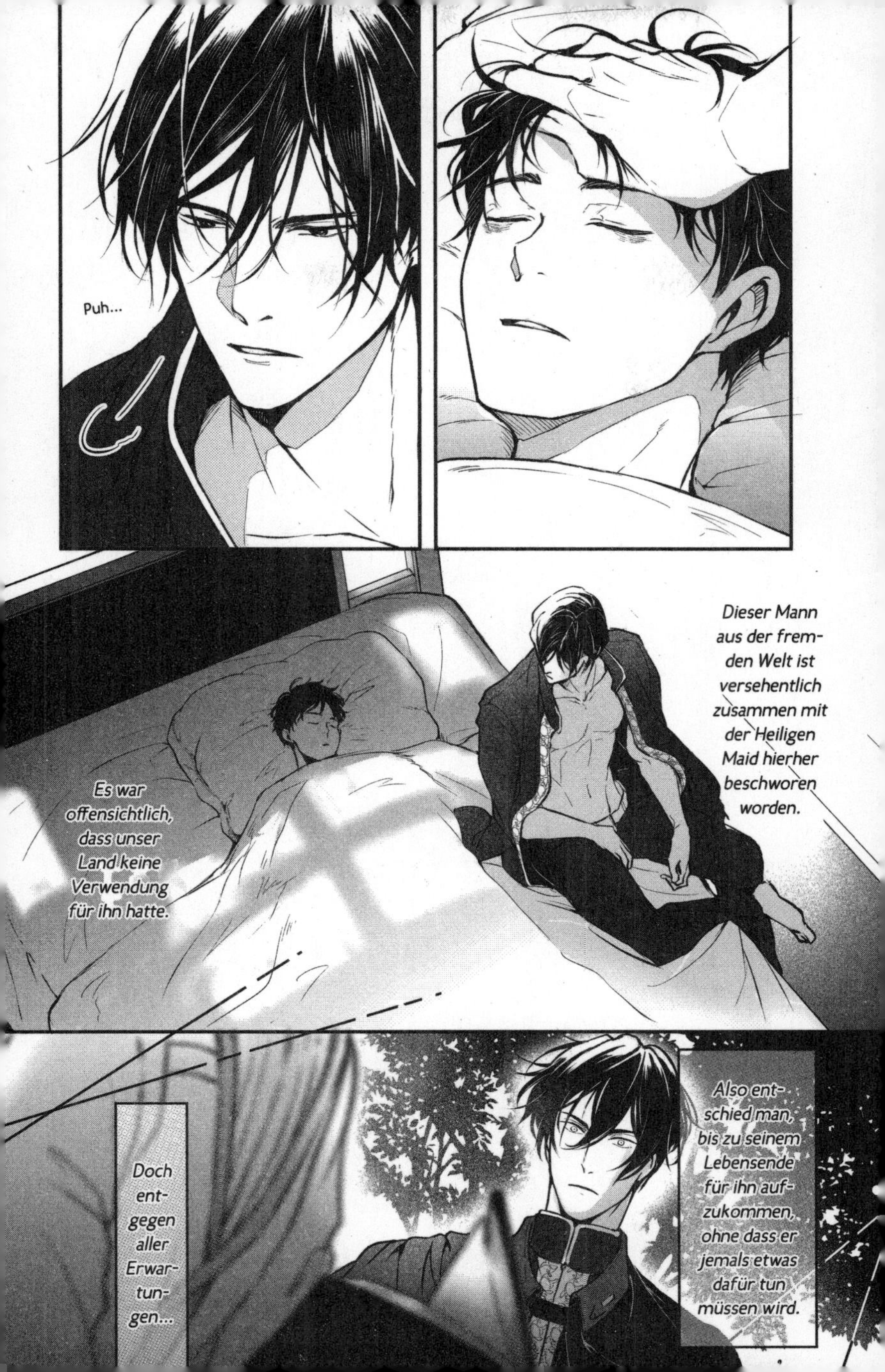
Puh...
Dieser Mann aus der fremden Welt ist versehentlich zusammen mit der Heiligen Maid hierher beschworen worden.
Es war offensichtlich, dass unser Land keine Verwendung für ihn hatte.
Also entschied man, bis zu seinem Lebensende für ihn aufzukommen, ohne dass er jemals etwas dafür tun müssen wird.
Doch entgegen aller Erwartungen...

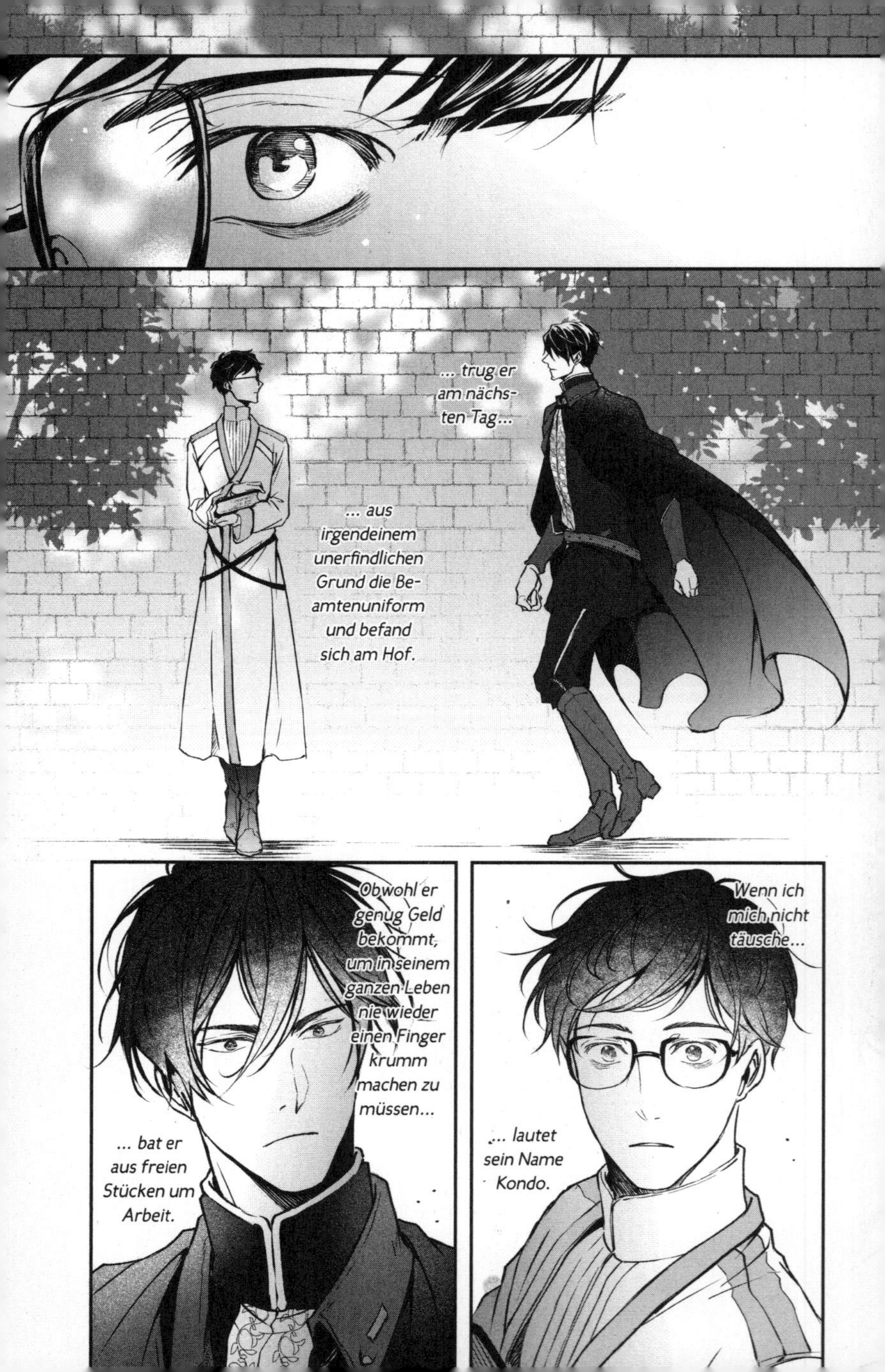
... trug er am nächsten Tag...
... aus irgendeinem unerfindlichen Grund die Beamtenuniform und befand sich am Hof.
Wenn ich mich nicht täusche...
... lautet sein Name Kondo.
Obwohl er genug Geld bekommt, um in seinem ganzen Leben nie wieder einen Finger krumm machen zu müssen...
... bat er aus freien Stücken um Arbeit.

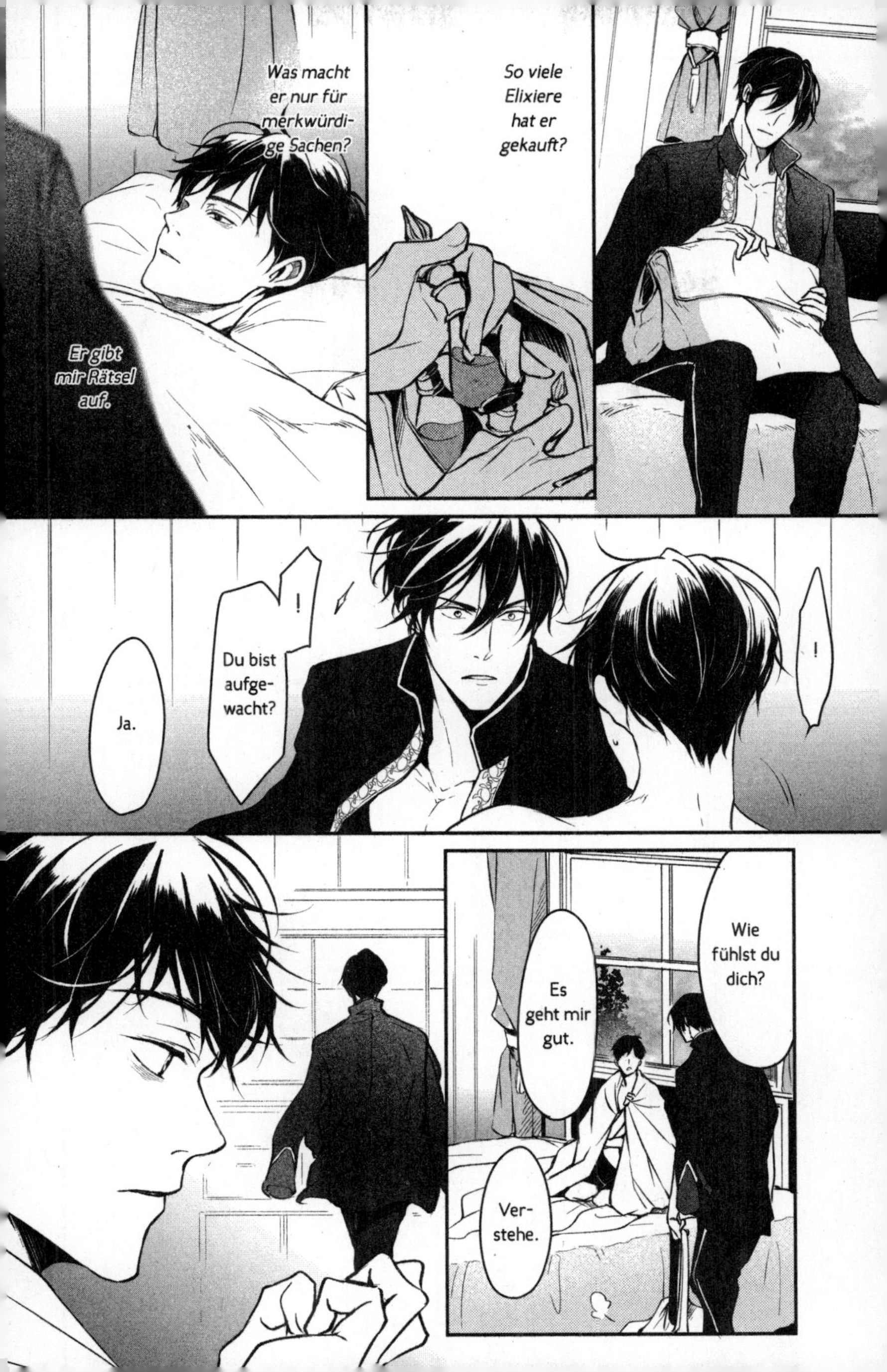

So viele Elixiere hat er gekauft?
Was macht er nur für merkwürdige Sachen?
Er gibt mir Rätsel auf.
!
!
Du bist aufgewacht?
Ja.
Wie fühlst du dich?
Es geht mir gut.
Verstehe.

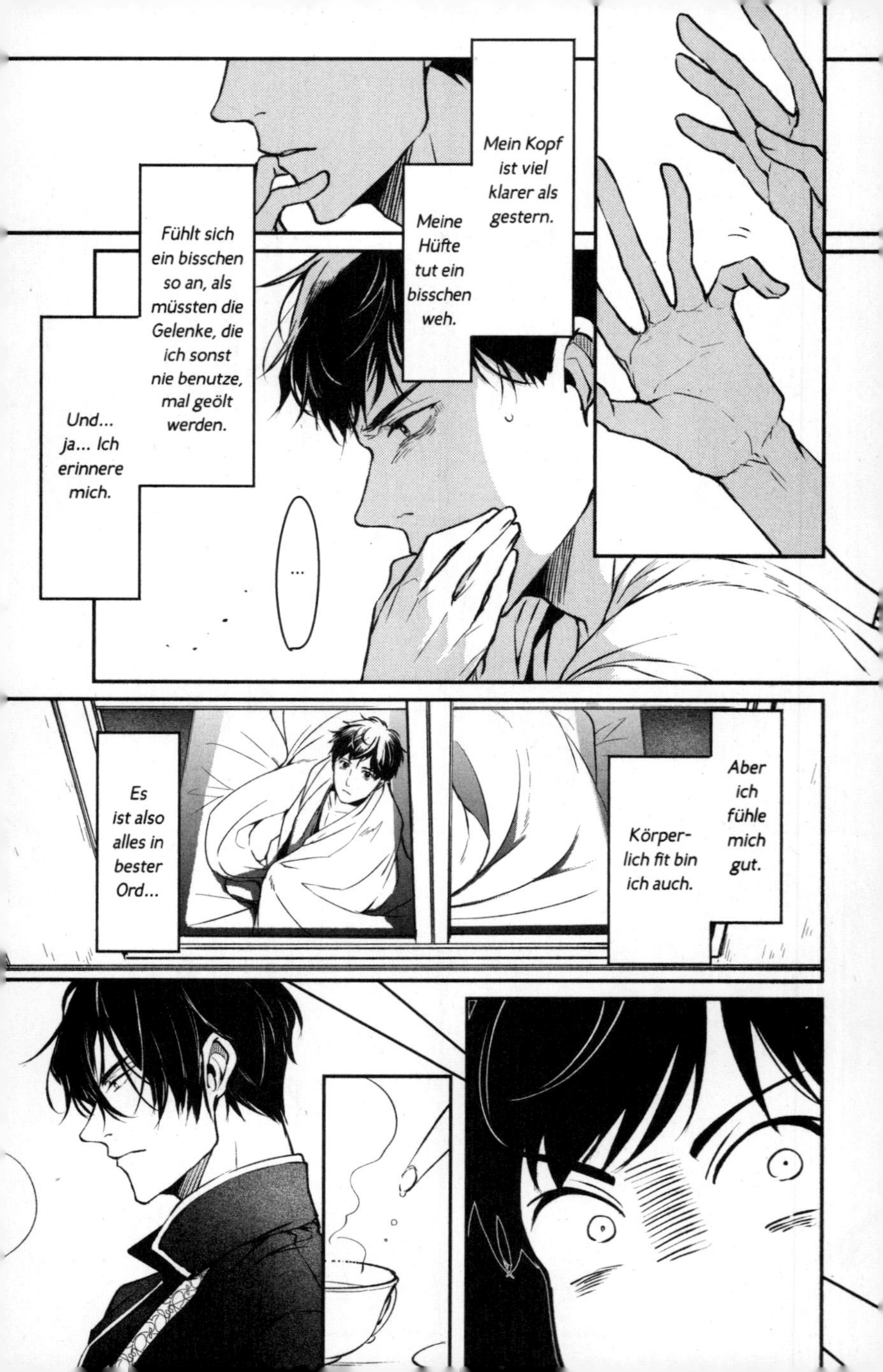
Mein Kopf ist viel klarer als gestern.
Meine Hüfte tut ein bisschen weh.
Fühlt sich ein bisschen so an, als müssten die Gelenke, die ich sonst nie benutze, mal geölt werden.
Und... ja... Ich erinnere mich.
...
Aber ich fühle mich gut.
Körperlich fit bin ich auch.
Es ist also alles in bester Ord...

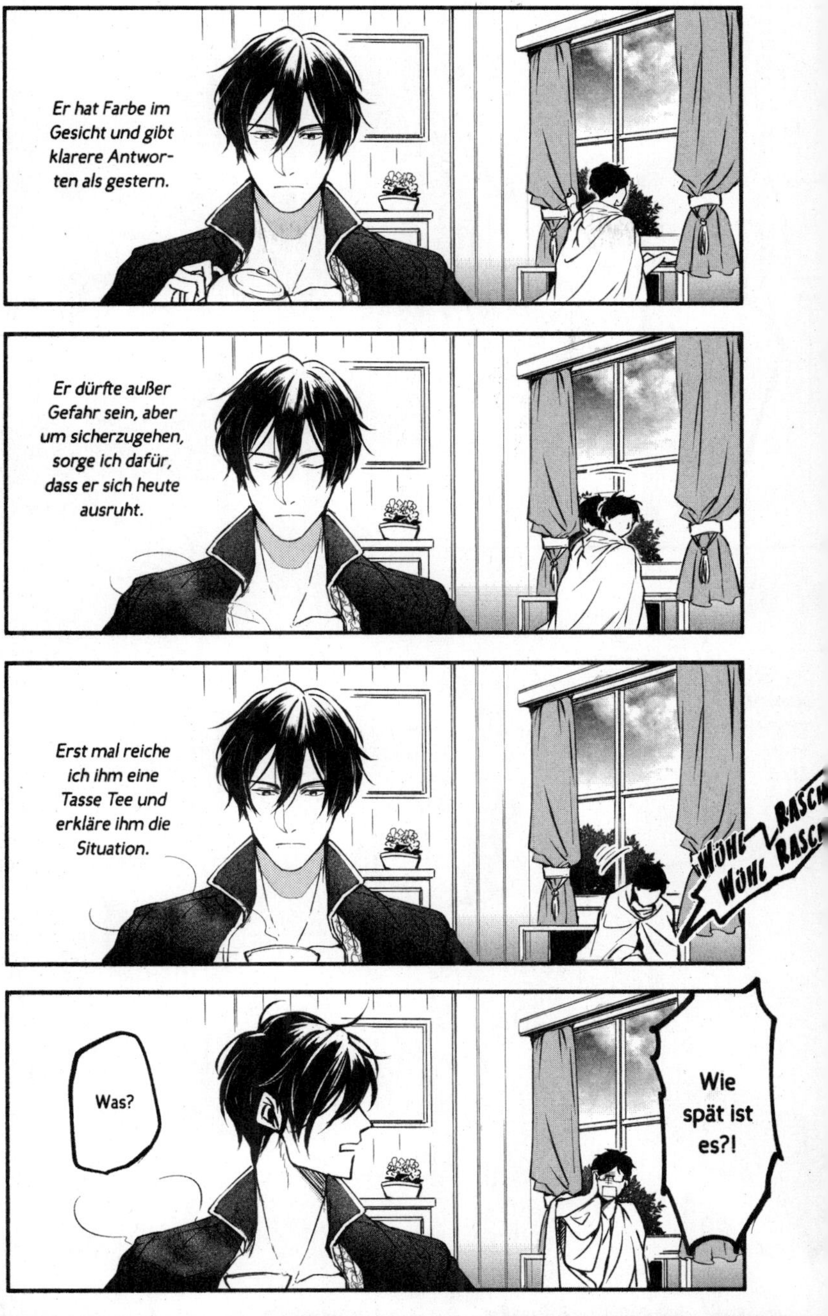
Er hat Farbe im Gesicht und gibt klarere Antworten als gestern.
Er dürfte außer Gefahr sein, aber um sicherzugehen, sorge ich dafür, dass er sich heute ausruht.
Erst mal reiche ich ihm eine Tasse Tee und erkläre ihm die Situation.
WÖHL RASCH
WÖHL RASC
Wie spät ist es?!
Was?

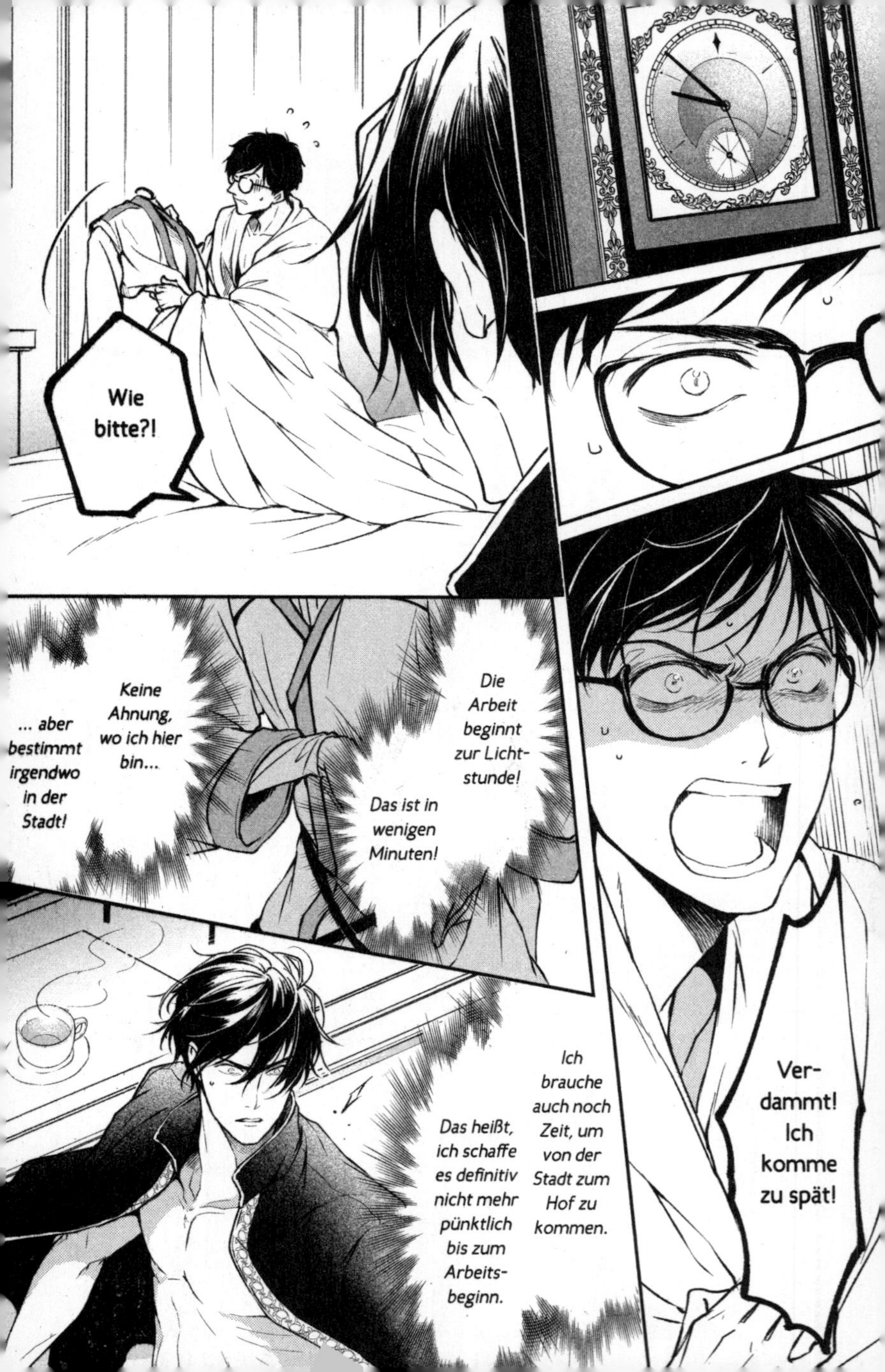
Wie bitte?!
Ver-dammt! Ich komme zu spät!
Die Arbeit beginnt zur Licht-stunde!
Das ist in wenigen Minuten!
Keine Ahnung, wo ich hier bin...
... aber bestimmt irgendwo in der Stadt!
Ich brauche auch noch Zeit, um von der Stadt zum Hof zu kommen.
Das heißt, ich schaffe es definitiv nicht mehr pünktlich bis zum Arbeits-beginn.

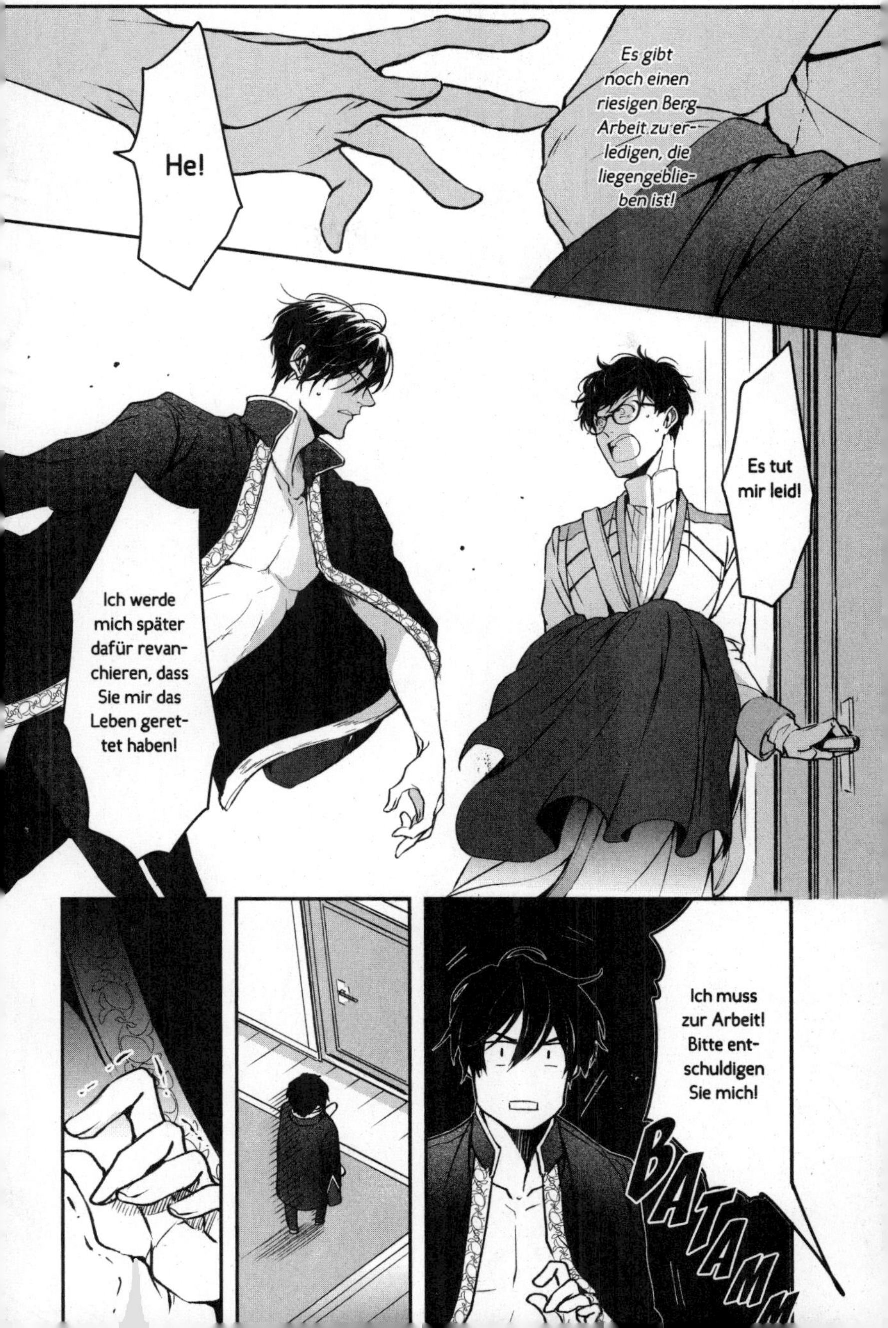
Es gibt noch einen riesigen Berg Arbeit zu erledigen, die liegengeblieben ist!
He!
Es tut mir leid!
Ich werde mich später dafür revanchieren, dass Sie mir das Leben gerettet haben!
Ich muss zur Arbeit! Bitte entschuldigen Sie mich!
BATAMM

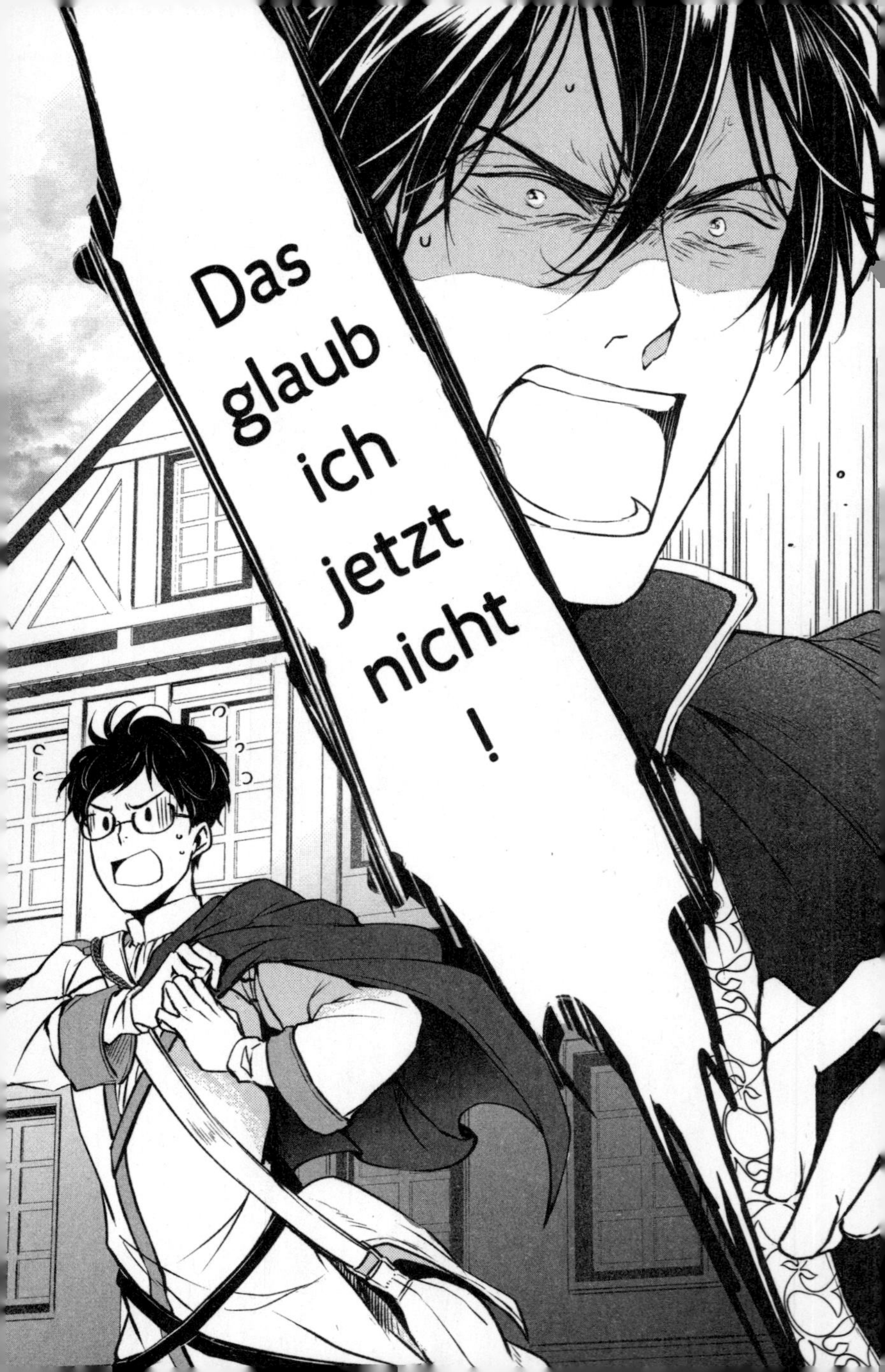
Das glaub ich jetzt nicht!

FORTSETZUNG FOLGT

ISEKAI OFFICE WORKER

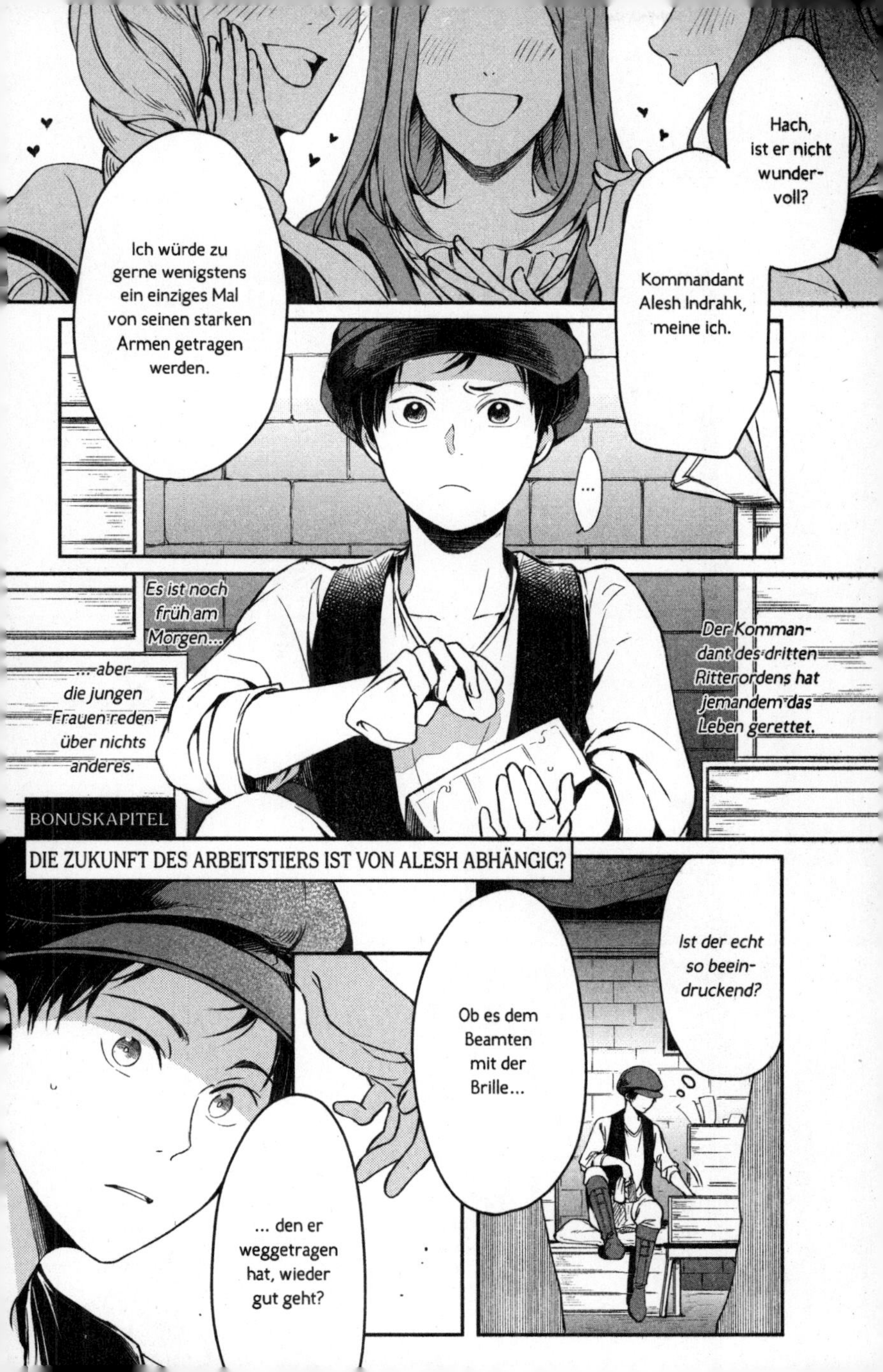
Hach, ist er nicht wunder-voll?
Kommandant Alesh Indrahk, meine ich.
Ich würde zu gerne wenigstens ein einziges Mal von seinen starken Armen getragen werden.
...
Der Komman-dant des dritten Ritterordens hat jemandem das Leben gerettet.
Es ist noch früh am Morgen...
... aber die jungen Frauen reden über nichts anderes.
BONUSKAPITEL
DIE ZUKUNFT DES ARBEITSTIERS IST VON ALESH ABHÄNGIG?
Ist der echt so beein-druckend?
Ob es dem Beamten mit der Brille...
... den er weggetragen hat, wieder gut geht?

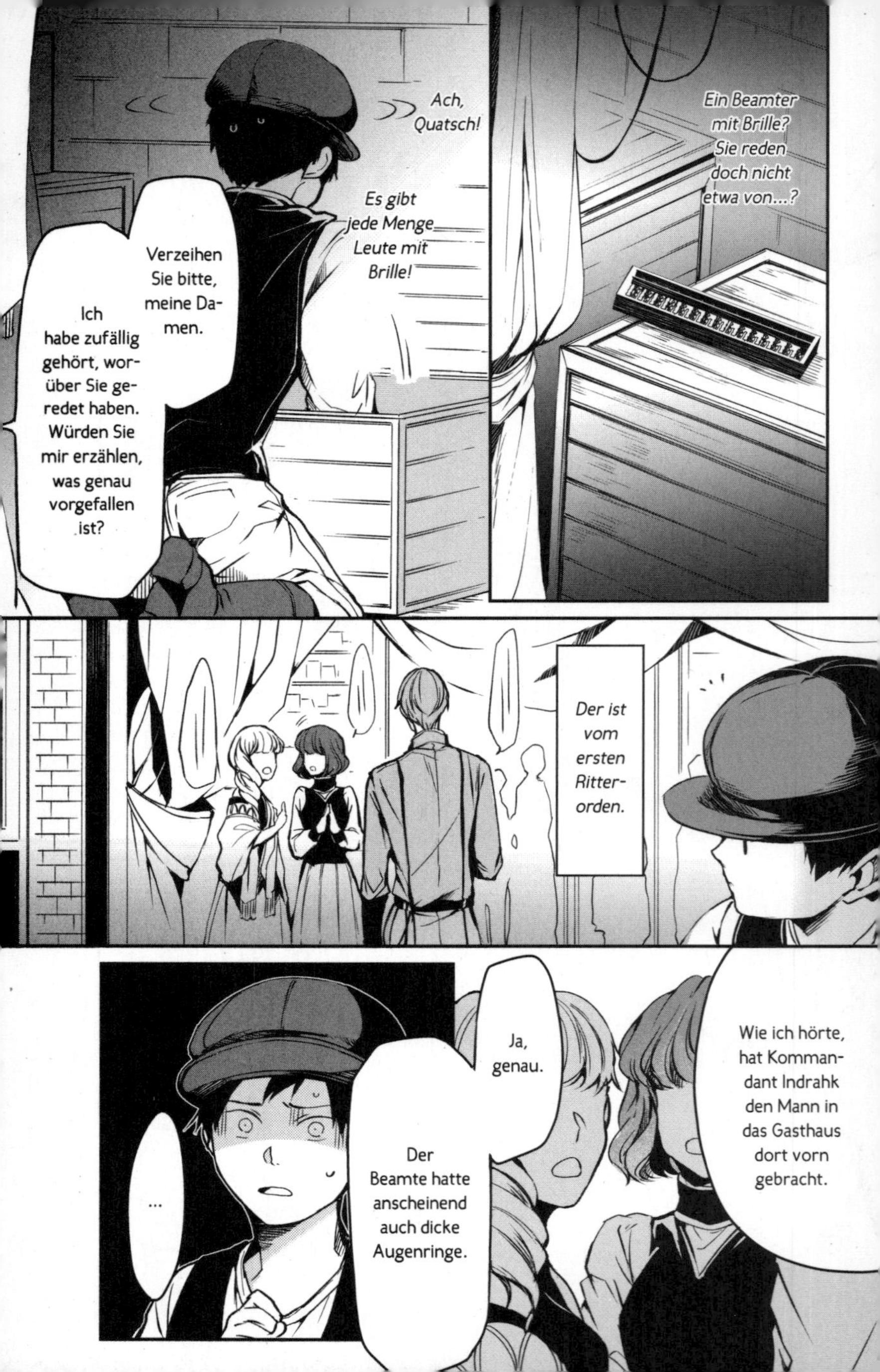
Ein Beamter mit Brille? Sie reden doch nicht etwa von…?
Ach, Quatsch!
Es gibt jede Menge Leute mit Brille!
Verzeihen Sie bitte, meine Damen.
Ich habe zufällig gehört, worüber Sie geredet haben. Würden Sie mir erzählen, was genau vorgefallen ist?
Der ist vom ersten Ritterorden.
Wie ich hörte, hat Kommandant Indrahk den Mann in das Gasthaus dort vorn gebracht.
Ja, genau.
Der Beamte hatte anscheinend auch dicke Augenringe.
…

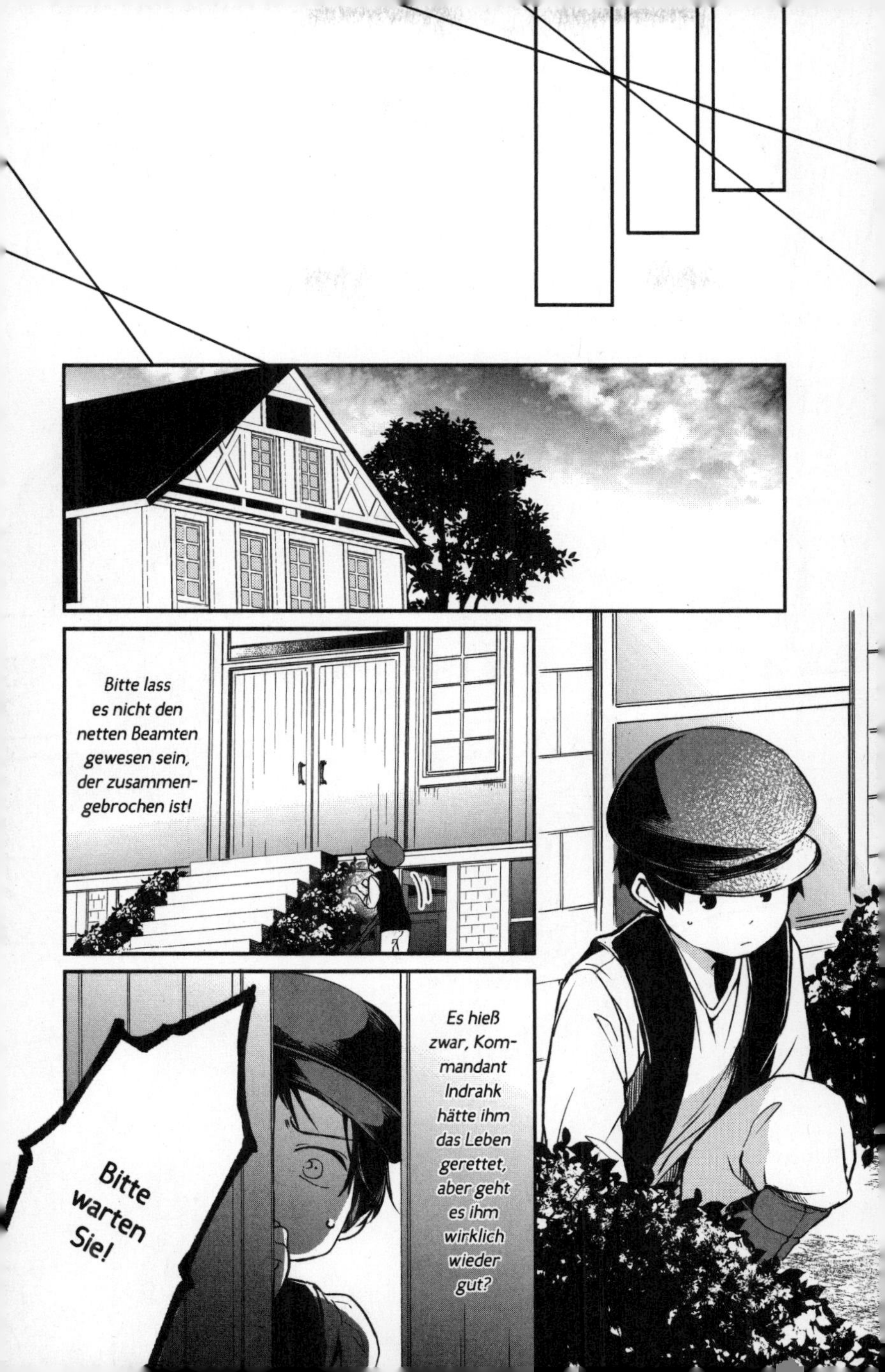

Bitte lass es nicht den netten Beamten gewesen sein, der zusammengebrochen ist!
Es hieß zwar, Kommandant Indrahk hätte ihm das Leben gerettet, aber geht es ihm wirklich wieder gut?
Bitte warten Sie!

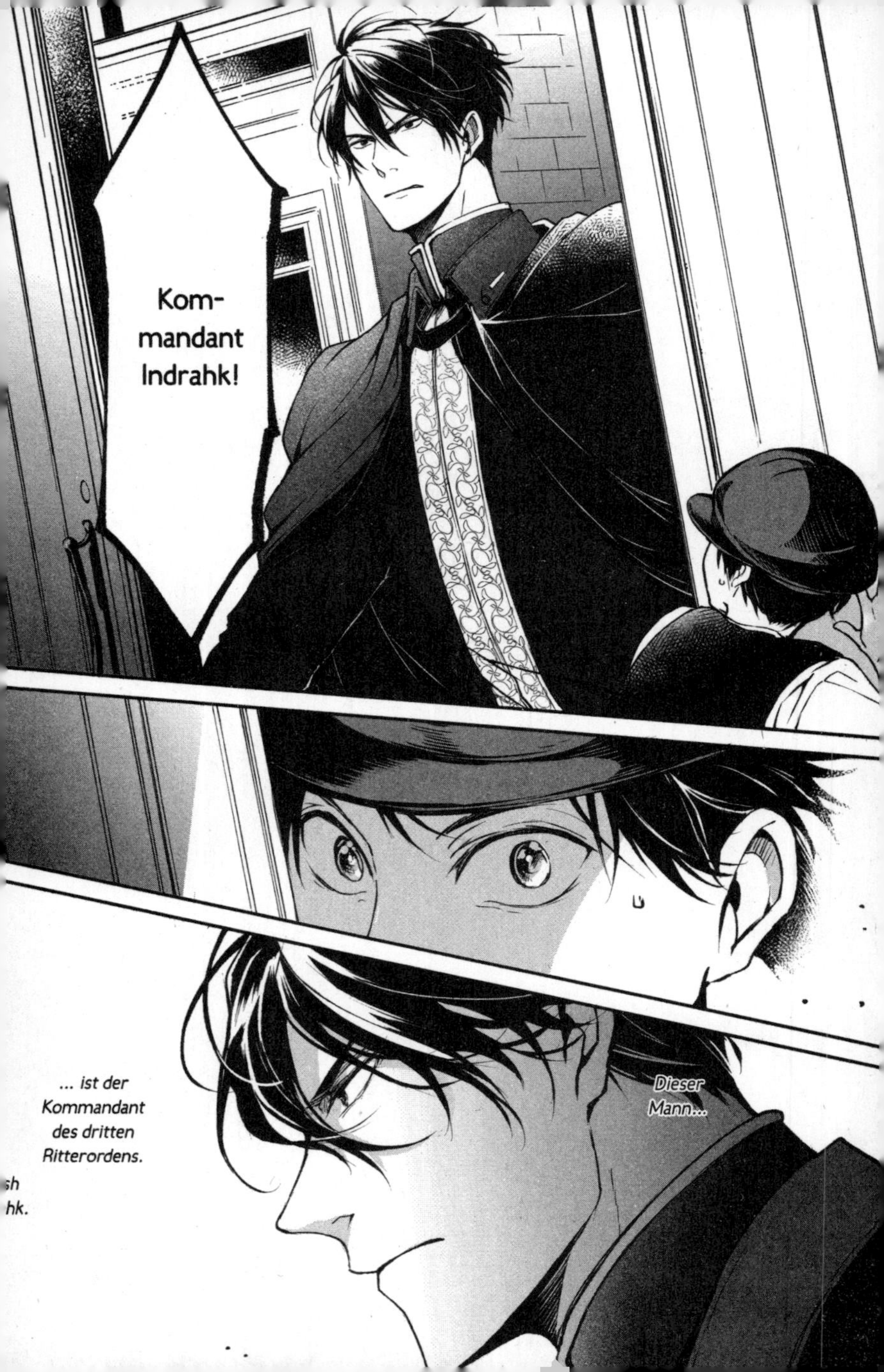
Kom-
mandant
Indrahk!
Dieser
Mann...
... ist der
Kommandant
des dritten
Ritterordens.

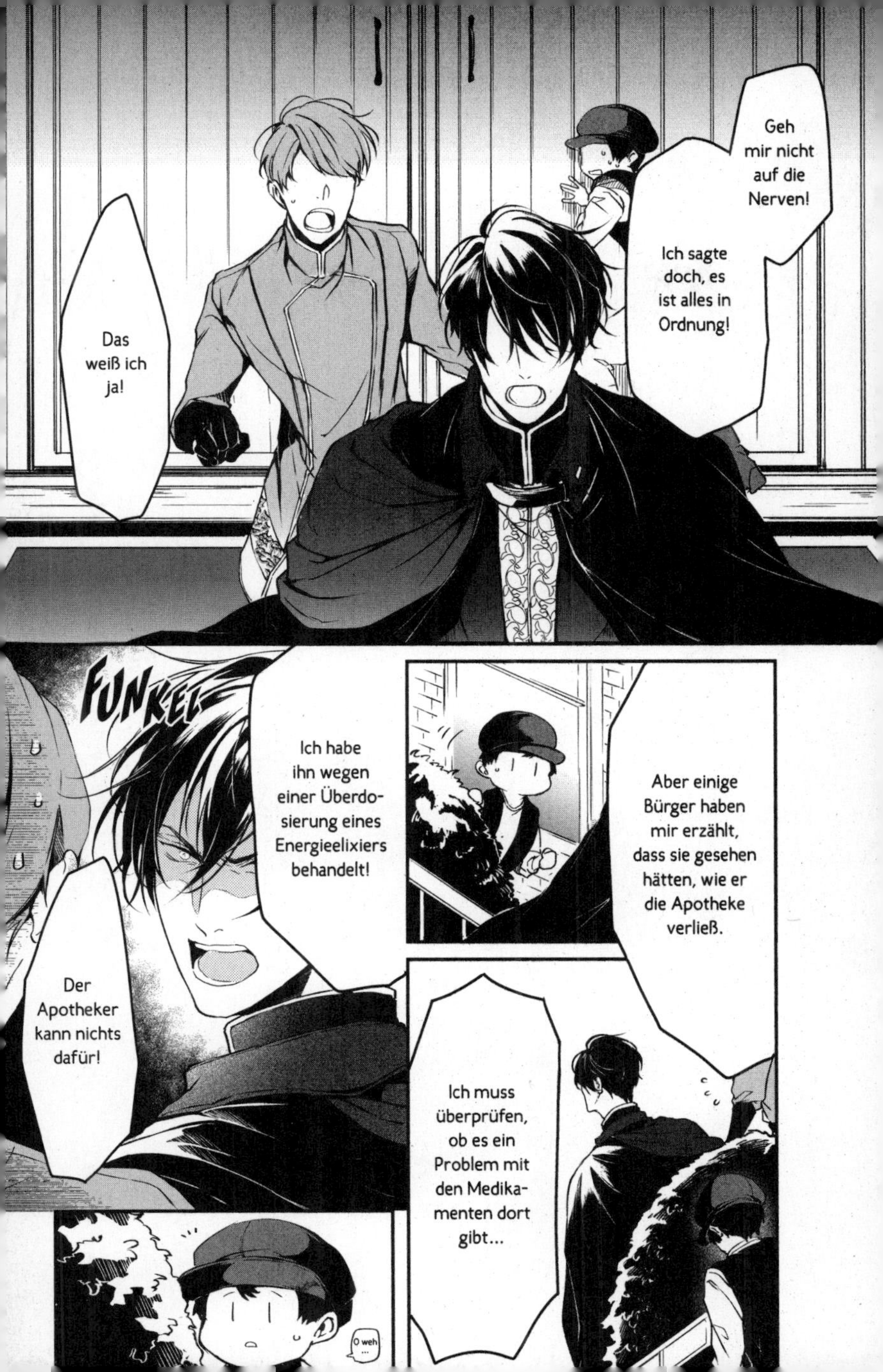
Geh mir nicht auf die Nerven!
Ich sagte doch, es ist alles in Ordnung!
Das weiß ich ja!
Aber einige Bürger haben mir erzählt, dass sie gesehen hätten, wie er die Apotheke verließ.
Ich muss überprüfen, ob es ein Problem mit den Medikamenten dort gibt…
FUNKEL
Ich habe ihn wegen einer Überdosierung eines Energieelixiers behandelt!
Der Apotheker kann nichts dafür!
O weh …

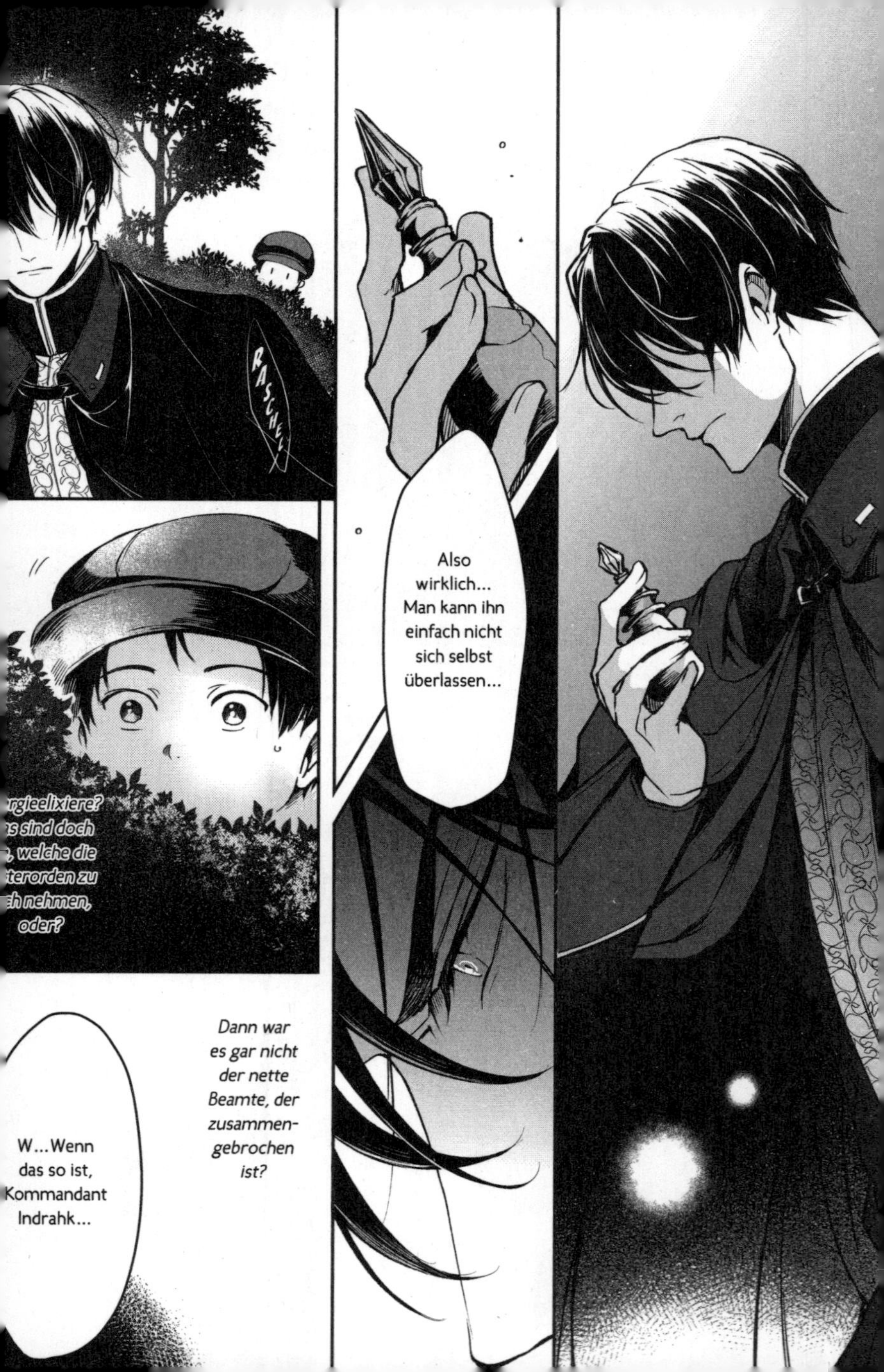
Also wirklich... Man kann ihn einfach nicht sich selbst überlassen...
RASCHEL
rgieelixiere? s sind doch , welche die terorden zu h nehmen, oder?
Dann war es gar nicht der nette Beamte, der zusammen-gebrochen ist?
W...Wenn das so ist, Kommandant Indrahk...

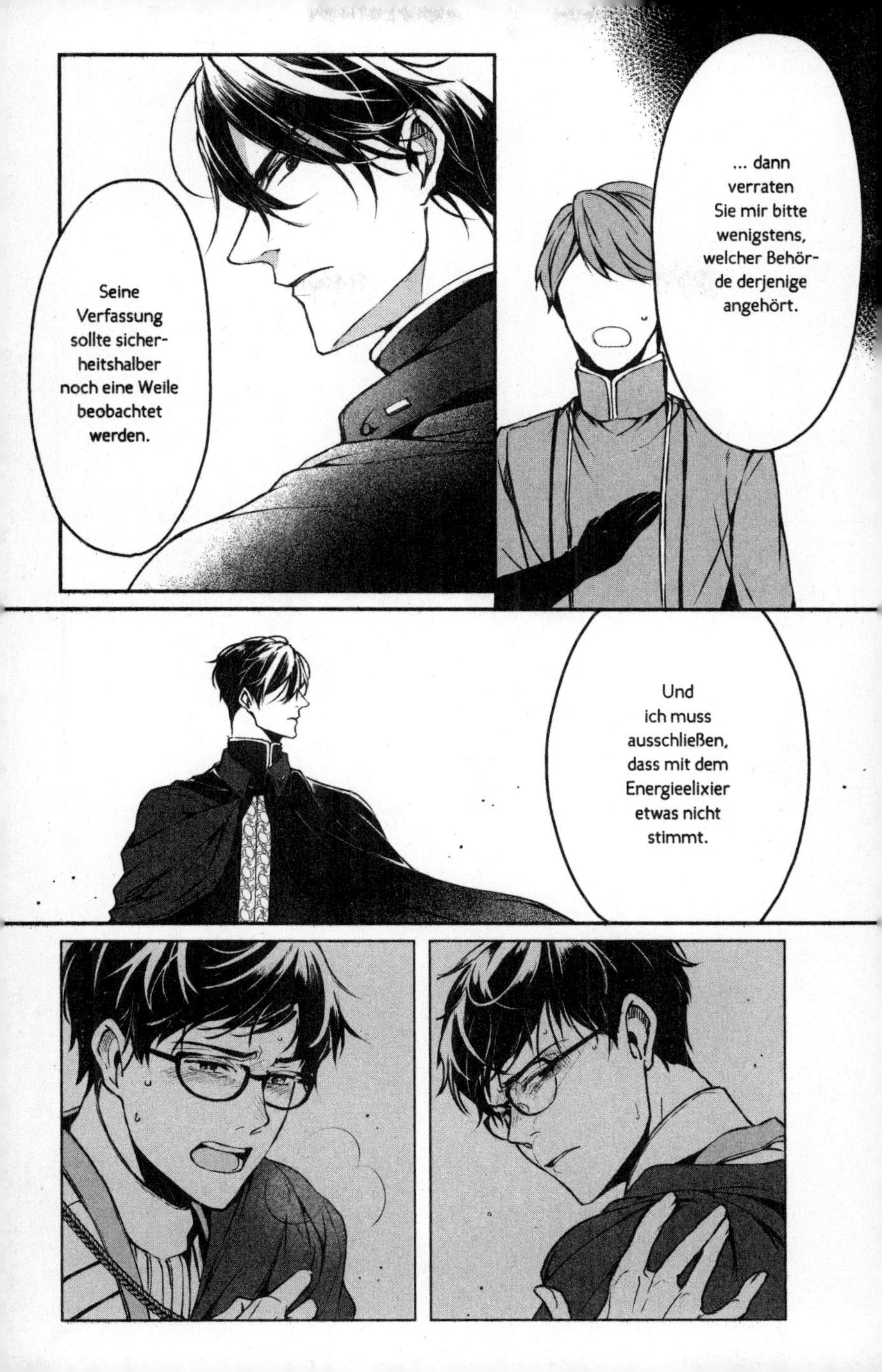
... dann verraten Sie mir bitte wenigstens, welcher Behörde derjenige angehört.
Seine Verfassung sollte sicherheitshalber noch eine Weile beobachtet werden.
Und ich muss ausschließen, dass mit dem Energieelixier etwas nicht stimmt.

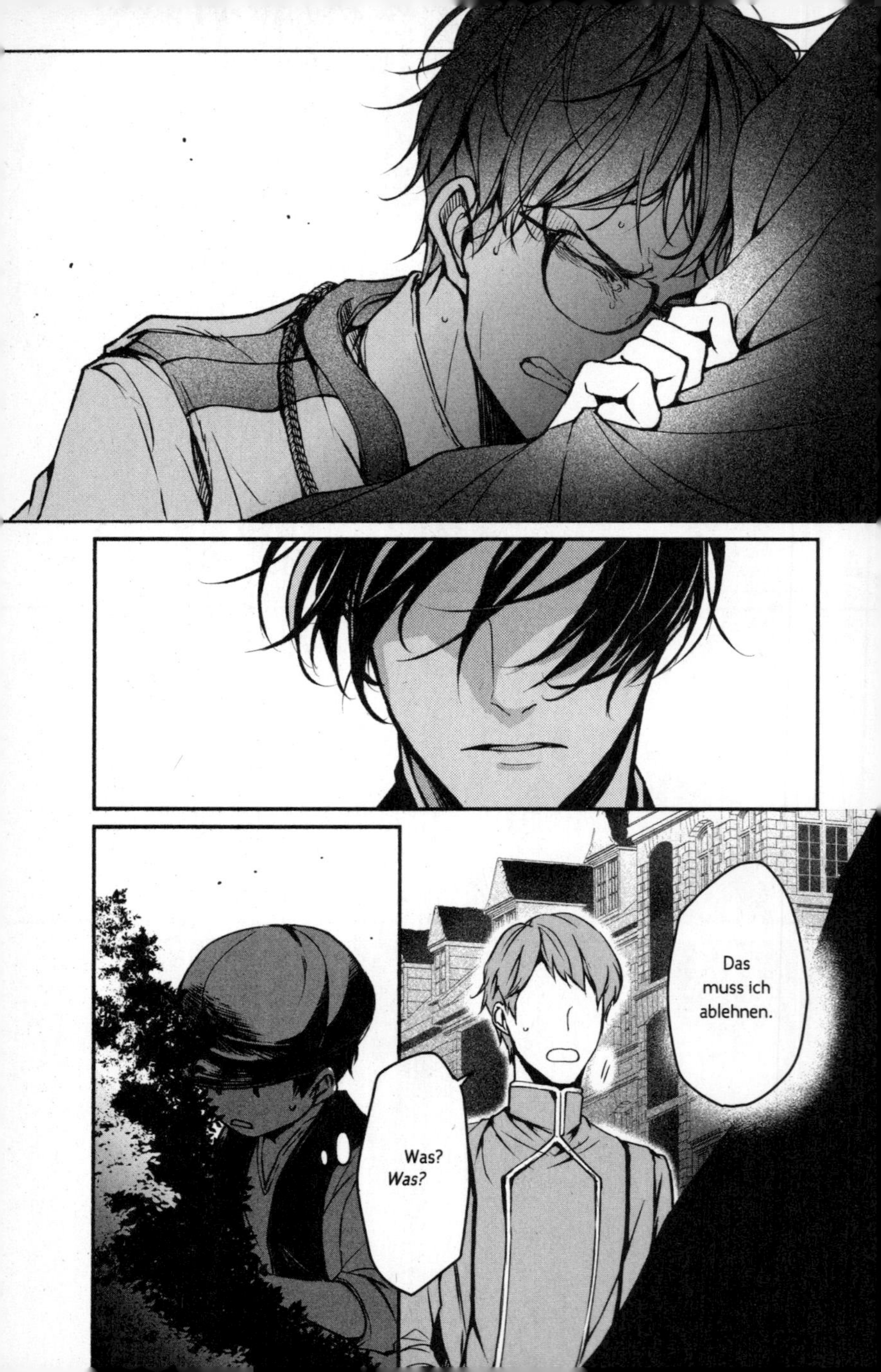
Das muss ich ablehnen.
Was? *Was?*

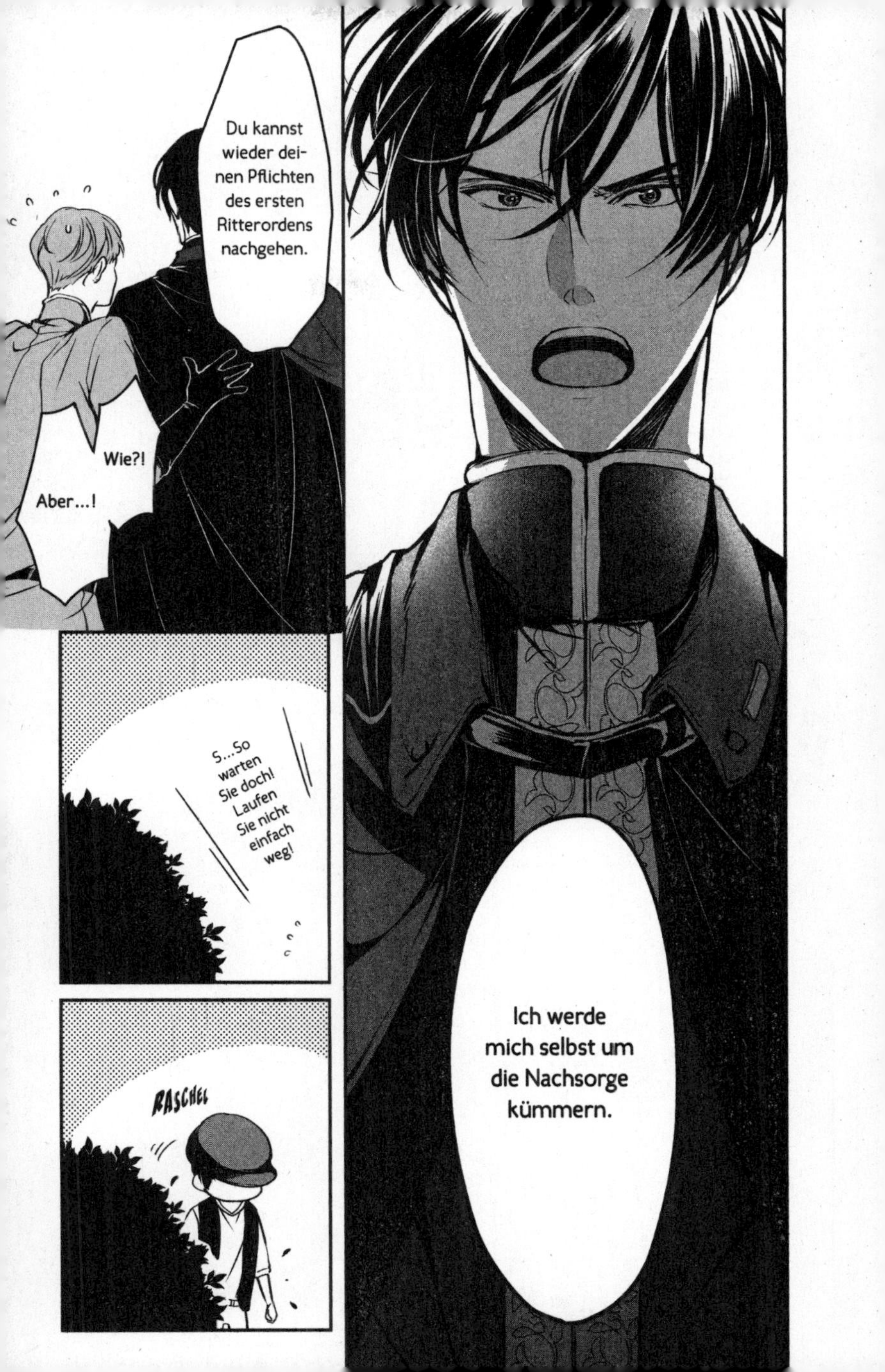
Ich werde mich selbst um die Nachsorge kümmern.
Du kannst wieder deinen Pflichten des ersten Ritterordens nachgehen.
Wie?!
Aber...!
S...So warten Sie doch! Laufen Sie nicht einfach weg!
RASCHEL

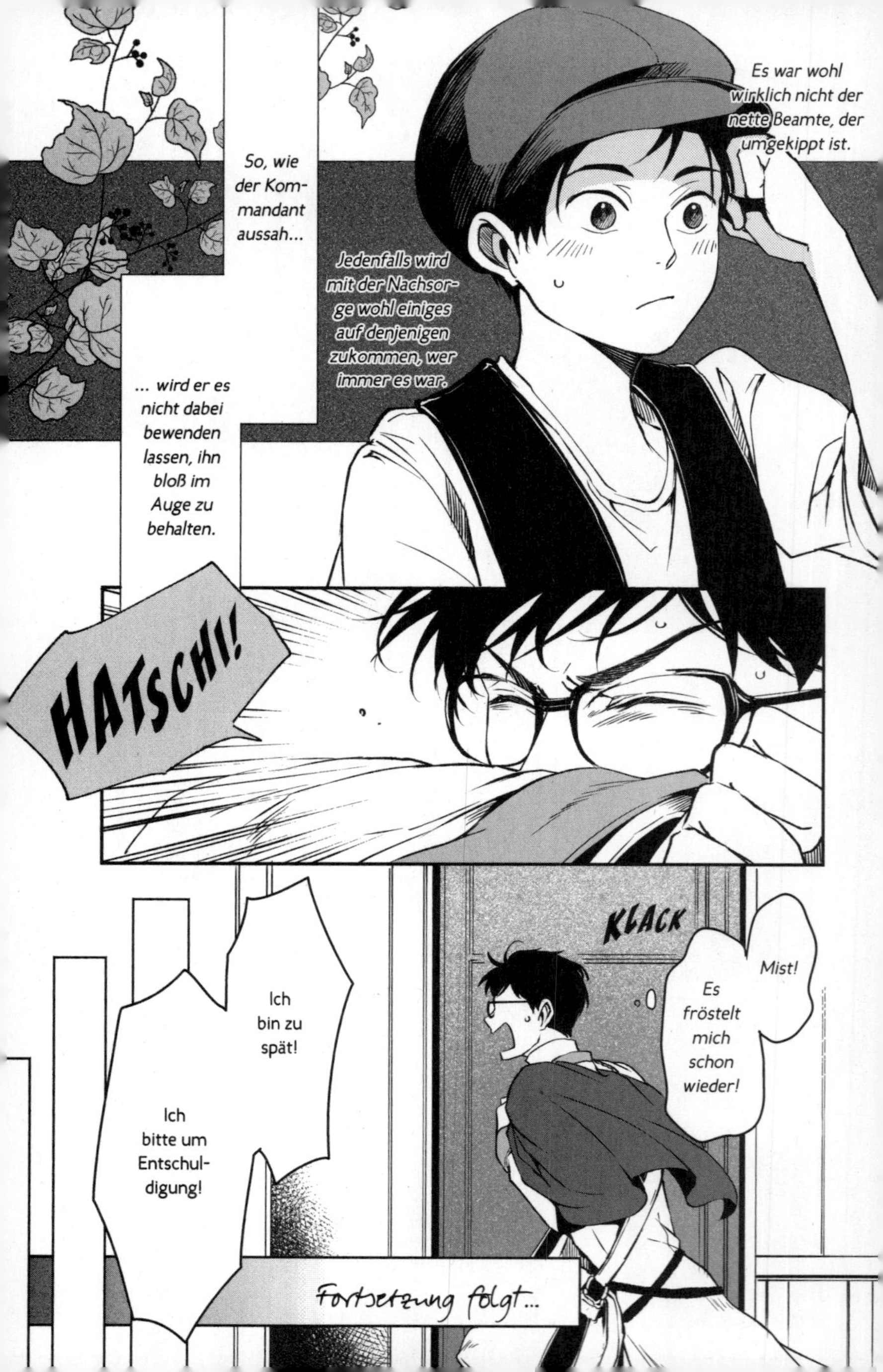
Es war wohl wirklich nicht der nette Beamte, der umgekippt ist.
So, wie der Kommandant aussah...
Jedenfalls wird mit der Nachsorge wohl einiges auf denjenigen zukommen, wer immer es war.
... wird er es nicht dabei bewenden lassen, ihn bloß im Auge zu behalten.
HATSCHI!
KLACK
Mist! Es fröstelt mich schon wieder!
Ich bin zu spät!
Ich bitte um Entschuldigung!
Fortsetzung folgt...

# Nachwort

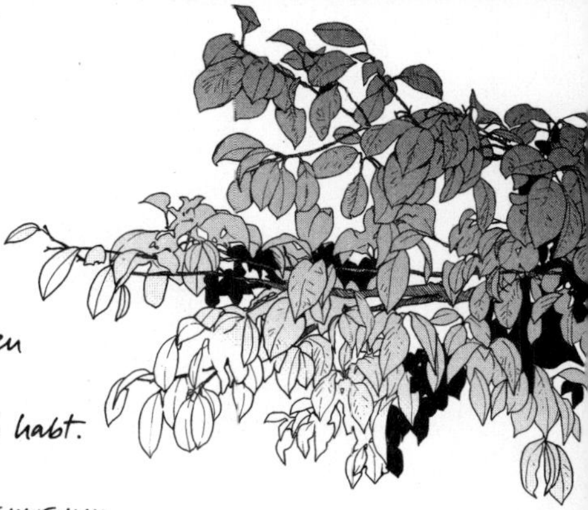

Vielen Dank, dass ihr den ersten Band der Manga-Adaption von »Isekai Office Worker« gelesen habt.

Es handelt sich hierbei nicht nur um meine erste Arbeit an einer Manga-Adaption, sondern auch um meine erste Serie überhaupt. Alles war völlig neu für mich und ich war ständig nervös. Aber als Leserin der Vorlage bin ich überglücklich, an diesem Werk mitarbeiten zu dürfen.

Was wird Kondo, der mit seiner Arbeit verheiratet ist, und Atesh, den Kommandanten des Ritterordens, noch erwarten? Seid gespannt!

Ich möchte einen Manga zeichnen, den man auch parallel zur Romanvorlage genießen kann. Bitte lest auch die Fortsetzung!

2020, Kazuki Irodori

## SPECIAL THANKS !!

- an meine Redakteure (H. und U.)
- an die Gestalter des Einbands (SAVA DESIGN)
- an alle Leser*innen

Danke an meine Assistentin Monmon!

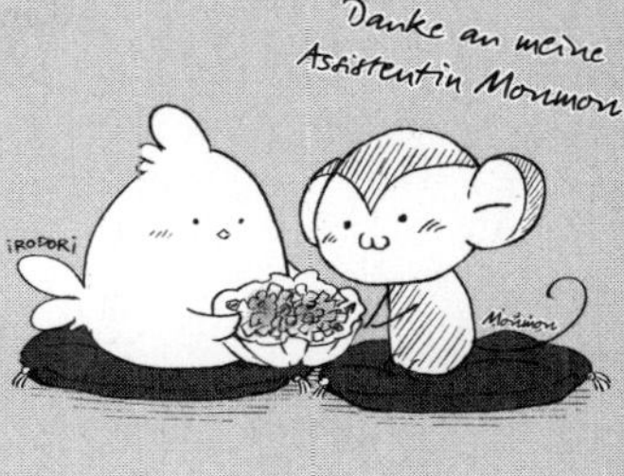

Eine Nachricht von

# Wakatsu Yatsuki

Vielen Dank, dass ihr Band 1 des »Isekai Office Worker«-Mangas gekauft habt. Ich bin Wakatsu Yatsuki, die Autorin der Geschichte.

Frau Irodori hat mein Buch wirklich aufmerksam gelesen und ist jedes Mal auf meine viel zu ausführlichen Wünsche eingegangen. Sie hat der Geschichte mit dem Manga einen neuen Ausdruck verliehen und auch neue Szenen hinzugefügt. Ich freue mich jeden Monat als Leserin auf die neuen Manuskripte.

Sie hat auch Szenen realisiert, die zuvor nur in meinem Kopf existierten, weil ich sie nicht im Roman unterbringen konnte.

Vor allem die Darstellung der Szene ganz am Anfang, als sich ihre Blicke trafen und dadurch eine Verbindung zwischen den beiden entstand, obwohl sie anfänglich noch gar keine Berührungspunkte miteinander haben, hat mich total gepackt. Es tut mir wirklich leid, dass die beiden eingangs kaum gemeinsame Szenen haben…

Band 1 endet ja mit einer absolut spektakulären Szene. (Als ich hörte, dass der Manga die Geschichte bis zu diesem Punkt adaptiert, tat mir Atesh so leid, dass ich darüber lachen musste.) Aber ich verspreche euch, dass ihr euch noch auf viel Hin und Her zwischen den beiden freuen dürft!

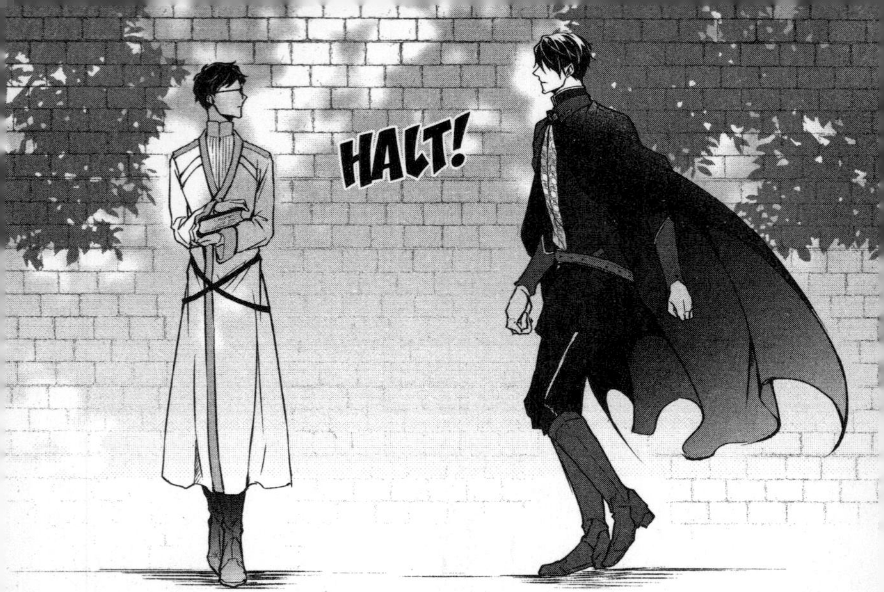


# EKAI OFFICE WORKER

ist ein japanischer Manga, der originalgetreu von »hinten« nach »vorne« und von rechts nach links gelesen wird! Schlagt das Buch also »hinten« auf und blättert Seite für Seite nach »vorne« weiter! Auch die Bilder und Sprechblasen werden von rechts oben nach links unten gelesen, wie es in der Grafik gezeigt wird! HAYABUSA wünscht gute Unterhaltung!

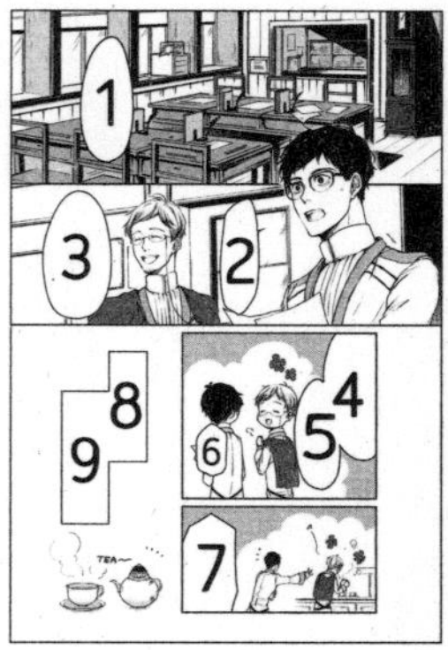


HAYABUSA
Carlsen Verlag GmbH · Hamburg 2023
Aus dem Japanischen von Diana Hesse
ISEKAI NO SATA WA SHACHIKU SHIDAI vol. 1

First published in Japan in 2020 by KADOKAWA CORPORATION, Tokyo.
German translation rights arranged with KADOKAWA CORPORATION, Tokyo through TOHAN CORPORATION, Tokyo.
Original Cover Design: SAVA DESIGN
Covergestaltung: Sonnenfisch Production – Laura Bartels
Redaktion: Julia Liebetraut
Herstellung: Maria Niemann

ISBN: 978-3-551-62378-2

FOLLOW THE FALCON INTO ANOTHER WORLD
www.hayabusa-manga.de
www.carlsen.de
hayabusa_manga
HayabusaTweets



**Unser Versprechen für mehr Nachhaltigkeit**

- Klimaneutrales Produkt
- Papiere aus nachhaltigen und kontrollierten Quellen
- Hergestellt in Europa